Pripovetke

Pripovetke

Dragiša Vasić

Globland Books

UTULJENA KANDILA

U gostima

(Čovek priča posle rata)

I

Gospodo, užasno sam bio nervozan. Koračajući po sobi tamo-amo trljao sam nogu o nogu i micao ramenima da, trenutno, odagnam preko dva miliona žmaraca što su gmizali pod kožom mojih leđa i dovodili me do ludila. Nikakva posla nisam imao. I tako očajno besposlen toga dana pokušavao sam da razmišljam o svojoj nervozi i svojim čudnim posleratnim raspoloženjima. Pre rata, pamtim, nije bilo ovako. Onda, ako bih neraspoložen bio, to je ipak trajalo dosta dugo; isto tako ako bih, na priliku, bio dobre volje. Sad naprotiv: maločas sumoran i snužden menjam se za tren oka i evo me veselog. Je l'te, prosto neverovatno? Zato i kažem: čudna i možda samo za mene neobjašnjiva neka nervna pojava po kojoj moja raspoloženja zavise, recimo, od toga, na koju stvar zaustavljam svoj pogled ili kakve prirode ili vrste zvuk ili šum osećam oko sebe.

Kad sam toga jutra pogledao na policu s knjigama ona se bila pogla kao skrušena, u očajno poguren mali globus, ukras na pisaćem stolu, nisam smeo ni da gledam, a šetalica na zidnom satu jecala je jedva mucajući sekunde dok najedanput, valjda slučajno i koliko da me potpuno dotuče, stade kao srce u samrtnika. Ali kad sam pogledao kroz prozor i spazio veliki žut krst na crkvi, učvršćen na kugli iste boje, učini mi se: kao da vidim nasmejana ogromna usta nad strašno otečenom gušom. I bilo mi je prijatno da gledam u krst koji se smeje, i gledao sam u njega zadugo i radosno do razdraganosti, ne uviđajući ni najmanje da takvom smehu apsolutno nema ni mesta ni smisla i da je on samo jedan od neoborivih dokaza moga jako pokolebanog duševnog zdravlja.

Međutim morao sam se ukloniti sa prozora jer mi izdaleka dopreše zvuci posmrtnog marša, koji me ponovo baciše u tugu, izazvanu sad pogrebom nekog oficira; i gledati u krst nije mi vredelo. A tek što je sprovod prošao kad se glava i ruka poštanskog raznosača pomoliše na vratima moje sobe. Rukopis na pismu koje mi ova ruka pruži, iako nešto izmenjen, poznao sam odmah. I ne samo rukopis nego sam pogađao unapred i samu sadržinu pisma. U Vujanovcu, jednoj maloj okružnoj varoši negde dole, imam najboljeg druga iz detinjstva, mladosti i ratova koji me, ne znam već po koji put, poziva da mu odem u goste. „Toliko vremena prođe od poslednjeg našeg viđenja, ostarismo i ostah te željan... a znaš da boljeg prijatelja nemam..." i šta ti ja znam. Otvorim pismo: tačno kao što sam očekivao.

I najedanput, i sad ne znam da objasnim baš otkud i kako, planu u meni odluka da se naposletku odazovem ovom srdačnom pozivu. A kad je odluka pala opet se i još kako razveselih; samo sad sa puno razloga, kao što sam se docnije uverio, jer me ovaj put do Vujanovca bar privremeno izleči od neizdržljive nervoze.

Dakle skočim naglo, pojurim u drugu sobu i kažem devojci:

— Slušajte, Marija, spremite me za put... pet dana, večeras, molim vas. I ne zaboravite kutiju sa žutim imalinom kao prošli put, tako vam Boga...

Pa onda grunem u taštinu sobu i užasno je prepadnem. Ona se, neiskazano udubljena u podlistak Tome Milinovića *Anka Obrenović i smrt Kneza Mihaila*, specijalno u vrlo interesantan odlomak *Ankin san uoči Svetog Nikole*, toliko uplašila, da me je, ljutito se saginjući za cviker koji je pao s nosa kad sam ja nesmotreno banuo, ozbiljno prekorila što sam u sobu upao kao pobesneo. Izmirili smo se, razume se, posle mog ljubaznog izvinjavanja i umiljavanja, pa je umolih da izađe u varoš i nakupuje nekoliko skromnih poklona: za ženu od 28 godina, čoveka 37, troje dece do deset godina, jedno žensko, dvoje muško, svega jedno predratno. Ne znam zašto sam ovo poslednje napomenuo. A kad sam sve tako lepo uredio i poslao telegram da stižem sutra uveče, ja se uputih u *Moskvu* da tamo prikupim što više autentičnih vesti iz politike, pošto sam znao, nije mi prvina, da će me tamo svi redom, a naročito propali poslanički kandidati, skoliti da pitaju o novostima u Beogradu, i to onim novostima „što nisu za kazivanje".

Uveče sve beše spremno i u redu. Slišam se još jedanput o novostima i komentarima što sam prikupio od ljudi koje su drugi lagali, dokopam stvari i radosno krenem na železničku stanicu. Tu, na samim vratima stanice, stiže me Marija i pruži mi kutiju sa žutim imalinom koju je opet bila zaboravila i koju ja ostavih u džep gornjeg kaputa, pa odoh da uzmem kartu. Razume se da putujem brzim vozom. Jer kad čovek putuje, treba da putuje gospodski. Uđem, dakle, u jedan od vagona, sretnem konduktera, pogledam ga značajno, to jest prosto namignem, a on pošto shvati, odvede me do jednog mračnog kupea koji otključa, prinoseći levom rukom svetlost ručne lampe do ključanice, zamoli da ne palim sveću, pa se izgubi.

Tako ja uđoh unutra, zaključah se i očekivah polazak voza. Padala je brza kiša i kapi kao suze slivahu se niz zamagljeno okno. Kroz to okno ja sam iz mraka mogao da posmatram mokre šine i vagone i kako nosači, pljaskajući po baricama, žurahu s dvokolicama da unesu putničke prtljage koji su kisli. Poneki zadocneli putnik protrčavao je žurno da zauzme mesto.

Malo posle krenusmo se... Ja naročito uživam kad brzi voz polazi iz stanice. Jer on polazi elegantno, klizeći, bez onog secanja i nesnosnog škripanja, kao kad polazi običan voz kojim, kao što rekoh, nisam voleo da putujem ni kao student. A na drugoj stanici uđe kondukter, pregleda kartu, obračunasmo se, to jest isplatih mu koliko sam smatrao da vredi njegova izuzetna pažnja pa ostadoh sam da, uz prijatno truckanje, slušam kako se prozori lako treskaju i kako lupaju kaplje po krovu vagona, što me je podsećalo na šator i na rat, ili na muke koje su prošle. I zavaljen tako ugodno stadoh razmišljati o pobratimu kome idem u goste. Drugovi smo iz detinjstva i za sve vreme đakovanja bili smo nerazdvojni, najbolji drugovi. Rastali smo se po svršenim studijama, a jednoga dana pre ratova izvesti me da će da se ženi i pozva me da dođem dva dana pre venčanja. Sećam se lepo kad sam stigao u palanku gde je on živeo sa svojim starim roditeljima. Dočekao me je predveče na stanici, sa svojom malom sestrom, pa smo otišli njegovoj kući, gde je vladala ona predsvadbena svečana tišina. Sve je bilo čisto, pobožno, očekujuće. Posle večere koju smo proveli u razgovoru sa njegovim ocem, uglednim trgovcem staroga kova, stroge spoljašnosti i nazora, i majkom, smernom i smežuranom staricom, pređosmo u njegovu sobu u kojoj je, pamtim odlično, žmirkalo kandilce pred ikonom arhanđela Mihaila. Prozor je bio otvoren i zadah vlažne zemlje i mokrog lišća, ona vlažna svežina puna mirisa, sa mesečinom iza kiše, ispunjavala je sobu neodređenim ali milim uspomenama râne naše mladosti. Povremeno čuo se bat zadocnelih prolaznika, inače vladao je potpun mir zaspale palanke.

Ja se sećam dobro da sam ovako otpočeo razgovor:

— A sad, dragi pobratime, pričaj mi kako se reši da se oženiš i sve drugo što imaš da mi poveriš, ali pravo mi kaži, pre svega, koja ti je to ljubav po redu?

On se nasmejao.

— Je l' od pravih?

— Pa jest od pravih, pravcatih.

— Eto, da kažem pravo, treća.

— I ti me uveravaš, da je ona isto onako snažna, pomamna i odana, kao prva, koju nisam zaboravio i koja se nije najbolje svršila?

— Ona je silnija od svih ranijih, veruj mi.

— I to može biti i ne čudim se, najzad, jer te poznajem.

— A zar je mene teško upoznati? Ja sve kažem što mi je na srcu. A evo ti po čemu znam da sad volim isto onako, kako da ti kažem, bezumno kao što sam voleo kad sam bio student i još više... Pre mesec dana u Beogradu očekivao sam je, jedno prepodne, da izađe iz zubnog ateljea u onoj najvećoj kući na Terazijama. Stajao sam na trećem spratu naslonjen na ogradu i gledao dole u dubinu betonski pod kad je ona izašla. I odjednom dođe mi da je uverim koliko je volim pa joj rekoh: „Hoćeš li da skočim dole? Ali molim te reci, klimni samo glavom." (Govorio sam brzo.) I da je ona klimnula glavom ili da sam u njenim očima samo nazreo željicu da se uveri u moju nameru, ja bih, osećao sam dobro, za tren oka, ležao iskrvavljen, sav razmrskan dole na betonu. A ti znaš, takav sam, da kažem, bio i pre pet godina kad sam sa drugoga sprata stare Velike škole, opet jednog jutra pred čas krivičnog prava, to isto hteo da učinim da je samo onda to poželela... ti znaš ko.

— I takav ćeš umreti.

— To ne znam. Ali sad takav sam. I to od zimus kad sam jedno veče po prvom snegu šetao sa njom pustim ulicama. Taj sneg, rekao bih, mnogo je uticao. Krupne pahuljice padale su u mlazevima po drveću i nama i zasuti njima mi smo izgledali nekako čudno čisti toga večera kad je snežna belina bila sakrila i svu onu ružnoću beogradskih straćara koje su u našim očima odjedanput postale čarobne palate. Ti mi se možeš smejati, jer se slabo u ovome razumeš, ali ja ti ne mogu iskazati sa kakvim sam ushićenjem, idući za njom, gledao u trag njene male cipelice po čijoj se ivici bio nahvatao zgrudvan, čist sneg i u kovrdžice njene crne kose posute suvim pahuljicama koje se nisu topile. Da me je ko toga časa upitao: „Nikola, šta misliš, ima li na svetu lepše sreće od tvoje?", ja bih mu odgovorio: „Čoveče božji, kako da ti kažem, niko, niti je osetio niti će kad osetiti lepše sreće od moje." I večeras ti to isto ponavljam.

Zatim se lepo sećam kad on posle ovoga kresnu palidrvce da upali cigaretu. Lice mu je sijalo od zdravlja i bilo dobrodušno detinjasto, a snažan, kao odvaljen od brega, sa raskuštranom kudravom kosom koja mu je padala po čelu, onako ispružen podsećao je na lava.

— I tvoju sreću ni najmanje ne muti okolnost: što njezin otac ne pristaje na brak i što ćeš se preksutra venčati na malo nezgodan način, jer, kao što mi reče, ona treba da odbegne?

— Ne, šta me se tiče njen otac?

— Časti mi — uzviknuo sam oduševljeno i glasno da njegova sestrica utrča u našu sobu — ja uživam kad čovek otme ženu, kad je izbori. Šta tu vazdan! Ja bih se samo tako i ženio. Jer prava sreća oseća se samo posle pobede, a brak što se zaključuje u opštoj saglasnosti liči samo onima što nisu sposobni da osete slast osvojenja, radost da na silu zadobiju, milinu borbe.

— Pravo kažeš, i ja nikoga ne molim.

— A tvoji roditelji, šta oni kažu?

On se malo zamisli:

— Ovi moji? Stari su, zadovoljni da me vide oženjenog. Sve ostalo je sporedno.

Do zore smo ostali u razgovoru. A sutradan krenusmo se u susret verenici, koju smo imali da sačekamo na jednoj maloj stanici niške pruge. Tamo su imali da dođu i kumovi i tu, u malom selu jednom, parohiji našeg prijatelja sveštenika, spremljeno je sve da se obavi venčanje.

I baš sam hteo da se podsetim svih pojedinosti originalnog venčanja moga pobratima — u tom trenutku to mi je bilo najprijatnije razmišljanje — kad čuh korake i nerazumljivo neko gunđanje u hodniku, a odmah zatim pojavi se kondukter sa jednim sanjivim gospodinom koji je nešto mrmljao i kao pretio.

Ja brzo skupih noge koje bejah ugodno opružio preko celog sedišta, pa skromno zauzeh ugao koji sam izabrao kao najzgodniji i ne gledajući čoveka koji je ulazio, kad me on poznade i obradova se:

— Izvinite što sam vam pokvario račune!

— O, gospodine poslaniče — odgovorih ustajući — to ste, dakle vi? Nadam se: da ćete mi ljubazno ostaviti jednu polovinu strane kako bih nastavio svoje snove koje više volim od vaše politike. Ali ako i na nju rasprostirete svoje sveto poslaničko pravo, onda... onda se pokoravam i izlazim u hodnik.

Dugačka figura moga starog školskog druga, koji mi pruži ruku, uozbilji se usiljeno:

— Ti znaš da ja, kao narodni poslanik kome pucaju leđa od narodnih briga, treba da putujem neuznemiravano.

— Potpuno sam svestan — rekoh paleći sveću. — Jer, zaista, jedan poslanik treba da putuje neuznemiravano, za razliku od nas ostalih, zato što putuje besplatno.

A za to vreme i dok smo mi unapred zamišljali kako ćemo se u prijatnom razgovoru provesti na putu, ja primetih: kako neka mršava prilika, kao utvara, proviri na vrata našeg kupea, pa se povuče, da malo docnije sa još dve prilike, jednom muškom a drugom ženskom ošišane kose, prodre u naš kupe.

— Mi se tamo ugušismo, izvinite.

I paketi pokuljaše.

Ali dok se oni razmeštahu i ne obzirući se na našu nervoznu zbunjenost i ljutnju, vrata hrapavo zaškripaše pa se otvoriše i jedna debela, raskopčana, znojava i bubuljičava ljudina, u pohabanom odelu palanačkog zanatlije, uđe bez pozdrava i izvinjavanja, noseći u rukama dve potpuno nove ručne torbe od fine žute kože. I sa izazivačkim držanjem pošto pozva svoju ženu, koja se iza njegovih leđa nešto malo videla, da mu sleduje, procedi kroz zube:

— I mi smo, valjda, platili karte.

— Gospodo — šeprtljao je nešto moj drug rešen da suzbije neočekivani prepad (što se tiče mene ja se nisam mešao jer su meni i mojoj nervozi baš godili ovakvi sukobi) — gospodo, ja sam narodni poslanik, a ovaj kupe rez...

— Ništa ne znam, karta je tu — oteže ljudina lupkajući se po džepu.

— Ne priznajemo nebirane poslanike, niti privremeni parlament — prekide ga, u isto vreme, ona prva prilika što nas je pronašla.

— Ovde smo svi jednaki i svaki ima pravo samo na jedno mesto — dodade čovek s novim torbama. I ja sam odmah bio načisto da su novodošavši vrlo lako odneli pobedu.

Međutim, moj drug, svakako postiđen i uvređen, dunu u sveću tako jako da je obori, ali odmah zatim ona prilika što nas je pronašla kresnu palidrvce pa upali drugu.

Potom čovek s novim torbama udesi svoje stvari pa se namesti, zauzimajući samo za sebe dva mesta, onda skide cipele koje ostavi pod sedište i odvezujući zavežljaj s jelom obrati se ženi:

— Jesi li gladna?

Žena, koja je mrdala usnama i sa nekakvim uprepašćenim izgledom, kao da stoji nad ambisom, plašljivo poglédala u muža, procedi:

— Pa mogla bi' jedno krilo.

I tako, dok su krckale kokošje kosti i zadovoljni supruzi nudili se vinom, mi smo ćuteći slušali kako kiša pljuska u prozor i kako ritmično lupa voz odmičući sve dalje i dalje.

Pošto je povečerao, izbrisao usta rukavom, pažljivo uvezao zavežljaj sa ostatkom jela i popušio cigaretu, posle koje smo svi kašljali, čovek nasloni glavu na ženino rame, namesti ugodno noge između one prilike što nas je pronašla i mene pa se umiri, dok se žena junački naprezala da revnosno izdrži ogromnu slonovsku težinu tela svoga muža.

Bez svake volje za razgovor, moj uvređeni drug i ja pokušasmo da spavamo. Ali pokušaj ovaj, bar što se mene tiče, osta uzaludan, jer one tri prilike koje prvo uđoše i po svoj prilici behu studenti, otpočeše vrlo zanimljiv razgovor, koji su vodili sasvim tiho, tako tiho i poverljivo da sam se morao naprezati da ga čujem.

Student koji nas je pronašao, krezub, velikog zabačenog čela, prodornog pogleda i podsmevačkog izgleda, čije mi se drsko ponašanje, iako i na moju štetu, ipak svidelo, obrati se onome drugom, sa finim, otmeno umornim i bolešljivo bledim izgledom, a na čijim kolenima behu dve knjige što ih tek beše uzeo iz pregrade za stvari.

— Šta ti je to?

— *Pečenjarnica kod kraljice Pedok.*

— Jesi li pročitao?

— Još nisam završio.

Pa sumorni student odiže knjigu s kolena i tom prilikom ja primetih da ima svega jedan i po prst na desnoj ruci.

— Taj opat Koanjar — reče onaj prvi — to je neka familija Siranu od Beržeraka. Ili bolje: Sirano i opat Koanjar to su dva brata od kojih je prvog opevao Rostan u stihu, a drugog Anatol Frans, svojim sjajnim stilom, u prozi. Bar meni se tako čini. Samo ne znam da li je Rostan zamislio Sirana pre nego što je Anatol Frans zamislio opata Koanjara. Šta ti misliš?

Student bez prstiju skromno sleže ramenima i nasmeši se.

— Ne bih rekao, ne znam, ja ne nalazim. Naprotiv, to su dva različita čoveka. Onaj vitez, ubojica, borac; ovaj boem krade karte u igri... A posle, dve razne sudbine: onaj junak gine od cepanice, ova propalica od mača. Bar prema ovome što sam dosad pročitao.

— Ne bih ti mogao tačno reći — odgovori prvi — nisam pribran; ali imam taj utisak i čudim se da ti nemaš isti. Uostalom, razmisli i složićeš se sa mnom. Kao i Sirano, Žerom Koanjar odskače dubinom uma. Obojica nemirni duhovi, otmeni, duhoviti, genijalni, visoko nad sredinom u kojoj provode jedan nemiran život i obojica nepriznati i nesrećni. Utoliko... Ima, ima nešto od Sirana u opatu Koanjaru.

— Ne nalazim da ste u pravu — reče ošišana studentkinja, suva, dosta dužna i ispijena žena niskih grudi, koliko da se umeša.

— O, ovo ovde, šta ti je to?

— To su: *Senke jutra* Arcibaševa.

— To je dobra stvar — primeti krezubi student. — Ja naročito volim Arcibaševa. — Pa zabaci ruku i izvadi iz pregrade pljoskavu bočicu s konjakom koju ponudi studentkinji. Ona naže nekoliko gutljaja pa je pruži drugom studentu, ali on odbi.

— Druže — nagnu se ona prema njemu i govoraše sasvim tiho — i sama nalazim da je to dobra knjiga. Jeste li videli, molim vas, kako su duhovi pripremani, bodreni. I zar sami ne uviđate kako nama danas nedostaju Neznamovi i Korenjevi?

Pa još tiše:

— Verujte, druže, po mom dubokom uverenju, ovake stvari treba najviše prevoditi, one nam nikad nisu bile potrebnije. Jer i kod nas treba pripremati duhove i jer izlaz iz ovog haosa i kala ne može se ni zamisliti bez terorističke akcije. Morate se u ovome sa mnom potpuno složiti. I morate nam, najzad, prići.

Sumorni student, najpre odmereno, zatim sve življe i vatrenije odgovori ovo:

— Gospođice, ja sam vam rekao već da me još ne možete tako oslovljavati. Ja nisam komunist, još manje anarhist, niti vaš drug. Toliko sam vam hteo reći, jednom zasvagda. Ja... ja bih hteo ali ne mogu. Oprostite, ali vi baš jako podsećate na ovu Doru Baršovsku. Svi mi samo imitiramo, zar ne? Govorimo otvoreno. Ali mene ništa više ne može da zagreje, kao nekad pre ratova. Nema organizacije, nema sredine u koju čovek može da uđe bez rezerve. A posle: ja sam se razočarao, užasno razočarao; nemam više vere. U ratu žrtvovao sam se jer sam verovao da sloboda vredi više od života, borio sam se za bolje društvo, to jest nadao sam se da će ljudi postati bolji. Zar ne? Svi smo tako. Ko nije verovao da će zlo biti kažnjeno? Ko je sumnjao u pravdu? Ko nije verovao u bolje dane? A danas, šta smo dočekali? Onaj mali deo što je postao bolji zamorio se. On je samo nemi svedok onoga što danas rade oni odmorni koje rat nije nimalo izmenio ili bolje koje je rat utoliko izmenio što im je sasvim iskvario srca. A šta je sa slobodom? Kad smo nosili teže okove od ovih što ih danas, inače umorni, vučemo? Okovi to vam je nagrada. Za njih su pali milioni. I zar posle svega što sam video, doživeo, trpeo, treba svesno da zažmurim pa da ponovo verujem? U šta? Kome da verujem? Za čim da pođem? Šta je to što sad treba da ustalasa ljudska srca, da ponovo rasplamti ono plemenito, nezainteresovano oduševljenje koje se ugasilo? Koja je to reč života koju, kao buktinju prave svetlosti, treba sad da pronesu oni izabrani usred ove mračne i perverzne generacije? Ja ne znam. Ja zaista ne znam. I zato, kad mi govorite o vašem idealu, ja sam hladan — potpuno hladan. Jer to što tražite ne odgovara objektivinim uslovima i nije to ono sasvim novo što smo mi tražili i nejasno zamišljali u ratu, noseći naše krstove stradanja. I ko danas, posle rata, može reći da je već gotov sa svojom duševnom organizacijom, da zna šta hoće i da je to što hoće istinska i najveća pravda? A vi? Kažite sami, vi biste nešto hteli, a to što hoćete to nije iz vas, iz nas, neposredno. Recite samo: zar vi niste Rusi bez ruske duše? Imate nešto od nje, možda, ali nije sva i nije vaša. Zato nema Korenjeva i Neznamova. I još ih neće biti. A u novom poretku kome težite, verujte, gospodarili bi kod nas opet odmorni, to jest koji nisu stradali, jer oni što stradaju uvek se umore do vlasti, koju prihvataju oni vešti iz mišjih rupa. Ja nisam naivan, ja više ne verujem, ne znam u šta i kome da verujem, nemam ideala. Nemojte me zvati: druže.

— A ti, brajko, kad nemaš ni volje ni ideala, skrsti ruke kao što si skrstio, trpi, škripi zubima i gledaj šta se radi — odgovori mu krezubi student, koji ga je za sve vreme pažljivo slušao iako u njega nijedanput nije pogledao. — Kad bi svi govorili kao ti, šta bi bilo? Srećom ne misle svi tako. Treba se, brajko, očajno napregnuti, treba razmisliti šta da se radi. Neka nas je u početku šaka ljudi. Dosta. Bolje išta nego ništa. Jer danas i nema prave opozicije. A zašto nema opozicije? Zato, što ljudi misle pogrešno kao ti i nemaju ideala. Mi treba da stvorimo istinsku opoziciju. Jer šta je narod bez opozicije? Opozicija, rekao je Renan, čini čast jedne zemlje. Što se mene tiče, ja imam ideala: pravda. I ja, niti mogu, niti hoću da skrstim ruke. Ja sam polomio zube škripeći, sad hoću drugom da polomim rebra. Eto takav sam, besan, sagorevam, ne mogu dalje da gledam šta se radi na naše oči. Živiš li ti u Beogradu, prikane? Imaš li oči? Ruku nemaš, znam. I ne kaješ se što si je dao. A ja bih se kajao, vidiš. Eto, sam si mi kazao: stegne li malo reakcija, afere se zataškaju, a ratni bogataši izmile. Svuda: na ulici, u pozorištu, na trkama; svuda oni i njihovi fijakeri, automobili, toalete, bes, rasipanje, nemoral, kockanje u ogromne sume; sve preko naših leđa. Pogledaj ovog ovde prijatelja.

Pa pokazujući prstom čoveka preko puta:

— Šta ga ceniš? Milion kao groš. Pogledaj u kofere pa u njega. Pas nema za šta da ga ujede. Tip ratnog bogataša.

Studentkinja potvrdi glavom i skoro glasno reče:

— Zaista, tip *nouveau riche*.

Za to vreme ja sam kradomice pogledao da se uverim: spava li čovek naslonjen na ženino rame ili se pretvara. Žena je; to sam primetio, nekoliko puta otvorila usta kao da je htela nešto da kaže. Ali ja nisam siguran: da li je odista imala nameru da nešto progovori ili joj se zevalo. Što se tiče čoveka, po kratkim i iskidanim pokretima učinjenim u toku poslednjih reči koje su se na njega odnosile, za mene nije bilo nikakve sumnje da se on samo pretvarao da spava, jer sam i ranije bio opazio kako je, s vremena na vreme, krajičkom jednoga oka, kontrolisao stoje li njegove torbe od fine žute kože gde ih je ostavio. Očevidno, dakle, on je pažljivo prisluškivao zadnji deo rezgovora jer posle onih jasnih i izazivačkih reči što su pale na njegov račun, upravi se pa planu:

— Komunista, to je boljševik, to je neradnik, to je buntovnik. Svaki danas može da zaradi, ako hoće i koliko hoće. A vi ste vrlo neučtivi i drski.

— Moguće — odgovori mirno student kao da je očekivao baš ove iste reči. — Ja sam vrlo neučtiv čovek. Ali vi ste vrlo ratni bogataš, a ja vrlo predratni student. Ja i ovi ovde. Vrlo!

Čovek učini pokret kao da se sprema za fizički napad i mi se uzvrpoljismo.

— Aksentije — uhvati ga za rukav preplašena žena — budi priseban. A vi nemojte vređati.

Pa, ne znam zašto, gledaše samo u studentkinju.

Ova je preseče:

— Silence! Šta se vi mešate u diskusiju?

— Da, u diskusiju! — primeti ironično krezubi student, pa ubode kažiprstom u vazduh.

— Gle — reče žena koja ne skidaše oči sa ošišane studentkinje i dobi još upropašćeniji izgled kao da će smesta pasti u ambis. — Šta hoće ova napast od žene? Ja njoj ništa nisam kazala, ona neka ćuti.

— Jest — doda njen muž. — Gde putuje žensko samo? Da si moja ja bih te ubio, rđo kusa...

I danas, kad sam prinuđen da se, na ovom mestu priče, dotaknem toga neprijatnog momenta, ja ne mogu da znam, upravo, kakvim tajanstvenim načinom stvar uze taj obrt ili, da se poslužim vojničkim izrazom na koji sam navikao, situacija ispade tako nesretno: da studentkinja, a ne krezubi student koji je stvarno sukob izazvao, da ošišana studentkinja, rekoh, primi na sebe svu težinu besomučnog udara, da ona postade meta, objekat ili centar ogorčenog i obesnog protivnapada neprijatelja, koga je u ovom, posve žalosnom i neželjenom slučaju, predstavljao čovek sa torbama od potpuno nove i fine žute kože i supruga mu uprepašćenog izgleda. Sećam se jasno samo detalja: da je studentkinja, posle onih reči što joj je uputio čovek, smrtno ciknula, tako smrtno da je moj drug poslanik, iako apsolutno neumešan u aferu s novim torbama, instinktivno pružio ruku za flašu s konjakom, da joj je ovu flašu munjevitom brzinom dodao takoreći poturivši je pod nos, da je ona smesta progutala nekoliko dobrih, vrlo snažnih gutljaja, kojima, po mom mišljenju, jedino ima i da zahvali što još odmah, posle onih užasnih reči, nije pala u nesvest, kao što smo svi s pravom i s neopisanim užasom očekivali.

U trenutku, međutim, kad su zategnutost nerava i naša uznemirenost bili na vrhuncu, drski student obrati se razjarenom čoveku jednim vrlo pomirljivim tonom:

— Nemojte se ljutiti — reče on sav zažaren ironijom — ja sam svemu kriv. Ja vidim torbe sasvim nove, a vi kao da ste iz apsa ili ropstva.

— Kumrija — dreknu trgovac — ja moram prestupiti.

Ali, srećom i na naše iznenađenje, savlada se, pa mereći studenta od glave do pete reče:

— Sumnjivi se oblače tako fino.

— Torbe su naše — ciktala je žena — a moj muž je starešina esnafa.

— Čestitam, o čestitam! — uzviknu student kao da je jako tronut.

— Ženo! — progovori trgovac, sav crven i posle podužeg i mučnog uzdržavanja kao strahujući da uvreda koja će pasti ne bude i suviše teška. — Ovo su glumci, mora biti.

A kad, kao grom iz vedra neba, pade ova reč, žena se prepade od izveštačene uzbuđenosti studenta koji se spremao da protestuje:

— Aksentije — primeti ona prekorno — kumim te Bogom, vrati tu reč natrag.

Studentkinja je škrgutala zubima i krvožedno gledala u ženu, koja se posle ovih reči popuštanja bila povukla iza širokih leđa svoga muža, pa joj je dobacivala razne uvrede na francuskom jeziku (kao *rita, kamila*, i dr.) dok se krezubi student cinički smejao, a onaj drugi sedeo mirno kao što bi trebalo da se sedi na predavanju.

Ali na energičnu i iskrenu intervenciju poslanikovu i moju, protivnici popustiše, napregnuti nervi postepeno olabaviše i sve do Lapova provedosmo, posle toga, ćuteći. Samo kad voz stade u Lapovu krezubi student snažno prodrmusa trgovca koji je hrkao kao u rovu:

— Gospodine ratni bogatašu — viknu on — prostrugaste šine širokog koloseka!

— Šta — prestravi se on budeći se — šta se desilo?

— Svirali ste na uzbunu i voz je stao.

— Bez uvrede, gospodo! — završi trgovčeva žena „diskusiju", jetko i žurno prikupljajući stvari, dok je muž otvorenih, vlažnih usta još nesvesno gledao u nas.

Pa se posle svi digoše da pređu u kragujevački voz kojim su imali da nastave put, sem krezubog studenta.

— Moja karta treće klase do Vujanovca — reče on opraštajući se sa drugovima — dovde me je pošteno vozila drugom. Pravo je sad da je odvedem na njeno mesto.

Pa uze stvari i pređe u treću klasu. Sa ostalima za kragujevački voz ode i narodni poslanik, a ja ostah sam u onoj istoj vreloj atmosferi u kojoj je, posle njihovog odlaska, još zadugo brujalo od burnog sukoba dva sveta, ni kriva ni dužna, uostalom, što se nisu mogla, niti će se ikad moći sporazumeti.

II

Upravo, sukob ovaj koji se desio između studenata, predratnih po njihovom sopstvenom priznanju, s jedne strane, i bogataša, ratnog po tome što to nije porekao, s druge strane, a koji kao da niko nije želeo sem krezubog studenta drskog ponašanja, nema nekakve naročite veze sa ovom pričom; ali on ipak ima neke veze jer se desio u mome kupeu na putu za Vujanovac, gde sam pošao u goste kod svoga pobratima, i gde ću ponovo sresti krezubog studenta. Zato sam ga izneo. Što se mene tiče i čim sam ostao sam posle događaja, odlučih da spavam. Pošto nisam aktivno učestvovao u sukobu, šta mi smeta, mislio sam, da preko njega pređem kao da se ništa nije ni dogodilo. Ali, nažalost, to je zadugo bilo neostvarljivo. Jer sukob koji se razvijao na moje oči i umalo što nije bio krvav, jeste događaj takve prirode da se lako nije mogao ni zaboraviti. I tako sam dugo ostao sedeći da razmišljam o ljudskoj osetljivosti i drugim zanimljivim posleratnim činjenicama. Da bih ipak sve to zaboravio ustao sam i gledao kroz prozor. Kiša više nije padala, ali mrak beše potpun. Tada se setih da sad nailazi mestašce gde se moj pobratim venčao i bi mi žao što bar nije dan da ponovo vidim selo i jasno oživim stare, tako prijatne uspomene. Međutim malo docnije voz stade i ja siđoh pred stanicu da bacim pogled unaokolo, bar koliko dopušta slaba svetlost pred njom i oko nje. Ali mi se sad sve učini drukče nego nekad. Onog dana kad smo stigli ovde, pobratim i ja, sećam se, imali smo malo jedno razočaranje. Jedan od kumova pobojao se bio da se ne zameri roditeljima njenim i odustao; ali drugog kuma, profesora, koji je pošteno održao reč zatekosmo šćućurenog baš u onom uglu stanične čekaonice gde sad gledam kako dremaju, klimajući ubrađenim glavama, dve seljanke sa korpama u krilu, iz kojih vire smešno ispružene guščje glave i repovi. Sa gomilom knjižurina pod pazuhom i jednom otvorenom u rukama, koju je ispustio kad nas je spazio, on je revnosno očekivao dolazak našeg voza, pa ga ipak nije osetio. U svečanom odelu i velikom crnom šeširu, sa primetno kraćom desnom rukom koju je redovno podizao u visinu očiju kad se zdravio, kratkovid i vrlo zbunjen, kum je iskreno zagrlio Nikolu i nešto nerazumljivo mucao kad mu je ovaj, srdačno mu stežući ruku, zahvaljivao na održanoj reči.

Dok sam bio u nizu ovih sećanja voz pisnu i ja utrčah unutra trudeći se da sliku, koju sam o onoj večeri stao obnavljati, ne pobrkam... Gotovo u isto doba noći kad prolazim ovuda, prilično nervozni, šetali smo ono veče duž pruge koja je bleštala na svetlosti mesečine, očekujući da ona stigne. Nemoguće je, uostalom, zaboraviti tu noć uoči ovog neobičnog venčanja. Činilo nam se, pored svega, neverovatno da će se ona pojaviti i hiljade smetnji izlazile su nam pred oči. A da nas je neko tada pažljivije zagledao morao bi s čuđenjem zastati da posmatra: kako zamišljeno i brzo koračamo, odavajući brigu ljudi koji očekuju nekakav vrlo važan događaj. Imalo je nečeg zavereničkog u našem ponašanju.

I tako šetasmo, čekasmo, udisasmo divan miris trave, slušasmo zrikavce, lavež pasa, otkucavanja telegrafskog aparata ili poglédasmo na taman zvonik usred uspavanog sela i beličaste, razbacane kućice što snevahu na mesečini, kad najzad, čusmo u daljini pisak. Zadrhtasmo i zagledasmo se tamo odakle treba da se pojave dva crvena oka voza koji i ne zna da nosi jednu ljubav tako odlučnu, neobičnu i vernu. Pa se crvene tačke pojaviše, srca nam zalupaše, a malo posle, ala što je brektala stade. Mi pojurismo kolima, zverajući na sve strane, kad se jedna vrata naglo otvoriše i na stepenicama ukaza, sa puno ruža na levoj strani grudi, ona, u putničkom šeširiću od slame, dugačkom mekintošu, lica ozarena srećom i u onoj miloj uzbuđenosti koja čini da čoveku i protiv volje oči zavodne. — Kad lako skoči na snažna prsa Nikolina, on je ponese izlazu, ka kolima koja su čekala. Ali se ona izmigolji, odskoči elastično, pa nam pritrča, kumu i meni, srdačno zahvaljujući i stežući nam ruke. Vitka, elegantna, neizveštačena, svesna da je lepa, uverena da nas je očarala, kao najlepša ptica, skakutala je od jednog do drugog. Ja sam bio oduševljen do mahnitosti. Jurio sam čas tamo čas ovamo, ni sam ne znajući šta činim, pa sam svojeručno dohvatio njene stvari teške kao olovo, natovario na leđa i nosio od kola do kola. Kum bukvalno nije znao gde mu je glava. Cviker mu beše spao, ali on ga nije tražio, već je pitao mene da li je poneo još jedan, rezervni i da li znam gde mu je, peo se na kola i skidao dok su mu kupusare ispadale iz džepova. A ona se smejala, rekla nam da smo divni, da će nas voleti kao što nas voli Nikola, pa nam je, posle, kad se kola krenuše putem u selo, pričala o tome kako je sinoć vešto i lako umakla iz kuće. Otac ništa nije primetio, rano je legao, majka i ostali ispratili su je na stanicu, stigla je u poslednjem momentu, putovala bez neprijatnosti. I gledajući milo u Nikolu pitala ga svaki čas: „A šta bi radio da ti nisam došla, je li šta bi radio?"

Do jutrenja proveli smo u popovoj kući u ljupkim i veselim šalama i razgovoru kojim je ona znala da rukovodi sa neiscrpnom srdačnošću i sa puno gracije, obraćajući se uvek onome čije raspoloženje popušta, cvrkućući neprestano, očaravajući nas svojom umiljatošću, i zanoseći nas do najslađeg zaborava. Pop, mlad, veseo čovek i popadija, puna, sa velikim crvenim pečatima, žena „u srpski", nisu krili koliko im čini čast što smo njihovu kuću izabrali za ovu srećnu priliku. A kad je bilo vreme jutrenja odosmo u crkvu. Sećajući se i sad onih svečanih trenutaka ceremonije, jedne od najvećih i najsvečanijih obaveza koju čovek može primiti, znam kako sam onda verovao: da se ona nikad ne može pogaziti, bar radi lepote one uspomene, najmilije u životu, najsvečanije od svih, najčistije i najdraže. Izgledala je lepša od svake kraljice, pod krunom nasred crkve, i nasmešila se tako zanosno na Nikolu onda kad je sveštenik upitao je li njena draga volja da za njega pođe, da sam se ja toga trenutka, i samo radi toga da ga i ja doživim, odlučio da se oženim. A posle venčanja otišli smo na zakusku pod veliko gumasto drvo, u blizini crkvene porte. Posedali smo na šarene prostirke i ona nas je služila. Usred one vedre i žive svežine prekrasnog letnjeg jutra, na velikoj travi i među cvećem, pored šume pune ptica, ono ljupko stvorenje više nije imalo ničeg zemaljskog. Oh, kakvo blaženstvo! Topili smo se od njenog osmeha, drhtali smo pod pogledom njenih žarkih očiju. Kucali smo se čašama, ispijali, klicali, pevali. Pijanstvo mladosti dostizalo je svoj vrhunac kad nam je ona pevala. Pa su nastale zdravice. Pop je držao čitave propovedi i govorio glasno kao da ga sluša cela parohija. A ja sam rekao: „Snajka, pobratime, dabogda celoga veka bili srećni kao danas. Eto to je sve što znam i mogu da vam kažem", pa sam bacio praznu čašu u travu. Kum, bez cvikera, gledao je razroko i sa čašom u onoj kraćoj ruci, kazao: „Nikola, spremio sam bio divnu zdravicu na latinskom, sad ni na srpskom ne umem da govorim. Ali što je ovde, ovde je", pa se lupi po srcu. Sa burnim „živeo" propratismo ovaj kraj njegove zdravice, pa Nikola zasvira kolo. Pop, popadija, kum i ja skakali smo bez takta do krajnjeg zamora. Posle je pop gađao iz revolvera moj šešir od paname okačen o drvo, a kum, pobedonosno, na svom štapu doneo veliku zmiju koju je ubio i stao da opisuje. Nikola nas je grlio i ponovio da nema boljih prijatelja od nas, a mi smo ljubili snajku u ruku, uveravali je da nam je ona od danas rođena sestra, da je Nikola najpametniji, najhrabriji i najsrećniji čovek na svetu i da će ga ona voleti tek kad ga bolje bude upoznala.

I, najzad, kad bi vreme za polazak odosmo na stanicu. Na rastanku, najsrdačnijem koji sam upamtio, obećasmo skoro, ponovno viđenje i kad voz pođe, dugo mahasmo šeširima posmatrani sa načičkanih prozora od radoznalih putnika. A posle, svaki ode na svoju stranu, sem kuma kome voz beše umakao dok se negde bavio.

Oh, a nekoliko trenutaka zatim, kad sam se našao sam u kupeu voza koji me je nosio za Beograd, sećam se kako sam bio utučen. Kao da mi je srce bilo iščupano...

III

Kad sam se probudio, protegao i pogledao kroz prozor, voz je najvećom brzinom jurio moravskom dolinom. Ja spustih rasklimatano okno i oslonih se. Pa umiven svežinom mirisnog jutra zagledah se u blistavi, zmijasti vodotok reke. Ona se, vijugajući, gubila između uzvišenih, zelenih strana po kojima su, usred povrstanih voćnjaka, provirivali crveni krovovi skromnih kućica. A dalje na horizontu, nad velikom plavom planinom, jedan usamljeni beo oblak, kao ogromna ovca od snega, raspadao se postepeno iščezavajući. Žute njive i beskrajna zelena polja, pokisla, bujna, puna svežih boja, i posuta pravilnim redovima kosača u košuljama, bleštali su u svoj raskoši veličanstvenog sunca što se rodilo iza kiše. Rekao bi čovek da leti kroz božje rajske bašte, da oseća dah Boga i u osećanju kako taj dah božanske čistote prožima ceo svemir čini mu se: da će svakog trenutka ugledati anđele kako izleću iz gustih, visokih šuma i sleću na zelene, cvetne obale voda. Zanesen neiskazanom lepotom ovoga jutra ja sam satima gledao kroz prozor, zaboravljajući i na knjige koje sam poneo i na cilj moga puta i na sve drugo. Tek kad sam se umorio, zadugo stojeći kraj prozora, ja se ponovo ispružih preko celog sedišta i pokušah da čitam. Ali sam brzo odbacio dosadnu knjigu i stao, bez reda, da mislim o svačemu. I tako se opet setih pobratima na kome se zaustavih, pa jednog trenutka osetih čak dužnost da o njemu mislim kad već idem da ga vidim. I celoga toga dana na putu ništa drugo i ni o kom drugom nisam ni mislio.

Od venčanja njegovog mi smo se retko dopisivali. Javljao mi je da su srećni, a pred prvi rat izvestio me da su dobili ćerku. Posle smo u ratu, kao rezervni oficiri, bačeni u dve razne divizije. Videli smo se samo jedanput pred veliko odstupanje. Teško ranjen u grudi on je ležao u kruševačkoj rezervnoj bolnici, gde sam otišao da ga posetim. Tom prilikom žena se nalazila uz njega i negovala ga sa puno najlepše nežnosti. Bila je brižna, oslabila, dražesno smerna, i retka, dirljiva mirnoća i dobrota ozaravala je njeno blago lice. A susret naš bio je ozbiljan i vrlo tužan. Stradanja behu ostavila traga na svima nama. Tada mi je Nikola izjavio da je neiskazano razočaran svim što se radi u zemlji ali da nipošto neće ostati da čeka neprijatelja, već da će odstupiti s vojskom i potražiti me. I tako smo se rastali da se ponovo vidimo tek posle nekoliko godina na Solunskom frontu.

Dakle dve i po godine docnije, jednoga dana, dobijem od njega pismo kojim me poziva da neizostavno odem k njemu, ako sam onaj stari; da mu je moja pomoć neophodno potrebna i da ću, možda, žaliti ako se ovom pozivu ne odazovem. Mislio sam posigurno da mu je novac potreban, jer je takva oskudica onda predstavljala opštu nevolju, bar onih na frontu, nabavim ga i krenem se tamo čim dobih objavu o odobrenom trodnevnom odsustvu. Posle dva dana klack-anja na konju po kamenitim i vratolomnim stazama stigoh uveče do rezerve njegovog puka, gde mi rekoše da je on za tu noć dobio nekakav specijalan zadatak na izvršenje i da ću morati, zbog toga, sem ako nisam ljubitelj juriša, tu ostati da noćim. Kako ja to nikad nisam bio, rado sačekah kraj ovog koncerta u dobrim zaklonima rez-erve, a sutra rano, pre svanuća, pošto teren beše otkriven i neprijatelj blizu, uputih se Nikoli. Tek je svitalo kad sam stigao pred njegovu zemunicu. I vojnik mi saopšti da je sinoć bio mali napad jurišnog odeljenja, da je komandir skoro i legao i naredio da ga ne bude bez naročite potrebe. Trebalo je, prema tome, da ostanem pored zemu-nice i da čekam. Jutro je bilo vedro, sveže i mirno. U nestrpljivom očekivanju i sedeći na maloj tronožnoj stolici koju mi vojnik iznese, okružen plitkim, u raznim pravcima izukrštanim saobraćajnicama, ja sam posmatrao krivudavu, u kamenu usečenu, liniju rova sa njegovim traverzama i nadstrešnicama od zemlje i malih, cementom ispunjenih džakova, preko kojih je, da maskira liniju, nabacano već osušeno požutelo granje. Iz tih rovova, kao iz raspuknutih grobova, izvlačili su se, poguereno i jedan po jedan, vojnici mračna, paćenička izgleda, u spremi, pod strogom pripravnošću, i sa čuturicama u ruci mrzovoljno odlazili da se umivaju. Vladao je onaj naročiti, privremeni mir fronta kad vazduh još podrhtava od eksplozije, kada se žuri da se odahne, proživi nekoliko sigurnih trenutaka, kad se crne slutnje umire i kad se pretnja smrti odmara da se, malo posle, opet ustremi. Dežurni su oprezno ali strogim glasom budili smenu, koja je neispavana, bunovna i natmurena izlazila lenjo iz pasivnog zaklona, narednik je psovao i pretio, jedan poranio avion zujao je iz daljine; a tamo preko preprečnih žica, krstina, neprijateljskih rovova, ukopanih među šiljaste i oštre karpe, usred krševa, tamo u daljini i u zorinoj svetlosti preko beskrajnih talasastih masiva, ocrtavali su se ogranci Babune, plavila se otadžbina. Ja se potom digoh da prošetam tankom, zmijastom „stazom uzdaha", kako se tamo nazivahu one uske putanjice što su služile za šetnju u slobodnim časovima i koje su oficiri, u beskrajnim trenucima očajanja, sa mutnim pogledom u plave daljine i snovima o slobodi, vremenom ugazili šetajući se gore-dole. Zatim, kad mi se i to dosadi, priđoh oprezno prozorčetu Nikoline zemunice i ugledah ga opruženog na poljskom krevetu, pokrivenog šinjelom, sa kapom na očima. Najednom on se grčevito pruži, kriknu, probudi i zveraše, ali me ne spazi. I kao zbunjen i mučen snom koji nije upamtio on se izbuljeno zagleda u zid pa ponovo spusti glavu. Još je bilo vrlo rano i svetlost je kroz sasvim mali i četvrtast prozor, koji je ličio na apsanski, ulazila bojažljivo u zemunicu, kao da poštuje umor oficira kome je posle tako teške i rizične noćašnje službe još trebalo mraka i sna.

Počekah još malo, pa, neizdržljivo nestrpljiv, gurnuh, najzad, vrata koja zaškripaše. On se trže ljutito, zagleda se, poznade me, skoči (spavao je obučen) pa se zagrlismo. Pošto me pusti i izmače se, on ponovo priskoči pa me pritište na svoje grudi.

— O blagi Bože, nisam se nadao, hvala ti.

Plakali smo obojica.

— Zašto se nisi nadao?

— Pa, znaš kakvi smo danas.

U onom uzbuđenju ja nesmotreno požurih da ga obradujem:

— Molim te, pre svega, evo novca, doneo sam ti.

On me pogleda blago prekorno pa mi hitro zadrža ruku kojom sam se mašio da tražim novac.

— Baš si smešan, pobratime. Ostavi to, ne treba mi. Ti mi trebaš.

— Pa šta je, brate, govori. Gle kako si potavneo!

— Polako, sedi, puši. Pa kad si pošao, kako si putovao, šta radiš?

I opet ne čekajući odgovora na koje od svojih pitanja:

— Koliko imaš odsustva?

— Tri dana bez putovanja.

— O, baš ti hvala. Provešćeš sve kod mene? Nećeš u Solun?

— Ne mislim. Šta je kod kuće?

On me pogleda ćuteći pa ne skidajući ruke s mojih ramena:

— Sve ćeš redom čuti.

— A sinoć si imao napad?

— Jest, i to je zbog čega sam te zvao. Došao si baš kad treba.

Pa pošto sedosmo on otpoče ovako:

— Bolestan sam ti; teško spavam, svaki čas budim se. Bolovi u nogama... noge su mi propale, a glava... kao da na njoj imam olovnu kapu koja me pritiskuje i ne da mi da mislim. Dok sam bio u rezervi, imao sam jedan razgovor s komandantom puka i očekujem velike neprijatnosti. Ja sam, da kažem, protiv ovih izlišnih, delimičnih napada... trpimo gubitke, a rezultati nikakvi, pa povodom toga. Ali, veruj mi, ne muči me ono što sam tada kazao, već što nisam govorio sasvim onako kao što mislim da treba da govori pošten čovek.

On je sedeo prema meni, preplanula lica, ogrnut bluzom, sa prostom vojničkom šajkačom na glavi i *Karađorđevom zvezdom* na grudima, bez paletuška i ostalih oficirskih znakova. A ja sam s divljenjem gledao u njegovo izmučeno lice i puno bora čelo po kome su, ispod šajkače, neuređeno padali pramenovi njegove crne kose, pa sam mislio: koliko ovaj starešina, pun snage i prostote, mora ulivati poverenja ljudima koje vodi.

— Ti znaš — nastavljao je on — svi smo danas nervozni. Ne možeš mirno da govoriš, ne možeš da vladaš sobom, ne možeš da čitaš, ne možeš uopšte da se skrasiš; tražiš samo s kim ćeš da se posvađaš, koga ćeš da izazoveš. Takvi smo svi, pa takav sam i ja. I nije ni čudo. Godinama nerazdvojan život pa smo se, tako da kažem, poznali pod svima prilikama. I kad se poznajemo onda ne vredi da se lažemo, je li? Kad znam šta u duši misliš, zašto govoriš drukčije? I ja sam jedno veče rekao pred svima ono što nosim u duši, ne baš sve i to je ono što me muči. „Vi se sve nešto bunite, sve vama nešto nije pravo, vi...", tako mi je rekao komandant. Trebao sam odgovoriti: „Gospodine pukovniče, vi ste... svi smo mi najveći nitkovi." A on bi kazao: „Vi ste poludeli, vi ćete biti optuženi i degradirani." Ja sam već degradiran, ja sam ponižen do životinje, ja sam osuđen, ne mogu me dalje od žica, zar ne? A ja sam rekao... ali evo čitaj optužni raport i kaži sam.

Pa uze sa stola jednu malu grupu akata, potraži nešto i kad pronađe:

— Evo, molim te, čuj šta sam rekao: „Mi se danas bijemo i ginemo da bi srećnije živeli budući naraštaji; naši su očevi činili to isto da bi stvorili što bolje uslove za život nama; njihovi su se očevi borili i stradali da bi njihova deca bila srećnija, naša deca činiće to isto da bi obezbedila lepšu budućnost naraštajima koji dolaze." I ja sam ga upitao: „Razumete li se vi štogod u tome, zbilja, gospodine pukovniče?" Što se mene tiče ja ništa ne razumem. Ja ovo kažem — a to je bio intiman, drugarski razgovor i ja sam mislio da to mogu reći — ja ovo kažem: pre ratova imao sam veliki broj prijatelja, drugova, srodnika i sećam ih se. Najveći broj izginuo je ili pomro. Pred mojim očima prolaze jedan po jedan... Zagledam svakoga. Svaki posebice imao je pre rata svoj cilj. Svaki od njih zagrevao se svojim ličnim planom. Jedan se strasno odao slikarstvu, drugi poljoprivredi, treći matematici, četvrti književnosti, peti trgovini itd. Ne sećam se nijednog, ali nijednog se ne sećam među njima, u čijem je planu bilo da pogine. U toku ratova sretali smo se, to sam znaš. Šta su nam oni govorili? „Samo da se ovo svrši." Oni, dakle, nisu hteli dati ratu svoje živote. A šta se o njima govori? Šta svaki dan čitamo? Šta pišu patriotski pesnici što izdaleka druge tutkaju u smrt? Pišu: da su oni hteli umreti, da onima ništa slađe nije bilo nego umreti. Je li da je to laž? Je l' da se svakome živi? Ja sam sretao ljude kojima je u ovom paklu rata iščezao i poslednji razlog da žive: on im je progutao i porodicu i ognjište i sve što su imali, a njih učinio nesposobnim za rad i običan život. Znaš li šta kažu ovi jadni ljudi? „Mi još jedino živimo iz radoznalosti za sudbinu ovog nesrećnog naraštaja." To je nova haljina egoizma, istina, ali glavno je oni hoće da žive. Eto onu laž ja sam napao. Jer slatka smrt i nije ništa drugo do pesnička laž ili laž sa kojom operišu oni čiji je račun rat. „Samo da se ovo svrši." U najtežim trenucima opasnosti, kaži sam, oni su kao i mi, a mi smo, sutrašnji mrtvi, puni grozničave zebnje uzdisali: „Samo da sve ovo preživi, samo da se ovo prebrodi." Ja ne govorim o izvanrednim prirodama... I, evo, kako je dalje naveo moje reči, evo šta sam još kazao: „I da ne smem govoriti kada se bez potrebe naređuju krvavi juriši i napadi što redovno staju života nekolicinu najhrabrijih ali ne i najsvesnijih..." Ili da se moram smešiti dok moj komandant priča: kako uvek, pre nego ode svojoj ženi u Solun, svraća u trgovinu da joj kupi dugačke svilene čarape, jer je to za njega najveća draž kad pomisli da će ih ona isto veče navući. Zatim da verujem, kao on, da su saveznički političari genijalni. I kad Bonar Lo kaže: „Mi moramo pokazati da ovaj rat nije vođen uzalud, sasvim uzalud, što bi stvarno bilo kad se mi ne bismo osigurali da nikad više ne bude u moći jednog čoveka ili jedne grupe ljudi da bace ceo svet u sve ove bede" — onda ja ne smem pitati: „Zar su trebali milioni nevinih da padnu pa da se tek posle toga preduzme osiguranje od svemoći jednog čoveka ili jedne grupe ljudi? Zar se to osiguranje nije moglo postići blagovremeno i sa mnogo manje žrtava? Zar je moralo da dođe do toga da se čovečanstvo unesreći pa da se postigne, užasno, samo taj rezultat: da rat nije vođen sasvim uzalud!?" Istina je, tako sam, uglavnom, rekao. „Ali to je politika, veli on, a u vojsci to je ubijanje morala." I zaista, to će mi škoditi. Prvo su mi tražili odgovore, pa će me saslušavati, ispitivati svedoke, suditi, žigosati. Zato sam te zvao. Savetuj me, pomaži, nauči me šta da radim. Jer, kažem ti: ja ne mogu da gledam sitna slova komandantova i pakosno lice islednikovo. Jest, seckaće me, mrcvariće me, tucaće me. A ja bih više voleo da stanem pred preki sud pa da iz sveg glasa kažem: kriv sam, gospodo! Sudite me, streljajte me, secite me, ali ne mrcvarite. Jer ja ne mogu sedeti dok me saslušavate, očekivati presudu, ja ne mogu... to bi bio crn život proći kroz sva ta mučenja. Ja imam i drugih briga, ličnih, familijarnih...

Bio je silno potresen i poslednje reči izgovorio je gušeći se. Ja sam ćutao. A on me, u nadi valjda da će ga svež vazduh koliko-toliko okrepiti, zamoli da otvorim malo okno prozora koji se sam bio zaklopio. Zatim se diže sa stolice, izvini mi se pa se baci svom težinom na svoj labavo učvršćen poljski krevet koji je škripao.

Ali toplo julsko jutro, puno zapare, ne unese nimalo svežine, niti onog zorinog mirisa stvari koji je poželeo da udiše da bi se okrepio i on se kao začudi kad ne oseti baš nikakve promene u zemunici.

Jer ne samo svežina, već spolja ne uđe nikakav zvuk, niti žumor, niti miris, ništa sem nešto više svetlosti i to umorne, sumorne i mrtve.

Oh, poznavao sam dobro ovaj mir, mir groblja, mir koji guši, neizdržljiv, užasan. Samo se svetlost polako uvlačila i, postepeno i oprezno, otkrivala stvari.

On uzdahnu isprekidano.

— I vazduh ovaj nije više vazduh.

I doista, koliko sam puta, budeći se u svojoj zemunici i pritisnut istim grobnim mrtvilom maćedonskih urvina, imao ovaj utisak i sećao se kako ova svetlost nekad nije ulazila sama. Kao dete, kad sam se zorom razdragan budio i otvarao prozor male, vrtom opkoljene roditeljske kuće, jurnula bi, pamtim, ona okrepljujuća muzika stvari, puna neke snažne životne energije koja podiže, prkosi, opija. Pa uveren da se ništa slađe u životu ne može ni doživeti od onoga što oseća dete kad ga budi sunčani zrak i slavuj, koliko sam se puta naprezao da zamislim: kako opet kroz san slušam onaj isti žumor svemira i osećam sav onaj buran, pun strasti dah zore proleća, kad je vazduh sav od mirisa i od cvrkuta, zujanja osa, veselih uzvika, zvona, škripe kola, odjeka motike što cepa mirisnu zemlju; svu slast onog *điv-điv* nestašnih vrabaca, čija neumorna i strasna prepirka, uz prve sunčane zrake, uzbuđuje i poziva na igru dete, a ono na očima oseća sunce i uvereno u lepotu dana ipak pita: „Kakvo je vreme, mamo?"

I podsećajući se toga utiska, pomilovan ovim dahom detinjstva, ja se povratih.

— Pobratime — rekoh odlučno — ni pomisliti nisam mogao da si takva slabotinja. Molim te: ti, kao pravnik, kao čovek od zakona, znaš i sam koliko je beznačajna, neznatna ova tvoja krivica. A ti si je toliko naduvao! Ne preteruj i budi uveren: da bi oficiru kao ti što si progledali kroz prste i mnogo veću, mnogo težu grešku. Greške kao što je tvoja, uostalom, dešavaju se svuda, svakoga dana, svakoga časa, na celom frontu, gde svi protestuju ali svi i dalje, kao i pre toga, sa puno savesti i samopožrtvovanja vrše službu, nose svoje krstove.

On odmahnu rukom i duboko uzdahnu.

— Znam, pobratime. Ali da mi je samo ta muka!

— Ja vidim, ja osećam da imaš krupnijih briga — rekoh. — Zašto mi se ne poveriš?

— Pa, evo — reče on — prvo: otac mi je obešen.

— Jadni Nikola — kriknuh iznenađen i zgrabih ga za ruku. — Šta mi kažeš?

— Jeste, još u maju prošle godine. Ima više od godine dana. Potkazan od suseda, on je osuđen zato što je pod patosom spavaće sobe pronađen moj turski karabin... Moj otac bio je veliki junak. Ti si ga vrlo malo poznavao. Toga majskoga jutra, pošto se pozdravio s majkom i kad ga povedoše na vešala van varoši, zastao je na pijaci i rekao starešini stražara: „Ovde sam došao kao seljače u svojoj šestoj godini. Od šegrta postao sam ugledan građanin i sve sam tu stekao. Dozvolite mi da još jednom, poslednji put, pogledam čaršiju u kojoj sam pošteno živeo šezdeset godina." A kad mu je dopušteno on je bacio pogled unaokolo pa ga onda, kažu, upravio dole, ovamo k nama. Suze nije pustio.

Pa posle kratkog ćutanja:

— Ali sve to ja bih mogao da prebolim.

— Nesretni Nikola, zar još ima?

I ja ispružih ruke kao da bih pokušao sprečiti nešto od čega sam strepio.

— Taj grob — a naprezao se on da govori mirno — osramotila je moja sestra.

— Za ime božje — uzviknuh zaprepašćen — to ne može biti!

— Nažalost tako je, prevarena od neprijateljskog oficira, nevenčana, ostavila je majku...

I tek posle ovoga on naglo prinese ruke licu i tada briznu u takav plač od koga ne znam kako mi srce nije prepuklo.

To prigušeno jecanje, nešto kao ropac, kratko, trenutno, ali neobuzdano i jezivo bolno, taj plač jednog do bezumlja hrabrog čoveka kao što beše on, to je nešto najdirljivije što sam u životu video. Ja ga zagrlih i plakah zajedno s njim, ali odmah zatim on se pribra i stade me umirivati:

— Evo — pružajući mi jednu dopisnu kartu koju uze sa stola. — Čitaj ovo.

Pa se blago i nežno nasmeši, te ja primetih jasno koliko mu sad beše lakše nego maločas.

Uzeh kartu i poznadoh rukopis njegove žene. Ona je pisala o maloj kćeri njihovoj koja je o sebi govorila: „Ja nisam više mala Boba. Ja sam velika Slobodanka Nikole Glišića. Moj tata je u ratu, a ja stanujem u Vatrogasnoj ulici."

— O — rekoh brišući oči — Boba je već velika!

— Jest, matorka... I radi nje, eto samo radi nje sve ću podneti. Jer, veruj, na svašta sam pomišljao u strašnim trenucima gorčine.

Pa paleći cigaretu:

— Da znaš kako me je obuzelo novo, snažno i složeno osećanje kad sam saznao da je to malo biće, što sam tamo ostavio na milost i nemilost, postalo jedno razumno stvorenje. Pre bezmalo tri godine, kad sam je držao na srećnom srcu i unosio se u njene očice da saznam: da li i koliko razume o licima i stvarima oko sebe, ona je znala sasvim malo, poznavala svoju mamu i tražila svoje sledovanje onda kad je osećala glad. Tako sam je ostavio i od tada pred očima uvek imao njenu sliku iz toga vremena. Ali danas, kad znam da je onaj crvić što je onda umeo samo da gleda, da se miče i da traži, postao razborit i svestan, osećam: da se u meni nešto novo rađa, budi, raste, kao da stičem novu jednu dušu. I tek sad shvatam šta to znači produžiti dušu, nadživeti se. Ovu su kartu prebacili Bugari preko žica.

Kad sam je primio ja sam se obneznanio od sreće. Zamisli: ona zna moje ime, ulicu gde stanuje, ona neće da je smatraju za malu. Razdragan, otpočeo sam da pišem dnevnik koji sam njoj posvetio. I već je zamišljam u dobu bajne devojke kako udubljena predano razmišlja o iskustvu svoga napaćenog oca. Oh, koliko žalim što je nisam mogao pratiti u njenom razvijanju, u jednom tako slatkom uzrastu kad se rascvetava, što je nisam mogao maziti, grliti, držati na srcu. Pa ipak, ova je karta učinila kraj mojoj agoniji, povratila me. Jer sve do nje proveo sam u nekom bunilu i tek sad osećam da sam došao k sebi. Kad sam ih ostavio, udar je ono tako silan da sam bio onesvešćen sve do ove prve povoljne vesti. Ostavljajući ih, verovao sam da je sa njima svršeno, da naša ognjišta više ne postoje i da su naši dragi izgoreli u zemaljskom paklu. Koliko sam puta pokušavao da pišem, pa u bezumnoj groznici sumnje bacao pero pitajući se: kome da pišem, zar su oni živi, zar je to moguće, zar mi nije bliže i samo nebo od njih? I kao što sam bez svesti odstupao preko albanskih gora, rasejano prelazio mora, zbunjen lutao između maslina, lud koračao po usijanom Halkidiku, tako sam se godinama verao po ovim gadnim čukama i čamio u ovoj vlažnoj zemunici, kao živ mrtvac, sve dok me ova karta nije otreznila. Oni dakle žive i pored svih nesreća i samo nas prostor i vreme dele. A ona raste, napreduje, rascvetava se, postaje svesna i razumna, ona je na putu da postane ono što sam danas ja. Pobratime, razumeš li? Ja sam stekao još jedan svestan život, zadobio sam još jednu ljubav, ja imam još jedan svet. Srećan sam što sam otac, uviđam da nikad nisam bio tako ozbiljan kao sad. Pobratime, uzmi čitaj ovu Bobinu kartu. Ja sam uveren da ti bratski deliš moju radost. A ja ti se zaklinjem da ću sve preboleti, nje radi. Jer, evo, moj put beše trnovit, užasan. A sad sam se uspeo na veličanstveni plato sa koga razdragan, ponovo oživeo posmatram rađanje svoga novog sunca, cilj života. To novo, to milo sunce, taj cilj, to je Boba. Opija me pomisao da će me dok sam živ grejati, zanosi me već miris cveta koji ću negovati, drhti mi duša od želje da je vidim veliku...

Verujem da nikad dotle nisam poznao uzvišenije osećanje ljubavi, i slušajući ga kako u jednom neobuzdanom žaru, preobražen, ushićen, srećan govori o svome detetu ja sam grcao gušeći se.

— Nikola — rekoh uklanjajući maramu s očiju — ti znaš i moje nesreće. Ali veruj mi kao bratu: do danas zbog njih moje oko nikad nije zasuzilo. Molim te, ostani hrabar, postojan, čvrst, izdrži, podnesi sve i za moju ljubav, za ljubav brata tvoga koji te obožava.

Posle smo se smirili. On je ćutao i pušio duboko ozbiljan, blag i lep.

A kad ga, potom, upitah o snajki, on brzo odgovori:

— Ona je, kaže, dobro... neredovno dobija novac, oskudeva, piše sa puno prekora. A ja, šta mogu? Šaljem, otkidam od usta...

Pa još brže i nervozno:

— Šta ćeš? To je taj život o kome mi nismo imali pojma. Nekad je, to dobro znaš, plamen naše ljubavi lizao do neba. Voleli smo se iskreno, toplo, ludo, ali, naivno. U godinama u kojima smo mi bili, uostalom, nikad i nije drukčije, nikad se i ne misli na onaj život što čeka. Naš je ideal bio da se spojimo radi zajedničkog života. A kad smo govorili o budućnosti, onda su raj, sunce, cveće, zagrljaj i sreća bile jedine reči koje smo poznavali. U tom rajskom vrtu, gde smo se zamišljali neprestano zagrljeni, mi smo gledali našu sreću nepomućenu, neprekidnu, apsolutnu. Evo, često uzmem njenu fotografiju, gledam i mislim: koliko sam joj puta, držeći je na grudima, obećavao raj u koji ću je uvesti, i koliko su stotina mojih vrelih pisama pod zakletvom potvrđivala ovo moje obećanje u koje sam sâm najiskrenije verovao. A zatim, sećam se kako nije bilo pitanja u kome se mi, u to vreme, ne bi složili. Jednom reči, mi smo bili jedno osećanje, jedna duša, jedna misao. Život naš imao je da bude večita pesma i mi neprekidno pijani od sreće. A posle, umesto raja i cveća stizala je naizmenično bolest njena, Bobina, moja. Zatim nesporazumi, ljubomora, razočaranja. Paučinasti, idealni snovi našeg života iščezavali su, magla našeg ljubavnog pijanstva nestajala je postepeno i mi smo se s bolom povlačili u sebe da pretresamo svoje iluzije. Hiljade sitnih i krupnih stvari, neprijatnih i mučnih, koje su nas neminovno očekivale, mi nismo bili predvideli. Kao i većina verenika mi nismo hteli predviđati taj stvarni život kome smo išli u susret, koji se ne može obići, niti nas se ticao život drugih kojim smo se mogli koristiti. A sad, kao što ti rekoh, novčana oskudica, oštro okrivljavanje i drugo. Ali ja hoću da me dobro razumeš, pobratime.

I s plemenitim sećanjem na svoju ljubav:

— Ja volim svoju ženu i s mojim detetom ona je razlog moga života. Hteo sam jedino da ti ukažem na život. Eto, hoću da kažem da život nije ono što smo mi mislili.

I na njegovom licu ponovo se jako ocrtaše duboki tragovi patnje.

U tom trenutku, na malom stolu do postelje, zazvoni, pa krkljaše poljski telefon u svojoj kožnoj torbi.

Nikola pruži ruku i uze slušalicu:

— Alo, jest, ja sam. — Raz... razumem. — Da ponovim zapovest? Pa ja sam je razumeo i izvršiću je! — Vi govorite s komandirom, molim vas! — Razumem. Da odmah vratim sav nepotreban materijal za utvrđivanje u štab puka i da... razumem, gos'n pukovniče!

Pa, ostavljajući slušalicu:

— Da prođe jedan dan a da te ne ponize, to je nemoguće.

— Čujem — rekoh — traži ti da ponoviš zapovest.

— Kao da sam kaplar!

Ja sam, posle toga, ustao i predložio mu da prošetamo do njegove osmatračnice...

I toga dana, i druga dva što sam tamo proveo, nisam se mogao dovoljno nadiviti duševnoj snazi i herojskoj volji ovoga uzora od čoveka, obhrvana svima nesrećama, izložena tolikim opasnostima, zauzeta najtežim dužnostima što ih život može naturiti, dužnostima punim odgovornosti. Nikad kukavičluk, u mojim očima, nije bio poniženiji i mekuštvo odvratnije, nikad dotle moje preziranje za svaki mlitav život, koji ne poznaje borbe i iskušenje, nije bilo potpunije. Usred onog surovog stenja kojim je opkoljen, on mi se činio jak, postojan, istrajan kao i to stenje, čovek u kome kao da su zbijene sve neiskazane patnje i bolovi rase i sve neverovatne snage njene izdržljivosti i veličine. Osećao sam da mu je jedino potrebno bilo da ga nečija ruka, ma i najmanje, podrži u povremenoj duševnoj klonulosti.

I kad sam mu trećega dana, na rastanku, rekao: „Pobratime, ti si uvek bio čovek, ostani to do kraja, molim te", on se blago i postiđeno nasmešio:

— Žao mi je što ideš. Tako mi je dobro bilo uz tebe. A sad, kao dete koje gleda kako se razilaze svi što su oko njega bili da ga teše dok mu majku ne sahrane, kao i ono, i ja sam se nadao da me nikad nećeš ostaviti. Ali obećavam ti: vršiću službu kao i dosad i sve će dobro biti, nadam se.

Pa se jedva rastavismo iz zagrljaja i ja pođoh uskom stazom koja vodi ka rezervi. A kad sam se stao puzati uz jarugu ka kosi, pozadi koje se nalazio bataljon i štab i previjalište, najpre čuh opaljenje, pa hujanja, a zatim fijuk i strašan tresak granate koja eksplodira u mojoj neposrednoj blizini.

Ja utrnuh pa se okretoh njemu sa pogledom koji je pitao.

A on videći me zabrinutog pokaza rukom:

— Samo drži levu stazu i ne brini, gađaju put.

Ja se uputih levom putanjom i zaduvano požurih. Ali fijukanje se nastavi, i zrna čija su parčad zviždala, rasprskavahu se na sve strane.

Kad sam se malo više uspeo, ugledah nekoliko komordžija kako dahćući vuku zbunjene mazge uz ono brdo koje sam ostavio.

Četni narednik, koji beše izašao u susret transportu, vikao je:

— Magarci, tako vam treba kad ste zadocnili!

— Komesar je kriv, mi nismo — odgovarao mu je jedan od vojnika, vukući sa očajnim naprezanjem mazgu koja je visoko uzdignute glave trzala nazad.

— A jeste li svi čitavi? — razlegao se Nikolin glas.

— Mi jesmo, ali kobilu što nema konjovoca svu raznese.

Utom sam ja zalazio... Na samom zavijutku gde nastaje mala zaravan okretoh se i ugledah Nikolu na istom onom mestu gde smo se rastavili. Mahao je kapom i pozdravljao me. A meni je duša bila nasmrt žalosna, i silazeći zavojitom stazom nizbrdo ja se zaplakah, kao da je to bilo poslednje naše viđenje.

IV

A voz juri, leti. Skoro će Vujanovac. Krivo mi je što stižem po mraku. Kako li ću zateći pobratima? Kako izgledaju snajka, deca? Boba, svakako, velika devojčica? Ali kakav sam ja čovek, kako sam mogao samo da čekam tolike opomene, pa tek sad da pođem u ovu posetu koju sam svome divnom i milom drugu dugovao mnogo ranije? Deca spavaju. Na koga liče? Snajka se, znam, satrla spremajući kuću. Sav gorim od nestrpljenja da u onoj isto sobi, u kojoj smo razgovarali uoči njegovog venčanja, posle toliko godina, obnovimo sve uspomene, pretresemo sve doživljaje, svu našu prošlost tako burnu, mučeničku, ali bogme, i junačku... Ona je stvar, bez sumnje, izravnata: ona njegova mučna sumnja koju mi je uzgred i vrlo oprezno nagovestio onoga dana kad smo se, posle oslobođenja, prvi put sreli u Novom Sadu. Ali ko je taj nitkov što se usudio oklevetati jednu ženu kao što je moja snajka? Od onda se, istina, nismo videli. A divno je i neviđeno bilo onoga dana kad je on s pukom ulazio u Novi Sad. Cela varoš podigla se beše da ih dočeka. Moje nestrpljenje da ga vidim, kad sam saznao da puk tuda prolazi za Suboticu, ne može se opisati. Cela varoš, kažem, izašla je za doček: devojke, sokoli, deca, muzika, korporacije, cilinderi, sva Salajka, policajci u mađarskoj uniformi i seljaci iz bogate okoline; i venci, zastave, karuce u cveću, trijumfalne kapije, neiskrazano oduševljenje, jednom reči, u kome je kao nikad dotle plivala opijena srpska Atina. Sve po koncu uređeno, pompezno sprovedeno, bez pogreške, bez zadocnenja, bez malera, jer su Novosađani majstori svečanosti. Pa, posle pozdravnih govora, puk naiđe. Najpre štab na konjima umotanim u peškire. O konjskim vratovima klate se veliki, divni venci. Oficiri, smešeći se, prihvataju raskošne bukete koji dolećuс prozora, trotoara, skela novih građevina, s krovova, sa svih strana. Starci, ta velika deca, brišu oči i pogledaju u nas: „Samo kad ovo doživesmo. Živeli naši oslobodioci." Bronzani vojnici, u koloni dvojnih redova, trude se da koračaju po taktu svoje muzike, ali prihvatajući peškire i cveće, greše, zaostaju, sustižu, brzaju sitnim francuskim korakom i smeše se. Oficiri divizijskog štaba, van stroja, posmatraju puk i primećuju: „Dobro izgledaju ljudi." Jedan mali vojnik, kuvar, dobrodušnog, detinjastog izgleda, na začelju mitraljeskog odeljenja, sa magaretom koje nosi kujnu odeljenja, ne vidi se od peškira. Magare, sa vencem koji dodiruje zemlju, korača propisno, za repom poslednje mazge, žmirka i smeši se na pitanja što padaju s raznih strana: „Zar je i on prešao Albaniju?" U jednom trenutku uzbudljive svečane tišine jedan puša u naručju svoga oca kliknu: „Zivio srpska vojsko", i prozori se zatresoše od mahnitog odobravanja tapšanjem. A od pristaništa do Vladičinog konaka ponovo se zahori, zahuja i prolomi: „Živeli, živeli, živeli", i mlazevi cveća sipahu na zastavu koja se pojavi i dovede uzbuđenje do vrhunca. Elektrizovan uzbuđenjem gomile ja sam podrhtavao, čekao samo drugi bataljon, čekao Nikolu. Najedanput, jedan omalen francuski oficir, što je preda mnom stajao u društvu dama i propinjao se celim telom da bolje vidi, pokaza rukom u pravcu čete što je nailazila:

— Quel beau type!

Ja uzviknuh do vriska. To beše Nikola. Na divnom zelenku, sav u cveću i peškirima, u prostoj vojničkoj šajkači, sa *Karađorđevom zvezdom* na prsima, ponosit, ozbiljan, hladan i kao da mu je neprijatna sva ova hučna galama, on je uzdržavao konja, koji se, uplašen od svetine, propinjao i iskolačenih očiju gledao preko mase.

— Živeo, pobratime! — i ja zgrabih za uzde. On me spazi, skoči hitro na zemlju pa se srdačno izljubismo, dok je svet oko nas brisao oči tronut našim bratskim zagrljajem.

Pošto kroz suze i žurno izmenismo nekoliko reči, mi se, obojica, uputismo peške kroz varoš sve dok ne stigosmo u kasarnu. A tamo posle izdatih naređenja, vojnici dobiše „voljno" pa se razdragano klicajući razmileše po širokom, ograđenom prostoru ispred kasarne i oko ograde načičkane svetom, gde nastade srdačan razgovor između braće koja su se upoznavala.

A mi se lagano, ruku pod ruku, vraćasmo u varoš kuda su proticale mirisave reke sveta ozarenog krasnom vedrinom i radošću. Sve živo okretalo se za njim posmatrajući ga i uživajući u njegovoj stasitoj pojavi vojničkog držanja. Ljudi nas pozdravljahu duboko skidajući šešire, dok su se slatke žene smešile i, milo napućene, dobacivale na račun njegovog ozbiljnog držanja i hladnog pogleda: „Kakvi su ovi Srbijanci, svi namršteni."

To veče pozvani smo na banket, koji su nam priredili novosadski ratni bogataši; oni isti što su, u međuvremenu kad ničije vojske nije bilo, razgrabili sav petrovaradinski plen, zaostali materijal nemačke pristanišne komande.

Ali Nikola je pretpostavljao mirnije mesto:

— Primetio sam — reče mi on — u blizini pristaništa jednu malu kafanu s podrumom. Ima i ćevapčića. Baš kao ispod *Makedonije* gde smo kao studenti odlazili. Ako pristaješ da odbijemo onaj poziv, tamo ćemo slatko porazgovarati.

Ja rado prihvatih.

A tamo, posle večere, on mi je ispričao sve što je preživeo u poslednjim operacijama probijanja fronta i nastupanja. Reče mi da je svratio kući na dva dana, ali da bi bolje učinio da je obišao, jer mu ovi prvi dani oslobođenja ne bi bili gorki kao sad.

— Još na frontu predosećao sam nešto čemu nisam smeo da pogledam u oči — govorio je on čisteći džepni nožić čačkalicom — kad mi je jedan bliski rođak pisao da treba samo sebe da gledam, da ne brinem preterano za kućom, jer, veli, svaki danas ume sebe da gleda. Taj isti rođak dočekao me je sad prvi i pre ulaska u kuću izneo strašne, sramne optužbe. Sad sve znaš, pobratime, i sad možeš slutiti kako mi je u duši. Oba dana proveo sam kod kuće; nikoga nisam hteo da vidim, ni s kim da govorim. Moja majka ništa nije htela da potvrdi, ali me muči ono što vidim na njenom licu. Ja sam rekao da ću stvar izviditi kad se vratim. Noćio sam sâm u drugoj sobi, obe noći. Oka nisam sklopio. I sad se čudim da još živim, da idem, da radim, da jedem i da govorim, i posle svega i pošto je u meni nešto prepuklo, slomilo se, umrlo. Eto, pobratime, ništa od one radosti koju smo zamišljali dole. Bog, koji jedini zna sve moje bolove i koga sam molio da me bar ova čaša mimoiđe, taj Bog ogluši se. Još je samo to bilo ostalo. I tako, dan ranije nego što mi je isteklo odsustvo, krenuo sam se za pukom. Osetio sam, na nesreću, da mi je četa milija, vernija, toplija kuća od moje. Ali šta ću posle?

Njegov glas očajnog bola cepao mi je srce i ozlojeđen na ovako svirepu, nezasluženu sudbinu koja ga goni kao divlju zver, u neprijatnom položaju u kome sam se nalazio slušajući ga, ja sam ga umolio da ne nagli i da stvar dobro proveri.

Sutradan ispratio sam ga za Suboticu, odakle mi je, dva meseca docnije poslao po vojniku jedno dosta opširno pismo, iz koga sam saznao ponešto o njegovom raspoloženju koje nikad ne bih mogao očekivati.

„Dragi moj pobratime", pisao mi je između ostaloga, „izgibosmo pijući po ovoj Bačkoj. Pijane zemlje, ako ko Boga zna! Ti znaš da na frontu nikad ništa nisam pio. A sad, da me vidiš, ne bi me poznao. Oblesavio sam od zdravica i vina. Po Sentomašu (oh, najpijanijem Sentomašu!), po Bečeju i Kanjiži pogubio sam redom sve svoje bolove prošlosti. Kako beše ono, čini mi se iz Minjona, „ne sećam se više svojih bolova koji su prošli"? Pa žene, pobratime! I tvoj glas nadaleko stiže. A ja sam se bar nešto držao. Baš pre neki dan reče mi jedna: Ništa ne bi bilo interesantije nego opisati sve promene koje su se u vama izvršile od dolaska ovamo. Da je kakav pisac bio pored vas da posmatra: kako se kamen povraćao u dušu, nem kako ste progovorili, mrtav kako ste oživeli. Gnušaj me se, ako ti je milo, pobratime. Ali ne budi suviše strog i seti se kako smo se patili, godinama živi sahranjeni."

Tako mi je pisao.

Ali to je bilo i prošlo. Nismo ni mi mogli biti sveci. Ili, brate, dosta smo i to bili na frontu. A sad kad stignem, znam šta će mi reći; reći će mi od reči do reči: „Jesi video, pobratime? Sve progurasmo pa opet dobro, hvala Bogu. Nema ništa jače od čoveka, tvrd je kao kamen: i rane i tifus, jedan pa drugi, i sto nesreća i opet se ne dam, stojim, živim, evo me." Napićemo se, bogami. Ona stvar mora da je izravnata. Šta će čovek, mora da zaboravi i na mrtve i na rane i na sramote, jer čovek je čelik, još tvrđi. Napićemo se, vidim. I željan sam, časti mi; pa još u kući i opet da nas ona služi.

— Gospodine, sad valjda, Vujanovac? — obratih se nekome što je gledao kroz prozor u hodniku.

— Jedna postaja, ali brzi ne staje, pa Vujanovac.

— Hvala.

Prikupih stvari pa izađoh, a malo posle voz zaista prođe postaju ne zaustavljajući se.

Moglo je biti deset sati. Mesečina. Pored pruge u čestim barama iza kiše ogledaju se zvezde a pocepani oblaci čine se ogromne crne aveti. Pa i kad prođemo: kao da je zemlja iščezla i da jurimo nad bezdanom. Česti gvozdeni mostovi nad dubokim bezvodnim prolokama. Voćnjaci, usred kojih se belasaju kućice retko osvetljene. „Pobratim će biti na stanici." Naginjem se kroz otvoren prozor i bijen oštrim vetrićem, gledam unapred. Bližimo se stanici koja se raspoznaje po razbacanim crvenim i žutim svetiljkama. „Još nekoliko sekunda pa ću ga zagrliti." Vraćam se i uzimam stvari sa uzbuđenjem koje obuzima čoveka kad je uveren da ga na stanici čekaju. Male kućice čuvara pruge proleću i najzad, ne usporavajući naročito, voz stade.

Na peronu jadno osvetljene stanice tiskale se otrcane prilike nekolicine nosača i dece i drsko se grabile oko stvari putnika. Ja se obazreh svud unaokolo, željno tražih da vidim Nikolu, ali uzalud: njega nije bilo na stanici. Pored mene promače krezubi student pa se izgubi u gomili. Ja stajah još malo i laka jeza razočaranja prostruja kroz mene, ali se brzo podsetih neurednosti poštanskog saobraćaja i to me umiri. Onda pozvah jednog nosača koji prihvati moje stvari, pa se krenusmo u varoš.

— Vama treba stan, gospodine?

— Ne, idem pravo kod Nikole Glišića, šefa... Ti znaš gde stanuje? A mislim znam i ja.

On zastade pa spusti stvari na zemlju.

— Kod gospodina Nikole Glišića? A šta ste vi njemu?

— Rođak.

— Gospodina Nikolu — reče nosač podižući stvari i sumnjivo vrteći glavom — mučno da ćemo naći kod kuće. Nećemo ga tamo naći.

— Kako? Zašto?

— Ne ide on tako rano kući, gospodine. Njegova kuća je *Laf*.

— Šta kažeš?

— Mnogo se propio — odgovori nosač — mnogo.

— Šta bulazniš, čoveče?

I ja mu naredih da ne drobi, već da me vodi kud sam mu rekao. Ali kad smo nailazili pored *Lafa* on spusti stvari, utrča u kafanu, bez pitanja, pa kad otud izađe:

— Tu je, tu, znao sam ja.

Ja malo razmislih šta da činim, ona jeza razočaranja prostruja sad kroz mene mnogo jače, pa se najzad reših da uđem u kafanu. Tamo mi pokazaše jedno zasebno odeljenje, odakle je dopirala paklena svađa. Ja zastadoh da oslušnem, oklevah opet neko vreme držeći kvaku pa se naglo odlučih da otvorim. Desetak prilika, s Ciganima koji su podnimljeni na violine pažljivo pratili pravu cigansku prepirku, raspoznavalo se u dimu od duvana. A kad me primetiše, ljudi se zgledaše i svađa se osetno utiša. Ja pustih ruku na rame Nikolino, jer on ne beše spazio kad sam ušao.

On se okrete, pogleda me mutnim, iznurenim očima, poznade me, pa ustade i zagrli me, ali je bio iznenađen.

— Gospodo — predstavi me on rasejano, posle pozdrava — ovo je moj pobratim, ovo je čovek, sila, đi... đida.

A meni pokazujući svoje društvo:

— Ovo su moji prijatelji. Kažu tako, a ja mislim da među njima ima i nitkova, klevetnika, hulja. A sad, gospodo, tačka! Ima dana za megdana. Ovaj čovek ovde stranac je i ne tiču ga se naše stvari. Dakle, tačka!

Ja sedoh pored njega i sam vrlo zbunjen mučnim prizorom.

Ali jedan stari gospodin, suv, sed, sa šiljastom bradicom, odgovori vrlo brzo dok mu je brada podrhtavala:

— Kako, brate, molim te, kako tačka? Nema ovde komandovanja. Šta sam rekao, gospodo? Rešenje je nezakonito i kvit. Eto, gospodo, šta sam rekao. A... a šta čaršija govori to ja ne znam, niti me se tiče. To se tebe tiče i ti raspravljaj kako znaš, brani se. Pronađi klevetnika:

pa, ili neka dokaže da si potkupljen, i onda nije klevetnik, ili — u aps. Kako dosta, brate, molim te? Kazao si ti, pa da kažem ja. Uvredio si, vraćam uvredu. Kako, brate, molim te, ovde nema komandovanja.

Pa gledajući u mene:

— Gospodinu čast i poštovanje.

Čičica je govorio jetko, vatreno i ono drhtanje vidljivo se prenosilo sa brade na glavu, pa na ruke i celo telo. On je još nešto hteo da kaže kad Nikola dreknu:

— Tačka, klevetniče!

Cigani ustuknuše prestravljeni, polupijani ljudi pogledaše u Nikolu, a čičica je nervozno mrvio hleb i drhtao.

— Još samo ovo — reče on posle male počivke i pored svega što je izgledalo da će ga Nikola smrviti ako otvori usta — još samo ovo: pravnik si, pravnik sam. Gospoda su tu. Raspravićemo ovo poznatim putem.

Sav uzrujan Nikola zausti da nešto kaže, ali u tom trenutku na vrata stupi krezubi student sa svojim stvarima i svojim podsmevačkim izrazom. On nas obuhvati brzim, oštrim pogledom koji malo više zadrža na meni, svakako iznenađen što me tu vidi, pa se obrati čičici kome je još samo brada drhtala:

— Dragi ujače — reče on — ti si blagovremeno izvešten o dolasku visokog gosta (i tu se ubode palcem u grudi) pa si ipak kuću zaključao. Duboko uvređen pošao sam da te tražim, ali... ali kako to da tumačim?

Očevidno obradovani pojavom studenta prisutni navališe na njega da ostavi stvari i da sedne, a kad ga pozva i čičica on posluša.

Za to vreme Nikola mi je pružio čašu s vinom:

— Dobro doš'o, pobratime! Ispij, molim te, sve ispij! Nismo svaki dan!

Ja ga poslušah.

— Pa kad stiže? Zašto mi ne javi? A jest, sad sam dobio, maločas. Hteo sam ovog momenta...

— Ne čini ništa — rekoh. — Kako su ti kod kuće?

On mi opet pruži čašu:

— Dede, nismo svaki dan.

— Dragi pobratime, baš zato što nismo svaki dan...

— E kod nas je tako. Palanka kao palanka... To ti je grob svih snova, moj pobratime. Nema, da kažem, starog života, nema prijateljstva, nema ničega. Lažemo se, spletkarimo, svađamo se i pijemo. To ti je sve.

Pa popi naiskap.

— Za kuma znaš? — upitah.

On me ne ču.

— Čuo si za kuma?

— A, jest, znam. Umro je u ropstvu. Ćoravo, naletelo, pa zarobljeno.

— A pop Mijailo?

— On ti je crk'o od gripa, posle rata. Osta mlada popadija.

Pa se zacereka i cmoknu u prste.

— Šta ti je pobratime? — šapnuh zgranut ovim odgovorima. — Ja te, bogami, ne poznajem.

— Pobratime — odgovori mi on primičući stolicu i gledajući me grozničavo užagrenim očima — ne poznaješ me? A otkud bi me i mogao poznati? Pa i ja više sebe ne poznajem. Znam, vidim i sam: nisko sam pao; stidim se od tebe; zvao sam te pa zaboravio. Znam: to hoćeš da mi prebaciš.

— Ne, nisam... — promucah.

Ali mi on ne dozvoli da dovršim nego produži:

— Imaš pravo, pobratime. Možeš me mrzeti i gaditi se, ali ti bar znaš ko sam bio. Ni na koga se nisam bacao, nisam bio rđav, pakostan, nikom zla nisam želeo. Nikad. A eto do čega sam dospeo. Sad je svaka rđa bolja od mene.

Pa pogleda u čičicu i nastavi sasvim glasno:

— Svi su danas bolji od mene, pošteniji od mene; svi patrioti, a ja nevaljalac, propalica. A kad je trebalo izvlačiti, onda, ti znaš kako sam izvlačio. Ja sam izvlačio, a oni su se izvlačili, i sinove izvlačili i sluge izvlačili; i sad svi bolji od mene, pošteniji od mene, pametniji od mene.

Ali odmah zatim namršti se, pogleda me potajnički i po treći put pruži mi čašu.

— Ispij, bre.

Ja se ustezah.

On dreknu:

— Loči! Uvek si bio izrod. I tebe ja poznajem. Uobražen. Poniženje mu da pije.

Pa se okrete Ciganima:

— Sviraj!

Cigani nešto zakreštaše.

— Čekaj! Stani! Ti, Mikobere, deklamaciju jednu, ali gromku.

Jedan tip predratnog praktikanta, mršav kao čibuk, istegnuta lica, u crnom izlizanom kaputu sa kratkim rukavima, sa gustim crnim maljama po rukama, prevrtao je očima i kreveljio se. Valjda, da bi me povratio iz zaprepašćenosti, jedan gospodin u ostacima oficirske uniforme primače mi se:

— To je Mikober — reče on — naš Mikober, naša simpatija. Sam se krstio. Vrag bi ga znao otkud mu to ime. Kažu iz nekog engleskog romana.

Nikola se sad okrete meni ali me nije gledao u oči:

— E moj pobratime — govorio je klimajući glavom i držeći čašu u ruci koja je drhtala. — Sećaš li se onoga iz *Svetoga pisma*: „dobar rat ratovah, trku svrših, vjeru održah..." Jest, valjao je nekad ovaj đida, odužio se, ali ga zadesi jedna samo nesreća: ne umre na vreme.

Pa se onda naže i šaputaše mi promuklim glasom na uvo:

— Samo pazi ovo što ću ti reći: kad jednog lepog dana čuješ da je nestalo tvoga pobratima Nikole Glišića, nemoj se čuditi.

I podižući ruku više glave naposle do guše:

— Jer, evo dovde je došlo, ne dovde. Nešto se u meni slomilo... Ali govorićemo sutra... A to što ti rekoh, pobratime, čućeš. Ima samo dvoje: ne živeti ili pobeći u svet. A ja još imam snage. I deset nokata biće mi dosta da zaradim mir koga nemam i koga ovde nikad neću imati.

Utom mršavko ustade i podiže čašu:

— Messieurs, mangeons et buvons, car demain nous mourrons! Zaista vam kažem: Ne svađajte se, praštajte jedan drugom. Pardonnez, on vous pardonnera!

Pa, savršeno tačno podražavajući Nikolu, dreknu:

— Tačka!

Jedan debeljko iskrivljenog vrata navaljivao je dobroćudno.

— Jednu od Vojislava mlađeg, Mikobere, molim te.

— To ne dopuštam — prodera se Nikola. — Sit sam ga. Ni većeg zabušanta, ni dosadnijeg patriote. Sa energijom što je skupljao za vreme rata, gađa sad teškim kalibrima. Drugu, sinko, bolju, pošteniju.

Tada se krezubi student podiže upola, nagnu prema Nikoli i pogleda ga drsko u oči:

— Ja znam najbolju — reče on — *Čovek peva posle rata.*

— Čujmo ga — zagrajaše pijanice te se sve utiša.

Student sede i podnimivši se tankim i dugačkim rukama, ne skidajući pogleda s Nikole, recitovao je:

Ja sam gazio u krvi do kolena

i nemam više snova.
Sestra mi se prodala,
a majci su mi posekli sede kose.
I ja u ovom mutnom moru bluda i kala,
ne tražim plena.
Oh, ja sam željan zraka! I mleka!
I bele jutarnje rose!
Ja sam se smejao u krvi do kolena
i nisam pitao zašto?
Brata sam zvao dušmanom kletim,
i kliktao sam kad se u mraku napred hrli,
i onda leti k vragu i Bog i čovek i rov!...
A danas mirno gledam kako mi željenu ženu
gubavi bakalin grli...
I nemam volje — il' nemam snage da mu se
svetim...

— Stoj! — grmnu Nikola sa izrazom divlje jarosti i ustajući. — Ti si to spevao, skote!

Krezubi student prekide, nasmeši se demonski i odgovori sasvim mirno:

— Pardon! Ja ne pevam. To je spevao drugi, a meni se dopalo.

— Ko?

— Dušan Vasiljev.

— Nastavi, nastavi!

— Ne — reče hladno student, čije me smelo držanje zadivi. — Nikom ne dopuštam da me prekida.

Tada mršavi praktikant poskoči sa svoga mesta, potraži olovku i beležnik i sede do studenta:

— Monsieur, cher monsieur — reče afektirajući — permettez! Dopustite mi da prepišem ovu jedinstvenu pesmu i dajte mi vašu tvrdu reč: da ćete me prvom prilikom u Beogradu predstaviti pesniku Vasiljevu. On, bez sumnje, ordinira kod *Tri šešira*?

Nikola je izgledao strašan.

— Na kolena! — grmeo je on mlatarajući se. — Nek ogluvi i čovek i Bog!

Mršavko podiže glavu i svečano ispružajući kažiprst u tavan, upade:

— I Jugoslavija... Du reste, je m'en fous!

A Nikola se zablenu u njega i kao pod sugestijom oteže:

— I Jugošlavija, da kažem.

Pa se grozno iskrlješti na mene.

— Loči! — i opsova mi mater.

U uzbudljivom ćutanju koje nastade posle ovoga, čulo se samo škrgutanje njegovih zuba, koje ne znam kako nije polomio, valjda savlađujući se da ne udari mene ili koga drugog, dok se ja odlučno ne podigoh tvrdo rešen da napustim društvo.

Ali me on zgrabi:

— Sedi... marš... sedi! Došao si kod pobratima; kakav ti je, takav ti je! A posle ćemo, je l'te gospodo, da mu pokažemo znamenitosti? Nećemo se postideti, pobratime. I ovde nešto ima od civilizacije. A kad vidiš Slovenkinju? — Pa se odvratno nasmeja. — Da mu ustupim Slovenkinju?

— Gospodo — rekoh ustajući — izvinite me. Umoran sam... moram ići.

— A, ne može. Nećeš. Pij! — derao se Nikola.

— Les premières seront les dernières et les dernières seront les premières — buncao je i mlatarao se mršavko.

— Nećete, nećete — potpomagali su ga i ostali i Cigani me zaglušiše kreštanjem...

A duvanski dim bivao je sve gušći dok sam ja praznio čašu za čašom. Nisam, naposletku, hteo da se zameram i da budem izrod.

Ono što je najodvratnije u jednom veselom društvu to je: kad se neko pravi mudar pa se izdvoji i ne ide u korak sa opštim raspoloženjem. Grcao sam, pio sam na silu, ali sam pio. I osetio sam da je raspoloženje postajalo sve življe i lepše dok se nije pretvorilo u pravo oduševljenje. Samo je sad Nikola ćutao, ali i pio junački. Čudio sam se kako su mi maločas ova ista lica mogla biti odvratna. Naprotiv, ona su bila vrlo simpatična. I Nikolu sam sad gledao drugim očima. Primetio sam kako me Cigani posmatraju, i njihove bele, velike kao jaje, beonjače skakale su po crnom licu, čas po bradi, čas po obrazima, čas po čelu. Verovatno, opominjali su me da ih ne zaboravim. Čudim se, časti mi, kako sam mogao biti tako nepažljiv. Ali pošto sam zalepio banknotu na čelo jednome što su mu se najviše oči kolutale, oni me ostaviše na miru. Posle je do mene seo jedan ljubazni gospodin potpuno ćelave glave i podbulih kapaka. Sedeo je vrlo kruto i izgledao veliki kicoš. Činio mi se, istina, mnogo stariji nego što mi je rekao da ima godina. A brkovi su mu bili masni, umazani i ušiljeni kao iglice. Počešće naginjao je svoju ćelavu glavu i masne brkove pa mi se žalio kako je kostoboljan, nudio mi da jedem „probajte samo fino prasence” i nešto mi poverljivo objašnjavao. A ja sam ga svaki čas pitao: „Je l' te molim vas, može li se inače?” Pa se sve počelo talasati oko mene kao nekad u kabini *Verdona* kad sam bolestan putovao u Bizertu. Sve sam strepeo da ne padne lampa što je visila nad našim glavama i mora biti da sam imao uprepašćen izgled kao žena onog ratnog bogataša u vozu. Samo što je ona uvek gledala dole u ambis, a ja sam gledao gore, kao da će se nebeski svod sručiti na mene. Gospodin sa masnim brkovima, i sa navikom da nervozno podiže desno rame, molio me je stalno da opomenem Nikolu te da idemo tamo gde je maločas predložio. „Nije daleko, tu na kraju varoši, znate. A vreme je i vredi otići, nema govora, jer je moderno uređena stvar i nema bojazni, što se tiče... onoga. Mene, znate, mrzi i nerado idem tamo, ženjen sam čovek, prirodno, ali radi društva. Ima finih komada, nema govora, ima i novih. Kod vas, nema govora, ima i boljih stvari, ali za ovde je dobro, srednje, na primer." I čudio se da nisam znao kako je onaj gospodin, u ostacima oficirske uniforme, pop. „Kad je došao iz rata zatekao kopile pa ga sad čuva i voli kao svoje rođeno. Samo ne stanuje zajedno, na primer, s popadijom, i to, recimo, formalno, a ide noću tamo i cepa joj drva; danju vodi dete za ruku, i... sve kao inače. Sad nije kao pre rata, nema govora, sad sve prolazi, ne? Drugi je, recimo, moral. Pa lepo, sami kažite: ko je siguran u ženu za vreme okupacije? Ajd' recite sami. U svakoj kući oficir, je l'te? Jedna kuća, brate. Stâri pospe, deca pospe, a negde je i bez dece, nema govora. Tu ti je jedini Gospod Bog svedok. A kad si se vratio, ona ne može da ti se napriča o poštenju. I sve druge ne valjaju, samo ona poštena. Ona ni za jednu nije, veli, sigurna. A ti je gledaš, obrćeš, meriš, misliš: deca, bruka, razvod košta, da se ženiš ponovo ne ide, nema govora — i onda slegneš ramenima, zažmuriš, pomisliš što je ko dobio neka nosi i ideš svaki dan na rakiju, samo idućeg dana piješ po jednu čašicu više. A ovde je dobra rakija, nema govora. Pa, bogami. Pogledaš u prvog komšiju, on boluje od iste muke. Ako nije žena, a ono je ćerka. Eto mala Lela što stanuje do crkve, devojčica, veli videću je sutra na prozoru, okopilila se i ceo svet zna da je apotekarovo; i on se sad ženi drugom; a kad je policija došla da traži dete što je negde bačeno, ona lično služi policiju kafom, smeje se i zanima s policijom. Pa i vlasti nisu kao nekad, nema govora..." i tako nešto otprilike. „Ćerku bivšeg predsednika opštine slikale Švabe golu, kao od majke rođenu, a sad se verila. Kršna devojka, nema govora, bubac, svako veče na korzu. Lično sam video golu fotografiju; divna je, sveca mu, nema govora."

Pa mi dunu sav puhor sa cigarete u oči.

Ja trljam oči i pogledam u lampu: ljulja se. I pod i duvarovi i tavan sve se talasa, a ja ga svaki čas pitam: „Je l'te, molim vas, može li se inače? Je l' predratna kostobolja?" A on me vuče za kaput, pokazuje glavom na Nikolu koji je zadremao i veli: „Vi znate muž poslednji vidi. Eto i on. To je sudbina svakog muža." Posle mi je pokazao jednoga gospodina vrlo uslužnog i dosadnog. „Za vreme okupacije bio ovde predsednik opštine i nije bilo većeg zlotvora od njega: internirao, batinao, žario i palio i obogatio se, pa sad kao da ništa nije ni bilo, opet prvi. Svima nam, istina, čini, sve nas pomaže, ima jakih prijatelja gore. Jednoga dana za vreme okupacije, ađutant Krajs komande poslao vojnika kod šnajdera Andrejevića da mu ispegla pantalone. „Nosi, veli, kod Andrejevića da lično on ispegla." A vojnik nije razumeo, pa mesto kod šnajdera Andrejevića, odnese kod Andrejevića, predsednika opštine. I on uzme peglu i fino ispegla i pošalje ađutantu. Časti mi moje. Zna cela varoš, i ađutant je pričao javno..." A ja sve odmičem glavu da me ne ubode onaj brk što je šiljast kao igla. Samo student sedi nepomično, gleda me podsmevački i dobacuje mi svaki čas, klimajući obešenjački glavom: „Servus, bato, gotov si." Krajnja neučtivost, jer se nismo lično upoznali. Ja osećam da je glupo što ćutim i da je potrebno koliko-toliko da podignem svoj ugled, pa ustajem da održim zdravicu. I ustajući pogledam u ogledalo. Tamo, u tom ogledalu, isprskanom milionima sitnih crnih pega klatilo se nešto u magli, zacrvenelo, tršavo, tupo. Zagledam bolje i poznam svoju novu mašnu na zavezivanje, iskrivljenu, razvezanu, pijanu. Pogledao oko sebe ili u ogledalo, svejedno: svud se ugibalo, talasalo, klatilo, kovitlalo. Kao da sam nasred okeana i da jašem dasku. Ali po svaku cenu trebalo mi je podići svoj ugled i ja otpočeh zdravicu:

— Gospodo, srećan sam što se nalazim u ovako odličnom... dakle, društvu. Kao što vam je poznato ja sam doputovao večeras, brzim vozom...

I ohrabren tečnošću početka nastavih vatrenije:

— Doputovao sam, dakle, brzim vozom. Ja uvek putujem brzim vozom. Jer on, dakle, polazi iz stanice elegantno, klizeći, bez onog, dakle, dosadnog secanja i škripanja... Donosim važne, povoljne novosti. Država se rapidno konsoliduje. Ja ne volim, dakle, da upotrebljavam strane izraze, ali ovde ih ne mogu izbeći... Cene će pasti jer čekamo... Ameriku. Vojska diše jednim duhom i... Marina, isto tako.

— Je l', dakle, na jedan odžak? — prekide me student.

— Attendez! Continuez seulement, s' il vous plaît! — pištao je mršavko.

— Ne upadajte, čekajte... Nema, dakle upadanja? — zagrajaše ostali. Ja sam se prikupljao i nekoliko sekunada razmišljao sam da li da fizički napadnem studenta, čiji me svirepi podsmeh pogleda dovodio do besnila. Ali se odlučih da to ostavim za posle i nastavih:

— Gospodo, odgovaraću docnije na interpelacije, a sad hoću da kažem: imajte puno poverenja. Ja sam, dakle, na licu mesta, ja znam sve. Verujte, tamo je kao što vam ja kažem. A vi znate, dakle, šta vam ja kažem. I sve što vam ja kažem istina je, očiju mi.

Pa razjareno, jer slučajno pogledah studenta:

— Nema, dakle, vrdanja, nema ustuka. Mi guramo napred i samo napred i opet nap... to jest napred. Samo treba, dakle, sloge, treba opšte... Živelo opšte...

— Opšteje vaskrsenije — ubaci opet krezubi student sa očevidnim izrazom zavidljive ironije.

— Živelo opšteje vaskrsenije! — zahori se sa svih strana i Cigani zasviraše „tuš".

— A sad, gospodo — završih ja u paničnom strahu. — Ne dajte, dakle, tavan! Pridržite lampu! Aman!

— Ne dajte tavan! Pridržite lampu! — vikali su svi oko mene. Pa ja sedoh u najvećem uzbuđenju, a svi prilažahu da mi čestitaju. Ali od čestitanja nije ništa moglo biti, jer kad sam lupio čelom o astal učinilo mi se kao da cela vasiona potonu. I nisam ga mogao podići pored najvećeg naprezanja. Samo sam osećao: kao da se kupam u nečemu što je mirisalo na mrve, duvan i čaršav umočen u vino, i čuo kako neko kaže: „Neka ga, dok se odmori." A kad mi neka tečnost uđe u rukav neko je opet kazao: „Pustite mu ruku, nek' iscuri." Uplašio sam se da nije krv, jer znam da sam jednog trenutka pomišljao da ubijem studenta, pa u tom strahu podigoh glavu. Onda svi povikaše: „Dajte mu konjaka da preseče; da preseče, da preseče." Ja sam razumeo da će mi preseći ruku, pa sećajući se da sam uvek bio protiv svake operacije, uzviknuh očajno:

— Ne pristajem da se seče, razumete li! Nikad!

— Mais il faut couper! Absolument! Du reste, je m'en fous!

I tada se opet ugledah u ogledalu, ali tako mrtvački bled, bled kao duh, nikad nisam bio. Međutim bilo mi je lakše i ja sam molio za tišinu da nastavim zdravicu.

Nikola se klatio, bečio i trabunjao:

— Pobratime, bravos... nije vajde, bravos, bravos, braaavos! — Ali svi rekoše da Nikola koji se ludački kikotao treba da ide kući i da ja moram ići s njim. Mi smo se neko vreme opirali, ali, naposletku, poslušasmo. I kriveći se na klimavim nogama ponesmo naše kapute, pa napustismo kafanu ostavljajući društvo u najboljem raspoloženju.

Ja sam, začudo, napolju sasvim došao k sebi i vodio Nikolu ispod ruke. (Da sam došao k sebi poznao sam po tome, što sam se već počeo stideti.) Bila je prošla ponoć i jasna mesečina obasjavala je palanku, nemu kao seosko groblje. On je vukao noge i svaki čas spoticao se o šiljato kamenje kaldrme.

— U nogu, druže, u nogu, ej, more, u nogu!

Stezao sam nos da ne prsnem u smeh. Tako mi je nešto smešno bilo.

On se teturao, navaljivao na mene svom težinom, išao čas brže čas lakše.

— Drži tempo, druže, tempo! — opominjao sam ga.

— E, moj pobratime, eto dokle sam doterao.

Kad prolažasmo preko pijace setih se njegovog oca.

— Slušaj — reče on zaplićući jezikom — video sam propalica, ali kao što smo nas dvojica — nigde nema.

Pa se ludački smejao kao da jeca. A taj smeh, oh blagi Bože, neobično me podseti na onaj njegov plač u zemunici na frontu.

— Ali zapamti — produži on — ako jednog dana čuješ da je nestalo Nikole Glišića...

— Ama gde ćeš, nesrećniče?

— Gde? To ne znam. Ali odoh, znaj od-oh...

Prođosmo crkvu i skretosmo u njegovu ulicu koju sam poznavao. Velike, crne senke lipa pokretale se na zemlji potajno kao utvare. Na ulici pred berbernicom kašljao je i glasno zevao noćni stražar. Ispružen poleđuške on je gledao u mesec, dok su se plehani tasovi pokretani lakim vetrom, tajanstveno brujeći, lelujali.

Kad stigosmo pred kuću on istrže svoju ruku:

— Pričekaj, pobratime.

Ja zastadoh, a on produži klateći se, pipajući i držeći se zida bez čije bi se pomoći srušio.

Zatim uđe na kapiju pa se malo posle začu njegov promukli i pijani glas i isprekidani, prestravljeni šapat žene. A odmah zatim kao neka borba, očajno zadržavanje kao rvanje neko i nešto se surva i otkotrlja niz visoke drvene stepenice.

Ja žurno stupih unutra i ugledah crnu priliku Nikolinu zgrčenu u groznu gužvu na dnu stepenica. U istom trenutku, prema svetlosti iz predsoblja, spazih i ženu gde drhće na vrhu stepenica.

Kad kazah ko sam i da se ne plaši nje nestade da se malo posle ponovo pojavi, usplahirena, sa svećom u ruci:

— Ah, svemogući Bože, vi ste?!

S krajnjim naprezanjem podizao sam Nikolu, otomboljenog, mlitavog, opuštenog i tek posle neopisanih muka uspeo sam da ga položim na postelju u istoj onoj sobi u kojoj smo razgovarali one večeri, na dva dana pred njegovo venčanje. Nije se micao.

Zaista mnogo muke beše me stalo dok sam ga izneo i položio u postelju njegove spavaće sobe. Ali u tom naprezanju koje mi je snajka olakšavala pridržavajući ga, ona i ja dodirnusmo se nekoliko puta i uvek se čudno pogledasmo. Nešto prijatno do mahnitog zanosa, neko slatko uzbuđenje koje mi je ulivalo nove snage, prostrujalo bi kroz mene i zagolicalo bi me pri svakom od tih slučajnih dodira. A kad bih ja zaustio da se izvinim ona bi me, preko jadnog, razbarušenog Nikole, presekla nekim požudnim, strasnim pogledom do ludila.

U salonu, gde smo prešli, potom, ona me je molila za oproštaj njihove neizgladive sramote preda mnom. Rekla mi je: da se stidi od mene, da ništa sigurno nije znala o mom dolasku, da je njen život čemeran. Zahvaljivala mi što sam došao, a on me je pozvao samo na njeno navaljivanje, te da se zajednički posavetujemo: može li štogod biti od njihovog života i od Nikole, koji se od dolaska iz vojske, a naročito od skorašnje smrti svoje majke, sasvim izmenio, izgubio, propio, iskvario u službi. To je poslednje sredstvo i ona više neće da bude luda. Pa strastan plač i odmah zatim osmeh kakav nikada nisam video na njenom smernom licu, nešto čudno nestalno, izveštačeno, ciničko, čulno, nešto dražesno i nečedno, u isto vreme.

Pokušavao sam, koliko sam mogao, da objasnim, da umirim, da izrazim veru: da će se sve izgladiti s obzirom na njihovu plemenitu, herojsku ljubav koja ih je sjednila, na decu koja ih ponovo čvrsto i nerazdvojno moraju vezati; i obećavajući da ćemo, sutradan, kad budem došao, o svemu hladno i pametno razmisliti, naumih da izađem.

Ali se ona energično usprotivi:

— Ne, nećete ići — reče ona hvatajući me za ruku koja od toga dodira zadrhta. — Ima mesta ovde. Sutra već nećete ga poznati. Stideće se i pokajnički moliti za oproštaj.

Neodlučan, posmatrao sam je mucajući nešto i padajući u sve veću zabunu. Vitka, ali bujnih formi, sa velikim grudima koje su se uzdizale, zažarena, uplakana, bila je dražesna u svojoj lakoj haljini sasvim pripijenoj uz drhtavo telo.

Ponovo sam uzeo kaput da idem, da je ne gledam, kad, iznenada, oblačeći ga, oborih nešto što se otkotrlja pod astal. Ja se sagoh da ono dohvatim i kako se, mačjom hitrinom, ona požuri da to učini pre mene, ja pokleknuh i padoh obgrlivši je.

U slatkoj napregnutosti, uzrujan alkoholom, morao sam je čudno pogledati ustajući. Oh, one iste žarke oči zasenjene dugim trepavicama!

— Ostaćete... morate, svakako morate ostati.

— O, hvala... molim... kad kažete.

Iz dečje sobe začu se isprekidan, glasan uzdah u snu. A iz crnog okvira na zidu posmatrao me strogi izraz očiju staroga oca tako odlučno opominjući da se skamenih.

Ali bludna para slatke požude izbijala je pomamno iz žene, ona opoj se rasprostirala oko nje i bila jača od svega. Sve se oko mene okretalo. I ne znajući više šta činim ja strasno prošaptah.

— Snajkice!... Oh, snajkice!

Pa je besno zgrabih oko pasa. I dok se ona sva upijala u mene, ja sam je grizao u onoj bezumnoj groznici strasti koja...

V

Sjajno sam se proveo u gostima, moje mi časti. Prošlo je od tada nekoliko dugih meseci, a ja ni o čemu drugom i ne mislim. Sve što me tištalo to je: da pronađem kakav bilo posao ili izmislim kakav mu drago razlog pa da ponovo odem u Vujanovac. A kad onomad pročitah u nekim novinama da je Nikole Glišića, tamošnjeg šefa bla-gajničkog odeljenja, moga pobratima, zaista nestalo, nimalo se nisam začudio. Jer po znacima moralne pometenosti koje sam na njemu primetio, prilikom prošlog viđenja, ništa drugo i bolje nije se od njega moglo ni očekivati. U novinama stoji: da se još ne zna je li i šta proneverio i da nikakvo pismo, pri odlasku, nije za sobom ostavio; kao i da je inspektor Ministarstva otputovao da utvrdi stanje kase i ostalo. Međutim stiglo mi je i opširno pismo od snajke. Piše mi: da je Nikole nestalo sutradan pošto su izdali sedmicu Bobi koja je, u ovoj poslednjoj velikoj epidemiji gripa, nastradala. Kako izgleda, za ono drugo dvoje dece nije mnogo ni mario. Imanje je ostalo prilično. Čim sam pročitao pismo pojurio sam u drugu sobu i rekao devojci:

— Ah, Marija, spremite me za tužno putovanje večeras brzim vozom. I ne zaboravite kutiju sa žutim imalinom kao prošli put, tako vam Boga!

Ali kad je sve bilo spremno odustao sam, mada nikakva posla nisam imao. Međutim docnije svratiću, o razume se. Moram, života mi, videti kako stoji duboka crnina mojoj dvostruko ožalošćenoj snajki. Čak se nosim mišlju da je sasvim preselim u Beograd, jer, ako ćemo pravo, ono sunce i nije za palanku. Samo čekam da se ona malo smiri... A čim odem potražiću isto ono društvo da još jedanput onako slavno ispijemo za dušu moga „pokojnog" pobratima. Šta, vraga? Ako ne bude crk'o, kao što on govoraše za svoga kuma i njemu neće biti rđavo. Jer zabadava se nije govorilo: kako je na frontu imao veze sa nekom Engleskinjom koja ga je, dok je ležao pegavi tifus, veoma nežno negovala. Možda će na njenim ravnim grudima naći onaj mir što ga je, ovde, na oblim, uzalud tražio. Uostalom, kako mu da Bog. Ima jedna stvar samo: njemu ovamo više mesta nema, on ovamo više nema šta da traži. I samo zato javno ovo pričam, što znam da među vama ima laparala, a kugla Zemljina nije više ono što je bila, prostrana i neprohodna, te da bar od vas, kad vas neka komisija slučajno nanese tamo gde je on, sazna prava naša osećanja i da ovamo ne dolazi jer nema gde. Može po celom svetu tražiti svoju sreću, ja sam svoju našao. A to ću reći onom istom poštovanom društvu kad se ponovo budemo iskupili kod *Lafa*, i to u vidu jedne duboke i duhovite, dakle, zdravice, koju sam već, uglavnom, sačinio. I Mikober nam mora deklamovati jednu gromku. A tom prilikom, evo moje reči, istući ću na mrtvo ime krezubog studenta, samo ako se bude tamo zatekao; toga podsmevala prema kome od onog večera osećam nesavladljivu odvratnost. Biće rusvaja. Jest, jedino čekam da se snajka malo smiri. Jer ne bi bilo lepo, časti mi. I žalost ima svoje vreme. I celo moje moralno biće pobunilo bi se... Zato neka prođe što treba da prođe... Časti mi, ne bi bilo ni najmanje lepo... Šta mi vi na to kažete? Rad sam da čujem vaše veoma cenjeno mišljenje i... i da vas umolim za jednu cigaretu. Zbilja, neverovatno, popuših vam sve cigarete, gospodo!

Resimić dobošar

Maršovalo se ili krvavilo i zato raport zadugo nije vršen, a to se upisivalo u dobre strane rata. Sve do jednoga jutra kad osvanu sneg na zauzetoj nekoj turskoj varoši i kad pukovski dežurni, sav uzrujan, dozva bataljonske i saopšti: da će komandant tačno u podne održati raport kod štaba puka, ispred ućumata.

Pred samo podne, u dvorištu velike zgrade, desetak ozeblih vojnika, u dvovrsnom stroju, sa snegom na brkovima i obrvama, zarumenjeni i uznemireni, nestrpljivo su očekivali komandanta, koji je u toploj turskoj sobi potpisivao poštu.

Najzad pojavi se komandant, visok, namršten, u teškim ratnim čizmama i dugačkom postavljenom šinjelu, pa zamišljeno siđe niz kamene stepenice i priđe uzbuđenim ljudima, koji se ukočiše po žustroj komandi, kao smrznuti.

Pa prvi vojnik pozdravi ga odsečno:

— Gospodine pukovniče, na raportu sam po zapovesti komandanta drugog bataljona, što sam pred skupljenim vojnicima kazao: lako je komandantu i oficirima što imaju konje, ali je nama teško što pešice gacamo po blatu i vodi, te nam mokre noge i obuća, a to sam...

Komandant, miran, zamišljen, priđe drugom vojniku, kome se strogo zagleda u oči:

— Gospodine pukovniče, mi smo oduzeli konja jednom bugarašu...

— Vi? A ko ste vi, majčina vam?

— Gospodine pukovniče... mi smo prva četa... komora... na raportu po zapovesti komandanta četvrtog bataljona, zato što sam oduzeo konja jednom Bugarinu, pa sam ga prodao drugom... seljaku.

— Aha, aha!

Zatim treći:

— Gospodine pukovniče, na raportu sam po naredbi ađutanta puka, jer nisam izvršio naređenje starešine ordonansa, kaplara Kamarića.

Komandant kao priseća se nekog važnijeg posla, rasejano sluša vojnike, i onda nervozno prelazi na četvrtog da bi prekratio raport.

Četvrti promrmlja nešto, pa se zbuni.

— Jasnije, brže govori, ne brljavi vazdan.

— Gospodine pukovniče na raportu sam... molim za tri dana odsustva... brat mi pogin'o kod Merćeza, rođeni brat... mi smo telefonisti...

Onda pucaju šamari po ozeblim obrazima trojice prvih, i pisari štaba beže s radoznalim glavama iza prozora. Komandant šamara levom rukom po desnom obrazu, jer mu je tako zgodno. Onda zastaje malo, sa rukama na leđima, i grize gornju usnu, pa posle desnom rukom nastavlja da šamara po levom obrazu kad burma zazvekne po zubima ili zakači za dugme od naramnice; onda kratko naređuje dežurnom da pretpostavljeni podnesu optužne raporte, a četvrtom odgovara da nema odsustva. I dok izudarani vojnici stoje nepomični kao krstače, jako postiđeni, sa crvenim obrazima, i ošamućeni gledaju svaki u svom pravcu, on prelazi dalje.

Na redu je peti. Rasta malog, čupave i ulepljene kosurine na ogromnoj rohavoj glavi, kratkih i krivih nogu, kroz koje bi se, kad stoji u stavu „mirno", bez muke provukao kakav debeljko da se ne očeše, toliko je prostrano „o" što ga one prave, u starom prepravljenom koporanu sa masnom, nekad crvenom jakom i tesnim podoficirskim čakširama stalno napred raskopčanim i bez ijednog dugmeta, pred komandantom je dobošar, mutavko Sekula Resimić. Nož mu visi o dugačkom bandijskom visku. Zamuckuje i očajno se muči u govoru, kad mu se lice grči, krivi, kad strašno zapinje, otvara i zatvara velika žvalava usta kao da zeva, ispušta s mukom, zadahom beloga luka i s pljuvačkom koja prska, nekoliko reči, pa se opet zagrcne. Ponekad, ali to je retko, ispadne mu da izgura celu rečenicu bez mucanja.

Na raportu je zbog bezbrojnih grešaka, kao: pljačkao posle borbe, provalio doboš i u njemu držao pokradenu pilež iz neprijateljskih kuća, tukao kaplara, zadocnio na maršu, kockao se, izgubio maljicu i šatorsko krilo. Njegov komandir ne zna šta će s njim, pošto je iscrpeo sve kazne svoje nadležnosti.

On oštro pozdravlja komandanta, pa se naginje unapred, mršti se, kao bajagi pozlilo mu baš tog trenutka, napinje se, propinje na prste i trepće.

— Dronjo, šta klanjaš? Ne mrdaj, dronjo!

On se kruti, uspija usnama, zabacuje ramena nazad, i još se više mršti.

— Zašto si na raportu, blesane?

I vuče ga snažno za uvo komandant.

— Go... go... gos... podine... pukovniče... a... a... a pojma nemam!

Kao ašov široka i teška desna komandantova šaka pljašti po levom, neobrijanom Resimićevom obrazu.

— Dede, seti se, seti, dronjo dronjavi!

— M... M... manj ako nije što... što... što sam... tražio prevod za mu... mu... muziku.

Pa ponovo pljašti ašov i krv sve više podilazi pod široke, podbule obraze, dok dežurni čita listu njegovih grešaka.

— Bitango, džukelo, nakazo! Iskvari mi puk, nakazo! Zašto si na raportu, mamu ti kockarsku? Govori zašto!

— P... p... pojma... p... p... pukovniče...

I komandant, razjaren do besnila, naređuje da se dobošar veže za drvo i stavi pod stražu. Samo nekoliko trenutaka docnije čvrsto je privezan za mišice; ali on, nagnut unapred, gologlav, crven kao vampir i unakažen, trza iz sve snage da se odreši i dreči na sav glas:

— Živio prestolonaslednik a... a... a... Đorđe... Žalosno, braćo, vezan srpski vojnik. Majko moja, da vidiš... o... o... osvetnika Ko... Ko... Kosova!...

Zna on da nije prestolonaslednik onaj kome kliče, ali to predstavlja neku vrstu bunta, za koji mu se ništa ne sme, i zato u inat i neumorno nastavlja:

— Živio prestolonaslednik a... a... a... Đorđe!

Pa se komandant pojavljuje na prozoru i naređuje da se budala pusti, i preti da će ga lično ubiti u prvoj borbi, a Resimić se smeška dokle ga odvezuju, namiguje na vojnike i sav crven pobednički odlazi pod svoj šator, uzima preda se doboš sa onom stranom što nije probušena, vadi izlizane karte iz masnog koporana, pljuje prste, češlja karte i doziva vojnike što radoznalo izviruju iz svojih šatora.

— Radnja počinje, ajde narode! Malo a... a... ajnca, malo f... f... farbla. Videste li kako peglam?... Plaćanje u gotovu kod b... b... banke Resimić. Nema veresije, ajde narode!

I vojnici, obzirući se oprezno prema štabu, prilaze mu, dreše prljave kese i krpetine dok on liže prste da lakše podeli karte, tiskaju se pogureno ispod šatora i oko doboša, pa se kikoću, cere, duvaju u smrznute pesnice i secuju, a krupan sneg pada te cvrče pahuljice po vatrama, alaču odže sa džamija, dok u daljini potmulo grme teški topovi, i zjape pod šatorom raskopčane čakšire Resimićeve.

**

Izlazi puk iz bivaka, izvlači se u tanku kolonu, pa kreće na marš kroz oblak prašine i psovki, i sunce upeklo.

— Resimiću, ej Resimiću, druže!

On zastaje i žmirka za kolonom.

— Eno osta kujnsko kazanče: vrati se, ponesi ga, boga ti.

— Resimiću, bato, podigni tu čuturicu, vere ti, izgubi, vidiš, neka džukela.

— Dobošar, zaboravi mi samo kočiće od velikog šatora!

I dok puk, kao ogromna sura i svetlucava gusenica mili, gureći se i rastežući se prašnjavim drumom, on se još vula sam po usmrdelom bivaku punom rasturene slame i svakojakih otpadaka, i tako uvek nešto čeprka maljicom i traži. Onda tovari na leđa jednu po jednu od zaboravljenih stvari, pa nakrivljene šajkače za kojom su poređane cigarete što vire i s jednom u zubima, krivulja tako za pukom, purnja kljakavim nogama i podiže prašinu više nego i sama pukovska saka sa ćoravim u oba oka Cezarom, islúženim artiljerijskim rudnim.

A komandant sa ađutantom, na konjima, obično stanu u stranu, pored puta, i propuštaju puk da se uvere o disciplini na maršu. I kad prođe i komora i sanitet sa popom, kome se, kad jaše, vide vezene seljačke čarape, i kad promaknu svi dronjci puka, onda tek nailazi Resimić, pa se pretvara da ne vidi komandanta.

— Ti opet poslednji, majku ti kockarsku?

— Zašto majku, go... go... g.

— Šta go, go, m... m. Džukelo dobošarska! Dokle ćeš da štrčiš sam u celom puku?

— A... a... a nužnu sam vršio...

Pa korbač puca po dobošu i natovarenim stvarima, i komordžije sa začelja okreću se bojažljivo i podlački smeše.

Posle komandant, u galopu, praćen ađutantom i ordonansima, odlazi kroz prašinu na čelo puka.

A čim nastupi zamor na maršu, onda zapišti komandant bataljona:

— Resimić, daj takt!

On počinje da se sprema: udešava tovar, namešta doboš, popušta kaiše da lakše diše i otpetljava maljice. Ali to komandant ne vidi i ponovo pišti:

— Šta čekaš, svinjo dobošarska?! Takt, jolpaze!

A on otire prstom znoj s čela, otresa ga žurno pored sebe i briše o čakšire pa otpočinje po dobošu koji šoboće:

— Prrr... rapetane, prrr... rapetane...

I umorni vojnici, posle toga, maršuju mehanički, lakše i vedrije...

A tek što se stiglo u novi bivak i ljudi pojure da se svaki o sebi pobrine, viču Resimića:

— Ej ti, nakazo, trči, pridrži konja komandiru.

— Kvazimodo, vidi stiže li komora.

— Resula, trkni za vodu.

Ili:

— Naloži vatru!

Ili:

— Nosi ovaj izveštaj u puk!

Jer i ko bi drugi nego Sekula. On niti nosi pušku, ni fišeklije, ni ašovče, on je komotan...

Ali njega to nikad ne ljuti. On radi i kad ga ne teraju na rad; on je takav, traži, sam izmišlja posao i kad ga nema. U jeku kolerične zaraze, u Velesu, kad je sva dužnost saniteta bila da sahranjuje, on dragovoljno pomaže bolničarima. Uzme dugačku čaklju i obično zakači za tur ili za jaku pa tako vuče i skuplja modre i ukočanjene vojničke lešine, razbacane oko stanice, pored pruge ili na samoj pruzi i slaže ih u duboke krečane onako raširenih ruku i očajnih pogleda kao da proklinju. Posle, za večerom, priča vojnicima kako je ceo puk on lično sahranio, a oni se uklanjaju od njega da ih ne zarazi.

Tada, kao dragovoljni grobar, Resula je doživeo veliku, retku i neobičnu čast. Našao se bio na stanici onoga časa kad je kneginja Dolgorukov stigla u Veles da i sama, kao prosta bolničarka, uleti u borbu koja je kosila junačke bataljone. Komandant mesta, sa određenim izaslanstvom čekao je kneginju na peronu punom umirućih vojnika. Pa kad voz stiže i ona lako i graciozno siđe, komandant je pozdravi sa nekoliko izabranih reči zahvalnosti i pruži veliki buket poljskog cveća u znak toplih simpatija i blagodarnosti ojađene vojske i građana. Tada kneginja primi buket, poljubi ga svojim malim rumenim usnama, pogleda oko sebe i kad primeti krivonogog Sekulu Resimića, naslonjenog na čaklju, pruži mu ga, rekavši:

— To tebi pripada, junače, ne meni.

Bilo je to, kažu, slučajno, ali čudno i sjajno pogođeno, i nikad više gracije i otmenosti i više nespretnosti i prostote nije bilo sjedinjeno u dirljivom...

I eto tako sve dok ne otpočne borba, a posle doboš ide u komoru, a Sekula s puškom uz komandira.

Redovno, pošto prime zadatke, komandiri pojure svaki u svoju četu i komanduju „zbor".

Pa komandir Resimićeve čete, mračan i zabrinut šeta pored čete, lupka nervozno korbačem po čizmi i redom posmatra vojnike:

— Deder, junaci, ko će dragovoljno u patrolu?

— Ja, goooospodine, kapetane.

— Pa uvek ti?

On gleda u zemlju.

— Dobro, Sekula, izlazi!

A u oficirskim patrolama, vođ, oficir, smesta naređuje:

— Sekula Resimić napred!

Jer svi znaju da će on prvi nanjušiti neprijatelja, prvi dokučiti dragocene podatke i prvi se vratiti na svoje mesto, kao i da je patrolska služba njemu omiljena stvar. A omiljena mu je stvar zato što se on iz nje nikad nije vratio praznih šaka. I zato kad nije u patroli „zvanično", on se u njoj nalazio privatno.

Jedanput je slučajno, kao ono Rus Šapovalov, što je goneći zeca nabasao na levo krilo vojske Miratove, otkrio nešto što je značilo podvig velike vojničke vrednosti, otkriće čiju važnost, uostalom, niko iz Vrhovne komande nikad nije hteo priznati.

Maršovala je divizija ka Iverku. Prednja odeljenja, koja su nastupala sa osiguranjem još od Tekeriša, imala su zadatak da se dočepaju Popovog parloga pošto-poto: da oteraju neprijatelja ako je tamo, da se utvrde ako pre njega stignu.

Resimić se nalazio u privatnoj patroli, tj. u pljački, krenuo se ranije i pre svih stigao na Parlog, gde zateče popa nekog, iz obližnjeg sela, kako s dogledom na očima i popadijom na krilu posmatra borbu što se vodila na nekim daljim položajima oko Gučeva. Posle je stigla prethodnica i utvrdila se.

Od večeri do jutra provela je mrtva umorna divizija u najstrožijoj pripravnosti. A iste ove noći Sekula, vrljajući po okolini pljačke radi, otkri: da se putem, s koje se strane svu noć i grozničavo očekivao neprijateljski napad, serbez kreću volovske komore dveju naših divizija. A kad to proveriše i oficirske patrole, pa se izveštaji poslaše gde treba, divizija smesta dobi novo naređenje da se vrati odakle je i došla, posle nekoliko dana uzaludnih, nečuveno zamornih marševa.

Pa sutradan, na maršu, puše i džakaju vojnici:

— Bre, braćo, da ne bi Resule mi juče izvršismo juriš na naše komore.

I svi se slatko smeju.

— Ko to kaže? — interesuje se komandir čete pa se ljuti:

— Slepci! Kad nešto ne znate onda šta drobite? Mi smo došli na Popov parlog, jer smo se bojali proboja.

— Pa što se sad ne bojimo?

— I šta ćemo pozadi komore?

— Ajd', ajd', magarci. Šta vi imate da rezonirate?!

I toga dana istoga, Sekula Resimić, koga kolektivno optužiše seljanke iz Jarebica da je od njih kupovao jaja za oficire a nije platio, izvuče za svako jaje po jedan šamar iza klempavog uveta, koje mu se crvenelo zadugo posle toga i dok je kao nesretnik, sav beo od prašine, šapesao kroz krvavi smrad lešina koje su grozno bazdile duž zelenih grebena Cera.

***

Niti ga kadgod napušta veselost, niti kazne ima koja bi mogla da pokoleba njegovo lepo i vedro raspoloženje. Jer šamar, vezivanje ili zatvor, Sekula Resimić smatra za neizbežno vojničko sledovanje isto onako kao i pirinač, pasulj, tain, kratku košulju ili šajkaču. Vojnik, za koga se moglo i smelo reći da se u vojsci rodio i odrastao, on je, bolje nego iko, poznavao smisao i cilj ove važne institucije, kao i opravdanost onih drakonskih mera uobičajenih da se upotrebljuju za temeljno izrađivanje vojničkog duha i discipline.

— I ja sam o... of... oficirsko dete, znam šta je vojska.

A on je bio oficirsko dete samo utoliko što je rođen u Č, od oca Jefrema Resimića, pokojnog narednika, štabovskog trubača istoga onoga puka u kome, po mišljenju pretpostavljenih, na njegovu bruku, a po mišljenju Sekulinom na čast puka, služi i on — njegov sin, kao dobošar prve čete drugog, u svima teškim borbama, proslavljenog bataljona.

Sekula svoju majku nije upamtio, a u sedmoj godini saznade, jednoga dana dok se igrao, da mu je otac, štabovski trubač Jefrem Resimić, iako ni časa nije bolovao, umro nasred kaldrme ivanjičkog sokaka, nedaleko od rakidžinice „Kod Užičanina", gde se bavio uvek, pošto bi plehani pisak svoje sjajne trube, uvezane zelenim gajtanom, ostavljao u prepravljeni koporan sa krutom i visokom jakom od crvene čoje.

Iako je smrt ova za njega značila oslobođenje od batina i odsad neograničenu, najpuniju slobodu vrljanja po svima privlačnim mestima varoši, on je ipak mnogo plakao za sandukom očevim toga nezaboravljenog dana, kad je najstariji trubač, stara garda, sahranjen sa svima vojnim počastima koje su njegovom činu i rangu pripadale. Ali ono čime je osobito bio tronut, to su bili neizrecivo bolni zvuci posmrtnog marša, koji je jecajući odjekivao i nekako naročito dirljivo cvileo varoškim sokacima, izvođen od ožalošćenih učenika pokojnikovih sa neopisanom voljom i bez pogreške.

A kad starog narednika zemljom zatrpaše neki ljudi, onda stric Sekulin, seljak iz okoline, uze njegovu ruku svu mokru od suza, pa ga, celog puta sagnute glave, odvede svojoj kući da se o njemu stara. I punu godinu dana brinuo se o njemu očinski kad ga, po navršenoj sedmoj godini, upisa u osnovnu školu kao svoga rođenog sina.

Ali Sekula školu nije mario, jer je mucao, i deca mu se gadno podsmevala, i napretka nikakvog nije bilo. Iako se trudio da ne muca, vežbao, naprezao, znojio, sve je uzalud bilo, jezik je ostao uporno neposlušan.

Koliko bi puta drumom ka školi ugledao izdaleka kakvog starijeg čoveka, koji mu ide u susret i koga je hteo pozdraviti, reći mu *dobar dan* kao i ostala deca, i prilazeći mu glasno izgovarao: „dobar dan, dobar dan, dobar dan", sve dok stariji čovek ne bi naišao prema njemu. A tada, oh tada, jezik bi mu se najedanput nemilostivo ukočio, i on bi, ćuteći i utučeno, prolazio čoveka bez pozdrava.

A kad i na kraju druge godine nikakva uspeha nije bilo, pozva ga stric pa mu reče:

— Evo dve godine, Sekula, blago meni, kako te slušam da sričeš *o-s, n-o-s, os, nos,* a tvoj čiča osta bos zbog tvojih križulja, tablica i sunđera. Moraš, nije vajde, na zanat.

I već sutradan Sekula je bio u varoši, i tamo našao zanat za ceo život, koji se nekako morao otaljati.

Taj zanat što ga je on izabrao za ceo život, bio je unekoliko vojničkog karaktera ili bolje poziva, tj. u vrlo tesnoj vezi s vojskom. To je bio bozadžijski zanat. Sa propisnom dozvolom za isključivo pravo prodaje boze, alve i salepa vojsci, njegov gazda, doseljenik iz makedonskog Kruševa, smesta i oberučke primi Sekulu, jer tih dana beše ostao bez šegrta, i jer Sekula beše na njega ostavio povoljan utisak. A dužnost Sekulina, kao učenika pomenutog zanata, bila je veoma prosta: pratiti trupu dotičnog garnizona u svima njenim taktičkim kretanjima, ići za njom u stopu: na manevre, u ratnu službu, kao i na egzercirišta, strelišta, gađanje i kupanje.

Eto na taj način i iz onih pobuda jednog vedrog majskog jutra, kad sva deca žurahu u škole, stupi on u nov život, sa svojim krivim nogama i novom kantom optočenom žutim mesingom, koji se sijao kao epolete. I od toga dana, uvek, ranim jutrom, kad je vreme lepo i dok jêci zvonke trube bude iz slatkoga sna tople, vatrene devojke što skrivene iza zavesa, u košuljama spalim sa ramena, izviruju da vide komandire na konjima, gega on pozadi bataljona, iskrivljen prepunom kantom, zaduvan, znojav, ali vedar i prkosan. A čim bataljon izađe iz varoši i pređe u marševi bojni poredak, on je s glavnom trupom prethodnice, koju prati dok se zadatak rešava, pa posle čeka u ladovini dok se juriš svrši, kad preduzima osiguranje kante, koju opkorači da je ne bi oborili borci, i naplaćuje unapred od onih u kojima nema ličnog poverenja, ili na čiju se vojničku čast i vrlinu ne može računati. I tako s dana na dan, u nerazdvojnom kontaktu s vojskom, on je polako sticao razna vojnička znanja iz taktike, strategije, fortifikacije, iz ratnih veština; on je znao „ratnu službu" u prste, i sam se izražavao čisto vojničkim jezikom, sa psovkama ili bez psovki, kako je kad propisno.

Kažu mu na primer:

— Sekula, otidi, boga ti, do mrtve straže numera 1 i odnesi ovu lepinju s kajmakom potporučniku Ćosiću.

A on pozdravi po vojnički:

— Razumem!

Ode, i tačno nađe ćuvik, na kome čuči mrtva straža numera 1.

Ili:

— Sekula, ti znaš gde je levokrilna objavnica?

— Zna, zna, kako ne bi znao — zagraje oficiri.

— E, bićeš onde. A čim naiđe komandant bataljona, ti nam javi, znaš.

Oficiri, posle toga, bezbrižno, kao u logorskoj baraci kad nema zanimanja, igraju „sansa” ili „friše fire” sve dok Sekula triput ne zavreči kao jarac, kad oni skaču, prilaze vojnicima koje bude i nastavljaju teorijsko predavanje o bočnom napadu, konjičkom jurišu na pešadiju, kad se komanduje „u krug” ili tako čemu sličnom...

A na egzercirištu, po najvećoj žezi, i kad mu se dosadi da se podsmeva regrutima od kojih bolje radi „vežbanje s oružjem i stražarsku službu”, on odlazi u jarugu kod značara i tamo ubija guštere, sluša masne priče, duva u trubu ili lupa u doboš da odmeni značare, dok se oni siti naspavaju.

Samo ako nema vežbanja, ili ako su teorni časovi te vojnici manje žedne, on je u varoši.

Obično po ručku, o najvećoj vrućini, kad sunce prži da proključa mozak, dok zuje muve zunzare u prozorima, a vruć vetar goni mace preko praznih sokaka, i sva palanka spava u znojavim košuljama; kad nebo i brda potamne od jare, a u baštama sa klonulim glavama, kao obešeni ljudi, blenu pogureni suncokreti, on se povodi pustim ulicama po usijanoj kaldrmi, obilazi celu varoš:

— Boza... ledena...

I od klupe do klupe, od hladovine do hladovine, sluša kako hrču majstori na tezgama, u polivenim dućanima, i gleda kako se teško gegaju i šiču guske po vrućoj kaldrmi, a u hladu bosa i goluždrava deca igraju piljaka i čavrljaju kao i vrapci pod strejama.

Pa drema, klima glavom i mlatara nogama.

A šegrti, ispred dućana, zadevaju ga:

— Ej, Sekula, popiše ti bozu.

— Sekula, daj dve čaše za marjaš.

On polako otvara oči, gleda oko sebe, trepće i izgovara jednu jedinu reč, gadnu i nepoznatu van ove varoši, a na koju se ne ljuti niko, jer se svaki njome služi da drugom zatvori usta.

— Porav...

— Cide.

— Ciminajca.

— Drž' se, drž' se, Sekula — pariraju šegrti.

Sve tako do večera kad osvoji ladovina, i zjape prozori kao otvorena ogromna usta, ili promaja leprša zavese kao isplažene jezike. Tada se vraća u dućan da podnese račun, spremi gazdinu sobu, izriba kantu, popuši cigaretu, pa da se otegne na klupi dućanskoj kao šarov...

Pa je Sekula rastao, jačao i posle godinama nosio po dve kante na obramici uvek sa istom dužnošću: da ide za trupom, leti s bozom, zimi sa salepom i alvom. I tako do devetnaeste godine kad je postao opštinski dobošar, posle jednoga konkursa na kome je pobedio, i ostao na toj novoj dužnosti sve dokle je opštinski budžet imao mogućnosti da odvojeno plaća svoga dobošara, lice koje će lupanjem prikupiti građanstvo, i drugo, isto tako važno lice koje će, iza poslednjeg udara maljice, tom sakupljenom građanstvu pročitati jasnu i, s pozivom na odnosne propise zakonske, strogu opštinsku naredbu o čišćenju, pred kućama, travuljine i korova „koji postoji na sramotu i štetu ugleda lepe nam varoši" ili kakvu sličnu. A kad su se obe dužnosti, usled budžetske nemogućnosti, sjedinile u jednom jedinom licu, on je otpušten kao neupotrebljiv u ovom slučaju, pošto je opštinska uprava ipak pretpostavljala da zadrži ono drugo lice, što je sposobno bilo da čita njene naredbe, iako nije znalo da rukuje dobošom onako majstorski kao Sekula.

Tada se Sekula ponovo vratio vojsci i postao rabadžija vojničkog liferanta. To je najsrećnije doba njegovog života, o kome često priča na marševima, pored vatre ili noću na predstraži... Natovari pune kante paprika, kupusa, luka ili sena, i krene noću klisurom kroz Jelicu. Noć tiha. Po belom, od mesečeve svetlosti i prašine, putu, vočići odmiču sami, kola škripe, ciče, veliki mesec zalazi za dubravu, i bruje bandere i Morava šumi, a on ispružen, na senu, gleda u nebo puno zvezda, udiše miris trave i peva, peva: „O... o... oj Moravo moje selo ravno, kad si ravno što si vodoplavno", ili „Sunce jarko ne sijaš jednako"...

Samo što je ta sreća malo trajala, jer je došlo vreme da se aktivno posveti vojsci. I baš je trebalo da odsluži stalni kadar i da se povrati svom starom zanatu, kad nastaše mučni, strašni, jaoj beskrajni ratovi.

***

1915. kantonovao puk u selu nekom do Valjeva. Pa se oslobodile seljanke, za ono nekoliko dana dok su Švabe bile, i tako se svi lepo provode. Predveče igranke, a po noći sastanci.

I vojnici umiruju savest: „Ne praštaju, vele, ni oni kod naših kuća."

Jedno predveče sprema se komandant za varoš i čekaju ga žuta zaplenjena kola na putu, kad mu priđe jedna postarija seljanka.

— Dobar veče, gospodine.

— Bog ti pomog'o. Koje dobro, snaja?

— Nikako dobro, gospodine. Zlo.

— E? Ded' da čujem.

— Ama, da prostiš, ne mogu pred svima. Žalbu jednu imam.

— Ajd' ulazi unutra.

I komandant uvede seljanku u štab.

— Govori, snajo.

— Ete, imam unuku, gospodine, devojku.

— Nek' je živa. Pa?

— Pa je nešto slaba. Recimo strunila se, ja li šta.

— Pa onda?

— Pa jedan vojnik, znaš prevari me da je doktor.

— Pa posle? Govori, molim te. Imam ja i druga posla.

— Pa dođe da je pregleda; pa je pipa, pipa... jaoj Bože, jaoj moj gospodine, pa veli meni: „Iziđi, babo, napolje, moram ja nju svu pregledati... i trbuh... tu joj fali."

— Da je nije upropastio?

— Pa nije da vidiš, ali 'nako osramotio.

— Kako to može biti?

— Pa uj'o je za... oh opraštaj, gospodine.

— Za šta, brate, uj'o?

— Za... za sisu... kuku meni ojađenoj.

— Ama ništa drugo.

— Pa eto uj'o za sisu.

— Pa je l' se nosio kao oficir?

— Ukr'o, vele, šinjel doktorov pa ga ogrn'o, a mrak pa nisam nesretna ni zagledala. I ma'om ćuti, samo oni što ga doveli kažu: „Eto ti pravog pravcatog doktora. Socijalist za ženske slabosti."

— Pa, lepo, kad je to bilo?

— Juče, dobri gospodine, sinoć.

— A šta sinoć nisi došla da se tužiš?

— Ama da vi'š navališe na mene te se prvo izravnasmo: da do podne danas kupi đevojci papuče, a meni šamiju, ali prevari rđa te evo dođo'.

— Pa ti ga poznaješ?

— Znam, vele da je dobošar. Nego ime mu zaboravi'.

— Znam ja — veli komandant, a sav pozeleneo.

I te noći svaki bataljon dade po jednu patrolu, i patrole, bez milosti, pretresoše celo selo, svaku kuću, svaki kutić, ambare, vajate, tavane i kučnice, ali Sekulu Resimića nigde ne pronađoše. Te noći komandant ne ode u varoš, te noći Sekula Resimić, dobošar prve čete drugog bataljona, beše u bekstvu.

***

Iste one godine u martu, za vreme velikog zatišja, beogradsko Novo groblje beše jedna osobito draga i privlačna tačka onom zaostalom, neboračkom ali kuražnom stanovništvu Beograda, koji je i često i nemilosrdno bio bombardovan. Baš u to vreme, iako opijen slavnim pobedama, Beograd se pobožno sećao mrtvih, zasipao ih silnim cvećem, zahvalnošću i suzama, više i usrdnije, možda, nego ikad dotle. Izgledalo je: kao da proleće budi život samo radi mrtvih i da živi druge dužnosti i ne poznaju već da ubijaju i da plaču.

Uz vlažan zid što opasuje groblje, do same grobljanske kapele od crvenih i sivih kocki, sa dugim lenjirastim prozorima i šupljim krstovima po kojima se jure i čavrljaju vrapci, osam drvenih svećarnica i cvećarnica plehom pokrivenih i prirodnim i veštačkim vencima načičkanih, radile su od jutra do mraka. U njima, unutra, kao u krletkama, iza belih velikih sveća povešanih o eksere, nazirale su se dobroćudne glave invalida-prodavaca, čije su štake bile prislonjene uz stolove sa krivim nogama obavijenim kanapom i krpetinama, onako isto kao i patrljci njihovih ćutljivih sopstvenika.

Tužnog izgleda, u dubokoj crnini, sa velovima oko glave i cvećem i svećama u ruci, žurile su žene da se, pošto promaknu kroz kapiju sa srednjim velikim ulazom i krstom na sredini, razmile, pa zastanu oko nejednakih spomenika od crnog i belog mramora, i celivaju izbelele krstače obgrljene sparušenim vencima, koji će se zameniti. Pa pošto bi klečeći pripalile male voštane svećice i kandila u obojenim fenjerima od lima, one bi dugo ostajale tako nepomične, i gledale kako nemo jecajući žmirkaju plavo-zeleni plamičci, i oblećų pčele oko zejtina i voska, izazivajući uspomene na svoje drage i ispitujući svoje savesti, opterećene sopstvenim neoprostivim prekorima koji će smesta iščeznuti na kapiji grobljanskoj, kao što su se munjevito i pojavili.

A tamo napolju, prema velikoj gvozdenoj kapiji, uz staklenu čekaonicu oblepljenu naredbama i raznim policijskim zabranama, na šiljatoj goloj kaldrmi i blagom martovskom suncu, greju se i puše desetak prosjaka u pohabanim vojničkim uniformama, slepi ili sa patrljicama od noge ili ruke, istaknutim tako da se vide na prvi pogled. Oni, obično, ćućure među sobom, zadirkuju se i šale, da jednovremeno zavape tek ako bi ko naišao, kad ispružaju svoje koščate, crne i prljave ruke i zabogorade s takvom žestinom i tako nenadno da uznemire i uzbune i same vrapce što se jure i prepiru po krovu zvonare, odakle u malim jatima prhnu da beže ka velikim odžacima ciglana, koji se uzdižu oko groblja.

Sede oni tako jedno poslepodne, olenjili se, zevaju i puše, pa se izdaleka začu brektanje automobila. Oni brzo skloniše cigarete, spremiše se i očekivahu. Onda mašina stiže i zaustavi se pred velikom gvozdenom kapijom. I dok momak hitro siđe s prednjeg sedišta i uslužno otvori vrata dami, na čijem krilu ležaše krasan buket, dotle već bela rundava pudlica, s mašnicom o vratu, iskoči na kaldrmu, laka kao lopta, pa se zapilji i očekivaše da bogata dama, sva od gracije i bolnog izraza, siđe i, po običaju, obdari prosjake.

Tada pruži ona buket momku, otkopča svilenu torbicu, pa bolećivo pristupi ubogim ljudima.

— Molimo gospoju, vašim... slepim a... a... a... ratnicima.

Ona priđe slepom.

— Kad si ranjen, junače?

— On je kontuzovan, gospoja.

— Na Mačkovom... k... k... k...

— Koga imaš?

— Troje dece, gospoja, a... a... a dvoje muško i a... a... dvoje žensko.

Ona ga daruje, pa praćena momkom, i dok pudlica obigrava oko nje trzajući je sitnim zubićima za ivicu suknje, ona žuri ka dragom mestu tuge, sa izrazom sve većeg bola i patnje jedne svetiteljke.

— Hvala rode!

— Bog da prosti pokojnika...

— Amin da Bog da...

— Ala sitno farbaš, druže. Pa ti reče troje dece, a ono ispade četvoro.

— Pa... pa, pa na brzinu. Kad se hitro promeša.

I Sekula otvara oči, namiguje i zagleda u deseticu.

Posle diže glavu:

— Muf jeste li videli? Tri godine a... a... a svi od njega da živimo.

Sekula je pustio bradu, prerušio se, mučno bi ga bilo poznati. Omrznut je u svome društvu, ali ga se ono boji. Jer sve su to predratni prosjaci, lažni invalidi što „vataju na uniformu", Cigani i protuve, i on jedini ratnik među njima.

Govori malo, i dok oni ćaskaju, on se trebi od vašiju. Samo kad nailaze posetioci groblja, on zažmuri i zabogoradi nekim jezivim mumlanjem da sve nadviče. Ili pravi dosetke na račun prolaznika koji se ne osvrću na njegova zapomaganja.

— Sedi ovde, druže, a... tu je tvoje mesto.

Prolazi tako mlekadžija, seljak iz okoline, grbav.

— K... k... k.... k... — krkori nešto Sekula.

— Šta ti je, bre, šta krkljaš?

— Kad ćeš da se a... a... a... demobilišeš?

— Kako veliš?

— Ranac taj da skineš... — pa pokazuje na grbu.

I grbavko se priseća, pa crveneći ide dalje i gunđa. A kad su sami, ili vreme rđavo, pa u čekaonici očekuju da proletnji pljusak prestane, oni zagalame, razvezu nadugačko i govore o svačemu.

— E lepo, a jesu li i Francuzi Švabe?

— Jesu i oni, samo su bolji junaci, jer u Francuskoj i matori sisaju, pa su zdravi.

— Dobro. A Englezi?

— Englezi?... Englezi to su morske Švabe. Oni žive u moru.

— E reci mi sad: što su se jedne Švabe udružile s nama protiv drugih Švaba?

— Kako kažeš, što su se...

— Kažem šta će te Švabe s nama protivu ovi' naših Švaba?

— Šta će, veliš, s nama? E pa, brajko, oni će s nama zbog ovaj... pa zbog... e ne znam.

— Znaš li ti, Sekula?

— Pa da se bijemo za njih.

— Nego, čujte ljudi, vidite li vi ovi 'eroplani šta čine? Sad će, vele, pustiti neke gasove da nas sve pomore.

— Ne verujem, čoveče, plaše na sedamn'est.

— More batali šalu, pustili su plakate.

— A Germani, vele, imaju neke sprave što liče na ribe, pa gutaju lađe k'o Sekula pitu na daćama.

— Pa dobro, Germani to su opet Švabe?

— Pa jes'.

— Vidiš, ti Germani celu Evropu okupiraše, pa sad 'oće i Aziju. Nego ja mislim da one Švabe i ove Švabe rade ortački. Čujte, ljudi, ovo što vam ja kažem, ja sam prost čovek, ali ja njima ne bi' verov'o. Evo secite me gde sam najtanji, ako tako ne bude.

— Ej, brate, pa ti sasvim ne znaš šta govoriš. Valjda znaju ovi naši šta rade. To su pametni ljudi, neće tebe pitati.

— Ama oni jesu pametni ljudi. Samo znaš kako je, đavolja je to vera, podvaliće.

Sekula se napinje da nešto kaže.

— Ćuti ti, Sekula, ne razumeš se ti, brate, u svačemu.

— Đogate, a... a... a božji, bolje ja znam od njih

— Od koga?

— Pa od... ministara i ge... ge... generala.

— More ti, bre, ti si antihrist, ti si opasan, ti si buntovnik.

— Ja sam čovek k'o i oni. Govorio sam ja s ministrima. To su a... a... a tr... tr... tr... trtovi k'o i mi. Da nisam mutav i ja bi' bio general.

— Pa jes' pravo kaže čovek: da nije mutav, i da mu je ćaća Krsmanović, i on bi bio ministar ili general. Ovako crkavaj od gladi i pružaj ruku celog veka.

— I još da nema dobri' ljudi, braćo!

— Pih! Onda bi prodavali vaške pa bi živeli.

— Sad nema ni vašiju, sad je zatišje.

— Ja sam u ropstvu, braćo, jeo vaške na 'lebu.

— Lažeš! Ti i nisi bio u ropstvu nego tajni policaj kod Švaba. I zato što lažeš, ješćeš i kaldrmu.

— Ja ne lažem, nebesa mi. A šta fali tebi? Imaš kuću ortački s nekom Jevrejkom i dve krave. Prodaješ mleko, gazda si pa opet prosiš.

— Lažeš!

— I nagovarao si me da ubijemo Sekulu i da mu uzmemo pare. Kaži, ako smeš, da nisi. I zato si ga zvao na večeru, da prođete onim putem pored ciglana...

I toga dana, nekoliko samo trenutaka iza poslednjih reči i na užas bogalja koji se razbegoše, Sekula, ne razmišljajući ni sekunda, raspori nožem, oštrim s obe strane i čuvanim u tajnom džepu koporana, prosjaka Jeremiju, zvanog „tobdžija", koji mu je radio o glavi, i čija se creva prosuše po prljavom patosu čekaonice. Onda ubica pade šaka policiji, koja se raspita i saznade o njegovom bekstvu iz vojske. I stavljen pod redovni vojni sud svoga puka, on osta u zatvoru sve dok topovi na frontu ne oglasiše početak novog krvavljenja.

Tada ga pustiše, i teško ranjen u jednom od prvih većih sukoba, on se nađe u bolnici, iz koje izađe jednoga od onih strašnih dana kad potpun slom vojske beše nesumnjiv, i posle jedne operacije koja ga ostavi bez nekoliko rebara i učini nesposobnim za boračku službu. Daleko od svoga puka, koji se nalazio na drugom pravcu vojnih operacija, on se javi jednom od pukova na koji prvo beše naišao, gde izjavi tačne podatke o sebi, priznade da se nalazi pod sudom zbog pokušaja ubistva, i postade seiz komandanta bataljona.

U novoj sredini, među vojnicima koje tada prvi put poznade, potpuno nepoznat, morao se mučno osećati Sekula, ali se nije imalo kud. Jer on uvek provođaše sam, revnosno predan svojoj dužnosti da se stara o komandantovoj kobili Ruži, čije ga ždrebence vitko, umiljato i nestašno zanimalo više svega.

A komandant bataljona, uvek nasmejan, fini oficir belih ruku i crvenih obraza, tek što beše došao iz divizijskog štaba, odakle ga poslaše ovamo da ispuni uslove za unapređenje u viši čin. Operacije, istina, behu svršene, ali šta to mari, baš zato je on i poslan iz štaba, gde je bio navikao da služi na potpuno zadovoljstvo divizijara, čiji beše ljubimac... Bilo se već duboko ušlo među snežne krševe albanske, i komandant mučaše samo jednu brigu: kako će se bez hrane izdržati do mora. Nekoliko kutija konzerviranog mleka što ih je dobio u Ljum Kuli od upravnika bolnice, svoga poznanika, i u zamenu za cigarete, bile su još jedina hrana s kojom se imalo živeti sve dok se ne dođe do savezničkih brodova sa hranom, o kojima se toliko govori i tvrdi. I on je češće i strogo opominjao Sekulu da one kutije čuva u svome rancu, od koga da se nikad ne odvaja.

Onda, umiren nadom da će mu to biti sasvim dovoljno do kraja, komandant očuva svoje dobro, uvek vedro raspoloženje, sve dok se jednoga dana ne dogodi nešto zbog čega umalo ne dobi izliv žuči ili ovom sličan napad.

Sedi on, gladan, kraj vatre, misli na mleko i zove Sekulu:

— Otvori jednu kutiju pa uzvari.

Sekula zauzima stav „mirno", grči lice, otpozdravlja odsečno, i kao ne razume šta hoće komandant.

— Ej, more, šta me gledaš? Mleka!

— Mleka nema, gospodine majore.

— Mleka!

— A... a... a nema mleka; a... gospodine majore.

— Šta kažeš?

— Pojela Ruža...

— Mleka, sunce ti božje! Četiri kutije konzerviranog mleka što sam ti dao na čuvanje?!

— A... a... Ruža...

— Gde se nauči da lažeš, milijardu ti bogova...

— Ja... u... u vojsci, gospodine majore.

I tako laž koja beše glupa i drsko ponašanje Sekulino razjari komandanta u toj meri da ga je, pozeleneo kao jed, tukao do krajnje malaksalosti svoje odmorne snage. Tada mu oduze konja i najuri ga.

Ali se ubrzo, i kad se uverio da je kazna bila preterana, umiri i pokaja, pa kad mu Sekula obeća da će sve desetostruko naknaditi, on ga vrati i predade stvar zaboravu. A od tada, svakoga jutra i posle Sekulinog povratka iz patrole, kad god bi uvlačio nogu u uzengiju da se popne na konja pred polazak na marš, osetio bi komandant kako ga golica i draži miris mlade piletine pečene na ražnju, oh tako prijatan, drag miris što se širio na sve strane iz bisaga nemačkog sedla, na kome je bilo ugodno sedeti kao na divanu.

***

Pa je ona vojska odstupala kroz krševe, polumrtva jedna vojska sva u ritama, što se naprezala, pentrala, stenjala, crkavala i pretvarala u strvine. I u selu nekom punom divljih pasa i ljudi, zaustavila se ova kolona skeleta da prenoći.

Oko ogromne vatre, kao lomače, posedali oficiri štaba, piju čajeve i ugađaju đeneralu.

— E, da su uradili kao što ste vi predlagali armiji, gos'n đenerale, ne bi mi sad sedeli ovde...

— Vi sjajno izdržavate štrapace, gos'n đenerale.

— Bogami, kao neki mladić.

— Bolje nego svi mi, svežiji ste od sviju nas.

— Tu je već more!

— Gde li ćemo posle?!

Ali divizijar, stari vojnik, zakopčan, nema volje ni da nagovesti. I oficiri srču i ćute.

A iz sela, iznenada, dopire graja, neko komešanje kao uzbuna, pa sve bliže i jasnije, i čopor meštana pojavljuje se, pa se približuje divizijaru.

Onda prilaze iskeženi, razjareni, divlji ljudi.

— Tunja tijeta.

— Tunga tijeta. Mir šućur.

I čopor krešti, previja se, urla i steže mrtvačke koščine petorice regruta, što drhte kao uplašene male ptice, i Resulu koji ćuti pognute glave.

— Pljačkali, je l'? Pljačkaši, je l'?

I divizijar besan skače, vrišti, dokle čopor urla.

— Oh, ja... valah... asker... pljačka... ska... hala...

A divizijar umiruje, obećava, pišti:

— Šta? Kako? Ko? Ovi? Dobro. Ja njih sad, smesta... fik... kr...
kr... kr...

I on pravi pokret rukom kao da nišani.

Pa nastaje trk i uzbuna oko štaba. A malo posle članovi prekog
suda sa vezanim, uplakanim regrutima i Resulom, praćeni drekom
divljeg čopora, odlaze u dubodolinu iza štaba.

— Milost, milost, gos'n đenerale... trudićemo se... poprav...

Jedan osuđeni regrut, sav u vatri, bunca:

— Ljudi, evo pereca, evo pereca, evo vrući' pereca!

I gleda u šake i cereka se, pa ih okreće i gleda u nokte:

— Evo pereca, evo vrući' pereca!

I dok sumrak, siv, prljav kao čađ, pada na krševe, priroda divlja i
veličanstvena ravnodušno posmatra streljanje.

Sekula prvi, vezan za drvo, odbija da mu vežu oči.

— Ovaj ovde tip pljačkaša!

— Inače je pod sudom, gos'n đenerale, nije šteta.

— Molim...

— Govori!

— Žandare da ne gađaju u u... u... u glavu.

I on podiže oči k nebu.

— Treba se i tamo a... a... a... dovijati.

Arnauti sede skrstili noge, puše i smeju se.

I onda pop hoće da ispovedi Sekulu. On i to odbija:

— Bolje stojim kod Boga, p... p... po... pope od tebe.

I štricka pljuvačkom na popa.

Pa se posle tri plotuna svi razilaze.

I Resula, koji se hvalio da je pokopao puk, osta nezakopan, srozan
niz drvo oljušteno od kuršuma, raširenih ruku, čupave kosurine,
zamućenih očiju i raskopčanih čakšira.

***

Sutradan maršuje kolona i spušta se, najzad, u pitomu ravan. Otegle se zelene, beskrajne livade i čuče veliki plastovi kao šubare. Toplo je, oseća se dah mora, i nebo je mirno, plavo, blago. I bradati, čađavi ljudi živahnuli pa razgovaraju:

— Eto ti, dolija i Resula.

— Jä, zaglavi siromah.

— A i bio je, brate, nekako opasan čovek.

— Ama, ljudi, grešite se. Niste vi njega poznavali. Dobar je to bio i junak. Mi smo ispisnici, služili smo sve ratove u jednoj četi. Posle nas kombovaše u ovaj puk.

— Šta? Ko to? Šta kaže taj? — raspituje komandant s konja.

— 'Nako, gos'n majore, džakamo o Sekuli.

— Pa šta džakate? Ded' šta džakate?

— Kaže ovaj Rudničanin poznavao ga, veli, bio je dobar čovek.

— Ko je taj što kaže? Aha! Taj će proći kao i on. Dobar pljačkaš, je l' zvrndove?... A vi, vojnici, videli ste dobro kako prolaze nevaljalci. Pa u pamet se...

I opet mili kolona po jedan i gazi po mekom i sitnom pesku; noge upadaju, mali kamičci žulje i vređaju ranjave tabane, i sve je teže vući kosture. Levo i desno, crvene i plave odrane lešine iskidanog i iskljuvanog mesa sa iskrvavljenim kopitima bez potkova. Čini se, kao da se očajno napinju da izdrže i izvuku ogroman teret bez koga se ne može i gledaju iskolačenim očima kao da se plaše da će biti ošinuti. Ljudi okreću glave, stežu noseve prstima, ili zaustavljaju disanje dok prođu. Utom divizijar sa štabom sustiže kolonu. On je zamišljen, i sa levom rukom na slabini jaše lagano i oštro gleda u daljinu. Oficiri izvadili po jednu nogu iz uzengija, radi odmora, i dok škripe sedla i krckaju, oni se opustili i dremljivi klanjaju kao prstendžije.

Zatim divizijar mamuza konja i s načelnikom štaba odmiče malo, pa stiže komandanta bataljona koji jaše na čelu kolone.

— Kako je, kako, dečko?

— Eto, da kažem, gos'n đenerale, vrlo dobro, hvala mnogo...

Onda okuražen ovom pažnjom mamuza nervozno konja i priteruje ga sve bliže divizijaru.

I tako jašu ćuteći, pa se posle major usuđuje da pita:

— Gos'n đenerale, molim da mi ne zamerite... ako smem pitati... zna li se gde ćemo... šta će sad s nama?

Đeneral se upola okreće i gleda ga preko cvikera.

— Ne znam da li umeš čuvati tajnu.

— Vi... ja mislim... bar... gospodine đenerale... uostalom...

— Dobro de, dobro... Dakleee... Oštri se za Francuskinje...

— U Francusku, gos'n đenerale?

— Ili Grkinje. Marselj ili Krf.

— Hvala.

I major klima svojom lepom, nasmejanom glavom u znak zahvalnosti na izuzetnoj pažnji. Zatim trza uzde da vrati kobilu, koja se usudila da se poravna s đeneralovom.

— Dobro se drži Milka, gos'n đenerale — i gleda umilno alatušu đeneralovu.

— Gospodine đenerale, molim oprostite... biću slobodan još jedno pitanje.

— Ajd', ajd' da čujem.

— Ukaz... govori se... hm... da je potpisan.

— A, tu te žulji?... Uskočio si, uskočio si... Šta me gledaš, potpukovnik si. Ali...

I đeneral stavlja rukavicu na usta.

Pa opet major trza uzde jer se njegova kobila poravnala s Milkom.

Posle se naginje načelnik štaba, oslanja se levom rukom na unkaš majorovog sedla i šapuće mu:

— Čestitam, to je sigurno. Još u Prizrenu video sam novu zvezdicu na kraljevom ordonansu.

— Onda i ja vama, gospodine pukovniče.

Major jako naglašuje poslednje dve reči i oficiri jedan drugom srdačno stežu ruke.

A divizijar obraća se vojnicima:

— Može li se, junaci?

— Može, može, gos'n đenerale.

— Mora se...

— Eto gega se.

A kad đeneral poizmakne:

— Bogme, dalje se ne bi moglo!

— Kako si sad sladak!

— Jă, k'i med.

— Siđi, dušo, s konja da vidiš kako je.

— Oprem', rođo...

I tako, što dalje, đeneral sve iskrenije.

Pa se spušta kolona i šljapka po pištoljini preko rogoza i zukve, te škripi polegla i ugažena travuljina.

No ide se življe, jer se ne spotiče o stenje i ljudi se gužvaju po nekoliko u redu, jer ima širine.

— Tu smo, blizu smo.

— A po vodi ne mogu nas pešice.

— Da i mi, ljudi, da'nemo jedanput.

Major mamuza, mamuza i s mukom goni umorno kljuse da pokasa, pa stiže divizijara i prinosi ruku do štitića kicoški nakrivljene šapke.

— Molim... je l' po volji, gospodine đenerale? Biću slobodan da vas ponudim...

I otkopčava bisage i traži.

— E, a šta imaš?

— Malo piletine... i...

— Bravos, bogami, kod tebe uvek svega.

— Juče kupih u Prezi, gos'n đenerale.

— Baš sam i sâm mislio da se malo prihvatim.

A major obavija duple uzde oko leve ruke, čereči pile, održava ravnotežu na sedlu i dodaje divizijaru karabatak.

— Znam... vi ne marite belo meso.

— Hvala. Samo da se stigne na more, svega će biti.

— I šampanja...

— I šampanja... I... i... cucika... je l' i cucika? A?

I đeneral se trese od smeha, a major obara glavu.

A kolona oživljena blagim primorskim suncem i pitominom odmiče sad suvom uzbrdnom putanjom.

Onda prednji delovi stigoše na uzvišicu. A odatle, iznenada, bljesnu nešto neobično, milo, prostrano, ogromno, tamo preko zelenih, rajskih dubrava, i zaseni te ispuni grudi kao novom nekom nadom, voljom da se živi i zaboravom svega.

Pa se najedanput razdragano uskomešaše oni što pristizahu na uzvišicu:

— Eno mora, eno mora!

— Ej, drugovi, eno mora!

— Je l' ono more?

— Šta? Slave mi, eno mora!

— More!

— Gle! Gle!

— Eno mora!

Rekonvalescenti

I danima tako sipi, rominja, kisne, pa mokro sve, i teško, i uvijeno gustom kišnom maglom. A gore, na uzvišici, sedam crnih paviljona sve više tonu u glibu. Raskaljale se stazice od šljunka, svuda žitko blato sa razgaženim krečom, i bezbroj mutnih penušavih olučića, kao po oranju, krkore između blatnjavog žutog lišća. Svuda pištoljina, tragovi stopa puni vode, zidovi mokri i stabla velikog drveća pokisla do srži, pa su se razlili crveni krstovi i obojili belo mokro platno na barjacima, prokišnjavaju paviljoni i duša podrhtava od vlage i studeni. A dole, u ravni, davi se varoš u potopu magle, i samo štrče kiparisi i džamije, i propinju se kao nad vodom visoki krovovi s dimnjacima, kao u poplavi.

Pa se naglo otvore vrata paviljona, pojuri studen spolja kao bes i sestra Stephenson uleti zadihana, sa pokislim rumenim obrazima i crnim mačetom na grudima ispod šala.

Onda rekonvalescenti, uvijeni u ćebad i šinjele i zahvalni Bogu što nisu u rovu, prekidaju poluglasne razgovore o svačemu i podižu blede glave.

Ona žurno skida svoj ogrtač od gume, pa šal, i u beloj pripijenoj kecelji prilazi prvim krevetima.

— Il y a des bonnes nouvelles, messieures!

— E, zbiljski? Govorite! Da čujemo, ajd' recite nam brzo, recite!

— Saint-Quentin *tchombé*.

— Šta kaže, šta kaže?

— Vous dites?

— Pao, veli, Sen-Kanten. Je l'te, sestro Stephenson Saint-Quentin tombé?

— Mais oui, Saint-Quentin *tchombé*. N'est-ce pas c'est *tchrès* bien.

— O nego šta, ako je to istina, c'est très bien, c'est très bien. Pričajte nam, pričajte, golubice. Živeli!

Pa vičnim pokretom zbacuju ćebad rekonvalescenti, ogrću šinjele na vruća tela, obuvaju bolničke papuče na iznemogle i drhtave noge, i užagrene, radoznale oči opkoljavaju sestru Stephenson koja se trudi da govori njihovim jezikom i da ih oveseli.

A dok ona uverava da je vest autentična, pa se napreže da se izrazi, oni sa mnogo življom pažnjom posmatraju crno vragolasto mače, što miriše na pokislu dlaku, kako: izvučenim noktićima svoje male šape grebe po njenim grudima i traži da uhvati ono dugmasto ispupčenje na koje su nekako naročito podmuklo, sa puno pohotljive radoznalosti, uprte sve njihove svetle oči što ozdravljuju i u slast gutaju bujnu i bajnu sestru Stephenson.

— Oh, oui, oui. C'est plus que certain. C'est quelque chose comme victoire, vous savez!

— Merci, merci, sestro Stephenson.

— Da, da, pa na jesen Srbija. I vi s nama, daće Bog!

— Merci.

— Au revoir!

— Thank you!

Posle ona odlazi, i nastaje živost u paviljonu, glasniji razgovori, i nekako široko, zarazno protezanje...

U onom uglu paviljona gde je krevet odvojen od ostalih kao u počast, nervira se ovom živošću pa se prgavi i praska inženjerski pukovnik, mršav, visok, sa neobično dubokim i tamnim očnim dupljama, gustim i dugim veđama, oštrim brazdama po licu i prebačenim jednim pramenom kose preko ćelave glave kao tikve. Pukovnik je sklerotičan, i svako jutro kad ustane (a budi se prvi) radi gimnastiku i maše glavom nalevo i nadesno da razradi vratne žile.

— Gospodo, miiir, gospodo... psssst, psssst, gospodo zaboga, molim, gospodo... šššt...

Preko puta njega, na krevetu donekle ipak počasnom (po prikovanom ćebetu na zidu više glave), pevuši koješta na jedan neviđeno zadovoljan način riđi pešački potpukovnik, atletska figura i veliki četkasti brkovi, klasni drug pukovnikov, a „na zdravo" ga zaboleo taban, pa ga čitavu godinu dana gadno sprečava da se, pored najbolje volje, vrati na Dobro polje. Leži on tako blaženog izraza, podnimljen na ruku, pa mu se iskrivio i nabrao zatiljak kao u vola, i jedi pukovnika:

— Je li, je li, ima li žaba rep?... A zašto žaba nema rep?

A pukovnik pozeleni kao zelembać, oči mu se ispupče, pa izlaze iz duplja.

— Slušaj, molim te, ostavi ti mene na miru, razumeš! Molim te kao Boga, ostavi me na miru. Jer ti nisi ni vojnik, ni Srbin, ni čovek; s tobom se ne može govoriti, ti si stvar, razumeš! Ti si jedna stvar, jedna klada, jedan buzdovan, razumeš! Gledaš ove balavce kako dižu paviljon na glavu, i ništa: ćutiš, keziš se i bleneš u njih kao idiot.

Pa ponovo zapišti očajno do promuklosti:

— Jeste li vi u bolnici, gospodo? Nije ovo škola igranja ovde, razumete li? Pa bolnica je ovo, gospodo! Ovde mora biti mir, savršen mir mora biti, razumete li!... Ah, psssst, pssst, gospodo, užasno, za ime Božije... šššt, zaboga.

I najzad, na jedvite jade, paviljon popušta, utišava se najedanput žagor.

— Je li, a? Ima li žaba rep? A zašto žaba nema rep?

Ali sad je pukovnik malo umiren tišinom, trepće zadovoljnije i šmiče, samo mu je lice i dalje zvanično ozbiljno, jer zna da ga pogledaju sa raznih strana rekonvalescenti, kojima je uskratio jedino zadovoljstvo da se prepiru.

— Bre, živićeš sto godina.

— Pa, lepo, evo kaži sam: šta mi vredi da se žderem kao ti? Šta mi pomaže, ajd' kaži, molim te.

— Kako, šta vredi? Nema tu vredi i ne vredi, prijatelju.

I opet se prgavi pukovnik.

— Nije u tome stvar: vredi i ne vredi. Nego, ili si čovek od krvi i živaca ili si klada, razumeš, čoveče božji! Eto, ti ništa ne osećaš. Mogu ti ova derlad skakati po glavi — ti ništa. Sutra da čuješ: pao Pariz — ništa; Nemci ušli u Petrograd — ništa; predala se sva vojska Bugarima, ti opet ništa. Maločas sestra Stephenson saopštava radosnu vest — ti zviždiš. Sve ti ravno do Kosova, razumeš! Čovek mora biti osetljiv, boga mu. Čovek mora da misli, mora da oseća; da misli na situaciju, da oseća za svoje, mora se biti čovek, ne?

— Znam, znam, brate, ali ti suviše preteruješ. Jedeš se kao mesec za svaku sitnicu.

— Ene sad, ja preterujem? E, ded' pokaži mi kako preterujem? I kako može biti zadovoljan neko koji je izgubio otadžbinu, koji nema pojma kad će se u nju vratiti i da li će ikad videti svoju kuću? To možeš samo ti, i niko drugi; tebi samo može biti svejedno da se još deset godina potucamo po tuđem svetu.

— Pa dobro, oca mu, i ja nisam kamen, mislim i ja na sve to, i šta bi ti mogao da izmeniš na priliku?

— Ama, ko misli? Ti misliš! Ti misliš jedanput godišnje, posle svake propale ofanzive. Setiš se onda dece, otplačeš pet minuta, a posle opet po starom, razumeš! Rekao bi čovek: sve se bojiš da ne dođe kraj ovom ratu. I ti mi nešto pričaš, ti mi kažeš da misliš. Idi, molim te. A ko te je kadgod video da se zabrineš, da se snuždiš, da si ozbiljan kao što priliku čoveku, boga mu!

— Je li, ima li žaba rep?... A što žaba nema rep?

Pukovnik se najedanput upola podiže s kreveta i u službenom stavu gleda strogo i razjareno u oči potpukovnika.

— Slušajte vi, gospodine potpukovniče. Ovo govorim kao oficir stariji od vas, razumete li! Zabranjujem vam ubuduće svako opštenje sa mnom. Jeste li razumeli? Molim vas, preselite svoj krevet odmah, uklonite mi se s očiju. U protivnom, obratiću se upravniku bolnice da vas silom ukloni.

— Je li, a zašto žaba nema rep?

Posle pukovnik okreće leđa, navlači ćebe na uvo, uzima *Krojcerovu sonatu* i čita. Upravo, on bi hteo da čita, ali on ne čita, kida se.

— Druže, čuješ, druže, da ti dam jedan praktičan savet. Ali nećeš, brate, da slušaš. Evo šta: udri brigu na veselje, misli na ono, znaš.

I proteže se riđi potpukovnik.

— Dakle promisli, pa sutra da mi odgovoriš na pitanje: I-ma li ža-ba rep? Jesi li razumeo? Razumeš? — završava odsečno, zapovedničkim glasom, potpukovnik.

I tek se, posle toga, sasvim utišao paviljon i oficiri zgrčili pod ćebad da dremaju, a vrata se otvaraju i opet ludo kuljne unutra studen, zajedno s pešačkim kapetanom zvanim Fikusom, čuvenim zabušantom što svaki dan beži u varoš, a otuda se vraća nakresan:

— Uuuuu... uf... uf... f... f... f...

Pa se stresa kapetan Fikus, mokar kao amrel, i skida mekintoš sa koga se sliva voda i pravi barice po patosu.

— Iznesite mekintoš, čoveče božji, iznesite mekintoš.

— Molim, gospodine pukovniče, evo smesta. Zbunio sam se, magarac jedan, neprijatnost mi se desila, odmah ću izneti.

Pa kapetan polazi na vrata i mrmlja:

— Cepidlako iz pozadine, mizantrope!

Posle se vraća, otpočinje da priča sa afektacijom i pretenzijama na duhovitost, i ceo paviljon se pretvara u uvo:

— Evo šta mi se desilo, gospodo, samo, molim, bez prekidanja. Žurio sam u bolnicu, i tako sam išao ispod streje sagnute glave, sa nabijenom kapuljačom, zamišljen, kao što idem uvek, gospodo, vi znate.

— O, znamo, Fikus, znamo!

— Pljaskam ja po baricama, koračam i razmišljam o besmrtnosti duše, kad se iznenada sukobih, glavom u glavu, sa nekom prilikom takođe pod kapuljačom. To je bio karambol, gospodo! Međutim kad sam se osvestio i pogledao, u mom zagrljaju nalazila se glavom miss Tebe, sestra naša Engleskinja, velika dobrotvorka, čiju košulju (da spomenemo samo pristojno parče rublja) i sam nosim na svojim viteškim grudima. Pokušao sam da se učtivo izvinim. „Attendez!", uzviknuo sam kao u „kongenu". Ali miss Tebe ne dopusti mi da izgovorim na francuskom spremljenu rečenicu. „Gospodine", reče ona, „imaćete toliko časti da mi kažete svoje ime, jer hoću da vas tužim." Gospodo, vi me bar poznajete.

— Kao zlu paru, Fikus.

— Nisam se ja plašio ni od merzera.

— Dokaz: dve pune godine po bolnicama.

— Na stranu to. Ali sve sam učinio da se opravdam. A kad sam video da ništa ne pomaže, ja sam joj ovako odgovorio, duboko ubeđen, uostalom, da ćete me pohvaliti: „Gospođice miss Tebe", rekao sam uvređeno, „vi baš po svaku cenu zahtevate moje ime?" „Da", odgovori mi ona, „to mi je potrebno." „E pa lepo, pre toga ja vas molim za vaše ime." „Moje ime?", upita me ona s čuđenjem. „Ali vi me svakako morate poznavati. Ja sam miss Tebe." „Milo mi je, gospođice", rekoh klanjajući se duboko i s poštovanjem. „Ali i vi mene, isto tako, morate poznavati. Jer, ako ste vi miss Tebe, ja sam... upamtite dobro, ja sam miss Mene." Pa sam se lupio po grudima, tresnuo mamuzama, pozdravio je i ostavio strašno zbunjenu pod strejom.

— Vi ste besmrtno obrukali oficirski kor, čiji je ugled inače poljuljan — kida se pukovnik. — Eto na svakom koraku brukamo se.

— Zašto, molim, gospodine pukovniče? Nisam je obeščastio, pa čak ni poljubio.

— E onda ste obrukali oficirski kor — prekida zevanje, pa se bajagi ljuti riđi potpukovnik.

Posle se pukovnik okreće zidu i nastavlja po stoti put da pročitava jednu istu stranicu *Krojcerove sonate*, pa ga strašno pritiska i muči ova najnovija bruka oficirskog kora i još više flegmatičnost riđeg potpukovnika.

Gleda tako pukovnik u knjigu i očima brzo preleće neke vrste: „Eto i ja sam bio takva svinja a najgore je bilo što sam provodeći taj skaradan život..." I mora da zažmuri, jer ne može da izdrži onu nečuvenu i nemoralnu ravnodušnost potpukovnikovu... „Neprijatelj u zemlji, boga mu, širi se kao u svojoj rođenoj kući: ponižava, pljačka, gospodari, beščasti, baškari se, verovatno, u našim sopstvenim krevetima i... i naše ga žene služe. A on, klada jedna, zvekan jedan, baš ništa: smeje se, uvek dobro raspoložen, peva, pretura svaki dan dvaput nešto po sanduku, koliko da ni o čem ne misli, šegači se sa ovom dečurlijom, igra „darde". Interesantno je da taj zvekan nikad ne pominje ženu. Ama nijedanput, ni u jednoj prilici ta vera ne reče: moja Leposava, moja Aspazija, ili Paraskeva ili Ranđija, ili kako hoće, ćorava mu strana, samo da je spomene... A, šta znam, možda i nema razloga da sumnja, možda je i ona kao i on ružna, nezgrapna, samo jede i spava, teška neka žena kao vagon."

Pa nervozno premeće listove pukovnik: „A ti plači, sentimentališi, dokaza nemaš, i doveka ćeš sumnjati i kidati se. Pa jest, i kakvog, đavola, dokaza čovek može imati", misli pukovnik, „mi ovamo, oni tamo, radi ko šta hoće, niko o drugom ne zna. I ono, ja sam bio svinja. I jesam i ja bio svinja. Kašljem, tešem po celu noć, keša matori, prošao kroz sito i rešeto, čekao čovek major da postane pa tek onda

da se oženi, sve preživeo i oženio se takoreći detetom, ćerku bi ono-
liku imao, a ono na Krfu samo šta sam radio. Pa posle čoveku krivo
ako žena... i što se u njoj probudila koketerija, kao ovaj Tolstoj što
kaže... Ali drugo je žena, boga mu, ona mora da bude svetinja..."

Pa se iskašljuje pukovnik i unezvereno gleda po paviljonu, kao da
je nešto izgubio pa traži.

A potpukovnik opaža njegove muke, potpuno ga razume, jer zna
o čemu misli pukovnik, i uživa.

— Je l'te, kapetan Fikus?

— Molim, gos'n pukovniče.

— O-v-a-j, da l' vam je poznato ili nije: je li miss Tebe žaba? I
molim vas, ako jeste, zašto jeste, a ako nije, zašto nije? I zašto miss
Tebe nema rep?

— Ima ovde jedan profesor prirodnjak, pitajte ga, gospodine
potpukovniče.

— Ama pitao bih ga ja nego je u vatri, ima malaričan napad.

Onda potpukovnik ustaje i, protežući se, ukrcava neke sličice i
pevuši. Obično je zauzet bilo kakvim poslom: pretresa stvari u san-
duku, vadi ih pažljivo jednu po jednu, savija, čibuka korbačem i ređa;
ili ponešto krpi, ušiva i pričvršćuje dugmad, pa mu u tome prođe
celo prepodne, a posle podne igra „darde" sa marvenim lekarom što
boluje od peska u žuči, psuje na konjički način, a ima rnjav nos i
jednu trepavicu belu.

U onom drugom uglu, suprotnom, ćućori nešto jedna grupa
mlađih oficira — neurastenika. Oni su povučeni, mirni i disciplino-
vani. Kad neko priča oni se naginju, prave grčevite pokrete glavom
kao da im je nešto tesno oko vrata, miču ramenima, mršte se, trepću,
gledaju u nos ili ramena, ali ćute i slušaju.

— Četrnaesta je bila vesela i slavna godina. Pričaj, Stevane, štogod
iz četrnaeste.

— Pa jeste, sve nam pričaš tužne stvari.

— Lepo, iz četrnaeste imam pun tefter.

Pa se pribira neko vreme potporučnik Stevan dok se ne seti:

— Vi pamtite u novembru, kad je Poćorek razbijen, kako se guralo.

— Kako ne!

— Tada smo jedva stizali pešake, mi artiljerci. Željno sve živo da ponovo vidi Beograd posle petnaest dana njegovog ropstva. A kad je Kosmaj pao, onda je nastala košija, trk, letenje. Sav sam bio izranjavljen od sedla, jer se, ni danju ni noću, nije skidalo s konja. A komandant moj, strog, strašan, ne zna za dušu: „Stevane, nosite ovo u prvu bateriju; Stevane, ovo u divizion; Stevane, eno vam jedanaestog puka, vidite li onaj greben onde, što pre tamo i natrag.” Pa jurim tako između komora, kroz neku pešadiju što maršuje forsirano, preskačem rovove pune leševa, izlomljenih pušaka, razbacane iskrvavljene spreme, stižem povorke zarobljenika i opet beskrajne trenove što su zakrčili put, i sve na meni bridi, a narod se dao u trk i, nećete mi verovati, video sam svojim očima volove kako kasaju.

— Može, može da bidne.

— I tako, braćo, sve do Slanaca. Pa me tu pozva komandant i naredi mi da pronađem podesnu kućicu za prenoćište našeg štaba. Ajde, reko', jednom da se da'ne dušom i da se ispavamo kao ljudi.

Tako sjašem ja, povedem umorno kljuse, pa pođem lagano kroz selo da izberem zgodnu kućicu. Pa sam zadugo zverao i merkao levo i desno, ali nikako da se odlučim. Tek pri kraju sela ugledam jednu skoro okrečenu zgradu i pred njom mladu seljanku, sva se beli. Naslonila se bila uz razvaljen plot, a jedra i čista kao za smotru. Ja zastanem, pozdravim se s njom i kažem joj šta tražim, a ona me rado i veselo uvede unutra i pokaza odaje. Razume se da su mi se dopale... Rasporedim, dakle, gde će ko spavati, kažem joj šta ima da spremi, a sve je poglédam ispod oka onako narednički — bio sam onda narednik — i razgovaram s njom po seljački.

— Pa kako, snajo, prođoste od Austrijanaca?

— Ne pitaj. Kinjiše nas dušmani, prokleti da su; to ima da se priča, nije nam lako bilo. Nego, fala Bogu kad dođoste.

— Šta ćeš, dođosmo, božja volja.

— Vi jadnici, vaše muke nigde?

— Jằ, mi tako: danas jesmo, sutra nismo... A, ovaj... tvoj muž gde je, je l' obveznik on?

— Meni jadnoj, zarobili su ga, prokleti da su. Ne znam, jadna, ni gde ni kad, niti je pis'o.

— A teško čekati, je l'?

— Teško, nije vajde, šta ćeš!

— I vi žene čamite i mi ljudi čamimo, a mladost nam prolazi.

— Jằ, šta ćeš, prolazi...

— A 'nako, Austrijanci kako su se ponašali, recimo... ovaj, prema ženama... i ako.

— Je l' Švabe?

— Jes'!

— Pa kako koji, znaš, razni su ljudi.

— Pa jes' pravo kažem, nego, recimo, je l' bilo što silom?

— Bilo je, da vi'š, i silom.

— E baš vam tako i treba. Mi naši, bajagi jedna krv, pa nas gledate ko Turke, ko najgore dušmane, a kad Švaba pritegne, vi se posle sigurno kajete što ste nas oturali.

— To joj ti podilaziš ispod duplog, je l' Stevane?

— E baš si neki, pa jes' i kajali smo se — veli ona...

I taman pade ovaj odgovor zgodan da se razvije stvar s uspehom, a ču se topot, i komandant se pojavi, namršten, praćen ordonansima.

— Slušaj, kad svi poležu čekaj me eno onde.

— E baš si đavo. Je l' onde kod ambara, baš onde?

Utom stiže komandant, a ja se odjedanput preobrazio, napravio važan, namrštio se, pa joj izdajem naređenje:

— Moraš, moraš imati slame, snaja. Sve vi tako, nema, k'o Arnauti, a kad dođe neprijatelj, čik njemu kaži nema.

— Jàkako — veli komandant i namiguje na ađutanta. Samo strogo, Stevane! — Vidi komandant da sam zbunjen i da ima nešto.

Posle toga ja ga odvedem u sobicu da mu pokažem gde ćemo prenoćiti, a ušeprtljao sam se pa ne znam šta govorim.

— Ovde ćete vi, gospodine pukovniče, znate dovde, evo ovde ađutant, a ja tamo. Za pola sata možete već leći da spavate...

— Dobro, dobro, Stevane, kako narediš.

A ja se uvijam:

— Ne naređujem ja, gospodine pukovniče, zna se ko naređuje.

— Jà, jà, Stevane, zna se ko naređuje.

Pa, posle toga, razjurim se na sve strane, samo da se što pre svrše svi poslovi pa da poležemo: raspoređujem ordonanse, kopiram naređenja, prenosim depeše na telefonu, izdirem se na telefoniste, pomažem kuvarima večeru, razleteo sam se, jednom reči, kao poludeo.

— E pa nije ti, brate, ni lako.

— I tako, kad se smiriše svi poslovi, polegasmo. Naredio sam, pre toga, ordonansima da smesta moraju zaspati i zapretio da ću svakog izvesti komandantu na raport ako ga primetim da se nešto vrzma po dvorištu.

— Drugim rečima vršiš osiguranja za noćni napad.

— Ama čim sam legao, za'rčem smesta, učinim se da sam zaspao kao zaklan. Na patosu preko puta mene, žmuri komandant, natmuren, strog, strašan, a pored njega uvrnuta mala lampa čkilji i pomalo osvetljava njegovo crno lice i retke, mačorske brkove. Tako 'rčemo ađutant i ja u sva zvona, a komandant ćuti; dok, u stvari, mene poduzela neka pohotljiva jeza od slatke nade da ću maločas stezati ono mlado i čvrsto telo seljanke, sigurno i sâmo toliko žudno muških ruku.

— Na stvar, Stevane, ako Boga znaš!

— Kad sam mislio da je došao momenat sastanka, ustanem oprezno, predvostručim se, kao zavi me užasno stomak, ogrnem šinjel, pa kad sam bio blizu vrata, bacim vrlo obazrivo pogled na komandanta.

Ali pored sve moje pažnje da ne pričinim ni najmanji šum, iako sam preko sobe prešao kao sen, komandant me, na moju nesreću, oseti, pa me sa otvorenim krajičkom jednoga oka isprati do vrata. Ja kuražno iziđoh, a vrata zacvrčaše.

— E sad, Stevane!

Pa se slušaoci ispružaju i protežu, dok Stevan vuče, jedan za drugim, dva duboka dima iz cigarete od vlažnog duvana.

— A napolju vetar besan, lud. Mislio sam, podići će i odneti i mene i ambar i celo Slance, i baciti nas tamo negde preko Dunava, na austrijsku stranu. Pod nadstrešnicom od dasaka rzali su konji i grickali seno, a ja sam pipao po mraku da razaznam gde sam i spoticao se o razne predmete po dvorištu. Kad sam najzad uspeo da se koliko-toliko orijentišem, sklonim se u jednu zavetrinu, odakle sam uplašeno gledao u noć, podrhtavao i čekao da se pojavi bela košulja moga noćašnjeg idola. Dao bih da mi se odseku svih pet prstiju na ruci samo da se zabeli. Ali nje nema. Pola sata — nje nema, tri četvrti — nje nema. Pristao bih da me sutradan raznese granata najvećeg kalibra, samo da zaškripe ona vratanca i da je ugledam kako mi prilazi... Ali nje nema, i ceo sat prođe a košulja se ne zabeli.

— Pauvre Stevan!

— Ih, Stevane, boga ti!

— Duže nisam smeo ostati, jer ni najstrašniji slučaj dizenterije ne zadržava, priznaćete, čoveka toliko dugo napolju. Razočaran i ogorčen vratim se natrag u sobicu. Kako sam odškrinuo vrata, dočeka me opet onaj isti prodorni i prezrivi pogled iz krajička onog odvratnog oka komandantova, koje bih sa retkim zadovoljstvom noktima iskopao. I tako ponovo legnem na svoje mesto. Proklinjao sam i sebe i sav ovaj varljivi život. Uvek je tako bilo, celoga moga života izmicala mi je sreća u poslednjem, najlepšem trenutku.

— Ah, Stevan!

— Ležim, dakle, ja, i s vremena na vreme kroz levu trepavicu pogledam, pa brzo zažmurim kad on mene pogleda kroz desnu trepavicu. Ja ne znam šta je on o meni tada mislio, niti me se tiče; ali dok sam ja izmišljao najstrašnija mučenja za njega i zamišljao kako bih ga razdrobio, rastrgao, zgazio kao crva i rastrljao da traga ne ostane od njega i onog pakosnog oka, vrata naše sobice ponovo zacvrčaše.

Munjevito zvirnem ka vratima i zamalo nisam vrisnuo.

— Je l' ona?

— Ona... Brzo zažmurim, namrštim se, kao spavam u najvećem jeku; ali mi se telo treslo kao pred juriš.

— Junački, Stevane, ne boj se!

— Prikupim svu snagu i ukočim se, ali osećam je dobro kako gazi preko sobe na prstima i kako mi se približuje. Odmah zatim osetih i kako me dodirnu po očima jedan kraj njene suknje, i kako se preko mene naginje da nešto dohvati, pa se setih da se više moje glave na ekseru nalazi okačen veliki seljački šal. Seljanka skide onaj šal i ogrnu ga. Sad sam potpuno bio zaklonjen od komandanta, te se usudih da otvorim jedno oko. U tom trenutku ugledah je okrenute glave prema komandantu, svakako da se uveri spava li ono strašilo ili je budno. A tada (i taj trenutak nemoguće je zaboraviti dok traje ovaj varljivi život) seljanka se saže, i dok sam ja, predosećajući da će mi se dogoditi nešto užasno, žmureo svom snagom, na mome obrazu puče jedan glasan kao šamar, glup, širok i pljaskav seljački poljubac.

— Ala!

— Učinilo mi se, gospodo, da sam pao negde kroz patos, u podrum, ambis, pakao, šta li, i tek kad me ona pozva: „Pođi", pa lagano, na prstima, izađe iz sobe, ja se povratih. Ali kad se moj pogled sudari sa pakosnim komandantovim pogledom ja videh moga Boga, ja sam bio načisto da ću koliko sutra zaglaviti negde pešački rov. Ni pomisliti nisam smeo da izađem za seljankom. I tako prođe noć u najvećim mukama.

A sutradan, rano, pozva me komandant:

— Narednik Stevane!

— Izvol'te, gospodine pukovniče.

— Marš u drugu bateriju.

Znao sam šta to znači: baterijski osmatrač.

Ja ljutito pojašem konja, koji me je čekao spremljen, džidnuh ga nemilosrdno u slabinu, pa preskočih razvaljenu ogradu. Kad sam se okrenuo da bacim još jedan pogled na kuću, seljanka je stajala na vratima. Bio sam ozloјеđen, kivan, nisam žalio da poginem tog trenutka, pa u toj ljutini proderah se da čuje komandant:

— U zdravlje, snaja. Kriv sam ti, brate, što sam mlađi od nekoga.

Pa onda udarim u kas pravo drumom u drugu bateriju.

— To si ti, valjda pomislio u sebi, Stevane?

— Nije, časti mi, nego sam baš glasno kazao i čuo je komandant.

— E, jesi sila, Stevane, nije vajde, sila si, osvetio si mu se.

I ponovo se ispružaju po krevetima, zevaju i protežu se rekonvalescenti...

Pa se spušta veče i ulazi bolničar Milosav da zapali viseće lampe. Popne se na stolicu, kresne mašinu, i sa podignutim rukama, „x" nogama i šiljastom bradicom, propinje se kao jarac kad brsti.

— Je li, Milosave, Milosave?

— Izvol'te?

I smeje se idiotski i gleda oko sebe Milosav.

— Pravo kaži: jesi li istina plakao juče kad si video šumadijske čarape, one vezene, kod potpukovnika u sanduku?

— Ko, je l' ja?

— Pa ti, dabogme.

— E jesam, priznajem.

— A što, bre?

— Pa 'nako, žao mi, setio sam se.

U desnom redu, kod srednjeg stuba, podnimljen na dugoj maljavoj i koščatoj ruci, leži na svom krevetu, više koga se prema glavi nalazi poličica sa puno staklarije, medikamenata i knjiga, profesor Ljubišić, bled, umnoga izraza, vrlo visokog čela i upalih grudi. Popustio ga je malarični napad, pa se objašnjava sa svojim starim drugom što sedi na vojničkom sanduku uz njegov krevet, čupka brkove i smeška se svojim podrugljivim usnama.

— Evo ti na: niko se ne trudi da razume ovog čoveka. Samo onako tek da se kaže: zašto si plakao? To pitaju čoveka koji četvrti Božić provodi u ratu, nekoliko godina van zemlje u kojoj se rodio, na koju je navikao, koju voli i u kojoj je ostavio svoju porodicu i imanje. Rasplakale su ga šumadijske čarape. Dabogme. A zašto? Zato, brate, što od svoje granice i od nekoliko godina pa dosad, sve što je video za njega beše novo, različno od njegovog, nepoznato: i priroda i klima, varoši i sela, i hrana i običaji i nošnja, sve novi oblici i boje stvari. Škrofulozne i čvornovate masline, pod kojima je uzdisao na Krfu, nisu jedno isto što i onaj njegov hrast pod kojim je, čuvajući stado, pevao u svojoj otadžbini. Albanija sa svojom divljinom, pa onda usijani Halkidik, pa vrući Alžir i Tunis, sa svima svojim egzotičnostima, more i Maćedonija, sa svojim karpama i kamenjacima, sve to bilo je za njega novo, tuđe, drukčije, dotle neviđeno. Šumadijske čarape, dabogme. Jer to je njegovo, originalno, isključivo njegovo, a on to godinama nije video. Eto zato je plakao. A, osim toga, to je seljak i patriot, to jest instinkt, jer on nije patriot po razumu. U njemu je jedan predački ostatak, jedno nasleđeno osećanje, i sve što radi, on radi kao navijen. Zar nije tako? U onim vezenim čarapama on je video svu Srbiju. A ti si drugo i ja sam drugo, i onaj tamo advokat, na primer. Da iznesu ceo naš muzej pred nas, mi se ne bismo zaplakali. Jer kod nas je razum. Jer mi razmišljamo o toj otadžbini, razgledamo je sa svih strana; pretresamo i njene pogreške prema nama, kritikujemo i osuđujemo, katkad, ako hoćeš, mrzimo, jer mi nemamo više za nju suza, jer mi nismo više patrioti.

— Eh, nemamo suza, nismo patrioti...

— Šta kažeš? Nismo dabogme, to jest ja nisam, ja znam o sebi i o sebi govorim. A ti se sećaš kako je onaj nemački oficir što je prošle godine poginuo na frontu Some uzviknuo na jednom mestu svoga dnevnika: „Otadžbino, čime si me tako zadužila da od mene zahtevaš ovolike i ovako grozne patnje?" Sećaš li se?... Pita se čovek, nego šta! Nema tu samo: daj život. Hoću da mi kažeš zašto da ti ga dam, jest, zašto da ti ga dam, čime si me to zadužila, ti bezdušna otadžbino?

Pa sav drhti profesor, brzo diše i govori zaduvano:

— Pita se čovek, nego šta, a i mi smo počeli da se pitamo, jedva jednom. Jest. Drugo je Milosav, a drugo sam ja: on je instinkt, ja sam razum. Ja hoću da objasnim i da ispitam onaj predački ostatak, ono osećanje što sam nasledio, ono mistično što u meni večno tinja, a protiv čega se racionalno večno buni. Ja hoću da se pitam: je l' ta otadžbina bila pravična, plemenita, mudra, je l' prema svima svojim sinovima bila podjednaka? Ja hoću da znam: je l' me ta otadžbina istinski volela, je l' prema meni ispunila sve obaveze majke, pa da za nju padnem i žrtvujem se kao njeno dete?

— Slušaj, ti samo tako govoriš, a tu otadžbinu ti voliš više nego i ja i mnogi drugi, to svi znamo.

— Nije istina. Ja je ne volim kao ovi ovde oko nas. Ja je ne mogu voleti kao oni. Jer je oni vole ma kakva ona bila, pravična ili surova, slavna ili mračna, slobodna ili tiranska... A ja, ja ću je voleti samo onda ako me je zadužila, u tome je stvar.

— Voliš je ti, voliš, znam ja, i dokazao si.

— Ama nije istina, kažem ti. Ja je ne volim pošto-poto, po svaku cenu. Jer, otadžbina danas, to je prazna reč, apstrakcija. Patriotizam danas, to je veštačko osećanje. Jer šta je patriotizam? Patriotizam je rodilo mnogoboštvo, ne? Patriotizam antički, patriotizam starih, to je druga stvar, to mogu da razumem. Onda je otadžbina bila religija. Onda Bog nije bio svuda i na svakom mestu. Njihova božanstva, to su bili njihovi mrtvi očevi čije su duše stanovale u kućama svoje dece i nigde na drugom mestu. Koliko bogova, toliko otadžbina. Izgubi li se otadžbina, izgubljen je i svoj bog, izgubljen je razlog da se živi. Prema tome: napadnuta otadžbina, to je napadnuta religija. A ostati bez otadžbine, osim toga, značilo je ostati bez građanskih i političkih prava, bez svih prava. Ognjište izgnanoga gasilo se; bez otadžbine on je bez moralnog života, bez dostojanstva čoveka, on je izvan prava, on nigde ne može naći ono što je u njoj imao. Sad sam o tome čitao jednu dobru knjigu. A posle se ideja o božanstvu transformirala, i to moraš znati, i božanstvo su potražili nad prirodom, umesto pod zemljom. Tada je ognjište, tj. otadžbina, izgubilo svoj značaj. Pa je došla filozofija i otkrila nove dužnosti pored one prema otadžbini, i proglasila čoveka građaninom sveta. A ljubav prema otadžbini dobila je sasvim nov oblik. Umesto da je voli zbog bogova, čovek je sad voli zbog dobročinstava i koristi što mu ih ona pruža, zbog njenih institucija i zakona, sigurnosti, prava i blagodeti što mu ih daje. Dabogme. Nivo ljudskoga duha peo se. I kad je hrišćanstvo objavilo jedinstvo božanstva, uništilo njegov nacionalni karakter, onaj razlog patriotizma poljuljan je i oslabljen. Sa mnogoboštvom nestao je i onaj najvažniji razlog patriotizma, jer se božanstvo sad nalazi svuda. A u toku vremena, zatim, društveno uređenje razvilo se dotle da je pojedinac nalazio svoja prava i na drugom mestu, izvan onoga gde se rodio i gde su živeli njegovi preci. I van toga mesta on je mogao steći dostojanstvo čoveka i građanina. Tako je oboren i onaj drugi razlog patriotizma koji se osnivao na pravu.

— Ded', pa šta posle?

— Posle se čovek stao pitati kao i onaj nemački oficir, i od otadžbine, koja je od njega tražila najveće žrtve, zahtevao dužnosti prema njemu, razloge da je voli i da joj bude odan. I eto to je ono što se nije dopadalo upravljačima, koji su uvek hteli onu antičku odanost podanika, i koji su verovali da ta otadžbina postoji samo njih radi i radi ostvarenja njihovih ambicioznih planova. Eto tako su se izrodili sukobi između podanika i upravljača, jer je privrženost otadžbini onih prvih sve više slabila. I kad se ona slepa odanost nije više mogla prirodno da izazove, onda im ništa drugo nije ostalo nego da veštački obnove patriotizam. Tada su mnogi umovi, po narudžbini, proučavali antičku državu i antički patriotizam, s jedinim ciljem da se on nekako nakalemi u novim prilikama. U početku modernog veka, Makijaveli preporučuje da se podanicima sugerira: kako su državni zakoni božanski zakoni, da oni potiču od Boga. Razume se zbog toga što on uviđa da je religija to što uslovljava najpredaniju odanost otadžbini.

— Ali šta bi ti hteo, hoćeš li da odrekneš nužnost podaničke odanosti državi? I kako bi se drukče moglo raditi za njeno dobro, za njen progres, za njeno cvetanje? Evo ti baš slučaj Italije, kad se pozivaš na Makijavelija. Raskomadana, sa svojim samostalnim političkim gradovima, ona je tako decentralisana mogla jednoga dana da postane tuđ plen. Sa ubrizganim patriotizmom i stvorenom ljubavlju za veliku otadžbinu, ona je postala ujedinjena i srećna.

— Ujedinjena da, ali srećna — to je pitanje. Uostalom, na stranu to da li bi oni samostalni gradovi propali ili cvetali, nestali ili našli načina da svoj povoljan položaj očuvaju i svoje napredovanje ipak nastave, ima druga stvar koju ja ističem, a to je: da je onaj, kao što ti kažeš, ubrizgani patriotizam nešto veštačko, i da je kao takav omeo prirodno razvijanje osećanja podanika. Da li bi gradske republike, da su ostale samostalne, bile srećnije, mi to ne znamo, ali što znamo sigurno, to je: da je osećanje koje je ubrizgano njihovim podanicima neprirodno uneseno u njihovu dušu.

— Na to ću ti ja odgovoriti, ali ajde dalje.

— I sad, evo ti razlike među umovima koji su voleli čoveka, s jedne strane, i mizantropa, s druge strane. Oni prvi činili su sve da u čoveku razviju njegove prirodne sklonosti. Po svojoj prirodi čovek se uzbuđivao za moralno i za dobro; zlo i nemoralno bunilo ga je odvajkada. Isus i Savonarola, svesni toga, i zato što su voleli ljude, razvijali su u njima ono dobro i moralno. Oni drugi, uvereni u ljudsku pokvarenost, kao Makijaveli, vaspitavali su vladaoce da budu bez moralnih skrupula i da ne vole podanike. Molim te, strpi se, evo ti dalje. Po svojim sklonostima čovek se počeo približavati čoveku sve više i više, to se bar ne može poricati. Razlike su bledele, i u odsustvu veštačkog uticaja, došlo bi bratstvo. Ali je ideja o nacionalnom načelu prouzrokovala novu podvojenost među ljudima i nove i krvavije raspre, koje bi svako drugo stanje stvari teško moglo izazvati. Hoću da kažem da je nacionalno načelo jedna ideja koja je nešto veštačko. Jer je linija nacionalne granice povučena najjasnijom bojom baš onda kad je već bila bleda u toj meri da je mogla biti izbrisana zasvagda. Čovek je išao putem kojim je uspevao da raskrči mnoge prepreke što su ljude razdvajale. Sve ogromne prepreke vere pale su. Oborilo ih je hrišćanstvo. Sva teška, nepravedna i nesnosna ograničenja prava ublažena su ili sasvim nestala. Njih, ta prava, čovek je mogao da nađe skoro svuda. E pa zašto su onda izmišljane nove, veštačke prepreke, zašto onda čovek nije pušten da se pretopi u čoveka, u brata?

— Ali ti zaboravljaš istorijsku nužnost, ja te samo slušam i čudim se.

— To je lažna svetinja, ta tvoja istorijska nužnost, nju na stranu, to je veliko pitanje. Ono što je u ljudskoj moći, to je boriti se protivu svih veštačkih uticaja na dušu čoveka, i protivu smetnja da se u njemu razvijaju one prirodne sklonosti. Čovek je sklon da se asimiluje, treba ga u tome pomagati. I to je lako. Jer svi ciljevi koji u ovom smislu hoće da se postignu, postižu se prirodno, dok oni drugi s najvećim teškoćama. Baš proces stvaranja nacionalnih država u devetnaestom veku vršen je silom, najmljenom vojskom, bez narodnog učešća.

— To je tačno.

— Jest, patriotizam se podržava veštačkim načinom, on i danas životari na mnogim lekovima i na velikoj nezi. Kako da ti kažem? Ti, možda, imaš pravo: možda ja ne znam šta govorim. Ali veruj mi ovo: ima jedna veza koju ja nisam uobrazio, koju neprestano ističem, i tu mi ne možeš ništa. Iz antičke istorije naučilo se da mase treba zastrašivati Bogom da bi one bile pokorne, da bi se one slepo potčinile. Je l' tako? Ali zar se danas to isto ne čini? Zar nas, isto tako, ne zastrašavaju Bogom; to jest ne nas, tebe i mene, nego onog Milosava sa krivim nogama, i Janka i Marka i Trajka? U ime onoga koji nas poziva na mir, oni nas vode u ratove. Mi svi ratujemo u ime njegovo, jedni protivu drugih. I Nemci za vezu s Bagdadom, i Rusi za Carigrad ili ni oni ne znaju za šta, i mi za more, i drugi za ovo ili za ono. I to svi u ime jednog istog Boga. E pa zar su onda duhoviti ovi „naoružani proroci"? Ne, oni to nisu, nego smo mi slepi i ne vidimo. Zar bezdušni komandanti ne streljaju, u ime božje i nekog „božanskog" zakona, svoje rođene vojnike koji su u sto borbi učestvovali i bili na svom mestu, a u sto prvoj nisu stigli da ubiju nikoga? Jest, u ime božje zaklinjemo se mi na vernost otadžbini ma kakva ona bila, ma šta ona htela, ma gde ona mislila da nas povede, za Pravedno ili za Nepravedno, za Istinito ili za Lažno. I kao što su stari, u antičkom dobu, nosili statue svojih bogova u borbama, klanjali im se, ubijali u ime njihovo i čuvali ih da ne padnu u ropstvo, tako mi sad nosimo neka platna oglašena za svetinje u čije ime, onako isto, ubijamo, i koja teže prežalimo ako dopadnu ropstva, negoli kad izgubimo stotinu očeva porodice. A to isto parče krpe, koje mi obožavamo i nazivamo svetinjom, sašio je, možda, neki liferant najnemoralnijeg vladanja i osvetio najpokvareniji pop. Eto pomoću takvih sredstava prinuđavaju nas da dajemo živote za otadžbinu i objašnjavaju nam da to treba da činimo, jer smo se u njoj rodili.

— Ali... ako te čuju...

— Neka me čuju. Nije otadžbina samo zemlja, teritorija, zeleni lugovi, bistri potočići i zvonici. Otadžbina je i Pravda, i Uprava, i Sloboda i Sigurnost i Blagodet. I Pravda. A je li pravda kad se za tu otadžbinu jedni isti krvave nekoliko ratova, dok drugi iste te ratove iskorišćuju? Je li pravda da ja, izbušenih grudi, jektičav, propao, truo, ponovo idem na front, a drugi, zdraviji od mene, nikad ga nije ni video? Neka me čuju. Ali ja moram da kažem kako mi je onaj što ga ja nazivam dušmaninom, u rovu prema meni, koji pati kao i ja i koga sam poslan da ubijem, miliji, bliži i draži uvek bio od onoga pozadi mene, vajnoga brata moga, što je zdraviji od mene, a bogati se i blaguje na moj račun dok ja ispaštam tuđe pogreške i zločine. I Uprava i Vlada, a je li ta Vlada...

— To mene ne pitaj. Ja „prodajem amreli".

— Ti „prodaješ amreli", i svi vi „prodajete amreli". I onda je zločin kad ja pitam: je li otadžbina od tri miliona zaslužila da padne milion njene dece samo zbog njenih mirisnih lugova, bistrih potočića i „božanskih" zakona? E vidiš, ja se gnušam i bežim od one otadžbine koja od mene traži krv mojih pluća, kojoj sam tu krv i dao, a koja mi danas ne da ni da se dovoljno nadišem. Neka me zaduži, pa ću joj se odužiti. Neka me očara, pa ću je voleti. Neka dokaže brigu prave majke, pa ću za nju poginuti kao njeno dete. Neka osigura normalan život unuku, ako ne može ocu i sinu. Ja tražim razlog patriotizmu u dugu koji imam otadžbini, u obavezama svojim prema njoj, i samo u tom i ni u čem drugom. On treba da se zasniva ne na osećanju izazvanom zastrašivanjem (ne dam više da me plaše Bogom), na jednom veštačkom osećanju straha, nego na onom prirodnom i svesnom osećanju dužnosti. A razlog ovaj ja nisam tražio po knjigama, ne, nego sam ga našao u iskustvu, svom krvavom, groznom iskustvu.

— Govori lakše, tako ti Boga, jer ako te čuje stari telegrafista, svisnuće naprečac od bola.

Stari telegrafista, prvi je hugista u Srbiji, sav smežuran starac od osamdeset godina, žive mošti u nekoj crvenoj bluzi revolucionara. On bolno ječi u krevetu do peći. Oduševljen borac iz pokreta sedamdesetih godina, posle dobrovoljac u ratovima za oslobođenje pre četiri decenije, kad je ranjen i nosi duboki ožiljak na čelu više levog oka, on je nekim čudom izbegao iz zemlje. Sad je ovde, utučen porazima otadžbine, i svečanim nekim jecanjem noću i preko celog dana deklamuje nerazumljive reči patriotskog bola koji ga rastrže. Ogorčen, on se ljuti na rekonvalescente što, sa snagom koja im još stoji na raspoloženju, nisu na frontu, i preti strašnom kaznom božjom toj zakržljaloj deci svojih drugova (sretnih što su sklopili oči) koja štede svoje bedne živote, imaju još osmeha na usnama, pored svih nesreća, i ne uviđaju sav strahotni zamašaj grozne katastrofe. Kad nastane žagor u paviljonu, onda se on trese u grozničavoj drhtavici, obuzima ga samrtnički ropac i obneznanjuje se. Tada je pored njega uvek mala, mila sestra Pound da ga povrati iz grča. I naslonjen na njeno rame i dokle ga ona miluje svojom punačkom, golom rukom, on dolazi k sebi, zahvaljuje joj i ponovo jeca strašne optužbe protivu bedne dece što su zaboravila na otadžbinu.

— Jest, jadni starac bi svisnuo od mojih reči, zacelo. Ali ja ga razumem. On živi usamljen, zaostao, potpuno sam, posle svih svojih davno umrlih drugova, kao određen da vidi šta sve rade oni što su došli posle nestale, izumrle generacije kojoj je pripadao, kao neumitna avet-kontrolor svega što se događa bez njegovog učešća, kao svedok koji će pričati svojim drugovima o svemu što je preživeo i video posle njih, a što nije odobravao i zbog čega je ismevan od savremenika. Jest, jadni, prgavi i sebični kostur što se muči jer ga ne razumeju naslednici, a traži da ga neguju kao dete, jer hoće što duže da posmatra sram ružnoga doba što je nastalo.

— Dobro, potpuno je tako. Ti sve objašnjavaš, sve razgledaš sa svih strana, svakoga razumeš, u svakog se uvlačiš. Nemam ja ništa protiv toga. Ama, hoćeš li mi reći, najzad, štogod o samom sebi: da li si sebe razgledao, da li sebe razumeš, da li sebe možeš da objasniš. Jest, zašto tako jetko govoriš, šta je to s tobom, zašto si ti takav kakav si?

— Ne razumem šta o sebi imam da govorim.

— Zbilja ne znaš? E onda ću ti ja reći, ja ću te objasniti... Dragi moj, ono što je sad iz tebe govorilo, to je... pazi dobro... to je ljubomora, i ništa drugo. Razumeš li me sad? Ti si jedak, ozlojeđen, ti si strašan zato što si ljubomoran. Ti ne bi ni govorio da nisi ljubomoran. Ja te poznajem dobro, ćutalico. I onaj Milosav bolničar, i otadžbina, i ovaj starac hugista, svi su ti nešto krivi, jer si ljubomoran.

— Ti govoriš koješta.

— Ne, ne govorim ja koješta, nego si ti besan na sestru Stephenson, u koju si zaljubljen nasmrt, koja ti je neko vreme davala povoda, i koja se sad okrenula drugome kad se strast u tebi razbuktala do besnila, do one mere kad je čovek gotov da ubija.

— Ne dopuštam ti da me tako bles...

— Ne, ne, ne, ne! Stani! Slušao sam te dosta, sad si ti dužan mene da čuješ. Ti si meni sve objasnio, sad ja hoću tebe da objasnim, ljutio se ti koliko hoćeš. Zar ti koji tako razumno gledaš na sve oko sebe, ne vidiš, bolan, ništa kad je pred tobom žena? Zar si ti slep kad si u pitanju ti?... Vidiš, ti si verovao da će te ona shvatiti, ceniti, zavoleti ludo, kao ti nju. Ti si mislio da je to neka duša, neka dubina; ti si se varao. Jer ovo veselo, bujno stvorenje, to je jedna pčela, dragi moj. Jest, jedna pčela što bi svaki cvet htela da oproba. Eto baš sad zaustavila se na onom lepom kapetanu zabušantu, koji, po tebi, nije dostojan da primi toplomer iz njene ruke, a kome ona, svojeručno, svakoga jutra prinosi kašičicu izlišnog leka drhtavim, strasnim usnama. Ali francuska je to krv, nesrećniče, ona je francuskog porekla, ti to i ne znaš, a ja sam se raspitao... Zaustavila se i na tebi, razume se. Ama šta si ti mislio? Ti si naivno verovao da će ona tu i ostati, i gotov smesta da joj pokloniš i život, otvorio si joj sve iz sebe, iz te riznice čiju dubinu samo ja poznajem, toj nestašnoj pčeli koja sad samo prozuji kraj tebe i ne sanja da te je skrhala. Pazi ti... ja tebe poznajem bolje nego što ti poznaješ onog starca što ječi, hugistu i patriotu. Nije za tebe nikad bila sestra Stephenson, sanjalico! Ona je za mene, i ne dao joj Bog da se slučajno na meni zaustavi, oh, ne bi skoro potražila drugi, slađi cvet.

Onda Ljubišić naglo ustaje, jer neće više da sluša, uzima ljutito knjigu s police, i posle, ispružen na krevetu, naporno diše, dok se njegov prijatelj proteže snažno, doteruje svoju grguravu kosu i ironično se smeši.

A tu, baš uz njih, potporučnik konjički, mlad, crnomanjast trgovac iz palanke, započeo Kapamadžijinu školu u Beču pa ga rat pomeo, razdragana lica pokazuje fotografiju svoje žene Cvijoviću, učitelju iz svoga kraja, a ovde do njegovog kreveta.

— Vidiš, i ja mogado' da se oženim u Beograd. Moj otac radi s prve firme, s grosisti. Ali kud ćeš, boga ti, kud smeš? Dok je mlado ljubi se s đaci, pa zar polovno da ga uzmem na cel vek? Drugi neka ga uzme, od men' daleko gi lepa kuća. Ovako... gledaj gu, molim te... Čisto patrijarhalno, što kažu naučevnjaci. Znam gu od ovolicno. Tatko strog, majka mu stroga, ne mož' da mrdne. Još falilo feredžu da gi nabiju. Pa naivno, bre, pa stidno, ništa ne zna.

— I kod mene je tako, samo potencirano — veli učitelj i guta fotografiju pune, mlade žene seljačkog izgleda. Učitelj je nestrpljiv i hteo bi mnogo da govori. Uzgred napominje da je vrlo načitan i strani izrazi naviru mu takoreći protiv volje.

— Kažem ti, boga ti, stidno, pa pored nju sramujem se i sam. Dođem tako kući na odsustvo, kad besmo u Srbiju, povečeramo sas tatka i majku, prodžakamo o moje muke, borbe i štrapaci, pa ajd', na leganje. Kad tam', boga ti, nju sram, men' sram. Časti mi, bre, tako mi Boga, i men' pa ufatio neki sram. Te pi' jednu kafu, pa opet džakanje, te pi' drugu kafu, te duvan, te jabuke, te slatko, sve obilazi žena kisela k'o kiša oko Kragujevac. Pa me nudi: „Ded', veli, probaj ovo od dunju, ovo od šipurci, ovo od smokvu". Neko fino, znaš, slatko, moderno, sve sama svojeručno kuvala. Ama 'oće da svane, a ništa. Časna žena, boga ti, smerna, uviđavna.

— Tu osobinu ja poznajem u totalitetu — prekida ga nestrpljivo i pravi se važan učitelj. — Kod mene je to isto tako, samo što je moja žena mnogo više emancipovana... Boga ti ljubim, dođem ja tako kući ljut, a ona samo trepće. Treperi kao list, što rekao Đura Jakšić, naš najveći pesnik, a bio je učitelj. Kažem ti, nema to kod mene. Pa moraš, bre, ženu tako: ako ne držiš, ode bestraga. Ventilirao sam ja to sa sviju strana.

— Je li, je l' svi učitelji tako pljujete po patos?

— Ne, ne, samo seljački — kida se pukovnik koga nervira što učitelj Cvijović pljuje po patosu.

— Ja sam imao jednog ujku, tako učitelj kao ti, pa sve pljuvaše po patos, a moja majka, čista ženska znaš, pa se ljuti, boga ti, ljuti i sve ga pcuje. Nego, kažem ti, taku ženu ti men' daj k'o moja što je. Jedared, boga ti... slušaj ovo da ti pričam. Odem u Beograd za espap, neku meku robu da uzmem, znaš. Pa drustvo, znaš kako je kad se sortira, sve mladi ljudi. „Ajde, kaže, na Bulevaru da idemo." Ajde, de, reko', baš na Bulevar, neće me pojedu. Pa tam' udri na neki likeri, konjaci, pa šampanjci, pa posle pola noć: „Ajde, veli, ženske da potražimo".

— „Ama kakve ženske, bre, ljudi, oženjen sam čovek. Ostavite se vi men'!" — „Jok, veli, more koj' te pita ženjen li si, ajde sas nas." Da ti dugo ne pričam — nagrabusim ti ja. Lele, šta ću sad? Misli, misli, okreni, obrni, sednem si na voz, pa kući. Ajde, reko', tešim se usput, konjanik sam, a je li ima konjanik da je bez toj sledovanje? Kad kući, zateknem gu kraj šporet, pravi neki uštipci da me obraduje. Ja se namrštim, pa dođem kod tiganj i ščepam jedan od oni uštipci. Kad ona: „Nemoj, kaže, bolan da kvariš ručak." A ja ti podviknem: „Šta, žena da mi soli pamet? Ko je gazda u ovoj kuću?" Pa si ućutim, i mesec dana, nećeš mi veruješ, ne govorim s njom. Bre moli me, bre kumi, kleči, preklinje, pa ona, pa majka, pa svi redom, jok: ja samo ćutim (a plače mi se) i lečim stvar. Posle odem u Beograd za svaku sigurnost. A otud kad dođo', pa kad gu dofati, pa kad gu stego, bre plakala je, samo suza suzu stiže, nećeš mi veruješ. Tako se izmiri'mo i otad, fala Bogu, lepo!

— Sve je u intenzivnom lečenju — daje svoje završno mišljenje učitelj, pa se posle razgovor nastavlja u poverenju, sasvim tiho, šaputanjem...

U paviljonu šestom imaju dve obične plehane peći. Pored jedne trese se i cvokoće zubima u naslonjači prvi hugista, koga je opet spopao patriotski grč, i mala sestra Round umiruje ga nežno. A oko one peći, u drugom kraju, sakupili se rekonvalescenti oko advokata-poručnika što sa govorničkom pozom iskazuje svoje mišljenje o Nemcima, koje mrzi, pa o Francuzima, koje voli, i tako po redu o saveznicima.

— Nemac je aparat, gospodo, ništa drugo. On radi kako hoće onaj kome je potčinio svoju volju, ali nikad sam niti misli niti radi. On je megaloman, boluje od délire des grandeurs, i on je bezdušan kao niko, najbezdušniji stvor pod nebom. Dovoljno vam je to: da jedan sam Nemac može odjedanput uništiti pet stotina ljudskih života, pa da se, posle toga, osim zadovoljstva, drugo osećanje u njemu ne javi. Posada jednog nemačkog sumarena od nekoliko ljudi topi lađu sa hiljadu ljudskih života, i posle toga divljački uživa u užasnom prizoru. A ja sumnjam da bi ceo naš narod mogao liferovati posadu za ciglo jedan sumaren; svaki bi se od nas otresao ovakve dužnosti, pa evo kažite!

— Tako je, tako, nema govora.

— Nema, gospodo, bezdušnijeg naroda od nemačkog. Nemac je besno pseto Evrope. U svom besnilu on je kidao i dečje meso. I ako se ovoj nakazi ne bi moglo do'akati u tom smislu da bude ubijena, onda ona mora dobiti bar svoj Pasterov zavod, da se u njemu leči od besnila. — Francuz je drugo. Francuz je čovek. I kad kažem Francuz, ja ipak vidim jednog čoveka, samog za sebe, jedno samostalno biće. Naprotiv, kad kažem Nemac, odmah imam predstavu postrojene vojske, vidim ogromnu povorku po koncu poređanih glava, sa istim izrazom, slične jedna drugoj, jednake jedna drugoj, vidim sve oči što gledaju samo u jednu tačku i mozgove što imaju samo jednu misao. Francuz sluša i izvršuje naređenje, ali se u isto vreme i pita, dok Nemac samo sluša i izvršuje naređenje. Francuz se pita o onome što ima da radi i zna šta radi; Nemac ne pita ništa, a ne zna šta radi. Francuz je hrabar, osetljiv, čovečan, duhovit, štedljiv; istina, hvališa, brbljivac, razuzdan, blaziran, eksploatator i ogovordžija. U ovom ratu on je hrabar, jedan od najhrabrijih među narodima što se bore: hrabar da umre, hrabar da se odbrani, hrabar da se ne osramoti, hrabar da se o njegovoj hrabrosti govori, hrabar da zaštiti da bi se time hvalio. Za svoju hrabrost Francuz je najviše snage našao u svojoj prošlosti.

— Je l' to neko predavanje, monsieur l'avocat? — pitaju rekonvalescenti što pristupaju.

— Ne, gospodo, počeli smo... pa tako... Francuz se ponosi svojom istorijom, koja je slavna, i zato je hrabar. Imao je slavne pretke, kao i mi, i nije hteo da bude gori od njih. I svestan kakvo važno mesto zauzima Francuska u Evropi, on je hrabar da je ne ponizi i dovede u pitanje njen položaj u budućnosti. I on, najzad, gine da bi dokazao Nemcu kako nije rival za potcenjivanje, već da mu je dorastao. I zato što postoje treći koji ga posmatraju, on je dao maksimum svoje snage. Za njega i njegovu akciju publika je conditio sine qua non.

On hoće za svaki svoj postupak ocenu, inače ne bi ni radio. Ja uvek mislim na Francuza Trajka, ne govorim o onima gore. On je nestalan, to je istina. Danas pažljiv, sutra nije. Ima među nama oficira koji o Francuzima govore rđavo zato što ih neki šofer danas primi na svoj automobil, a sutra neće: smeje vam se dok za njim trčite. Treba biti pravičan. I još nešto: njemu je strast da govori za leđima, da šapne u poverenju. Tako je mnogo štošta nepovoljno o nama šanuo u poverenju, pa smo to saznali, i to nas ljuti. — Francuz, inteligenat, ima jednu osobinu koju skrupolozno ispunjava, a to je: da hvali na sva usta svoju zemlju i svoj narod. Je l'te, nešto sasvim suprotno nama? On se topi kad pred strancem govori o Francuskoj i trudi se svom silom da dokaže kako je njegov narod prvi u svetu... hiljadu puta slušali smo ih svi kad tvrde kako su na Marni sprečili slom saveznika, a na Verdenu uslovili pobedu. Ja i ne pomišljam ma šta da sporim, samo kažem: kako ovi znaju da insistiraju na ovim tvrđenjima, kako hoće da ovo uliju svima, te da ceo svet to nauči napamet. Oni uvek, i u bezbroj prilika, ponavljaju svojim saveznicima i podvlače svoj ulog i sve što su učinili sa svoje strane u zajedničkoj borbi. Oni ni najmanju sitnicu nisu doprineli a da to nije notirano. Daleko su oni da se drže onoga: da ne zna levica što daje desnica. Naprotiv, oni baš hoće da se dobro utuvi ono što su oni dali. — Francuz je republikanac, ali nije oduševljen za republiku.

— Kako? On se oduševljeno borio baš...

— On se borio za Francusku, a republikanac je zato što je republika retka stvar u Evropi. Da je Evropa republikanska, sumnjam da se on ne bi vratio na monarhiju. On još gleda u monarha kao u retku zver, kao u nešto neobično. Gledao sam na Krfu: polome noge i vratove da vide vladaoca i da ga pozdrave. Blaženi su ako ih je ugledao i otpozdravio, i nemaju reči, posle toga, da se nahvale njegove inteligencije, koju su mu pročitali iz očiju dok je jurio automobilom, otmenog držanja, junaštva, i šta ti ja znam. A onoga dana kad su primili naše dekoracije, ja sam imao utisak koji me ne vara: da bi svi do jednog izginuli na jednu reč onoga od koga su dekorisani.

— To je interesantno.

— A je l'te, šta mislite o Englezima?

— Englez je duševan, bolećiv, i prema tome otmen. On ima jednu sjajnu osobinu koju Francuz nema, on je dosledan. Englez je hladan, tj. hladnokrvan, ponosit, skroman i prilično priglup. On misli vrlo sporo. Naš minut, njegov dan; naš dan, njegov mesec. Časti mi, mnogo im treba da nas upoznaju. Zasad oni nas žale kao što sažaljevaju crvenokošce ili ma koga ko je potišten i nesrećan. Šta ih se tiče naša izuzetna sudbina! Njima je dosta da znaju da patimo i hoće da nam ublaže sudbinu.

— A Grk? A Grk? Kako mislite o Grcima?

— U ovom evropskom društvu naroda što se krvave, onako neutralan, Grk to je kokota među snažnim muškarcima, jedna entretenue koja je, svojim ucenama, odavno prestala da bude privlačna. Ali, pre svega, on je fizički degenerik. Fiziološki, Grk je saraga-čovek. Mrtvačka glava u modrocrnoj koži, sa dve „špenadle" na usnama, to je tip grčke glave isušene, bezizrazne, beskrvne. Kao koleričan leš, sav je crn i sparušen. Kad čovek posmatra Grka, vidi kako i nacija stari i izumire.

— Ali to je preterano, gospodine. Ne treba dopustiti...

— Kad gledam Grka, gospodine, onda osećam oduševljenje za svoju rasu, kao kad devojka istinski oseća sreću što je mlada, lepa i nevina. Fizički zakržljao, on je izgubio osobine zdravoga duha, on je kukavica. Kad prolazi pored nas, obara oči, ne može da izdrži naš pogled.

— On je naš saveznik i nije lepo...

— O njemu kao savezniku mogla bi se napisati knjiga, koju bi trebalo završiti ovim rečima: Svaki je njegov saveznik dužan dva puta više mrzeti Grka negoli svoga neprijatelja.

— Skandal!

— Gospodo, Grk, to nije nacija, to je profesija. On je bezdušan. On je najodvratniji tip jednog matorog Jevrejina koji je jednom nogom u grobu, a kome je jedina misao ćemer.

— To je samo vaše mišljenje.

— On je isisao poslednje naše materijalne ostatke, bez milosti, onda kad smo polumrtvi i posustali stigli do njegove kuće pune svega. Francuzi imaju reč „fripon" koja je skovana za Grka. Gospodo, na vratima Grčke treba da stoji: Zemlja friponsa. Ali ja izuzimam žene. Grkinje su divne. Eto vam moje optužbe i moje odbrane. Nagradu ne tražim.

— Još samo ovo, još samo ovo: dovršite o Grkinjama!

— Grkinje? Grkinje su božanstvene, Grkinje su anđeli. I kad pomislim da pripadaju onim degenerisanim đavolima, ništa me ne bi tako obradovalo kao rat s Grcima. Hteo bih da im otmem sve žene, da izumru, bednici nijedni. Taj ratni plen preneli bismo u Srbiju, jer čujem da su većinu naših zaplenili drugi. Ali nikakvo to nije čudo, gospodo. Jer se u ratu čast žrtvuje isto onako lako kao i životi. Ko bi još tvrdio da je teže dati poljubac ili tako što negoli glavu? Jer i žene su htele da budu hrabre u ovom strašnom ratu, a rat, u krajnjem zaključku, to je seoba žena, to je razmena žena. Eto vam, dakle, pa, cherchez la femme! Što se mene tiče, ja sam smrtno zaljubljen u jednu Grkinju na Krfu, ženu slavnog jednog zubnog lekara, germanofila. Dok sam bio na tom divnom ostrvu, povadio mi je sve zube donje vilice; sad sam tražio bolovanje da tamo ostavim i sve zube svoje gornje vilice (hvala Bogu što čovek ima dve vilice!), a ja sam advokat, i moji zubi to su moji kapitali. Eto kolika je moja ljubav za Grkinje. Nagradu ne tražim.

— Živele Grkinje, živele Grkinje! Živio govornik!

I usred onog živog, burnog i veselog žagora koji nastaje, pojavljuje se sestra Stephenson i žurno prolazi kroz paviljon sa crnim mačetom ispod šala. A kad zatvori suprotna vrata i izgubi se, onda se mlazevi pohotljive pare još viju po paviljonu i drhte nozdrve i pucaju zglavkovi koščatih ruku rekonvalescenata što se sladostrasno protežu pored usijane plehane peći, i same pune neke dražesne strasti...

Onda kapetan Fikus objavljuje da je gotova večera i priča šta je sve video u trećem paviljonu za operacije:

— Studentu Đuri, dobrovoljcu iz Zadra, odsekli desnu nogu ispod kolena i još se nije osvestio, a ja ga pitam: „Kako ti je, Đuro?"

— „Nešto mi, veli, fali, ali dobro je, hvala Bogu." Strašni su doktori, gospodo, pravi su kasapi. Kapetan jedan ranjen u ruku, pa mu prilazi doktor, gleda i kaže: „Fik, gospodine kapetane!" I pokaza mu dokle tačno ima da se seče. A kapetan sleže onim zdravim ramenom i veli: „Pa secite, doktore, kad se mora..." Ima pop jedan, sad ga doneli u nosilima, ranjen kroz kičmu, a Tešoviću kapetanu vade desno oko.

— A ko to kuka, ko to kuka?

— To je seljanka jedna iz Makova, teško ranjena šrapnelom, i tu joj deca, pa joj operišu glavu. Grozni su doktori. Lupaju čekićem po lobanji kao zvekirom u kapiju...

I jedan po jedan, odlaze rekonvalescenti na večeru zamišljeni.

Pa se posle večere paviljon sprema na spavanje. Zbacuju se bluze i čakšire i nestaje redom jedna po jedna bela prilika ispod pokrivača koji se podvlače pod ramena i savijaju oko nogu da ne duva. Unutra sve više umire tihi žagor i sve veća tišina osvaja, pa se žuborenje limenih oluka sve bolje čuje, i kako sa streja cure mlazevi, i sve više sedam crnih paviljona tonu u glibu. A uvrnute su svuda svetiljke pa čkilje, i noževi se krvavi odmaraju što su sekli noge i ruke.

Samo je doktorova soba u odvojenom paviljonu još osvetljena i dežurna miss Pound, je kod njega. Mala vižljasta, anđeoska miss Pound, sa zlatnim kovrdžicama na vratu i zaobljenim svojim trbuhom u kome nov život jedan sprema se. Pa puckara plehana peć živo i bela je kao sneg postelja doktorova raspremljena, a na njoj pripijeni sede oni jedno uz drugo i njene fine male ruke su u njegovim. Oh, uzalud je sva briga njegova, jer ga miss Pound uverava: da sem ljubavi od njega ništa ne želi i, slobodan svih obaveza što ga uznemiruju, neka je dobar samo da je i dalje voli kao dosad. Jest, ništa drugo od njega ne traži mala, nesebična miss Pound, neka se ne boji i ne uznemirava. I ljubi mu rumenim i vrelim usnama čelo koje se vedri. A kad se rastanu, o, nov život koji će doći ispuniće njen, sav od slatkih uspomena na neobičnu ljubav ovu u crnom paviljonu, u kome je ona bila srećna kad su svi drugi patili, gde je ona raj svoj pronašla u ponoru najstrašnijeg pakla.

— Yes, my darling, pray, believe me. And I have my own hope!

A u paviljonu šestom potpun mir je već, samo popac dosadno škripi među drvima kod peći i bolničar je, na prstima, poslednji put prošao kroz sobu. Mili tako beskrajna noć olovna i sve je više vazduh zgusnut, i mrak, i sve se žešće bori mozak jedan sa sobom samim. Tamo do stuba, jedan čovek što ne spava saznao je preksinoć o smrti svoje žene.

A mrak i noć uveličavaju nesreću i čine je crnjom, strašnijom. Kao da u crnini noći stoji ona sasvim sama pred čovekom, ta nesreća, kao bela avet, koja tamni jutrom kad je on gleda s prikupljenom snagom, odmoren i okružen ljudima, na svetlosti koja otkriva nove nade, kad je lakše podneti svaki bol. „Treba izdržati samo do sutra, eto tako nekoliko dana, i onda ću biti spasen." A sinoć je poluglasno neko kazao: „Video sam osmejak jedan munjevit na njegovom licu, takoreći u trenutku primljene vesti o nesreći." Leži tako kapetan Đorić i podseća se trenutka kad je saznao strašnu vest. Tada mu se najedanput učinilo kao da se sve oko njega zavrtelo okolo, u nekom čudnom nečujnom vihoru i usred nekog jezivog kalambura, što mu je namah ispunio glavu, kao da je neko rekao: „Kapetane, pazite, budite prisebni, sad je potrebno da budete prisebni kad vam ovo kažem: Vi ste mrtav, umrli ste ovog sekunda, umrli ste, umrli ste, jest, vi ste umrli." Takav je tačno bio prvi utisak. I obneznanjen tako, koraknuo je nesvesno i poveo se, pa je mehanički uzeo cigaretu i upalio. Tada ga je prvi dim što je povukao namah osvestio. Dobro! To je drugi trenutak. I prva misao bila je: „Živ sam; dakle, dobro je." Onda se osmehnuo. Onda se, valjda, osmehnuo, i to su primetili. „Koliko je jedno i zajedničko bio onaj život što se ugasio i moj život, koliko su oni bili protkani, dokaz je ono prvo osećanje prvog trenutka; a kako je snažan instinkt samoodržanja, dokaz je onaj osmejak. Samo kad sam živ, sve ću drugo lako" — tako je zaista nešto progovorilo u ojađenoj ovoj duši.

I dok se kapetan Đorić napreže da povrati vlast nad mislima, paviljon uveliko spava, diše:

— Hhhhh... pff... hhhk... pfff... pff... pff... huuuuj...

„Ali šta znači ono: sve ću drugo lako? Znači li: da ću olako preboleti onu smrt... ono je tuđa smrt... Ne tuđa, ono je moja sopstvena smrt, i kraj mojih nada i planova i kombinacija. I zašto bih ja sad natrag u zemlju?... Ali o nekom novom planu mislio sam juče: raditi na nauci, ili tako šta. Ali je to bedna, užasna uteha. A ljudi nisu osudili svoj egoizam u meri u kojoj zaslužuje i, eto, navikli su da se gnušaju nad stvarima neuporedljivo oprostivijim. Jer šta znači ova moja uteha, neiskazano sebična, odvratna, zločinačka uteha? Zar ja nisam bolji od mnogih ljudi svoje intelektualne visine i vaspitanja? Zar sam jedanput pomišljao da se oprostim života: zato što me je smrtno pritiskala bezdušnost onih u čijim smo rukama, njihov cinizam, njihova lakoumnost i njihov egoizam? Pa ipak, zar i moj egoizam nije isto onako beskrajno dubok, neobuzdan, užasno odvratan? Koliko juče saznao sam o svojoj nesreći, koja je skoro sasvim uništila razlog moje radosti i nade za povratak u otadžbinu. A čim sam to saznao, ja sam počeo raditi onaj drugi, nov plan života, čijem ostvarenju ide baš na ruku ovo stanje u kome smo — nastavljanje života van otadžbine. I još juče, eto, osetio sam potajnu neku želju da se rat nastavi. Svaki znak koji mi sad govori o izgledu na povratak u zemlju neprijatan mi je, i na radost ovih oko mene, koju izaziva njihova nada na skoro viđenje sa svojima, gledam ja sad sa izvesne zlobne strane... Ljudi, ima li šta užasnije nego što je sad ova moja potajna želja? Ja prelazim, sa jednim tako zluradim osećanjem u srcu, preko propasti i patnji miliona samo zato što želim da se *moj plan* ostvari."

A paviljon uveliko spava:

— Hhhhk... pff... hhhhhk... pff... kaha, kaha, pfff... hhhk... pf... „Ali stani, razmisli, priberi se, ohrabri se, evo. Šta? Mogu li izdržati ovaj bol; mogu li... Zar mogu pristati na onu utehu? Raditi na nauci. Da li je u tome stvar? Umrla mi je žena, je l' to? Jedna je žena umrla. Ah, ali ta žena što je umrla, to je moja žena, jedan ogroman deo mene je u njoj, to sam donekle ja umro. Pa šta, ti nisi jedini. I svi su jači nego ti, ti najveća slabotinja, samo ti. Pa lepo, ima druga žena... Zaista, ima druga žena! Ala je to sramno tako brzo misliti na to, ala je nečasno. Druga žena!... I život još može ti pružiti slasti. Kakve?... Još jednu novu ljubav i prvu bračnu noć, na primer, i sve iz početka... i potpuno drugu ženu golu, i svu slast dražesne neobaveštenosti jedne nove žene, i... Ala je to sramno i gadno. Čovek! Čovek što u najvećoj žalosti, da bi je izdržao i da bi se umirio, eto pristaje i na utehe koje su tako stidne..."

Pa ustaje kapetan Đorić jer ne može da odoli sramnim mislima i sa laktovima na kolenima sedi na svom krevetu, pokriva lice rukama, skrušeno, duboko uzdiše, i tako ostaje sagnute glave dugo, celu noć. Plače...

A tamo u levom uglu probudio se već pukovnik, sedi i maše energično vratom nalevo i nadesno. On se, veselnik, uvek prvi budi.

I sa grana žalosno kaplje, a sa krovova teče prljava voda, i kapi stalno dobuju po crnom krovu od smole i zasipaju, prskaju i miju prozore koji se već belasaju. Sviće... Poranile neke noge, pljaskaju po barama, napolju, oko paviljona, a unutra vruća telesa otpočinju da se protežu po krevetima što škripe.

Pa se roguši jedno državno crno ćebe, preko puta pukovnika, i zeva zadovoljno i blaženo ogromna riđa glava.

— Je li, ama čuješ, druže?!

— Umuk'o, dabogda!

— Batali kletvu, reci mi, odgovori mi kad te pitam: zašto žaba nema rep? I, drugo pitanje: jesi li mislio noćas na ono, znaš?

Pa se široko i snažno proteže riđi potpukovnik.

Aveti u lovu

(Doživljaj)

Sa lješkoga grada, ozgo, svu noć je slazilo zlosluto urlanje ostarelog nekog arnautskog psa, i kurjačko, muklo i duboko zavijanje njegovo s brda ispunjavalo nas užasnom jezom. A u tesnom i punom prašine tavaniću nad kafanicom, šestoro nas je ležalo, sve jedan preko drugog, i slušalo, mučeći se, onaj divlji, jezivi i ledeni lavež koji se, s malim prekidima, uporno nastavljao.

Cele ove noći ćutali smo budni, češali krastavo telo i mislili.

— Boga vam, spavate li, Andreja?

— Oh!

— Nešto razmišljate, šta li?

A on se promeškolji pa primače glavu.

— Mislim o onome, što smo onomad zajedno videli u Fani Bisagu i ne mogu nikako da zaboravim onu groznu sliku. A vi? Zar i posle svega toga, zbilja, možete misliti lepo o čoveku? Razmislite ponovo: majka i otac odstupaju s vojskom ispred neprijatelja kroz Albaniju samo, kako su govorili, radi toga da sačuvaju život sina jedinca. Mališan, inače slabačak, prozebao, iznuren u odstupanju razboleva se i umire sedmog dana marša kraj puta. I svakako sećate se dobro: baš kad, ludi od bola, roditelji ukopavahu razlog svoga života u mali grobić pored puta, Arnauti gađaju sa nekog brega u gomilu, u nas što i sami utučeni prisustvujemo tom tako bolnom ukopu. A ovi roditelji, posle prvih pucnjeva, izbezumljeni od opasnosti u kojoj se nalazimo, napuštaju mrtvo, neukopano dete i begaju s nama zajedno klisurom da sačuvaju sad samo svoje bedne živote. Sećate li se? Majka, skrušena, luda, kao zastade, okrete se, ali ne ostade. A otac, on je davno već izmicao klisurom. E pa lepo, to su bili roditelji, je l'te? Rođeni roditelji! Ama šta mislite onda o nama što se tek onako nazivamo braćom dok smo u stvari toliko tuđi jedan drugom? Čujte me: vi biste zasvagda trebali da upamtite ovo: čovek ima nečeg površno dobrog, površno privlačnog i ublaženog. U nekim retkim prilikama, u izvesnim odnosima on je, istina, predan i odan, osećajan, drug i prijatelj, ali u suštini, u dubini, otkriven u svima prilikama, on je sebičan, samoživ, on je sebi najpreči.

Posle iskreno uzdahnu.

— Čini mi se kad svedem: da je sve u bolu što je čovek sazdan da naslućuje ljubav, koju život ne pruža; što čovek veruje u tu ljubav, što se u nju nada, što je nazire nekako a ne može da je dohvati, da je živi.

— Ali, pobogu, samo je iznenadni strah bio izbezumio nesrećne roditelje. Ne rekoste li sami da su oni bili ludi od bola? A čim su se osvestili, podsetite se kad besmo kod Krsta, oni su već navaljivali da se vrate, po cenu života, prezirući ga, naročito majka.

— Ali se nisu vratili. I jeste li videli kako su slatko večerali preksinoć u Kalmeti?

Posle smo ućutali i opet slušali i trpeli ono jezivo urlanje sa grada.

A nešto docnije neko prošapta:

— Kao da je kiša stala.

S velikom mukom izmigoljio sam se i sa neispavanom i klonulom glavom sišao, povodeći se, u kafanu, gde su se od sinoć kockali oficiri. Tamo dole, dve lojane svećice drhtavim plamičcima osvetljavale su čađavi, tajanstveni sobičak pun dima od duvana. Na stolu okolo koga je sedelo desetak oficira, velike gomile novca premeštale su se od igrača do igrača koji su hladnokrvno, sa cigaretama u zubima, odbrojavali papire i umorno i čkiljavo posmatrali karte. I dok su sanjivi posilni krcali orase i oljuštene dodavali igračima, za stočićem koji je predstavljao kelneraj, dremao je jektičavi gazda, omaleni i prgavi Grk, koji je cele noći kuvao čajeve, kašljao u njih i ljutio se jer nije cenio od igrača primani srpski novac.

Oficir jedan, bled i nervozan, koji je u rukama držao *Rat i mir*, i sedeo odvojeno od ostalih, tražio je nekoga očima.

— Čkonjo, idi smesta ubi ono pseto što urla gore!

— Razuem, gos'n kapetane!

I visok, nezgrapan Rudničanin, krivih nogu, zgrbavljenih ogromnih leđa, izdvoji se, uze tojagu ispod klupe, a jednu pregršt ora' ostavi u džep izgorelog šinjela, pa izađe napolje. Oficiri se nasmejaše ispraćajući ga, a ja izađoh za njim.

Na istoku, prema gradu, jedan belasasto svetli kaiš, koji se rastezao nad grbenom i s mukom uvlačio u crne i mračne oblake, odavao je zoru, ali je noć još vladala. Išao sam, svejedno mi je bilo kuda, samo da jedanput dočekam svanuće i doživim dan bez kiše. Sedam dana kako je ona nemilosrdno lila bez prestanka i držala nas pod strejama gde smo pobegli iz naših logora koje oluja uništi jedno poslepodne kad se pocepaše i poslednja šatorska krila i odleteše. A posle se umiralo pod ćepencima i ćorsokacima od iznemoglosti, zime i gladi od koje se spasavalo prodajom poslednjih ostataka rublja i odela Arnautima.

Tapkao sam štapom i koračao po šiljastoj turskoj kaldrmi uskom ulicom koja vodi kroz sred varoši i šljapkao po barama i spoticao se o noge vojnika koji su ležali pod ćepencima, cvokotali i ječali.

Na samom zavijutku u sporednu jednu ulicu neko dreknu:

— Ko ide?

Pa onda lakše, slabijim glasom:

— Sredinom, druže, svud je vojska.

I voljan da porazgovara stražar dodade:

— Stade kiša, hvala Bogu.

Ja produžih sporednom ulicom pa izađoh na Drim i na obali sedoh na četvrtasti tesani kamen koji se belasao.

Grad se već jasnije ocrtavao, odnekud čuo se zvekir i njegov odjek za grebenom, a ja sedim i dremam i nekoliko pasa vulaju se oko mene i nešto traže.

Najedanput dve-tri senke žurno promakoše iza ugla, pa pored mene i sumnjivo štukoše u ćorsokak, pa malo posle jedan glas divlje kriknu:

— Evo ga.

Ja skočih i hitro pođoh da vidim u čemu je stvar, ali nove prilike koje pridolažahu iz sporednih ulica, otkud ih beše privukao, valjda, onaj krik, naleteše na mene pa me oboriše, zgaziše i prejuriše dalje preko mene.

Kad sam se podigao, ugledah: kako se ona gomila zverski sruči na nešto što se nalazilo uz veliku kapiju džamije i kako otpoče neka bezumna borba oko nečega, neko kidanje, cepanje, stenjanje rastrzanje i škrgutanje. I dok su nove senke neprestano pridolazile i grozna borba trajala polako se razdanjivalo.

Onda se jedna prilika izdvoji iz gomile, uspevši da silnim i naglim pokretom iščupa nešto iz mnogih ruku što su branile, pa naže da beži očajno gonjena nekolicinom; onda druga, sa jednom cokulom u raskrvavljenoj ruci, pobeže na suprotnu stranu, pa treća sa nogavicom jednom od čakšira i gomila se rasturaše jureći u strašnom besu na razne strane. Ja ludački uleteh među zaostale prilike što su se tiskale, kad uz samu kapiju džamije spazih go, beo leš kako se cinički kezi na nas. Ostaci prljave, iscepane na kaiše košulje skrivali su samo ramena unakaženog mrtvaca, jer je ukočena, presavijena u laktu leva ruka, sprečavala da se i ovaj deo košulje skine. I dok sam zapanjeno gledao u leš, sa streje, na noktima izgrebane sise, kapalo je ravnomerno, pa se tanki, blagi i fini crni mlazevi slivali u jedan veliki ožiljak granatine rane na trbuhu. A u taj mah, jedan zaduvani gonilac, gologlav, razbarušen i izgreban, vrati se, odgurnu one što su mu smetali, pa stavši kolenom na izvrnutu mišicu, prelomi, snažnim jednim pokretom, ukrućenu u laktu onu ruku koja se, uz krcanje slomljenih kostiju, ispravi.

Onda smače onaj ostatak košulje s ramena mrtvaca pa se podiže i zamućenim očima pogleda u nas; zatim pođe i posle nekoliko koračaji zastade, okrenu se poluzgureno sa nekim pretećim pogledom životinje, pa gledajući iskeženo produži put ovamo okrenute glave.

Ja zaustih da nešto pitam, da kažem, da osudim, ali naglim, ljutitim pokretom jedna druga prilika, krivih nogu, pogrbljenih leđa priđe nam, pa zbaci sa sebe šinjel, pa koporan, pa crnu kratku košulju, koju baci među regrute.

— Čkonjo!

On se neprijatno trže i oblačeći na nago telo svoj izgoreli šinjel, promrmlja:

— Odoh ja da ubijem ono pseto.

Pa njegova ogromna leđa zamakoše iza zida.

A ja pobegoh ka Drimu pa se tupo zagledah u mutnu, kao oranje, vodu. Skroz mokre vrbe na obali, sasvim nagnute nad rekom, cedile su se kao da plaču, dok je Drim valjao veliku trulu kladu, za kojom je poleđuške plovio još jedan potpuno go leš. I voda me zanese pa mi se učini kao da se sve sa mnom na obali kreće za rekom, i da ne bih pao pogledah u nebo.

Niski, sivi oblaci, presecani šiljkovima minareta, jurili su onim istim pravcem reke. Nad našim glavama, u taj mah, preletalo je gusto jato gavranova, kao s neba puštena crna zastava koju vetar goni stalno u jednom pravcu.

U praznom oltaru

(Miroslavu Krleži)

Posle se opet nešto razjasnilo u svesti radnika Petronija Svilara. U tom trenutku, ćelija, sva krvava i opoganjena po zidovima, bila je slabo osvetljena, a dva iskrivljena, zla i zlobna oka stražara pred vratima, sa bajonetom o ramenu, vrebala su ga krvnički kroz četvrtastu rešetku od gvožđa. On je ležao raskrečen poleđuške na betonu i topla, gusta krv tekla mu je iz usta pa slazila niz bradu na razdrljene, rutave grudi koje su ga bolele, dok se po usnama bila zgusnula i usirila. Nešto zamršeno i teško vrtelo se po bolesnoj glavi i neizdržljivo raspinjalo mu i kidalo nerve, pa ga udaralo i seklo po slepim očima i mozgu.

Svilaru se učinilo da je sve ono bio samo užasan san...

Onda kad je zastao bio kod kapije i pošto je zbunjeno prešao preko fabričkog dvorišta, onda kad je zastao kod gvozdene kapije da se vrati u fabriku i protestuje zbog bezrazložnog otpusta pred nadzornikom, ona škripa i treskanje natovarenih kola starom gvožđurijom i ono svojstveno, oštro strujanje i lomnjava u organizmu fabričkog kolosa, pomutilo ga je, pa se, ne razumevajući ništa od svega što se s njim dogodilo (s teškim osećanjem samo da je bez krivice ostao bez rada i da će to strašno pogoditi njegovu porodicu) okrenuo naglo i produžio da se vuče kroz šarenu gomilu sveta s obe strane trotoara. Tada mu se učinilo: kao da se jedno lice sa nečim podozrivim u ponašanju, u sivim čakširama i zelenim uvijačima oko nogu, podmuklo probija za njim kroz onu gomilu sveta, da ga prati u stopu, pa se trudi da ga ni za momenat ne izgubi iz vida. Zatim, po spoljašnjem izgledu, slično lice, preko puta i uporedo, kako ga lukavo posmatra i onda, čim je skrenuo u sporednu ulicu, ne znajući ni sam zašto će baš tuda, sve se nešto izmešalo, zgužvalo, ispremetalo na tom mestu gde se onako isto šumno kretao i bučao život ulice. Ona dva lica sjurila su se najedanput pa ga ščepala sa rečima „u ime zakona", onda se on odvažno usprotivio i jedno od njih snažno odgurnuo od sebe, pa ga je, posle toga, nešto masivno, teško i pljosnato lupilo po glavi te mu se u očima sve izokrenulo kad se spotakao i pao kolenima i vilicama na ploče.

Posle su ga podizali, gnječili, trzali i vukli (uz nesložne i neke ispresecane i brze reči i primedbe) dok mu je glava, kao odsečena i kao da se drži samo na koži, padala čas napred, na grudi, čas levo i desno, na ramena, a čas presamićena ostajala tako zabačena na leđima, otvorenih, žednih usta i uvek pomućenih očiju. Jednog samo trenutka urezala mu se u mozak napregnuta neka radoznalost prolaznika što su zastajali, skakali brzo s kola ili pritrčavali s raznih strana, ali ne s kakvim zaprepašćenjem ili užasom nego prosto da vide u čemu je stvar, ili onako kao kad se gleda u zamku zapala divlja zver koja se ludo otima, a nema nikakve nade da će se istrgnuti.

I sva ta radoznala lica i one iskežene glave žandarma sa nečovečjim očima i druge načičkane maske na dućanskim prozorima, oknima tramvaja i balkonima, pa fijakeri, izlozi sa raznim nekim bistama od voska, bočicama, brkovezima, ženskim šeširima i svilenim bluzama, časovnicima i prstenjem, sve se to povuklo bilo s njim u jednom munjevitom zbrkanom pokretu i tako sve do potpunog mraka svesti.

„Ali nije u tome stvar. Nego stvar je u tome zašto je sve ono bilo, kakav je ono uzrok i zašto su me..." I Petronije Svilar, nesposoban da poveže misli i da njima upravlja po svojoj volji, pritisnu lepljivim prstima vrelo i znojavo čelo i slepoočnice da bi se još štogod setio i da bi, koliko-toliko, umirio burnu i mutnu uzbunu utisaka što su bez veze navirali u nemoćnom mozgu koji se trenutno bio probudio.

Zatim grozno smrvljen i uzrujan, osećajući opet svakim nervom da mu se mrači svest i obavija nekim crnim dimom polusna, on prikupi sve svoje sile da ustane i uspravi se, ali ga utom opomenu zveket gvožđa na nogama i onda se najedanput sruši u nemoćnom besu, pa obamro klonu i oseti kako opet tone negde dole u mračni bezdan pun maglovitih, zamršenih slika.

Tada zaboravi sve po stoti put pa oseti kako ga guši jedan mučan osećaj straha u snu, isto onako kao u ratu, u crnim kišnim noćima pred nagoveštenu borbu, kad je izvesnost da se pogine uvek veća od mogućnosti da se preživi, neizdržljiv i nelagodan jedan pritisak do očaja. I onako isto kao one noći, uoči dana kad je užasno ranjen u kičmu, begao je od nevidljive neke opasnosti, od koje se nigde nije mogao skloniti, hteo da viče iz sveg glasa i da zapomaže nečiju pomoć, ali ga teške, za zemlju prikovane noge, izdavale i glas mu umirao u grlu. Pa je sad osećao kako sav umire, zapinjao da pokrene olovne noge, da se spase, obuzet strašnom teskobom i užasom i gonjen prinudnom i nevidljivom nekom silom, ali je bio nemoćan da umakne i da se ma gde sakrije, jer je svaki zaklon postajao žalosno bedan i debeli, ogromni zidovi iza kojih se, kao ovo u ratu, krio od granata, pretvarali su se u kutije od kartona, a velike građevine u šatore od platna. I ta opasnost pojavila se, posle, kao neki neizdržljiv stid što ga je osetio još onda: kad je između dva stražara s bajonetima, kaljav i krvav, s lisicama na otečenim rukama, vučen kao prebijena zver na lancu, vozovima raznim ka prestonici (u tom trenutku sinulo mu je gde se nalazi), svlačen na mnogim stanicama, gde se tiskao svet i gde je iznemogao ležao na zemlji posmatran opet od radoznalih putnika čije je poglede, kroz otvorene prozore vagona, izbegavao. Pa iz vrtloga ove borbe polusvesti i snova izvlačila se i s mukom čupala izvesnost neka donekle, ona izvesnost poslednjih trenutaka što je preživeo na putu i on podiže opet glavu i upravi pogled na rešetku kroz koju su sevala ona dva iskrivljena oka sa strašnom zlobom.

I baš u tom trenutku začuli su se nesložni, uzdržani nečiji glasovi pred vratima, pa težak, veliki ključ što se, uz zveket drugih ključeva, sa nekom jezivom pretnjom, okretao i vrteo u bravi, kao kasa, glomaznih vrata njegove ćelije. Onda uđoše neki ljudi i okružiše ga. Iz džepnih električnih fenjerića pokuljaše tada mlazevi žute svetlosti sa više strana i osvetliše veliki grbav i kriv nos nad tankim crnim brkovima, pa jake čeone kosti i celu mrtvački bledu (ukoliko ne beše krvava) glavu Petronija Svilara, koji, ne shvatajući ništa, cvokoćući vilicama i obamiruci od straha, otvori svoje zamućene i mokre oči.

Tada se jedan od onih natmurenih ljudi s cigarom u zubima, debeo i važan, dotače nogom njegovog ramena.

— Taj tu, opasan zlikovac!

— Ej, čuj ti, Petronije Svilaru!

Pomodrele i krvave usne njegove lako su zadrhtale, lice se zgrčilo u bolnom izrazu, bezumne oči molile za milost, ali on, zgrčen pod pogledima onih očiju što su sijale divljim besom, ne izusti nijednu reč i jedini osećaj što ga obuze bio je: da je sasvim sam, strašno izgubljen, bez pomoći ljudi, da ne postoji niko ko bi ga spasao od nečeg užasnog.

— Petronije Svilaru, razmisli se dobro; svi su, eto, tvoji drugovi priznali.

I debeli, obrijani civilni policajac priđe mu bliže.

— Po podacima koje mi držimo ti najviše imaš olakšica; ti nisi rđav čovek, nego nagovoren tako... to je svakog moglo snaći. A po podacima sve će se uzeti u obzir i sve samo od tebe zavisi.

A kad Petronije Svilar osta nepomičan i nem i posle svih nagovaranja, ona obrijana, debela i glavata ljudina pobesni.

— A, nećeš, dakle da nam priznaš ti, jogunico?! E, onda dobro! — I obraćajući se poluglasno jednom od uniformisanih ljudi što su stajali oko nega i držali ruke iza leđa, izađe u hodnik.

— Na posao! — začuo se otud njegov preteći glas.

„Smrt", sevnula je kratka, užasna misao i Petronije Svilar, koga su tukli po glavi, grudima, trbuhu i kolenima nečim strašnim, tupim, onda obema pesnicama jednovremeno sa obe strane u vilice i slepe oči, oseti kako mu sva krv jurnu u srce dok se u svesti sve ponovo zamrsilo. Odjek jedinog krika što je pustio od sebe bio je strašan, kao predan sudbini, kao neko odvajanje duše od tela, pa niz njegovo patničko lice linuše krvavi mlazevi brzih, detinjih suza.

A posle opet zazvečaše veliki, teški ključevi i kobna neka tišina i jeza zavlada. Samo je krv jače zašikljala na usta i uši i brže kapala niz bradu i čupave grudi koje se nadimale.

Povremeno neko teško, bolesno i nepravilno disanje podrhtavalo je iz susednih ćelija i slivalo se u jedan jedini uzdah, nešto kao ropac, dok su dva iskrivljena oka sa strašnom nekom zlobom zvirila kroz rešetku. A bolovi su bili namrtvo onesvešćeni i krv je kapala po betonu u peni. U strašnoj kući, neumoljivom i jezivom pretnjom milelo je vrebanje kao potajno, lukavo i kobno primicanje smrti.

A kad je opet nešto svanulo u svesti njegovoj, ćelija nije bila sasvim mračna i svitanje jutra gonilo je negde užasne noćne vizije. Slomljen, sa kolenima uz vilice, u grozničavom cvokotanju Petronije Svilar, kome se sa svešću povratilo i sećanje, prožive u jednoj sekundi sav užasan doživljaj koji nikako nije razumevao. I naprežući se ponovo da razmrsi darmar u mislima koje opet u bolesnom nastupu navreše, on, u novom neiskazanom osećanju zbunjenosti, ču jednu reč koja beše glasno izgovorena.

— Politički.

Onda drugi neki glas upita:

— Odakle?

— Stare Pazove.

Pa ove reči proprati širok i zvučan udarac šakom i nešto se, uz prigušen ropac, stropošta niz kamene stepenice što se spuštaju u mračan hodnik duž ćelija; onda šljiskavi odjeci udaraca žilom pa ponovo začu glasnim izgovorom:

— Nepolitički, prosti krivci.

I brzo, sitno, slobodno, skoro veselo strčavanje niz strme stepenice nevidljivih, kao naviknutih da se tuda spuštaju, nogu, čiji se odjeci gubili u pravcu zajedničke Glavnjače.

A njemu prvi put jasno blesnu sećanje da je istu onu reč čuo onda, kad se spuštao niz ove iste stepenice odakle ga je oborio strašan širok udar po glavi posle koga sve dosad nije mogao da upravlja po svojoj volji mislima i da ih vezuje. „Ali nije u tome stvar, nego zašto..." I dok se mučio oko toga uzroka i natezao, ključ ponovo uđe u glomaznu bravu njegove ćelije pa se vrata širom otvoriše.

Onda mu jedno uniformisano lice naredi da se brzo sprema, pa mu je pomagalo da se uspravi i mokrom krpom brisalo mu usirenu crnu krv po licu i vratu. Posle je kroz hodnik i dvorište pa kratkom nekom ulicom, sve pored visokog zida s mukom povlačeći noge u okovima, čije je lance pridržavao levom otečenom rukom, izašao pred islednika.

A na licu malog, pakosnog gospodina sijalo je nešto i od lukavog i zabrinutog, zluradog i iščekujućeg. On je zgureno prelistavao debelu gomilu plavih tabaka ispisanih samo na jednoj polovini strane i drhtavim prstima istraživao nešto po njima. Pa je, najzad, podigao glavu i žmireći zapiljio se u mutne, bludeće oči optuženoga.

— Je li, dakle, molim te, ti si Petronije Svilar?

— Jest, tako je moje ime.

— Fabrički si radnik?

— U livnici gvožđa. Otpušten sam bez povoda — jedva je odgovorio Svilar.

— To te ne pitam... Osuđivan?

— Nikad, gospodine, nisam...

— Star?

— Trideset četiri godine.

— Učestvovao u ratovima?

— U svima sam bio...

— Čekaj! Odgovaraj što te pitam! Jesi li ranjen koji put?

— Četiri puta, na sedam mesta.

— Neoženjen?

— Jesam oženjen, troje imam dece.

— E, tu si nas slagao, Petronije. Ti nisi oženjen, mi to sigurno znamo. Na rđavom si putu, ali trag nećeš zavarati.

I dok je islednik, sa skrštenim rukama i bradom u levoj šaci, sačekivao da drugo, neko mlađe lice kome je diktirao, upiše lične podatke prema pitanjima što je postavljao, Svilar se zaprepašćeno naprezao da razume: zašto mu se to sad ne veruje istinitom iskazu da je oženjen.

— Slušaj, Svilaru — nastavio je islednik glasno i važno — odluči se da nam pokažeš pravu istinu. Odricanje, opominjem te, otežaće strašno tvoj položaj. Jer sa dokazima kojima ovde raspolažemo, učešće tvoje u delu potpuno je utvrđeno. Kaži nam, dakle, sve slobodno, otvoreno, jasno. Eto kaži nam: Gde si bio desetog septembra? Ajd' odlučno; vidim da se mučiš. Gde si bio toga dana?... Ali neka, ajd' kaži nam prvo ko te je uveo u „trojku", koja je tvoja „kopča"?

A pomućeni pogled Petronija Svilara bludeo je nesvesno na pisaćem stolu islednikovom pretrpanom raznim fotografijama, pasošima, perorezima pisaljkama, detektivskim legitimacijama, pečatima, džepnim satovima i prstenjem i lutao nekako mrtvo po plavim, ispisanim tablicama rasturenim na sve strane, pa se najedanput omakao kroz prozor, na ulicu kojom je u očajnom trku bežalo jedno pseto, gonjeno od čoveka što je i sam zverskog nečeg imao u pokretu pa se žestoko trudio da mu namakne kružnu žicu na dugom, belom štapu obavijenu.

— Gde me uveo?

— U „trojku", čuješ li šta kažem?!

— Ništa od toga ne razumem, gospodine.

— E pa dobro, pričaj mi šta znaš.

— Ništa, gospodine.

Onda je onaj čovek, na samom uglu ulice, hitrim i vičnim jednim gestom namakao onu kružnu žicu o vrat strašno zbunjenoj životinji, pa je nekako trijumfalno odigao u vis od zemlje, nad kojom se ona očajno koprcala, sve dokle je drugim, opet izvežbanim pokretom ne ubaci u kola sa rešetkama okružena drekom dečurlije.

I Petronije Svilar oseti istog trenutka kako i njega nešto grozno oštro, onako isto kao ona kružna žica, seče, steže, guši i davi mu krvavi grkljan pa mu neki novi kalambur zavitla mozak i on se zaleluja na drhtavim nogama, zatetura nekoliko koraka pa se stropošta.

Ali niko nije primetio zašto se stropoštao Petronije Svilar i samo je brada islednikova najedanput zadrhtala, pa je, izbezumljen u izneverenom očekivanju, besno poskočio sa stola.

— Huljo lažljiva! Govorićeš ti sam!

Pa polumrtvog Petronija Svilara odvukoše istim onim putem nazad i kao stvar baciše na pogani beton ćelije. Onda su ga svukli i po golom telu, dokle ga je neko držao za gušu, tukli mokrim užetom, daskama, žilom, nogama i pesnicama, a on najpre urlikao od bola i kad su mu vezali kamen za mošnice, pustio strahovit krik i činilo se kao da su mu oči na glavi, a on potpuno sišao s uma.

— Sve mi je jedno govoriti, ali šta? — Pa je iskolačenih očiju, premlaćeni Svilar gledao preda se i samo puštao slaba stenjanja kao neko koji je na izdisaju.

— Majčina ti, idi gore i laži makar šta!

* * *

— E pa ded', Petronije Svilaru, to si trebao još davno učiniti.

Tako ga je nekako blago, meko i ljudski (četvrtog dana) oslovio isti onaj civilni policajac, čije je lice ugledao onog večera prema maloj, džepnoj električnoj lampi kad je izgovorio onu strašnu zapovest „na posao", a sad naredio da se obojici donese topao čaj s limunom u onim porcelanskim šoljama iz kojih se pije u kancelarijama.

I Petroniju Svilaru, čiji je mozak uraganskom snagom razdiralo i čupalo nešto goruće, ustrepta srce kao nekim nadanjem da će se sve ipak nekako popraviti i urediti, da će uniforme one što su ga mučile ipak biti stvorenja što ne mogu biti bez kajanja i neke milosti, što imaju ipak ljudskog nečeg u sebi. Pa mu dođe da padne na grudi ovom čoveku što mu sad govori tako blago, ljudski, kao čovek što govori čoveku.

— Ti ćeš izjaviti sve po redu, je li? I ništa nećeš prećutati, baš ništa nećeš? Tako si noćas obećao. A mi ćemo učiniti sve da ti olakšamo, da te spasemo, to je naša stvar.

— Sve — bolno je prostenjao Svilar pa je klonuo i oči mu se sklopile. A ona figura debelog, izbrijanog civilnog policajca razvukla se najedanput, rasplinula i kao smola rastezala i skupljala, pa se posle kao utvara sve više kupila i gubila a onda se izmešala sa drugim senkama i flekama na krvavom duvaru gde se skupila kao mrlja i, kao pobegla najedanput, nestalo je u zidu. I posle se opet ona ista mrlja pojavila, rasla, pa se ispružala i skupljala, gurila i gmizala kao crv i glista i sve više rasla i ocrtavala se na duvaru kao fantom, pa se ispunjavala u potpunu ljudsku formu i približavala mu se do samih očiju, drmusala ga i zvala po imenu.

— Hej, ama čuješ, čoveče božji, prvo ono mora biti, a posle spavaj koliko ti drago.

— Hoću, sve — sipljivo je odgovorio Svilar, ali očne kapke nije mogao da podigne iako je baš naročito želeo da gleda ovog čoveka i da ga zagrli i da mu kaže: eto, ravno četiri noći šibaju ga da ne spava, drmusaju, polivaju ga vodom i udaraju nečim u slabinu i peku mu tabane kad god im se čini da će zaspati. I da mu poveri: kako je danju stajao u nekom odžaku gde se ne može sesti i gde se u šešir morao poganiti i trpeti strašne bolove u cevanicama i posle, kako mu vode nikad nisu davali i tako u onoj teskobi skapavao od žeđi, nesanice i smrada.

— Sve, sve ću vam kazati — gušio se Svilar.

— Sve? Zaista sve? Bravo! E tako, eto. I ko te je uveo u „trojku" i gde ste nabavili eksplozive, a sve po naređenju Izvršnog odbora radili, je l' sve? Bravo! Eto tako!

— Sve, sve ću kazati: upropastili su me, ubili su me, krv su mi pili. A vi, eto, govorite mi bratski i zato vam hvala. I spavaću, rekli ste, koliko mi god drago i sve kao čoveku daće mi se.

A posle su ga opet odveli pred islednika, po noći, onako u gaćama i košulji, čađavog od onog gara iz odžaka, skljokanog, modrog, izlomljenog.

A islednik se smešio, trljao male ruke i razdragano i brzo nešto pisao, pa ga tapšao po ramenu i pustio ga da sedne i pije vode; a on odobravao, sve odobravao i govorio za njim i kazao da poznaje, nego šta, sve one bestidne učesnike, a da je onog označenog dana bio negde oko Parlamenta skriven i očekivao rezultat te da, u slučaju promašenog atentata, sam, baš on lično, Petronije Svilar, član „trojke", baci bombu.

Pa je svojom rukom potpisao sve ono na plavom, presavijenom tabaku, slovima iskrivljenim i nepoznatim. Onda su ga vratili, dali mu da jede i pije opet vode iz trbušaste neke zemljane testije, pa ga premestili u zajednički betonirani podrum, gde je puno golih, ošišanih do kože i znojavih ljudi sedelo jedan drugom u krilu, da makovo zrno ne bi moglo pasti na pod. Sa kolenima nabijenim pod bradama ljudi su se gušili u isparenju svojih tela, lepili se jedan za drugog i znoj curio u barama pod njihovim nogama. I tu su ga ružno psovali što im smeta i ne zna da se namesti i šaptali su i ječali grozno. Onda se sve zbrkalo oko njega i u glavi pa se izgubio bestraga nekud u snu... Ležao je tako na nekoj uskoj, truloj daski i nad mračnom prazninom, a daska se ugibala, uvijala, prskala pa se strašnim treskom slomila i on kao pao, stropoštao se i uglavio ugodno između dve grede i tako uklešten ostao negde dole, duboko, u ponoru, sam, ali u prijatnom nekom osećanju i ugodnosti.

I tek se trgao kad ga teško nešto pritislo jako po prstima, glavi i stomaku i haos neki nastao. Goli oni ljudi, nemi, izbezumljeni, skupljenih pesnica, sa noktima u zubima, mračno su gledali u teške, potkovane čizme žandarma, što su sa žilama u rukama, došli da ih bude.

— Ko je došao?
— Bog bogova.
Posle je povirila neka žena i uzviknula:
— Bože, pa to su sve mrtvi.
Onda se grohotom nasmejao starešina apsane i dreknuo:
— Auf!

Pa se sve uskomešalo u onom tesnom prostoru, zgnječilo, zadavilo, zbilo stojećki i onda su ih gazili, psovali, pljuvali, prebijali, udarali velikim, teškim ključevima. Posle su sve isterali u dvorište da ga počiste, pa su tamo kupili pirinač, zrno po zrno, što je iz dve pune šake na sve strane prosipao narednik kao što se prosipa žito o Badnjem danu. A tamo u dvorištu bilo je vazduha i puno sunca i neba se dosta moglo nagledati. I udisao je Svilar halapljivo onaj, usred julske pripeke, svež i sladak vazduh i gledao ono nebo, što je isto bilo kao nekad, blago i nežno, puno nade i milosti nekako i gledao ga zadugo sve dok su oni drugi, što nisu bili okovani, radili neke vojničke vežbe, puno i žalosne i komične scene, jer svi oni nisu bili vojnici, nisu znali da idu „u nogu", da okreću glave „pozdrav nalevo i nadesno" i lupaju nogom „na četiri" kad im detektiv zvani „kralj lopova" komanduje: jedan, dva, tri, četiri, izgovarajući ono *četiri* sa osobitim nekim odsečnim naglaskom. Onda su ih terali da kleče i da se mole Bogu, da idu na kolenima i kupe đubre i peru prstima i pljuvačkom kaldrmu. I tako nekoliko njih da zajedno nose palidrvce na gomilu đubreta dok sasvim ne pocepaju krvava kolena. Pa opet odjekuju šamari i žila se uvija oko glave i kolena sve dok se onim starešinama ne dosadi te vraćaju one ljudske ruševine tamo u tesan betonirani podrum gde se ponovo goli stisnu kao sardine, previjaju od bola, usred one zapare i prašine, i sa noktima u zubima ćute i pitaju se samo očima: kad su, eto, otkad i zašto su oni prestali biti ljudi?

A jedne noći dok su svi ćutali i krvav znoj razlivao se po koži, začula se opet ona reč „politički", pa udarci žilom, uzbuđeni krici, vrisak, bolno stenjanje i neka neobična larma u hodniku. Posle se nešto izlomilo i zveknulo, sablja prelomljena nadvoje, šta li, pa se razgovetno razlegao oficirski glas koji se bunio:

— Prestanite tući, Boga vam zverskog! Prestanite tući!

Pa drugi glas:

— Udri! Vi ne znate u kom vremenu živite.

— Ja znam da su to ljudi kao i mi, ratovali kao i mi. Na! Pljujem ovo, bacam što sam časno nosio. Na, Boga vam zverskog!

I skršilo se nešto i parčad zveknula na betonu.

Pa se graja gubila sve više dok nije potpuno sve zamuklo. Onda se opet začuli teški koraci i starešina apsana upao je besno unutra:

— Šta je? Jeste li digli glave? Ovo je bila samo proba. Hteo sam da vidim šta ćete, a vi digli glave. Ko ne spava, da vidim ko ne spava?

— Svi spavaju — usudio se neko da odgovori.

— Lažeš! Svi ste bili budni i sve ste čuli. Ustaj, diži se, stani u stroj, u potiljak, brzo!

Pa je obema rukama šamarao redom po onim podbulim obrazima i onda je nekakav pop, među njima, kazao ko je on, da ga niko nikad nije tukao i da bi voleo da ga ubiju te se tresao u stidu i groznici i brada mu raskrvavljena drhtala.

A posle su se čuli samo uzdržani uzdasi i opet su ljudi nokte držali na zubima.

A sutradan pozvali su ponovo Petronija Svilara u sobu kod islednika, gde su još trojica okovanih klecali pored zida dok su lanci zvečali, i svi su bili tamni, iznureni, skljokani kao i on, a isprekidane crvene brazde na obrazima gubile se pod jaknama.

— Poznajete li vi ovoga čoveka?

— Ne, nikad ga nisam video.

— Ni ja.

— Ni ja ga nisam video.

— Lažeš! I ti lažeš! I ti lažeš! Svi grozno lažete, gadovi najpokvareniji! — ludački je vriskao islednik pa se, stegnutom pesnicom, unosio u lice svakome od njih.

— Vi? Vi ne poznajete Petronija Svilara? Zar vi? Vi kažete da ne poznajete Petronija Svilara! — pitao je izbezumljeno.

— Poznajem ja Petronija Svilara.

— I ja.

— I ja poznajem Petronija Svilara.

— Pa, eto... kako onda? Pa to je Petronije Svilar, i on je priznao, sve kazao. Govorite, lažovi! Šta? To je, eto, Petronije Svilar, taj pred vama, tu eto taj. Šta?

A jedan od one trojice iz okova govorio je dugo i ubedljivo o Petroniju Svilaru, kome je dvadeset godina, zidaru, drugom nekom licu, iz drugog mesta. Pa je pometnja velika nastupila, brza pitanja i razna objašnjenja i posle su nešto suočavali Svilara, pitali ga opet je li ženjen i odakle je, a islednikovo je lice najedanput strašno pobledelo, jer je neko slaganje pronašao sa onim što mu okovani govori. Posle je nastala još veća zabuna, jer se opet neko poklapanje otkrilo te sumnje više nije bilo da je to drugi neki Svilar koji vlasti treba i sve su optužene izveli u hodnik da čekaju. A telefon je nervozno zvonio i uniforme su odlazile i dolazile. „Kreteni, bruka, magarci, sve je propalo, strašna sramota", dopiralo je iz sobe islednikove. Onda je Petronije Svilar uveden natrag u sobu i strogo mu nešto islednik govorio o zakonu i istražnoj proceduri i zabludi i dvojici bez duše, trećem bez glave i nije ga nijedanput u oči pogledao već okretao upijač među kratkim prstima, nervozno uvlačio manžete u rukave od kaputa i velikim, neprirodnim koracima šetao preko sobe. Kazao je: da se optuženi Petronije Svilar na osnovu nekih paragrafa ima odmah pustiti u slobodu i da je sve onako moralo biti, a da troškove pritvorske neko mora platiti, a on — islednik da nije kriv i da pere ruke. Ali Svilar od svega toga ništa nije razumeo, samo se plašio bledih usana islednikovih i sve veća zabuna i strah ga obuzimali šta će biti kad se u ćeliju vrati.

A kad se vratio odvojili su ga nasamo pa su mu okove ćuteći otkivali i baš kao da niko nijednu reč nije pred njim smeo da izusti. Samo je hodnikom opet odjekivala reč „politički" i udarci žile i jauci čuli su se preko celog bogovetnog dana.

A plašljiva, nejasna, neka mrcvarena nada sinula bi da još brže umre i tako sve do predveče kad je žurno ušao onaj isti debeli civilni policajac, pozvao ga da ustane i kazao mu prosto: „Svilaru, slobodan si, ideš kući." I kad ga je Svilar pogledao očima koje to nisu mogle pojmiti, on je dodao: „Šta me gledaš, budalo? Pogreška! Slobodan si, pušten si, kupi te prnje pa kući!"

***

Kad je Petronije Svilar stao slobodnom nogom na ploče, onaj predvečernji žumor gungule na ulici brujao je punom parom.

Mehaničkim jednim gestom on prikopča ono poslednje, prebijeno nadvoje, dugme na kaputu, podiže jaku da sakrije go vrat, crn i prljav od krvavog blata, pa se još jednom okrete i pogleda onu mračnožutu i memljivu zgradetinu za sobom. Onda zastade i baš da baci pogled unaokolo kad ga kreštava sirena nekakvog crnog, lakovanog i raskošnog automobila zbuni pa ga zahuktala mašina jednim silovitim udarom odgurnu. Onda ona mašina momentalno uspori a iza čipkane narandžaste zavesice sa kićankama promoli se ogroman jedan podvoljak ispod tompusa i namrštena jedna glava u cilinderu i beloj kravati oko volovskog vrata gadno opsova idiota na putu. Odbačen onim iznenadnim udarom, Svilar se unezverenim, nespretnim i smešnim skokovima sa opasnošću provlačio između mnogih karuca, konja, tramvajskih kola što su se tu ukrštala i kad jedva stiže na trotoar stade trčati uz kikot radoznalih žena i dece što kuljahu iz nekog kina.

Pa je begao tako Svilar zadugo dok su odvaljene kapne na cipelama klopatale i sapinjale ga, a crni oštri nokti golih prstiju ranjavali se po šiljcima neravne kaldrme. Onda je najedanput ugledao dole, negde na dnu varoši, velike odžake fabrika i instinktivno tamo pojurio. A hučna reka onog sveta ostala je za njim, bučala, kikotala se i razlivala na sve strane kroz hiljade vrata velikih i niskih dućana, po kućama visokim i elegantnim, šetalištima i parkovima, dok se on, trčeći zaduvano, pitao kao u ludilu: je li moguće, ama je li moguće, eto je li moguće da se njemu, tom svetu tamo, celom tom mnoštvu ljudi tamo što se pomahnitalo tiska, gužva, kikoće i cereka u onom ludačkom metežu, ništa, baš ništa ne tiče sudbina onih u onoj strašnoj, žutoj i vlažnoj kućerini, mučenika što su tamo ostali? Je li moguće da su oni tamo drugo, a ovi ovde drugo...

Pa je posle usporio i koračao lakše i promicao malim nekim uličicama gde je više tišine bilo i vazduha i gde su ga manje podsmešljivo posmatrali prolaznici. Ali i tu je još sve bilo tesno i nekako opasno, a retki oni prolaznici koje je sretao gledali su ga uvek sumnjivo i odvratno. Pa je žurio Svilar pored plotova i sve ređih kućeraka okruženih baštama, prolazio fabrike u čijim su dvorištima išli tamo-amo punim džakovima natovareni ljudi, kao kad se veliki mravi nekud sele sa larvama, i onda se uputio prašnjavim drumom ka golom, najvišem brdu nad prestonicom. Posle više i nije sretao ljude i poguren, sam, malaksao, mokar i crn brisao je svojom radničkom kačketom prljave kaplje znoja u kome se kupao i on i njegove rite. Nije se pitao ni gde će ni zašto tako juri ni ko ga to goni i tek kad je stigao na vrh golog brda nad prestonicom, zaustavio se i seo na travu okrenut varoši.

A sunce se polako i oprezno spuštalo na Bežanijsku kosu i lumi-nozni, zaslepljujući njegov sjaj slabio je, gubio se, rumeneo sve više, preobražavajući se postepeno u ogromnu, crvenu i krvavu kuglu. Siv, tajanstven sumrak privlačio se od istoka i na lepršavim krilima, neču-jan, lak i blag strujao je milujući dah povetarca i osvežavao mu čelo. Dan je već izdisao, ptice su se vraćale gnezdima i leptiri su sklopljenih krila spavali nad cvetnim čašicama. Samo je muzika lišća i trave, onaj noćni život stvari, intonirala pod hladom koji je pokrivao zemlju.

Onda Svilar skide kaput i osta u košulji. Na grudima niže desne sise, i obema rukama sa kojih su spali iskaišani rukavi njegove sive radničke košulje, ukazaše se tada tri duboke, modrocrvene granatine rane, preko kojih su se ukrštale plave brazde i, puni nabubrele crne krvi, novi ožiljci goveđe žile.

Zamišljen pogled Petronija Svilara zaustavi se najpre na dubokoj modrocrnoj rupi više sise i na mutan jedan jesenji dan u rovovima močvarne Mačve, kod sela Štitara... Gusti, zagušljivi i smrdljivi zeleni dimovi obavijali su rovove pa se utvarski vukli, vitlali i povijali pod pobesnelim vetrom i po izrivenoj, crnoj i mokroj zemlji koja se tresla, ljuljala, drhtala. U onoj blatnjavoj vodi i mulju, sive, prljave uniforme sa neljudskim očima, u bezumnoj groznici razdraženja, okidale su ludački brzo vruće, olabavljene oroze, a usta usijanih cevi bljuvala su krv i utrobe i smrt na sve strane. I on je mahnito okidao. I dok je grozna neka jeza prožimala sav vazduh, ona neizdržljiva napetost prekinula se tek onda: kad su otud iz zemlje stale nicati plave nebrojene lese i u bezumnoj vrevi i krkljancu pojurile napred i izmešale se. Onda su se uspravili i oni iz onoga mulja pa im pošli u susret i truba je cičala jezivo, orozi još mahnitije okidali pa su nastale strašne eksplozije i bajoneti oštri i hladni zarivali su se grozno kroz šinjele u meso. Samo su ruke tada bile žive i radile, ispružile se, trzale, bole, dok su noge negde nestale i stomak i svest i ceo čovek kao da se najedanput bio istopio. Tada je i on pao u mrak.

Pa protrlja oči i zagleda se u drugu modrocrnu rupu na ruci. Dan je onda bio vedar i plavo, mirno nebo gledalo je Drenak sav u oštrom kamenu kad mu je komandir izrazom punim naročitog poverenja rekao: „Svilaru, samo ti ovo možeš izvršiti, niko drugi." Posle se sa važnim jednim pismom u levom džepu koporana provlačio oprezno između visokih stabljika kukuruza koji se lomio pod njegovim nogama, i mileo kroz travu ka drugom bataljonu, gonjen snopovima mitraljeskih zrna. A kad je pismo predao i vraćao se žurno istim onim putem ponovo je pao u mrak... I niko za tri puna dana nije znao šta se tamo s njim dogodilo. A trećeg dana opet je pržilo sunce i ptice su pevale oko njega kad ga je krvavi jezik psa nekog zalutalog, što mu je krv i gnoj lizao po ranama, osvestio, te se tako do sela dovukao i previo.

Pa Petronije Svilar pogleda treću ranu i nove, modre ožiljke preko nje. I seti se kad je sestru, svu u dronjcima, sreo u odstupanju na kaljavom putu Jankove klisure, među karama, izbeglicama i komorom ranjenika. U naručju njenom, mrtvo najmlađe dete i svećica mala, voštana dogorevala je nad žutim, tankim kao igla njegovim nosićem. A kiša je pljuštala dok je on zdravom onom rukom kopao mali grobić iza vrzine, pored izlokanog puta... I sva mu krv opet jurnu u srce i sav, dotle skriven u dubokoj nekoj tajni, krvav, strašan slom negdašnjeg ponosa buknu mu pred očima kao najstrašniji poraz svih iluzija. Pa zavitlan i rastrzan hiljadama crnih bolova Petronije Svilar sa groznom odvratnošću pljunu na veliki ožiljak granatine rane na grudima.

A kad opet podiže glavu, velika i kao krv crvena kugla upadala je naglo tamo iza Bežanijske kose. I Svilar oseti: kako s njom zajedno potonu dole negde u mračni bezdan, u nepovrat, sve ono što se onako munjevito i kobno slomilo u njemu, sav onaj porušeni hram prošlosti koju je obožavao i sva trudna žetva njegovog krvavog života.

Iza tamnozelene Kose, onamo gde je upala krvava kugla, bezbrojni mlazevi crvenih ždraka zarumeniše nebo. I najedanput, hiljade prozora i staklenih tornjeva palata zatreperiše u rumenilu večernjeg zraka i hiljade crvenih svetlila zaplamteše u prostoru pred njim. Kroz svežu izmaglicu julske noći dopirali su odnekud potmuli tonovi teških zvona i noć, život stvari, kao nepoznato nebo, otkri mu božanstveni prizor Priviđenja. Duboko u srcu, u kome je maločas prsla pa se izlomila sva prošlost i sve što je staro, zapali se odjednom žižak novog jednog kandila i on lepo oseti novu neku strašnu glad ispunjenja života i očekivanja, novu jednu sjajnu radost najvećeg praznika.

A nebo je sve više krvavilo crvenom svetlošću gneva i rumena su svetlila plamsala. I Petronije Svilar, sam, uspravljen i strašan, na vladajućem, uzvišenom proplanku nad prestonicom, ispruži, u jednom do bola snažnom grču osvete, crnu svoju koščatu i žuljevitu pesnicu tamo prema njoj i, sav zasenjen onim krvavim požarom sunca, grozno preteći, škrgutnu zubima.

I nebo je bilo svo krvavo i mir crvenog sutona vladao je.

VITLO I DRUGE PRIČE

Vitlo

Srce mrtvo, nebo mrtvo, sve mrtvo — oh, nije čudo. One noći nije se moglo dalje, morao sam reći (kakav čemer rastanka!) jaoj zbogom, sva prijateljstva, sve simpatije, sva pobratimstva, sve ljubavi moje, zbogom, zbogom svima! Tada sam pobegao na groblje. A znao sam dobro da nisam prvi očajnik što je, gonjen neodoljivim i nejasnim nekim nagonom, potražio čarne senke onog drhtavog i dragocenog mira gde se čovek lakše oseća kad se isplače. Imao sam onamo plemenitog i umnog roditelja duše na koga sam se, u onoj idealnoj srodnosti srca, naslanjao, i sa kojim sam produžio da opštim i *posle*, uveren da on uvek misli s mojim mislima, sanja s mojim snovima, tuguje s mojim tugama. Bilo je to čudno zaista, i ja to ne umem ni da izrazim, ali sam na onom grobu uvek jasno osećao kako struji, kako se provlači, kako kroz zemlju, kroz travu, kroz tamnjan, prodire do mene, pa se upija i nada mnom vlada, ona snažna, tajanstvena i neodoljiva misao njegovog mrtvog mozga.

Ja sam verovao da mrtvi misle, i utešen tamo vraćao sam se ponovo u život.

Ali, eto, one sam noći sedeo uzalud: zemlja je ćutala, trava nije disala, tamnjan nije goreo; sve je bilo nemo, crno, nepomično, mrtvo. I taj ledeni užas mrtvila uveri me: da je iznenada, neobjašnjivo i nepovratno, nastala smrt one žive i moćne misli što se dotle tako čudno probijala do same moje ranjene duše, koju je uvek divno znala da uteši. Tada osetih kako se munjevito pokidaše niti poslednjeg prijateljstva i poslednje nade.

Baš u tom času ja začuh kako se kroz mrtvilo groblja razleže mačji jauk, koji mi smrtnom jezom zaledi srce. Munja, bez grmljavine, obasjavala je nebo, po kome su polako, sasvim polako, puzile oblačine, teške i ogromne. I to besno mačje zavijanje usred jezivog mrtvila groblja, i one avetinjske oblačine što su puzile po nebeskom okeanu, ispuniše mi dušu onom ledenom, pustom i najpotpunijom usamljenošću kad se čoveku, u najvećim mukama smrtne tajne, čini da je nadživeo sve. Tada sa prokletstvom života, ja doživeh poslednju samoću.

Sa dušom punom bezbožničkog bola, ja ostavih groblje praćen krupnim kapljama kiše. A kad sam legao, kiša je pljuštala. U limenom žlebu, na zidu pored moje glave, gušila se voda. I meni se činilo da se onaj mutan, žut i prljav mulj ruši pravo u moje srce, da ga plavi, da ga davi, da ga guši u onom najkrvavijem ropcu umiranja.

***

Vrlo davno izgubio sam najvoljeniju sestru, mladost plemenitu i nežnu, divne kose, valovite i plave, sivih velikih očiju i bolesno rumenih obraza. Upamtio sam jasno ovu njenu sliku: pogurena, radila je ona jedan zidni vez, složen jedan rad prepun ružinih buketa, grančica, zvezdica i krstića, izvezenih i pravilno poređanih na modrom i sivom polju u velikom i crnom okviru od vunice.

Čini se mome sećanju: da je ona tome poslu posvetila više godina, i tako, malo pogurenu u radu, sa onim bolesnim rumenilom upalih obraza i očima vlažnim, dubokim, široko otvorenim, kao osenčenim smrću, i kao da ne gledaju u onaj vez nego u beskrajnu, nedoglednu dubinu, ja sam je i upamtio.

Taj vez u crnom okviru, kao ogromna posmrtna plakata njena, visi od tada, i od moga detinjstva, uvek na istoj strani, na istom zidu spavaće moje sobe. Ja sam često, noću, satima gledao u njega. I začudo, uvek sam imao osećanje da je on, onako priljubljen, sasvim srastao sa onim zidom na kome je visio. I dok sam mlađi bio, mučno mi je vrlo bilo gledati u njega. A docnije, privlačio me on sve više i više pa me vukao sebi, i nekom osobitom i čudnom mrtvačkom draži upijao me tako, da sam se ja, ležeći sa strane i naslonjen srcem na njega, osećao kao na samim prsima njenim, odakle sam gledao u ono samrtno bledilo njenog neiskazano plemenitog lica.

I tu je moje poslednje pribežište bilo: tu sam se radovao, tu sam plakao, tu se tešio, žarko ljubeći one sive velike oči usred buketa od ruža, što su kao žive gledale u mene, i pritiskujući srcem milu uspomenu na tome svetom zidu u kome kao da je, a ne u grobu — to sam sve više uobražavao — počivalo ono moje tako drago stvorenje koje sam toliko voleo.

Koliko mi se puta, pošto bih ugasio sveću i umirio se, učinilo da osećam čudne šumove i vidim kako njena bleda senka proleće preko onih bezbrojnih krstića i zvezdica što ih je nekad, danima i noćima, njen pažljivi pogled milovao, upijao, grlio i mazio.

Ali one noći uzalud sam ljubio onu uspomenu, kao i grob: ona je bila ledena i mrtva. Te noći ja sam imao čudno osećanje: da na ovom zidu visi moj sopstveni mrtvački pokrov, i užasnuo sam se. Iz svih šupljika onoga veza izviralo je hiljade čeličnih iglica što su živo, složno i munjevito odskakale svojim užasno zaoštrenim šiljcima da me bodu, da me smrtno ubadaju usred samoga srca. A više moje glave, u drvetu moje postelje, neumorno, jezivo i neumoljivo, strugao je crv bedne moje nerve. Činilo mi se, pored toga, kako se usred dima voštanih sveća, uz užas čudnih šumova, neke teške a nevidljive gvozdene poluge ravnomerno, i jedna za drugom, spuštaju i slažu na same moje jadne, pune neiskazanog straha, grudi.

Oh, zar je ono stvorenje samo zato živelo da meni spremi ovaj mrtvački pokrov? I u bolnoj napetosti pokušavao sam sve da se spasem, da se izvučem, da pobegnem ispod onog svog užasnog pokrova. Uzalud. Kao avet ustremljavao se on sve više i pritiskivao me. I tako, ukočenih, užasnutih očiju, sâm, bez pomoći, bez ičije pomoći, jednim beskrajno dalekim pogledom — oh, zašto ne znam da izrazim? — ugledah te noći onu najpustiju prazninu prazninâ kad sve vapije za smrću rikom najslađeg spasenja.

***

Sutradan bila je nedelja. Proleće je disalo plućima punim rajskoga mirisa. I sa livada je pirila mirisna svežina, i svileni vazduh je podrhtavao. Izišao sam da šetam; ulice su još prazne. Sve kuće poznajem, ali ljude, bogami, ne znam. Idem pravo dedinoj kući. Volim više od svega njegovo ogromno pošumljeno dvorište: lepše je i ugodnije od javnoga vrta. U njemu je i najviše mojih uspomena iz detinjstva.

Naslonio sam se na jablan, trava mi do kolena. Park je pun ptica. Tamo, u uglu parka, bila je ljuljaška, onamo vitlo, pamtim dobro. Deda je u tome uživao. Nedeljom, rojevi dece, kao šareni leptiri, napune njegovu veliku avliju. I odrasli su tu — da slavne li divote — i sveopšti je urnebes i vriska. On sedi na doksatu, on je blažen, miriše ružu, igra ćilibarskim brojanicama, i smeška se.

Bilo mi je pet godina, bio sam stidljiv. Moje plašljive oči, moje malo slabo srce, najviše se bojahu vitla. Oh, vitlo! A veliki se ništa nisu bojali. Mišicama snažno obuhvate paoce, sede baš kao na stolici, samo zažmure. Onda vitlo, podmazano katranom, zaškripi. Sa obadva kraja razmahnu nečije snažne ruke, i, za tren oka, kovitlac, užas. Poneko, napregnutih očiju, čvrsto stisnutih usana, gleda, pusti krik. Onda, usred strašne vike i vriska, bes vitla dostiže vrhunac. U groznoj napetosti, usred vrtoglavice, ona lica sve neprirodnija, sve neobičnija, sve čudnija, sve strašnija. Bože moj, poduhvaćeni vetrom, pramenovi one zavitlane kose devojčica tako se divlje vihore oko glave kao da će se sad otkinuti i odleteti negde bestraga daleko. Pa se posle baš ništa ne raspoznaje, i ona bezoblična masa vrti se, vrti kao pomahnitala, te se ne može u nju ni da gleda. I tako se menjaju redom.

„Kad odu veliki, onda ćemo mi, ali sasvim polako, jer smo još mali."

Bio sam tužan i pratio sam ljuljašku. Ja ne znam zašto, kako i kad su me dohvatile nečije snažne ruke, podigle, ponele i posadile na vitlo, ja ne znam, oh, ja ne znam! Užasnut, ja nisam smeo ni vrisnuti. Ja čak nisam mogao verovati da to može biti tako, silom, protiv moje volje. Ne znam ni kako je tada izgledalo moje jadno lice, ali ono, što sam video na drugom kraju vitla, bilo je užasno. Taj smrtni užas na licu moga starijeg brata i danas mi je pred očima. Onda je vitlo zaškripelo. Grčevito, kao da se davim, šačicama svojih malih ruku i mišicama, snažno sam stegao paoce, čvrsto stisnuo zube i jako namrštenih obrva zažmurio. Osećao sam da mi se kosa kostreši. Onda se vitlo zahuktalo. Ja ne znam šta je bilo sa mojim bratom, ja ga više nisam video. Ja više nisam ni disao. Najpre sam osetio kako mi hladno piri po leđima. Onda je neki neizmerni val jurnuo na mene. Šiban vetrom po obrazima kao žar vrućim, ja sam u početku osetio neku zaglušnu grmljavinu u ušima, u kojima mi je posle onaj presecani vazduh stao fijukati, zviždati, zujati, i tako besno cičati, da sam mislio: ogluveću. Tada mi se učini da letim nad zemljom i da s vrtoglave visine, dole ispod mojih nogu, osećam beskrajnu, nedoglednu daljinu. Iz trena u tren vitlo leti sve brže, vetar vitla sve luđe. Najedanput crveni, žuti i zeleni kolutovi zatreptaše pred mojim očima, pa se sve te boje sliše u crno, i preda mnom grozan, crn kao ugarak, razjapi čeljust i puče užasan bezdan u koji kao da poleteh strmoglavce. Meni se učini da u onoj užasnoj, najcrnjoj provaliji vidim svoju neizbežnu smrt. „Bože moj, dragi Bože moj, gde sam? Šta je ovo? Da li još živim? Ili sam zapao u đavolsko kolo? Tonem u ponor. Kraj. Zbogom!" A glava se vrti sve više, sve brže, sve luđe, kao vreteno, kao bunarski točak, baš kao bunarski točak kad se puna kofa ispusti i pojuri svom silinom naniže. „Zbogom. U bunar, sigurno u bunar, kao mačka. Ili možda jašem na jarcu, ili na grebenu, ili na vratilu, kao prava pravcata, gola veštica, a možda sam ja baš ta gola veštica: sigurno, posigurno na jarcu jašem, posle ću se pretvoriti u žabu." U smrtnoj nemoći ja sam osećao, ja sam lepo osećao kako život beži od mene, beži, beži negde, baš kao vetar; ja sam potpuno bio uveren da je moj samrtni čas kucnuo. Ali usred one grmljavine u ušima, usred ovog crnog oblaka, iako sasvim oslepeo, obamro, poludeo, ja sam ipak čuo divlju vrisku mojih dželata i demonski kikot gledalaca, koji su se mojim smrtnim mukama neiskazano naslađivali. A vitlo besni, pomahnitalo, sasvim pomahnitalo. „Hoće li ovo proći? Dokle ovako? Bože, Bože sveti, veliki! Smiluj mi se! Sažali se na me. Spasi me! Spasi me! Spasi me!"

Osećam: usta mi se osušila, u slepim očima, u bilima, pod grlom, pod grudima, svuda, ludo brzo bije, kuca nešto kao čekić; poludeću, umreću, šta će biti sa mnom! „Gotovo je, gotovo je, evo sad, mislim, sad ću videti dedu, onog po majci: možda će me on pridržati, a možda neće, nego će me, nego će me đa... đa... đavoli, ku... ku... kukama odvući u pakao. A mogli bi da me spasu, ni punih pet godina nemam, četiri i peta, kaže ma... ma... mama. Da su dobri, oni bi me mogli spasti. Prokleti deda, šta mu je trebalo vitlo..." *fii... fiii... kvr... fiii... fiii... kvr...* „samo mene da ubije, više ništa..." *fiii... kvr...* I sve tako juri vitlo, i meni juri kroz glavu. Oko sebe razbiram još uvek smejanje. „Zbogom, Nato, a mislim — voleo sam te mnogo, ali moram da umrem, eto. I Leonu će biti ža... ža... žao, i urlaće svaku noć, a u školu neću nikad poći; a kad bi jedan ovde imao srca... ali mene niko ne voli — jaoj niko zato što sam veštica i jašem na vratilu."

U jednom trenutku, usred one oluje užasa, ja otvorih oči. Oh grozote! Ovoga časa čini mi se kao da osećam svu gorčinu onoga gađenja i kao da sve vidim ponovo. Bezbrojne maske, zinule, iskrivljene, ismevačke, zažagrenih divljih zenica, iskeženih, kao u grabljivih zveri, zuba, bezumno srećne, pune pakosnih bora, ružne do smrtne odvratnosti, bečile se, kezile, cerile na mene tako besmisleno i bezumno da sam ja najbrže morao zaklopiti oči da naprečac ne svisnem od bola. Kao jedno jedino biće, odvratne, nemilosrdne, zlokobne, strašne, slile su se one bile sve u jedan jedini gest, u jedan izraz, u jedan bes, u jedan užas, u jednu jedinu najdemonskiju masku koju je moja detinjska fantazija mogla da zamisli. Za onaj sekund napregnutoga vida ja sam se uverio da su se deca, pred ovim besmislenim užasom, bila razletela na sve strane i daleko pobegla od vitla. Oko mene su bili samo odrasli, i ja sam ih lepo video čak na tarabama kako, načičkani tamo, vrište, mlataraju rukama i besne naslađujući se najzverskije u mojim neiskazanim mukama, najočajnijim koje su me mogle snaći.

I tada, dok su moje utrnule ruke krvavo stezale one uglačane paoce, kroz moju malu poludelu glavu prođe misao, koja je od tada, u najtajnijem dnu moga srca, ostala najbolnija moja misao života: zar niko, ama baš niko, tu među tolikim svetom, mene ne voli, i neće da pomogne, zar niko? Oh, ja sam tada, toga časa, toga strašnog časa, preživeo sav svoj život.

Najedanput, vitlo je ponovo zaškripelo. Užasno je obrtanje popustilo, malaksalo, dok sasvim prestade, pa se ja, sa glavom punom olova i strahovitim vriskom, sruših na zemlju. Oko mene okretale se kuće, drveta, krovovi, šupe, tarabe, ljudi, bunar. Bunar se okretao kao čigra. Malo posle video sam brata na travi i čuo kako nas hvale: sad smo se oslobodili.

Omlitaveo, skoro onesvešćen, povodeći se, sa rukama koje su mrtvo visile niz telo, sa glavom punom zujanja i uzdišući plačljivo, udaljio sam se polako i pao na travu. Bože, zar je to, dakle to je vitlo?

Na mene više nisu obraćali pažnje. A oko mene bilo je puno cveća i nada mnom su pevale ptice. Ležeći na leđima, ja sam pogledao u nebo; gle, mirno li je, nežno li je: nikad dotle nisam video tako milostivo, tako blago, tako veselih, tako dobrih očiju nebo! I tada osetih, ja tada čudno osetih da je ono jedino koje me žali, jedino koje me sa puno beskrajne dobrote i nežnosti gleda, miluje i voli. Bio sam se već sasvim povratio kad ugledah dva leptira što su poletela iz cveća. Ja skočih. Moj okrugli šеširić od slame ležao je na travi. Ja ga hitro podigoh i pojurih za njima. Začas oni se izgubiše; ali, gle, ja na njih nisam više ni mislio. Ja sam bežao od vitla. Ja sam trčao kroz travu, i gore su cvrkutale ptice. Preda mnom daleko, polivena zlatom sunca, nežno i lako lelujala se polja, plavila se brda. A gore, gore se smešilo nebo, moje nebo, milo moje dobro nebo. I dok mi je duša treptala pokretom nebeske miline, ja sam, vitlajući moj mali šešir od slame, trčao, trčao, trčao, mahnito roneći u slast onog beskrajnog mira, onog milovanja, one poezije, ispunjen gromkom radošću samoće, usred moje prirode koja me voli, i pod mojim blagim, mojim slatkim, milim mojim nasmejanim nebom.

***

Ja sam bio naslonjen na drvo a cveće mi kolena milovalo. Ptice su lepetale krilima, mazile se glavicama, ljubakale otvorenim klju-nićima i cvrkutale. Kroz raskošno zelenilo granja i kroz fino svileno tkivo vazduha što je ushićeno treptao, pun svečane radosti i mirisa svežeg lišća i trave, ja sam, milovan onim sasvim blagim duhom prolećnjeg vetra, gledao daleko u planine što su se plavile. Oh Bože, zar je sve ono bilo vitlo? Oh Bože, trideset i pet godina! Oh Bože, kakav suludi, kakav vihorski niz nejasnih događaja, kakve beskrajne magluštine, kakve maske usred one bezumne oluje užasa kojom sam tako podlo i tako divlje srušen, oboren, krvavo smrvljen u sav onaj besmisleni vrtoglavi bezdan života pun straha i pun sumnje, pun rđavih snova i pun užasa! Oh Bože! Bila je nedelja. Pod nebom, u plavom vazduhu, lebdeli su beli golubovi. Kraj mene, veseo, živ, bujan, bistar, kristalan, blistao se, čavrljao, mazio se potočić. Voćke su širile svoje mlazeve miomirisa. Svud oko mene kucala je bezumna radost života. Bila je nedelja. I ja sam osećao, ja sam gledao, ja sam lepo video: kako ta nedelja, kako taj svetli i svečani praznik, kao jato lastavica, u najfinijoj lakoći gracije, mazno, radosno, lako, treperi u onom božanskom zraku punom tajnoga čara, punom dalekog, finog brujanja što iz same dubine neba donosi onu idealnu žeđ za uzvišenim, za najvišim životom i poezijom, za najživljom nadom i harmonijom, za najlepšom i najvišom slašću. Kao neka bezgranična moć ljubavi na onom najvećem vrhuncu zanosa prema Bogu, kao beskrajna volja za srećom, kao divlja, žarka radost i težnja za životom, neka želja neodoljiva i pusto nemoguća da poletim, da se vrtoglavom brzinom vinem poput lasta, onih radosnih crnih strelica što tako sjajno lako kruže plavim zrakom po bezgraničnim, svetlim, svečanim prostorima, onim najvišim, pa da hvatam, onako u letu, u šake, u pune prepune pregršti, u pune grudi, one slatke nedelje što drhti, da se svim svojim bićem, u divljem oduševljenju najvišeg zaborava i najvišeg izbavljenja, večno u njoj utopim, obuze me.

I najednom, nešto neizrecivo sveto, kao da se nov, dubok, dotle skriven život munjevito probudi, ja osetih kako sve u meni procveta, proklija i zaklikta.

Iz cveća oko mene poleteše dva leptira. Čvrstim, lakim, detinjskim, kao krilatim trkom, ja pojurih za njima. Oni mi umakoše. Ali ja za njih nisam ni mario. Ja sam bežao od vitla. Ja sam trčao, ja sam radosno trčao, ja sam ludo radosno trčao, jer su moje grudi u toj skladnoj, plemenitoj, umiljatoj usamljenosti, u tom čistom miru, u toj dubokoj ganutosti i paničnoj opojnosti, bile pune, prepune one iskonske svetosti praznika, jer je moja duša u onom najlepšem i najsvetlijem, u onom nasmejanom zdravlju deteta ponovo zatreptala strašću blaženstva nebeskog i nebeske čednosti.

Osveta

(Sva mi je savest u ranama.)

Drhćem, sav mrtvački modar drhćem. „Majko, kažem, dobra majko, pustite me, pustite me, bežite!" Ojađena, bela kao kreda, unakažena, drhti i ona kao uhvaćena, prepala zver. „Šta ti je, sine? Sine, šta ti je? Sine, sine!" — „Hoću da ubijem, da rasporim, da isečem na parčad." — „Koga da ubiješ? Zašto da ubiješ? Zar oca rođenog da ubiješ? Umiri se, povrati se, prekrsti se, pomoli se Bogu, pomoli se Bogu!" — „Bežite, bežite, bežite brzo, sklanjajte se, pustite me", vičem i otimam se, a oči mi pune krvi i smrti i mržnje. „Njega da ubijem." — „Njega? Njega da ubiješ? Zar njega da ubiješ? Zašto? Šta ti je kriv?", jauče ona. — „Kriv! Kriv mi je, kriv, ne razumeš, nikad nećeš razumeti; pusti me, ti nisi u stanju, ti ne možeš razumeti." I rvem se, i besno se borim, i svom grčevitošću svoga besnila lomim koščate prste moje majke, jadne moje majke.

A do nas, u velikoj sobi, ječi otac, moj otac, moj rođeni otac. On i ne sanja šta se ovamo zbiva, bolestan je i naslonjen na gomili belih jastuka, u najvećim je mukama i star, prestar, namučen, jadan, kašlje, kašlje, kašlje. Na stolu kuca sat onako, u uglu treptavim, bolnim, čini se, poslednjim plamiččima puckara kandilo. Mir ukočen. „Jao, šta ja radim? Poludeo sam. Da li sam, Bože, poludeo? Zašto, zašto mi je kriv?", i bacam nož kojim sam vitlao, veliki, vitak, s obe strane oštar turski nož, i gologlav, izgubljen, poludeo, bežim, bežim daleko izvan grada.

Po putu, pravom i belom od mesečeve svetlosti, velike, teške i pokretne senke od šume. Ja bih rekao da su senke; koračam, pa užasnut ustuknem nad njihovim mrakom, kao nad crnom provalijom pakla. Prepadam se, strah me da ću se survati. I obilazim, osvrćem se, pa buljim u veliki sjajni kotur na nebu; lepo vidim ogromnu mrku mrlju: baš kao senka ubice nad žrtvom. I skljokam se na obali reke, gledam, gledam. Sva srebrna, sa drhtavim talasima, šumi ona, šapuće nešto: plače li, ječi li, preti li, smeje li se, ne znam, ne razumem, ne znam. U podnožju velike planine belasa se grad, pribio se, sanja. Ko je taj grad? Zašto sam se tu rodio? Zašto baš tu do velikog tornja? Gde sam? Šta je sa mnom? Kako da živim? Kuda da begam? Da li da ubijem? Šta da radim? Gde ću, Bože, gde ću? I umuknem, zaćutim, mučim se, stradam do besnila, i slušam kako mi udara, udara, udara srce i zvoni u ušima, kako uzbunjena krv u mahnitom besu buntovničkog bunila juriša, burlja, ključa i razdire jadni moj prenapregnuti mozak. Pa naglo skačem i pojurim: „Kukavico!", vičem iz sveg glasa. „Kukavico! Kukavico!" I posrnem, srušim se ponovo kraj puta pored srebrne reke; hteo bih da vidim u čemu je to stvar, da se smirim, da se pametno pitam: šta mi je kriv, šta mi je kriv? Šta? Zašto da ga ubijem? Ali iza brega odnekud, duboko odnekud dopire nečiji glas, neko drsko ponavlja moje sopstvene reči. Ja se tržem, podižem zbunjeno glavu i divljim, nečovečjim krikom pitam, pretim: „Ko je? Ko je? Ko je?" Ne bojim se nikog. Rvao bih se sa zemljom. Smrvio bih je. I strašnom snagom stežem čelo; uzalud tražim jednu jedinu misao: ne znam ništa, ništa ne znam, samo iskrvavljenim pesnicama udaram, udaram, udaram po zbunjenoj glavi i vičem i ričem pištavim i promuklim glasom zveri: „Kukavico! Kukavico! Kukavico! Kukavico!"

I ne znam ni sam šta me smiruje, dolazim pomalo k sebi, prisećam se... Gospode! Bože! Bože Gospode! Bio je zdrav, strašan, moćan, bogat. Mi puni užasa od njegovog pogleda. Ćutljiv, mračan, surov,

surov, surov. Za obedom, pred gostima, na ulici, u dućanu, u kolima, svuda, svojim pogledom strašnijim od svega, seče svaku našu radost, zaustavlja svaki naš osmeh, kameni svaki naš polet. Mi strepimo, prepadamo se, nemimo, umiremo, kao da smo se rodili, došli na svet samo da drhtimo. On je govorio: „Bolestan sam, zar ne vidite? Šta je vama, zar ne vidite da ću umreti; gotov sam, još do jeseni, šta ćete posle?" Mi mu verovasmo do danas, više je od trideset godina, celoga života, ostaresmo i sami, a slepo verovasmo, mučismo se, drhtasmo i premirasmo nad njim; nad njegovim životom, bez koga se nismo mogli zamisliti...

Mali smo bili, polazili u školu, u Beograd, rastajali se, grlili ga, plakali. On plače zajedno s nama: „Zbogom, govorio je, više me nećete videti." U poštanskim kolima, šćućureni pod arnjevima, celoga puta brišemo oči sasvim mokrim maramama. Dockan, po mraku stižemo na malu stanicu. Ne poznajemo nikog. Sami smo, sedimo na đačkom prtljagu, drhtimo i unezvereni uzdržano jecajući čekamo polazak voza, dok nam pisak mašine razdire srce: „Šta li je s njim? Jadni tata, šta će biti s njim; oh, dobri Bože, šta ćemo posle?" I svu noć, cele bogovetne noći, jecamo tako na platformi vagona, ubijeni, ojađeni, ludi, sa grudima punim suza, sa srcem punim očajne brige i užasne neizdržljive slutnje.

I posle tako, dolaze nam pisma, velika, namerno drhteća slova, kao pisana sasvim iznemoglom rukom, preti nam uvek: nestaće ga, nećemo ga zateći, tu je, gotov je, veli. Čudi se kako već nije istrulio i veruje da je to poslednje pismo, a mi na njega ne mislimo i tek kad ga nestane videćemo šta smo u njemu izgubili. I sve tako, sve tako.

Pa se vraćamo kući leti o raspustu i srca bi nam cvetala od sreće da nije one strave. Žurno silazimo s kola, strepimo, ne vidimo ga na velikoj kapiji gde nas ostali čekaju. Premiremo, bez daha smo, ulazimo. On čeka unutra, namršten, nabrekao od zdravlja, ali prvo što nam kaže razdire nam dušu: „Nisam se nadao da ću vas videti, nikako se nisam nadao, jedva sam se izvukao, još ovo leto, još samo ovo leto." Crno nam leto.

Crno nam leto. Mi smo sve vreme u dućanu, od jutra do mraka, i pomažemo, prodajemo, merimo, pakujemo, služimo ga. On sedi na klupi, ćuti, nabranih veđa, uvek mračno ćuti, gleda u zemlju, satima gleda dole. Da li misli, šta misli, ko bi znao! A mi se igrali, nad našim glavama visoko lete šareni zmajevi, pored dućana prolaze naši nestašni drugovi čujemo njihovo veselo klicanje, mame nas, zadirkuju. Mi ga gledamo molećivo, preklinjući, neka nas pusti samo malo, samo malo. Ali ponovo seče nas njegov pogled i prikiva za prokletu mrsku tezgu, iza koje jedva vire naše tužne male glave. Oh kako smo duboko mrzeli taj dućan i kako smo iskreno molili dobroga Boga da se on upali, da izgori, sasvim da izgori i da ga nestane, pa da slobodni kao naši drugovi koji ga nemaju, koji ga nikada nisu imali, izletimo na burno igralište kod česme.

I godinama tako, u melanholičnoj povučenosti, sa očima oborenim i stidljivim, sa srcem slabim i plašljivim, bez detinjstva, bez radosti, bez smelosti, neotporni, uplašeni, slabi, ismevani, mi nismo znali protivrečiti, mi nismo znali napadati (uvek smo bili napadani), mi nismo znali voditi (uvek smo bili vođeni), snebivali smo se, uvek smo se snebivali, sputani njegovim strašnim pogledom kao teškim, nemogućim sindžirima... Bio sam veliki, čitao sam novine: neko je udario, drugi razbio, treći otrovao, onaj pobegao u svet, ovaj provalio, šesti se pobunio, sedmi ubio. Je li moguće? Je li moguće? Je li moguće? Kako su smeli? Kako samo smeju? I svi rizikuju, protestuju, bore se, bore, bore, otimaju se, žive, prestupaju, prkose. O blago njima! O blago njima! Izlišan, baš kao sasvim izlišan na svetu, čudio sam se, zavidio, divio sam se ovim moćnim, aktivnim i smelim ličnostima, junacima ovim što sve smeju i što su jaki, prkosni, hrabri, nasilni. I sve više i sve drskije opijao sam se jednom jedinom, poslednjom, spasonosnom, raskoljnikovskom nadom — zločinom, i sve više i sve očajnije žalio za snagom koje nemam da razvalim, da pregrizem, jest da pregrizem i da iskidam teške, mrske, odvratne okove kojima sam sputan... Idemo svi za sandukom njegovog sina. Spuštaju ga u grob u koji ga je on oterao. Poslednji je čas, baš poslednji. I ja hoću da vrisnem, Bože, da vrisnem; i u tom času kako bi mi bilo lakše! A on mi ne da. I to mi ne da, eto ni to mi ne da, ni to, ni to, samo to da vrisnem; moram da umuknem. I tako uvek, uvek, uvek, davio me i na sredini, na pola puta, sprečavao me i zadržavao mi srce, dah i nagon.

Idem u rat: „Čuvaj se!", veli. Bunim se protiv nepravde: „Zašto ti, ima drugi?" Hoću da pomognem da olakšam, da odbranim: „Nemaš kome, nemaš koga!" Hoću da kažem: „Ti to ne znaš"; hoću... ja hoću, ja sam uvek hteo, ja bih hteo; ali ja ne smem, ja nikad ništa nisam smeo, ja ništa, kukavica, ne smem. I tako je on podsekao moja krila. Podsečenih krila, ja nikad nisam mogao poleteti, ja sam uvek skakutao. I tako gledam sebe, sav život — umiranje od straha. A zašto? A šta sam? Iz čega sam? Gde ću? Bože, ništa sam bio, znam; idem ponovo tamo, ostaje slika, jedino, jedino slika ostaje čoveka. I kukavičluk, snebivljivost, povijanje — zar moja slika? Zar to? Zar samo to da ostane moja slika? Ako ništa drugo, zar te slike radi ne vredi da ubijem, da ubijam, da otrujem, da trujem, da svršim sa prokletim starim teretom, da kroz zločin stupim u nov život, i da prestanem s kamena na kamen prelaziti reku, gledajući preda se, pun straha da se nikad ne ukvasim? A ja bih hteo da se uspravim, to bih hteo; da se uspravim, da se uspravim, da se uspravim, da gazim po vodi, po blatu, po krvi, makar po smradu, da ranjavim noge, ali da gazim, da gledam pravo, daleko, u sunce, u nedogled, da široko, eto samo to, da široko otvorim oči, da iskidam lance, da se oslobodim, da budem jak, prkosan, strašan drugima, kao zver strašan drugima...

I tu, ponovo besnim, ustajem, jurim natrag kući. Smelo ulazim unutra, pravo u očevu sobu. On leži na gomili belih jastuka, brzo diše, brzo, krklja. Na čelu vijugaju debele, nabrekle žile, lice modro sjajno, oko upalih očiju žuto. Ja mu prilazim, uzimam opuštenu ruku, gledam ga pravo u oči. „Tatice, kažem, dobri tatice, kako ti je? Je li, kako ti je?" On udešava strašno mučenički izraz i kašlje, kašlje. „Gotovo je, tu sam." — „Šta, šta reče? Gotovo je, tu si? Jest, jest, vidim, kažem, vidim, gotovo je, tu si; gotovo je tu si; i puls ti ne radi." On otvara oči, onda usta i zaprepašćen, prestravljen jaukne. „Gle, gle, kažem, što jaučeš žalosnije, sve mi je smešnije. Volim da te gledam tu, eto tako, u tom krevetu, kao u mrtvačkom sanduku." I lepo vidim strašne grčeve mišića na njegovom užasnutom licu, i nepoimanje i strašnu nemoć, preklinjanje i proklinjanje, mržnju i ludi bol i očaj i neki slom dole duboko u njegovim grozno upalim očima. „E pa umri, velim, umri, umri, vreme ti je, umri. Lepo ćemo te sahraniti, pa ćemo se vratiti kući da povečeramo, a posle da pregledamo šta si nam ostavio i sutra ćemo ručati, i prekosutra, slatko ćemo jesti za nespokoj tvoje duše, i još ćemo zadugo mi živeti, a ti ćeš se raspadati. Jest, raspadaćeš se. Hoćeš li da ti pričam kako fino ide sa tim interesantnim procesom? Ima puno faza u tom procesu. To je, zaista, zanimljivo, čudno, divno. Bogami, bogami, i grobnica te tvoja čeka, skoro si je opravio, pa za koga? Za sebe samoga! A šta si ti mislio, za drugog? Ne, nego za sebe samog! I veliki suncokreti okrenuti su ovamo, biće tako fino; puno je vode i zmija i škorpija i crvi, i tri raspala leša tvoje dece koju si mučio. Kažu — ne šalim se — ozbiljno tvrde: čovek oseća, sve oseća kako po njemu mili, puzi, sisa, grize, gamiže, liže."

I sav se tresem od ludačkog smeha, i strasno se naslađujem njegovim mukama, najgroznijim koje sam u životu video. I sve mi slađe da ga mučim i mrcvarim, pa nastavljam i u sasvim poludelom zanosu fantazije izmišljam sve strašnije, dok me on odbija očajno mlatarajući rukama koje se tresu, i kašlje, kašlje, kašlje da ne čuje, samo da ne čuje, iako ja sve glasnije kreštim, vičem, gušim se, cerekam, iskrivljen, poludeo, unakažen kao i on, ne znajući šta govorim, sav rastrojen od užasnog pobesnelog buntovništva.

Pa ga ostavljam i bežim u drugu sobu. Mrtva umorna spava moja majka. U sobi smo moj sin i ja. Cvrči popac. Tišina. Radosna, blažena lica sin moj gleda slike i sriče slova svoga bukvara. Ja ga prekidam, zovem i uzimam na krilo. „Što ne spavaš? Je li, što ne spavaš?", pitam ga. — „Čekam te, baba mi kazala..."

„Ama, Bane, kažem, sine, hteo sam nešto da ti kažem, sine... pogledaj me. Zagledaj me dobro." On podiže krupne, crne očice, gleda me pravo, smeši se. „Upamti tatinu sliku, dobro je upamti. Jer, evo, malo, još malo, pa me više nikad nećeš videti. Ja ću umreti, bolestan sam, strašno bolestan, truo, ovde me boli i ovde i ovde, evo gotov sam, gotov sam." Zaprepašćen, on se napreže, grči, ne razume, hoće da brizne u plač. „Pogledaj, pogledaj, kažem, umreću, nema šta, zaista. Ovako, skrstiću ruke, ovaj prsten biće tu, evo ovako, zaklopiti oči, zakopaće me u zemlju, duboko dole, i ti moraš baciti zemlje na sanduk, na mene, na tvoga tatu, bar nekoliko pregršta, tako se valja, i više nećeš imati oca. Šta ćeš posle, jadni, jadni moj Bane, šta ćeš posle?" On je već vrisnuo, previja se kao crvić, očajno pruža ručice prema meni dok se ja izmičem, preklinje me, moli: „Tatice, tatice, tatice, mili tatice, ne dam te, ne dam, nećeš umreti", i grli me, steže, pritiskuje na svoja mala prsa, na kojima je bela košuljica već sva mokra od suza. I ja neprestano vičem: „Hoću, hoću, hoću, umreću, umreću, umreću." I mučim ga, i mučim se, i raspinjem se od bola, a slatko mi; dok on vrišti, previja se, jauče, cepajući malo srce; i sve tako, zadugo, zadugo, dok sasvim ne malakše i zaspi.

Onda stojim ja nad njegovom glavom i gledam bedno, uplakano lice. On se trza, muči, čas isprekidano uzdahne, čas zaječi, grudi mu se nadimaju, čelance mršti, usnice zadrhte, sanja. Gledam ga još malo, pa ga ostavljam da ščepam svoju ručnu torbu. Spremim se da bežim.

Pa otvaram prozor i zveram po ulici. Grad zamro. Mesec nestao. Lišće šušti, i negde daleko prema crnoj šumi drhti jedina svetiljka. Sve je zamrlo, sve. Samo pas našeg suseda, vezan u dvorištu do nas, kobno i promuklo urla, te se njegovi divlji i zloslutni tonovi tope u samim mojim grudima, i punim rana i pijanim od neizrecive slasti osvete.

Ponor

Sasvim gore, na vrtoglavim visinama Gemi Pasa, stajali su oni sami, rame uz rame, i čekali rađanje sunca. Nad njima je zjapila prozračna dubina neba, pod nogama druga, crna bezdanska dubina ponora. I ćutali su i činilo se da ne dišu da ne bi narušili tišinu. Ozdo, iz potpune tame, podizale se gore ka svetlosti mutne noćne magle, zgužvane u besformne mase, pa se vukle, nadimale i polipskom podmuklošću puzile zaplitajući se o stene. A duboko dole u bezdanu tonule su nejasne trunke građevina. Ni zvuka, ni najslabijeg daha vetra, ni lelujanja alpijske trave. U pritajenom večnom razmišljanju ćutala su i ledena polja i snegovi, beskrajni kameni lanci planina što su štrčali kao izlomljeni i razbacani, kao namršteni, crni i u oblacima ugušeni ogromni bršljani kostura, gordi posmatrači prohujalih vekova, kao prostranstvo na kome je sve izumrlo, kao predeli davno ugaslih, beživotnih planeta smrzlih u ledenoj kori — mračni i veličanstveni amblemi sveopšte smrti.

Sive magle što su gmizale u mraku, nagomilani i ogromni masivi tamnoga stenja i leda, činili su se elementima svemirskog haosa što se u neravnoj međusobnoj borbi i u svemirskom pokretu unapred čas pojavljuju, a čas halapljivo proždiru i nestaju, dok nad mračnim ponorom borbe, kao neki val koji se oseća ali ne vidi, lebdi veliki duh velikog Tvorca, sveprisutni i nevidljiv, nepostižan i nedeljiv. Kao u teškom snu vazduh zastao, zanemeo, zamro. Sve je u grobnom ćutanju, čekalo sunce: da se pojavi, da oživi, da ohrabri, da otkravi onaj samrtni led planete.

Bilo je hladno. Polako, podmuklo magle se podizale naviše, penjale do njihovih nogu, uvijale njihova tela hladom, mučile njihove oči. Ukočeni od zime oni se ježili, priljubljivali sve bliže, sve više, sve prisnije i oboje u bolnom i neizdržljivom nestrpljenju, u muci očekivali su izbavljenje. Hteli su svetlosti i toplote, osmejka i radosti, hteli su sunca.

I ono se javilo. Vetrić jedva čujnom gamom proneo se kroz trave, preko ljiljana, po ledenim poljima, po najvišim vršcima planina. Iza crnih vrhova, usred maglenih talasa, zastrujali su prvi milosrdni zraci, rasipajući se široko po nebu, drhteći u vazduhu, kao radosni treli. Svečano, polako, trijumfalno podizalo se sunce usred radosnog uzdaha svemirskog olakšanja.

Onda se u blesku što je u dugim širokim mlazevima radosno briznuo zaljuljalo celo ogromno more magle. Rastopljeno zlato razli se po maglama zagrevajući ih, raznoseći svuda svoj topli, svoj spasonosni, svoj mili pozdrav, i sve živo, zamirući, odgovori u nežnoj, drhtavoj sreći, još sanjivo sve se pružalo suncu, očekivalo njegovo milovanje. Zaleluja se alpijska trava, široko se rastvoriše plavi ljiljani, snažno zamirisaše njihovi petali; veselo se zaiskrili snežni vrhovi i masivi glečera nadvišeni nad bezdanom. Crni skeletni vršci zablistaše crvenim odblescima.

U predsmrtnim mukama magle se grčile, sklupčavale, kovitlale, topile. Probodene i rastopljene onim mladim zracima prozirale su se, rastezale, slabile i malaksavale, iščezavajući u visinama. Rastopljeno zlato prosipalo se pobedonosno daleko već u bezdanu, a po stenama bežale su vijući se gonjene i plašljive senke poslednjih oblaka. Sunce je izašlo. Sve se najedanput ispunilo pijanom radošću i smeh, zdravi, snažni pobednički i veseli smeh života pronese se zemljom. Zasmejaše se snegovi i zarumenjene kamene tvrdinje, glasno i burno zasmejaše se potoci; sve je oživelo, sve je udisalo, sve se naslađivalo, svuda se pronosio veseli ljubavni šapat. Naslonjeni jedno uz drugo oni su još uvek ćutljivo stajali. Onda se on odvojio, uklonio, seo na kamen i plašljivo pogledao u nju, dok je ona ostala na mestu uznoseći se, pružajući se, nudeći se suncu. Svetle njene oči bile su široko otvorene i plamteći u ekstazi upijale su u sebe život.

Mladi, topli zraci zalivali su joj lice, pa su kroz trepavice pronicali u dubinu njenih zenica, treptali na zarumenjenim obrazima, mrsili se u zlatnim paučinama njene kose pretvarajući je u zlatni oreol. Kao kod ushićene sedmogodišnje devojčice usta su joj bila malo otvorena. I dok su joj se devičanske grudi talasale u onom nemiru, ona je besvesno, zajedno s cvećem i snegovima, pozdravljala ovaj slobodni, široki, radosni život.

Najedanput, sa svojim sjajnim preobraženim licem okrenula se njemu i kao da je poletela ili se survala grčevito ga sčepala za ruku.

— Bože, kako sam srećna, oh koliko sam srećna! Nikad, celoga svoga života, nikad nisam bila tako srećna — gušila se upijajući se u njegove oči. — Voliš li me? A sunce, je li, voliš li ga, voliš li sunce? Nebo voliš li, voliš li ove zrake, ove sjajne, ove zlatne snopove, voliš li sve? Bože, kako čudno, kako ja volim sve... ovako... tako... sad evo ovog časa sve sam zavolela i obuhvatila bih, obgrlila, utonula u sve, rastopila bih se sva u suncu; htela bih da poletim, da poletimo, da se rastopimo tako zajedno; je li da se rastopimo, da iščeznemo u svemu, da zagrlimo?... — I privijajući se sve poverljivije i maznije nastavljala je brzo, ne dišući — eto, mili, dragi, ti, mili moj dragi... kad sam bila mala... ovako... oh Bože, nekad, ne znam ni ja, tako nešto mahnito, ne sećam se više, ničega se ne sećam, naslućivala sam, sanjala sam, jest sanjala sam, čeznula, žudela... šta mi je sad, Bože? I sad je došlo to... eto potpuno... hvala Bogu, potpuno sve o čemu sam sanjala. Ovde dođi... Bože hvala ti... evo ovde priđi mi sasvim blizu, odavde se vidi, oseća najbolje, zagrli me, jako me zagrli, jako, što jače, tako... gledaj sve se smeje, ama smeje se sve, potoci, snegovi, vazduh, glečeri... Gle, ljiljani plavi, eno kaćunak! Zagrli me, idi, idi brzo, uberi, brzo beri one ljiljane pune ruke, moje ljiljane... sve, donesi mi, ljubi me, daj mi, zakiti se, ukrasi me, okiti sebe, molim te... sve moje ljiljane, diši, udiši jako, živi, raduj se, živi! Kad sam mala bila, a ono je san bio šta li, onda sam zamišljala, radovala se, zaplakala najedanput... tako najedanput i sad bih, Bože, isto onako plakala, ali onako... A onamo, i onamo, vidiš li svuda tamo... onamo, snegovi, zlato, zraci, onaj sjaj, vidiš li, Bože, vidiš li?...

Onda je zaćutala, zanemela, zagledala se pravo u njegove oči i htela, očekivala njegove brze isto tako uzbuđene odgovore. A on uzrujan, sav uznemiren onim bezumnim izlivom radosti, gledao je i sam, nem, zaprepašćen, u smrtnoj muci da brzo pronađe, da kaže nešto jako, uzbuđeno, snažno, što bi je uverilo i o njegovom burnom uzbuđenju. Ali zbunjen njenom mladošću, onom večnom vedrinom mladosti što opija dušu do ludila sreće, on je najedanput osetio kako mu je iznenada nemila strava zaledila srce. I on jasno oseti da se nikako ne može podići do nje, da se onako ne može radovati. Tada na njegovom licu zaigra čudno izraz neke duboke misli i jada. Za neko-liko sekunada buknu pred njegovom dušom sva njegova prošlost do najudaljenijih zavojica, jedan život sav odvratan, buran, perverzan, svakojak. I usred one zbunjenosti od srama, od kajanja, od straha, od griže savesti i žaljenja sebe sama, on, prvi put, jasno i oštro, oseti kako nešto kao užasna senka starosti pade odnekud na njegov život, ocrta se na njegovom uplašenom licu — sav užas one kobne razlike godina na koju dotle nikad nije mislio. Malaksao umesto srećan, on se uplaši umesto da se nada. I s nemirnim, zbunjenim očima, osušenih usta, on odgovori brzo, rasejano:

— Da, vrlo lepo, imaš pravo, vrlo je lepo.

I tek što je ovo rekao uvide i sam kako je beskrajno jadan bio ovaj odgovor.

Kao san nejasna dotle, žena se prenu, trže, onda se malo namršti i nešto svesnije i kao sama za sebe stade osluškivati kako se one tajne sile bude.

Ćutali su. Njegovo ukočeno lice grčilo se uvek u onoj užasnoj napetosti i jadu. Disao je teško, ubrzano, kao da se s najvećom mukom penje u vis, drhtao je od nekog nejasnog, jezivog straha. Bez snage, bez hrabrosti, bez vlasti da vlada sobom on nije mogao pronaći izlaz. Onda je pokušao da se nasmeje. Smeškao se besmisleno i činio se odvratnim samom sebi. Ćutali su dugo. A ona je bila sve zamišljenija i nije mu se više obraćala. Tada mu se učini da je ona pogodila njegovu misao i to ga užasnu. I po svaku cenu, što pre, odmah on je hteo da otkrije njenu dušu, da sazna ono što je ona tog trenutka mislila, da brzo prodre u samo jezgro pitanja što ga je mučilo.

On ustade, uze je za ruku:

— Mila, voliš li me, ajde brzo reci mi koliko me voliš?

— Ti znaš, pa zašto me pitaš sad?

— Tako pitam; srećan sam da uvek o tome slušam.

— Dobro, volim te... Ali priznajem, malopre, nekoliko trenutaka pre, volela sam te više.

— Zaista? Zašto?

— Ne znam.

— Ne, ti moraš, ti moraš reći zašto, odmah mi moraš reći.

— Kunem se ne znam. Tako, najedanput manje. Bože moj, to prođe, tako najedanput naiđe i prođe. Eto sad te opet volim onako.

— A zašto, zašto me voliš?

— Zašto? Bezbroj puta rekla sam ti zašto.

Njeno se lice ponovo razvedri. Ona se smešila i govorila:

— Volim te, pa volim te pre svega što si to ti, ne znam to da ti kažem, što si ti, eto zato te volim. A posle volim te što si pametan, ozbiljan, pobožan, otmen, ali najviše, najviše što nisi kao drugi, eto zato te najviše volim. Zbog tvoje prošlosti što je čekala mene, što je sanjala mene...

— Gle, a ti si baš sigurna u to?

— Sigurna, da. Ti si mi rekao a ja ti verujem sve, sve je sveto što ti kažeš.

On je zagrli i sakri lice. Onda se nasmeja:

— Dobro, lepo, dobro. Ali jednoga dana saznaš ti, da ona prošlost, na primer, da sva ona prošlost... to jest da nije sve onako kao što sam te uverio, da nije baš sve onako. Da li bi me volela tada?

Ona lako zadrhta ali odlučno reče:

— Ne. Zašto mi to govoriš? Šta hoćeš?

— Šalim se, šalim, samo se šalim. Ti znaš, nije reč o meni. Pa ti znaš da ne može biti reč o meni. Onako me interesuje, jako, jako me zanima iskreno zanima. Ali ne treba toliko zaista... Žena, svaka žena ne bi trebala tako... preterano.

On se igrao nenom rukom, podrhtavao i produžio:

— Uzmi ovako, razgovaramo ništa drugo, je li, uzmi ovako primer jedan, jednu kategoriju ljudi: prvo, najpre, žena je anđeo, pravi pravcati anđeo, kao ti, razumeš li? On je burne, ružne prljave prošlosti, odvratnog života, nemiran je i sav ogrezao u neizlečivoj strasti. On i ne teži da se popravi; pazi dobro! A nju voli, to podvlačim. On laže, razumeš li me, laže sve, mora da laže, ali je dobar i ne trudi se da se popravi jer zna da to ne može, ne kaje se jer ne pomaže, ali je u stvari dobar, ima puno takvih. „Šta ću, misli on, eto i ja ne bih hteo da sam takav, nikako ne bih hteo, ali moram biti takav, nemam snage i nisam svoje sopstveno delo.” A ona u zabludi o njemu, a on je voli, kažem ti, ludo je voli, i posle, najzad, ona, razumeš li, sazna sve. Može li se tom čoveku oprostiti?

— Oprostiti takvom čoveku? Bože, nikad, nikad!

— Dobro, ti kažeš, tako ti kažeš, dobro, ali druga kategorija, evo, drugi primer, ovakav recimo: do braka buran, pust, rđav život. Onda posle toga gorko i otrovno kajanje i žarka, iskrena želja da se postane bolji, ali ne može, nikako ne može i nikad neće moći, jer krv, navika, strast, jer sve je jače, užasno jače. „Eto dao bih nogu, ruku, šta ne bih dao, misli on, da bolji budem, da se najedanput stvorim drugi, ali ne mogu, ne mogu nikako, ne mogu." Može li mu se oprostiti?

— Ne, ne, ne može.

— Lepo, ti to kažeš, ali to je ludo. Onda dobro, uzmi treću kategoriju ovako: do braka rđav, pokvaren, svakojak život, a u braku svetao. On je zaista drugi, očišćen i počinje nov, čist, ispravan, sjajan život najlepše vernosti. Zamisli tako, a tada?

Ona odgovori brzo, uporno:

— Ni onda, ni onda; ja mislim ni onda ne može, nikako ne može; ne znam, ali ne može. I dosta s tvojim kategorijama, nego gledaj tamo, eno, gledaj tamo.

— Da, ali ja ne razumem, ja nikako ne razumem, ludo je to, nečovečno, to je ludo — upao je on brzo, bledeći.

Ona ga pogleda začuđeno.

— Šališ se. Šta ti je?

A čovek se najedanput snažno zasmeja:

— Ta šalim se, da, šalim se. Ti si u pravu, potpuno si u pravu. Nikad ne bi trebalo oprostiti, nikad, nikad, nikad, nikome!

Onda pažljivo, jako pažljivo pogleda u ponor koji je ćutao. Pa se brzo prenu, i kao da viče u pomoć vrisnu:

— Draga! Draga! Draga!

Žena

*(Tu metrrais l'univers entier dans
ta ruelle — Les Fleurs du mal)*

Prozori su gledali u vrt i prvi sunčani zraci proleća zlatili su čip-
kane zavese. U postelji, u peni iz čipaka, ležala je bolesna žena i disala
brzo. Nad njom, sasvim mladom, lelujali su se laki oblaci zavesica od
belog tila, a prema njoj, na zidu, visio je goblen sa motivom pastorala.
Dole, na podu, plavio se ćilim pastelnoplave boje, a na mramornom
kaminu kucao je starinski sat „kurante" sa parom markiza što igraju
minuet. Po zidu, pokrivenom plavom svilom, visili su akvarelni
portreti i porcelanske minijature.

Činilo se da žena spava. A u alkovu, skriven svilenim portijerama,
nalazio se opet plavi, meki divan, pun malih plavih jastučića, sav
išaran vezovima, i na njemu je sedeo čovek. Uveren da bolesna žena
spava on je želeo da se umiri, ali je njegov nemirni pogled lutao na
sve strane: čas po uglovima sobe gde se niz ukusne police od cveća
spuštale zelene vreže lozica i ruža puzavica, čas na toalet načičkan
skupocenim bočicama od kristala, a čas na elegantni sto pisaći sa
navlakom od kornjače u zlatnim ramovima i sa velikim i raskošnim
buketom jorgovana.

Najedanput, stegnuta grla i pre nego što bi briznuo u plač i
glasno zajecao, čovek okrete glavu, uhvati se obema rukama za nju,
pa ustade, ostavi bolesnicu i pojuri u susednu sobu da se isplače. I
skrušen, poludeo, modar, u pobesnelom očajanju, tresao se, grčio,

lomio ruke, uveren sasvim: da je svakom nadanju došao kraj i da će za nekoliko dana samo ostati bez najmilijeg stvorenja za koje vezivaše sve nade u budućnosti, od koga je očekivao da mu život ispuni najlepšom srećom na svetu, onom rajskom i nemogućom srećom o kojoj nikad nije prestao da sanja.

Četvrtog meseca od venčanja bremenitost je toliko bila oslabila nežnu ženu, da lako zapaljenje plućne maramice, koje bi se inače bez opasnosti prebolelo, dovede evo u pitanje život oba bića, sav neiskazano slatki san ojađenog muža.

Kad se postepeno savladao, a umirila ga tek neumoljiva odluka da umre zajedno s njom, on lagano, na prstima, priđe vratima da oslušne.

A za to vreme njoj se već čudno učinilo njegovo zadržavanje u susednoj sobi, pa ga je pozivala slabim glasom. I dok je on žurno brisao vlažne oči, usiljeno i zbunjeno razvlačio usne u osmejak, ona je šaputala:

— Ti si plakao. O poznaje se, poznajem; bogami, poznajem, plakao si.

On se pretvarao da ga to ljuti.

— Plakao? Ta šta govoriš, zašto bih plakao?

— Plakao si, jer si izgubio svaku nadu.

— Mila moja, tvoju bolest druge izdržavaju na nogama, ali ti si mala maza.

— To je prosta uteha, ali ja ću ti umreti, eto videćeš. Mi ćemo ti umreti... oboje ćemo ti umreti. A ti, ti ćeš nas žaliti, pa ćeš se posle, kao i svi, oženiti.

I posle toga ukočeno zagleda u njegove užasnute zenice kao da bi htela ono nemoguće: da prodre i da sazna čak i najintimniju tajnu njegovih docnijih misli. On joj ne dade da govori dalje i nežno zatvori šakom njena vrela usta:

— Ubijaš me tako...

— Ti, ti, ti — šaputala je ona kroz uzdrhtale prste — da znaš kako te volim i kako mi je žao da umrem.

I njene duboke, sjajne i vatrene oči ovlažiše se. A njega je sve više rastrzalo uzbuđenje i ne znajući više šta čini on podiže iz postelje i ponese u naručju njeno kao senka lako telo. Držeći ga tako i noseći preko sobe njemu se činilo da u rukama drži vreo kostur po kome pada duga plava kosa, pa se užasnu i opet ga ostavi u postelju. A kad je pokri, ponovo sede kraj nje:

— Danas, bogami, sad, eto danas, sad lepše izgledaš nego juče. I pogled ti je čistiji i izraz vedriji, svežija si. Pre dva dana, priznajem ti, bio sam se uplašio, ali danas, sad, evo ni najmanje ne brinem, ništa ne brinem, ne bojim se. Danas, docnije, posle, ići ću čak u kafanu, radiću sve onako kao da si potpuno zdrava!

Ona ga je mučno slušala, mrštila se, nije mu verovala.

— Ne muči me. Bolje pogledaj ove ružice na jagodicama; to neobično i neprirodno rumenilo najbolji ti je predznak smrti. Ne zavaravaj me, ja nisam dete. I ljuti me kad govoriš tako. Ja primećujem po svima oko mene: svi su zabrinuti, svi me naročito gledaju, svi su nadu izgubili. Ali tvoje očajno lice i moje slutnje, moje predosećanje dovoljno mi je. Maločas plakao si, zar nisi?

Pa se okrete od njega da zažmuri i uzbuđeno diše.

— Draga, preklinjem te, gledaj me, slušaj što ću ti reći.

I dok je ona naprežući se podizala vlažne očne kapke, on je nastavljao:

— Za nekoliko dana, veruj mi, ama veruj mi, bićeš sasvim zdrava, trčaćeš. Kad sam sinoć molio lekara da mi kaže istinu, on se ozbiljno ljutio i rekao mi: pravo ste dete, bogami kao neko dete, vi ste slabotinja, idite i lezite bez brige, ona pouzdano ide nabolje, ustaće kroz nedelju dana... Eto to je kazao, baš ovako isto, od reči do reči. A kad ustaneš i kad se dobro budeš oporavila, sećaš li se šta smo se sporazumeli? Pakuj se, pa brzo na put. Mislim da ću ti u svemu popustiti: putovaćemo po onom tvom planu, ići ćemo kud god ti hoćeš, ostaćemo koliko ti budeš htela. E pa lepo posetićemo i tvoju staru učiteljicu Francuskinju. Tražićemo je po celoj Švajcarskoj, tražićemo je sve dok je ne pronađemo, jer vidim, vidim dobro da nju više voliš nego i mene. Plakaćete opet kad se sastanete, onako isto kao što ste plakale pri rastanku pre tri godine. Zamisli, mila moja, jurimo vozom. Ručamo u vagon-restoranu kroz Švajcarsku. Prolaze rajski predeli. Posle ručka ja se zavalio, zapalio cigaretu i pijem francusku kafu. I to pušim na onu ćilibarsku muštiklu. Znaš kad smo se venčali, pa posle venčanja putovali, a ti mi kažeš: „Uživam, veliš, kad pušiš na tom ćilibaru, a na prstu ti burma. Izgledaš ozbiljan, pravi pravcati muž. Baš imam osećanje da sam žena ozbiljnog čoveka, da sam zaštićena, potpuno zaštićena.“

Pa juri voz, preseca one rajske predele i prolazimo kroz divne varoši. A ti iskrivila glavicu, u onom tvom putničkom šeširiću sa velom, ja uživam da te vidim sa tim velom i tako te najviše volim, i svaki čas me pitaš: „Je li, gde smo sad, dragi? Gle onaj pejzaž, ono divno parče!“

Pa ćemo sedeti na travi kraj jezera. Zamisli, sasvim sami u sasvim nepoznatom mestu, u sasvim nepoznatom svetu! Svi će nas ljupko i radoznalo zagledati jer smo tako mladi i svi će se pitati da li smo brat i sestra jer smo oboje plavi... A dogodine ići ćemo svi troje, i svake godine, i nećemo nikad propustiti da vidimo tvoju Francuskinju, i više neće niko misliti da smo brat i sestra, i bićemo sve srećniji, je li?

— Mučim se kad tako govoriš, užasno se mučim.

— Naprotiv, misli na to i to će te brže podići... A kad se vratimo s puta sve će u našoj kući biti uređeno. Bašta u vinogradu biće pravi raj. Sa terase gledaćemo Avalu, Kosmaj i Rudnik s jedne, vršačke planine, Dunav i banatsku ravnicu s druge strane. Igraćemo se po vinogradu kao prava deca, znaš li, kao kad smo bili verenici i kad si se ti skrivala iza velikog ora kod bunara?

A žena je ćutala, katkad samo podizala oči i gledala ga, kao da je htela da kaže: jaoj, ne muči me dalje, dosta, oh dosta, nije mi ni do čega.

Ali je on, ubeđen da je ipak jedino tako može okrepiti, uporno nastavljao: i podsećao je na najmilije i najslađe uspomene iz prošlosti, čitao najlepša mesta iz knjiga kojima su se zajedno oduševljavali, pričao divne planove o životu što ih čeka.

I tako uvek, svakoga dana, sve dok se ne bi uverio da je zaspala. A tada bi umukao i ostao da je posmatra u strahu od jezivog mira koji je vladao u sobi bolesnice, gde se čulo samo njeno ubrzano disanje i kako se otkucaji časovnika mešaju sa bolesnim vazduhom sobe i otkucajima njenog oslabelog srca. I čas prelazeći u susednu sobu da uzme njezinu sliku verenice, da je posmatra kad je zdrava bila, ljubi i nad njom plače najbolnijim plačem, a čas vraćajući se k njoj da gleda u njeno slabo, sjajno od vatre lice i kako se ubrzano uzdiže svileni pokrivač na njenim grudima, on je žudno dočekivao zoru i očekivao da se probudi da bi se uverio da li joj je malo, malo bolje...

Prodirala je bleda svetlost zore kad se ona probudila. Čovek priskoči od prozora odakle je, razmaknuvši zavesu, posmatrao dva velika crvena oka voza koji je lagano prelazio savski most i ličio na ogromnu i crnu gusenicu koja mili.

— Dobro si spavala, mila, priznaj.

— A ti, zašto nisi spavao ti?

Pa sama odgovori:

— Jer ne brineš, je li? Ili si spremao nove, kitnjaste govore sa kojima misliš da me ozdraviš, da me na silu podigneš. Čuj me, meni je potreban mir, potpun mir, obećaj mi da ćeš me štedeti, da me više nikad nećeš tešiti, ne ljuti se, ali obećaj to.

On se uzdrža da ne pokaže koliko ga to zaboli.

— Kad hoćeš tako, ćutaću uvek.

— Ćutaćeš, da? Hvala. A zašto nisi spavao?

— Spavao sam.

— Ne verujem ti, nisi se ni svlačio.

— Spavao sam tako na divanu, s prekidima, i sanjao sam.

— Sanjao? Šta? Koga si sanjao?

On podiže oči kao da bi hteo da se seti.

— Baš hoćeš da znaš?

— Hoću, da.

— Nekoga koga ne volim, onoga, ti znaš, što ti se nekad udvarao, pre nego što sam te poznao.

— Koga, koga, brzo!

— Sanjao sam Sašu.

Munjevit, najradoznaliji osmeh sinu oko njenih usana pa odleti. Posle kratkog ćutanja ona reče:

— Pa?

I neočekivano čovek oseti nešto vrlo važno pa se ohrabri.

— Evo, ti si kao šetala s njim ispod ruke livadom jednom iza našeg vinograda, brali ste cveće. Kao lud jurio sam ja sve za vama, trčao, zaplitao se za travu, padao.

Ona zgodnije nasloni glavu, uzdahnu isprekidano, spreči da plane nov osmeh koji se fino zače, lako zaleprša, pa proleti i ponovo reče:

— Pa?

— I tako, grlo mi se steglo, noge kao okovane, a ja hoću da trčim za vama, ali ne mogu, dok vi žurno odmičete i nekako lako kao da letite. Ponekad bi se osvrnuli, pa bi se opet gubili sve dalje i dublje, kao da mi se podsmevate, a ja hoću da vičem, ali ne mogu promukao sam i... oh ne, ne mogu, nikad ne bih umeo iskazati one muke, onaj bol, onaj užas.

— Budi dobar da mi podigneš uzglavlje.

I žena koja danima nije mogla podići glavu nalakti se, pa se zagleda u njega očekujući.

On kao ljutito i mučno upita:

— Baš sve da ispričam?

— Sve, sve.

— Onda ste stali usred one velike trave. Ti si bila u plavoj cicanoj haljini, poprskanoj belim okruglastim pečatima, onoj u kojoj sam najviše uživao kad smo bili verenici i u kojoj si ti zaista divna. I baš to što si u toj haljini... „Zašto, mislim ja, s njim u ovoj mojoj haljini i ona baš leptirasta mašna na kosi.” I opet hoću da vičem ali nikako ne mogu, ah Bože, nikako ne mogu, a čini mi se sve kad bih mogao i kad bi ti čula... ali najedanput pogledam a on primakao glavu tvojoj, pa usne i ti tako isto i... on te poljubi.

Onaj mutan pogled žene zasja, pa se usredsredi i kao razvedri. Ona izgovori i po treći put:

— Pa?

On umorno pređe rukom preko čela.

Ona ponovi:

— Pa? Pa šta je s tim?

— Ništa, ali to, valjda, nije prijatno, ne?

I najedanput on učini sve da bi izgledao utučen, strašan, pa ustremi ukočen pogled na nju:

— Molim te kaži, reci mi, molim te, preklinjem te: jesi li ga ikad makar malo, makar najmanje volela? Jer ja se nikad ne mogu smiriti. Ja ga mrzim. Ja ne znam, eto, on me uvek muči tako, muči me. Pre godinu dana gledao sam dok si govorila s njim i primetio sam da nisi, kao da nisi baš sasvim ravnodušna. Kaži, umiri me, zakuni mi se, otkrij mi istinu, otkrij mi pravu istinu: jesi li ga ikad makar malo volela?!

— A ti, šta misliš?

Jedan snop sunčanih zrakova, pun boja, probi kroz prozor pa zadrhta i obasja pene od čipaka.

Ona duboko uzdahnu i reče oduševljeno:

— Oh kako me, oh kako me krepe ovi zraci, ovi zraci!

A on preklinjući:

— Što me mučiš?

Žena se podiže pa sede u postelji ne dveći se otkud joj snaga.

— Mili, da znaš kako te bezumno volim, mili, bezumno — pa se videlo koliko je ozarena srećom, milujući mekom i belom rukom njegovu plavu kosu, dok je on, rumen i napregnut, pognute glave uzbuđeno disao.

— Radosti moja, ja samo tebe volim, samo tebe!

Pa udesi onaj izraz žene što se nalazi pored muža, a na sebi oseća tuđ pogled muškarca.

Na goblenu sa motivom pastorala i na ćilimu pastelnoplave boje zaigraše sunčane zrake. Onda čovek ustade, polako odškrinu prozor te svež i mirisan vazduh ulete unoseći zdravlje. Potom, pošto prinese raskošan buket svežeg jorgovana, sede na nisku taburetu pored postelje, uze njenu ruku i ljubljaše je.

A bolestan vazduh naglo jurnu napolje, stvari ponovo zasvetleše, oči ponovo oživeše i čovek, razdragan ali pažljiv i zamišljen, gledaše kako ozdravljaše žena.

Vaskrsenje

I

Onoga večera, uoči velikog praznika, kad je mala gospođa Leđenski sama i uzbuđena izlazila iz kina gde je gledala *Vaskrsenje*, Beograd je bleštao u osvetljenju preko običaja, i onaj svet koji se tiskao, pun svežeg i zvonkog smeha, gazio je čvrstim i slobodnim pokretima, mahao rukama, išao uzdignute glave, i tako ulivao neko naročito, čarobno raspoloženje i nekakav čudan polet volje. Činilo se kao da je svakome srce puno, i vene, nervi nekako razigrani, i da je jedan od prvih prolećnih dana uspeo da podigne zamorene kapke, odagna onu ubistvenu omorinu duha, rastera turobnu misao i raspali mahniti neki žar koji je sve dotle tinjao negde dole, duboko u pepelu mračnog očajanja. I to raspoloženje što je tako, na sve strane, rasprostiralo čitave talase moralne snage i budilo i rascvetavalo najnežnija osećanja i najslađe snove, zahvati i zanese najedanput i čudno i samu gospođu Leđenski čim je, još usred one prijatne opijenosti od utisaka koje je tamo primila, svojom nožicom u crnoj svilenoj cipelici, laka kao lasta iako punačka, stupila na ulicu među šumnu i mirišljavu gomilu sveta. Jer ono zbrkano, onaj neodređeni nemir koji se uvukao bio u njenu dušu za vreme dok je tamo unutra s napregnutom pažnjom pratila istoriju jedne Maslove, pa se kao neki dotle nepoznati element napinjao i uznemiravao je nekim kolebljivim nagoveštajima kakve je dotle samo ponekad osetila, ne samo da se najedanput stišao kad se umešala u huku one mirišljave reke, nego se taj isti nemir smesta pretvorio u nešto odlučno do razdraganosti, do preloma, nešto tako odlučno posle čega se ulazi u nov život. Da li u onim katastrofalnim promenama i avanturama u burnom životu Maslove, u onim situacijama u kojima se naizmenično nalazila ova kći neudate služavke i unuka kravarke, ili u čemu drugom, ona to nije znala, ali je bilo nečeg dražesnog i do bola privlačnog u svim tim okolnostima koje su jedno stvorenje onako čedne, seoske prostodušnosti surovo gurnule u ono hronično i ciničko grešenje protivu jedne božanske zapovesti, nema sumnje najsvetije. I ona sablažnjiva scena u bleštavom salonu javne kuće Kitajeve, ono razgoljeno razvratno uživanje, orgije razgolićenih žena u muškim krilima, usred muzike, vrištanja, alkohola, dima od duvana i poljubaca, one raščupavljene kose, oni razbludni pokreti, onaj divlji plamen strasti u ludačkoj graji terevenke, sve to, i usred toga nekad čista i čedna, posle propala i nekriva Kaćenka, dopadalo se nekako i dirljivo dražilo gospođu Leđenski, ophrvanu jednim silnim i neobuzdanim nastupom neodređene čežnje za nekom promenom, za nečim novim što je htela i tražila svom snagom svoje krvi i mišića.

Pa gospođa Leđenski oseti kako joj u duši opet ožive neka iskra nade. I tako, još više oživljena onim svežim smehom gomile, ona je promicala kroz nju živo i brzo i žurila da se nađe što pre u kakvoj malenoj, mirnoj ulici, pa da tamo u tišini, sa ovom novom snagom koju je osetila, ovako žilavija, otpornija, jača, pokuša dovesti u sklad sve ono kolebljivo u duhu što joj čas izgleda sitno i ništavno, a čas beskrajno važno i sudbonosno.

Gospođa Leđenski pokuša prvo da izazove srdito sećanje na prošlost, na onaj doskorašnji život u provinciji, monoton, mučan, glup, na niz neizdržljivo dosadnih i praznih dana koji su, istina, otišli u nepovrat. I zaista, to sećanje, sastavljeno od jasnih slika, javi se iskidano i u isto vreme sa nastupom one tuge koja guši, pa posle steže srce jednim uzanim obručem do bolnog zanosa. Ona munjevito ugleda sebe, svoju rođenu figuru i svoju do užasa tužnu, očajnu glavu na sivom i zamagljenom oknu onog istog prozora kroz koji je, deset žalosnih jeseni, mrtvo gledala u blatne kolovoze na širokoj i pustoj ulici palanke, i gdekad pokisle konje koji su se pušili i mokre dizgine i ruke pogurenog u taljigama seljaka pod kapuljačom; pa beskrajno duge zimske noći čame, dok je gospodin Leđenski prekraćivao vreme kockom u kafani, a ona se previjala, sagorevala u grčevima, čeznula do nesvesti, plakala onim velikim bolnim plačem do prave obamrlosti, i najzad junačkim samoodricanjem u tuzi, u sažaljenju nekom prema sebi, snagom kojoj se sama divila, savlađivala onu uskipelu do besa duševnu buru.

Ali šta je to što je njoj davalo snage da izdrži? Otkud samo istrajnost one nade? Otkud ona vera da će sve ono proći i da će nastati lepši dani? Šta je održalo njen razum? — Sad, kad je minuo sav taj užas, kad je sve to otišlo u nepovrat, a bujna neka fizička odvažnost raspalila volju, sad kad se i sama čudila svojoj novoj snazi, njoj se činilo besmisleno zadržavati se na tome, rasipati i dalje snagu, skanjivati se i trošiti u glupom kolebanju. Jedno je samo bilo jasno: sva prošlost, prazna, jadna, očajna i mrtva, ispunjena mračnim i hladnim osećanjima, treba da bude otkupljena poletom novog života, jednim novim, uzvišenim idealom, novom jednom žarkom verom, jednom ljubavlju. A to ne bi bio pad, nikako to ne bi bio pad nego uzvišenje. Jer sva ona bedna prošlost nije značila ništa drugo no nemir, nesklad, laž, dok je ovo što će da dođe ravnoteža, mir, sklad, istina.

I u jednom nizu brzih, užasnih vizija, gospođa Leđenski ugleda još jednom svu prošlost sa strahom koji je kamenio: ono blaženo detinjstvo, onda vera devojke, pa sumnja, pa razočaranja i rezignacija koja je ispunila njene poslednje, najteže godine života. A te poslednje godine truleži značile su jedno grozno umiranje. Sve do smrti prvoga deteta mislilo se još o životu, posle su sagradili grobnicu da u nju spuste ono drago stvorenje, kad je ona stala misliti o mogućnosti smrti; a kad su se članovi porodice podelili između kuće i grobnice, neminovnost smrti, sama smrt zauzimala je njenu pažnju više nego život. I tako, da nije bilo rata, da nije došao onaj užas koji je njoj doneo spasenje, njoj bi ostalo samo da kopni, da polako i sigurno umire, da čeka svoj red, da čeka smrt od koje se već davno bila prestala da plaši.

Ali sad, nastao je eto nov život i nova neka preporođena savest kategorički traži da se o tom novom životu misli. Neki strašan krik, neki očajan jauk raspinje ponekad groznim noktima dušu koja već jasno oseća prolaznost svega, i pomisao na prolaznost njenih draži žene, onih dragocenih draži koje mogu nestati, koje će sigurno nestati, ubija, rastrže, unesrećava. Ali se u smrt ponovo ne sme. I onaj život jadne Maslove, gorak, otrovan, čemeran, bolji je, bolji je ipak od smrti. I sav onaj užas progonstva, onaj beli Sibir sa sivim kazamatima, bajonetima, knutama, jektikom, sav onaj bol tamo čovečniji je, slađi je, privlačniji, ljudskiji od onog groznog, očajnog grickanja hladne smrti, umiranja od dosade, od one jadne trule i gnojave čame prošlosti.

Pa gospođa Leđenski lepo oseti kako kroz njene žile prođe neka nežnost, duboko neko osećanje simpatije za tu nesrećnu Kaćenku, čiji bi život ona htela da proživi — ona, najžednija života žena na svetu — a umesto svog sitnog, ništavnog života; a posle radosno da umre, uverena da je ono život od vrlina, a ne ovaj njen i miliona drugih raspalih u gnojavoj truleži. Jer ta, naprotiv, srećna Kaćenka, kojoj je vredno bilo živeti i za onaj jedan jedini zagrljaj u naručju Nehljudova, onog visokog, elegantnog gospodina u bundi ili snažnog Simonsona, dok su zvona oglašavala Uskrs i brujanje njihovo umiralo u beskrajnim belinama sibirskim, ta Kaćenka znala je zašto je živela. Pa je ona figura stasitog Nehljudova ponovo zanese; i neizbežnom nekom vezom odmah zatim druga, u istoj onoj sobi palanke odvratna slika gospodina Leđenskog, kako s bradom na grudima, ukočena lica, spava dok mu se konci od sluzi razvlače i otkidaju sa ivice vlažnih usana, zaguši je do užasa.

Da ukloni ovu groznu sliku, gospođa Leđenski se naglo okrete nazad. I u isti mah jedan visok, elegantan i lep gospodin otmenog izgleda, zbunjeno skide šešir, pa je isprekidano i nerazgovetno odmah stao mucati nešto o tome kako se usudio da ide za njom i da je prati i kako je jedinu želju imao da nju upozna.

Gospođa Leđenski zastade, pa se veoma začudi svojoj savršenoj mirnoći i prisebnosti.

— Niste prvi koga sam primetila da me prati — reče ona.

— Zaista, gospođo, nemam običaj...

— Ali prvi ste kome sam dopustila da mi priđe.

— Sreća, koju ne znam kako, ali...

— Odskora sam u velikoj varoši i, priznajem, sve me interesuje. Udata sam, ali ljudi danas...

— Gospođo, nisu svi jednaki.

— Skoro svi nestali su.

— O, o ljudima mislim ja gore od vas, mnogo gore, gospođo. A vi ste rekli skoro svi...

— To mi se ne dopada, brutalno je. Sebe izuzimati, to je pomalo...

— Trebaće dugo da me upoznate, a kad biste to hteli, gospođo, i posle toga najveće čudo bilo bi za vas ova smelost moja da vam priđem.

On je išao pored nje lagano, upola okrenut, u onom nervoznom uzbuđenju koje čoveka čini komičnim, izveštačenim i nekako naročito slabim. Njegovo lice, razvučeno u jedan neprirodan, namešten i sažaljiv osmejak, imalo je zaista nečeg detinjskog, kao i celo njegovo ponašanje.

Posle je on kazao ko je, bio sve slobodniji, sve govorljiviji, nestašniji i ljubazniji, pa prešao da govori ozbiljno i uzbuđeno, a ona se sve više naslađivala njegovim finim nagoveštajima sreće koja joj se činila sad tako blizu.

— Kroz ceo moj život, gospođo, koji je bio tih, skladan, prost, ja sam se uvek osećao nesrećnim. Ponekad, gušen silnim nastupima tuge, ja sam grozno očajavao u mrtvilu toga života bez života. Tada, u svojoj mirnoj povučenosti, usred svojih snova i čežnji, ja sam nazirao ženu koju sam danas prvi put sreo lice u lice. Ja se ne varam, gospođo. Jer kako bih inače mogao tumačiti onu razbuktalost, onu prvu uskipelost, onu groznicu koja me je obuzela onoga dana kad sam vas, u moru drugih žena, prvi put sreo, i koja mi ovog trenutka daje smelost, kojoj se divim, da vam učinim ovu ispovest, najiskreniju koju sam u životu učinio... Dopustite mi, gospođo. Ja znam da mi vi s pravom možete ne verovati, da se vi s pravom možete pitati: otkud to da čovek koji me je samo video, koji o meni ništa ne zna, koji sa mnom nije progovorio nijednu reč, otkud to da on na prvom susretu govori ovako kao što vam govorim ja? Ali ne zaboravite, gospođo, da ima naprasnih utisaka, da ima mahnitih momenata na smrt važnih u životu čoveka kad on, gonjen mračnim i slepim nekim nagonom, potmulim radom nekih sila koje ne poznaje, ni sam ne znajući šta se to s njim događa, vezuje i odlučuje svoju sudbinu za nekoga, za ličnost koju prvi put vidi. Ja ne znam, ali bih se zakleo da su sve moje misli i vaše misli, da je moj san i vaš san, da se u vašoj duši mora dešavati ono isto što se i u mojoj duši događa.

I tako je on govorio dalje i sve vatrenije, ali nekako lako i tečno kao da mu to nije bilo prvi put da tako govori, a ona ga je slušala pažljivo i nije ga prekidala nikako, dok su koračali ispod drveća koje je lupilo. A na rastanku ona mu je stegla ruku i kazala:

— Zaista, niste kao drugi, priznajem. Do viđenja!

Pa je tek posle rastanka gospođa Leđenski osetila silno uzbuđenje i strah i nemir da gospodin Leđenski ne primeti na njoj kakve god promene. Ali gospodin Leđenski ništa nije primetio, iako je to bilo prvi put da se pre nje kući vratio.

— I tebe se ništa ne tiče što se tvoja žena vratila kući posle tebe? — pitala ga je nemirno gospođa Leđenski izvlačeći iglu iz šešira prema ogledalu.

— O — odgovori ljubazno gospodin Leđenski — pa ti dobro znaš da to nikad nije bio moj običaj. Niti sam te pitao dosad, niti ću te pitati odsad. I ti treba da znaš, draga moja, da način našeg života ne može ni ostati kao u provinciji; mi sad živimo u prestonici, draga moja, u prestonici.

***

Ovih istih prvih prolećnih dana snažnog i razbuktalog života, jedno poslepodne, gospodin Leđenski, načelnik opšteg odeljenja, uze glavu među dlanove, pa je, nalakćen tako za pisaćim stolom, osluškivao iz svoje sobe ministarstva, svež ženski smeh što se zvonko razlegao i treperio u pobočnim kancelarijama njegovih potčinjenih činovnika. Gospodina Leđenskog nije mučila nikakva strašna briga niti turobna misao. Jedna divno mirna savest, kojom se on uvek dičio, i jedno retko duševno spokojstvo, davali su njegovom licu onaj blag, miran i plemenit izraz čoveka savršeno zadovoljna sobom. Ali ovo poslepodne, baš ovaj smeh na koji zimus ne bi ni obratio pažnju, dirao ga je čudno, pa mu se činilo da ga on nekako i suviše odvaja od onih tamo mladih što se šale, sa kojima bi on rado bio intiman i kojima bi hteo da kaže: da onu hijerarhijsku granicu koju je neko postavio između njih i njega prosto treba da izbrišu kao da ne postoji, te da ga smatraju za druga, onako ravnopravno, i kao čoveka pred kojim se može do mile volje šaliti i smejati. Ali to nikako nije bilo moguće, i baš zato što je to nemoguće bilo, mučilo je g. Leđenskog, pa je u grudima osećao kao neko klupče koje ga guši do plača. Ta prokleta granica, tako vidljivo i surovo postavljena u kancelariji, ide za čovekom, pa posle stoji onako isto oštro povučena i ustremljena i napolju u životu. I uvek, i na svakom koraku, sapliće se čovek na nju, i ona ga opominje da ne sme i da nema prava biti mlad i onda kad on svim svojim nervima, svakom svojom žilicom i celim svojim bićem, oseća savršeno da u njemu bukti rumeni plamen one uzvišene i prave mladićske sile. I kako je užasno to da čovek, čijoj se snažnoj prirodi treba diviti, jedan čovek koji iz nekih uzroka pati od duže uzdržljivosti, pa pored toga nekako očuvao i mladost srca, izgleda komičan nekome u nekim prilikama, a naročito u očima te mladeži, i to ove današnje mladeži, koja u stvari i nema mlada srca i kojoj jedino godine, dakle cifre, daju pravo na sve.

I tako, savladan silinom svoje tuge, gospodin Leđenski ustade naglo iza pisaćeg stola i priđe velikom ogledalu do prozora. Onda stade ispitivati svoj spoljašnji izgled i, kao da nije on to, sam lično gospodin načelnik, koji posmatra sebe, nego drugo neko lice, zauze nepristrasan stav posmatrača, pa se naročito upilji u svoje guste, prosede veđe i čelo izbrazdano mnogim borama.

I gospodin Leđenski uveri se namah da pred njim stoji neko koji za sebe ne bi mogao baš reći da je mlad, pa mu srce steže neki uzan obruč i u njemu nešto jauknu: jao, jao, te se brže ukloni kao poražen onim što je ugledao. Onda je krupno koračao po sobi, i tako, utučen onim utiskom, osećao je kako ga strašno i sitno kljuje neka arterija u mozgu do pomračenja u glavi. I u tom mraku, nejasno i zbrkano, izađe mu sva prohujala mladost, prazna, staračka, neiskorišćena. I tako u iskidanim slikama, ludo brzo, prolazile su pored njega sve prošle nesreće, sve bolesti, svi sukobi; i sva odvratna dosada palanke u kojoj se godinama raspadao zgadi mu se grozno.

I usred tog neizdržljivog osećanja vrata se njegove sobe otvoriše i nestašnim jednim gestom mali ženski činovnik koji uđe, upitno pogleda gospodina načelnika: je li voljan da potpiše. A ovaj mali ženski činovnik, ova otmena i bleda devojka crvenih usana, ova Ruskinja, Tanja, u čijem je glasu imalo nečeg što neobično opija i otkriva neke duboke, nepoznate čežnje unosila je uvek u sobu gospodina Leđenskog neki mistačan zanos koji je u njemu budio nemir koji se ne može odrediti.

— O, vi ste vrlo, vrlo vredni, gospođice Tanja!

— Da, da.

— I navikli ste već, radite sve?

— Nu da, navikla da.

— Dobro govorite srpski.

— Moram, da!

Pa je ona, nagnuta, podnosila plave, sitno ispisane tabake i tražila ono mesto za potpis, a gospodin Leđenski, uzrujan blizinom one male glave, raširenim nozdrvama udisao miris njene kose.

— Koga imate ovde u Beogradu, gospođice Tanja?

— Mamu.

— Vas dve?

— Da, da.

— Vaš otac šta je bio?

— Đeneral, guverner...

— Ama vi mora da se mučite ovde? Vi ste mnogo trpeli?

— O da, mnogo.

I u tom trenutku jedna iskrena i duboka nežnost, nešto blago do suza poplavi dušu gospodina Leđenskog, pa je zaželeo da joj govori dugo, mnogo i toplo i da je potpuno uveri kako je gotov da se za nju sav žrtvuje, onako, iz jednog najčistijeg osećanja, jedino iz toga osećanja, i to da se žrtvuje do kraja celim svojim bićem, ako bi tako mogao bar donekle da ublaži one njene muke, te da ih zaboravi i ponovo počne lepo i dobro misliti o ljudima i o životu.

— Da vam nešto kažem, gospođice Tanja. Vi nemate baš nikog ovde?

— O da, o ne!

— Znate li šta? Eto ja sam tu. Za sve obratite se meni, molim vas. Ali pazite: s pravom se obratite meni. Prosto zamislite da imate brata. Eto ja sam vaš brat. Kažem vam, ama za sve, za sve što vam treba.

— O, merci, merci!

— Hoćete?

— Nu da.

— Dakle prosto zamislite da imate brata. Eto ja sam vaš brat. I prosto kažete na primer... dođete ovde kod mene, priđete mi i kažete, kažete... sve što kažete...

— Ja vama vrlo zahvalna.

— Recimo: ne sedi vam se u kancelariji. Da uzmemo taj primer. Vi prosto dođete kod mene, priđete mi i kažete, kažete: izlet. Znate li šta je to izlet?

— Ne, ne.

— Izlet, to je promenade.

— Nu da. Ja vrlo volim izlet. Vi pustite mene, da?

— Naravno, zaboga.

— Oh, ja očenj, ja vrlo, vrlo zadovoljna.

— Ili da uzmemo drugi primer: treba vam šešir.

— O ne treba, ne.

— Kako ne, ne? Treba vama šešir. Da, da, treba vama šešir. Dakle treba šešir. Vi prosto kažete: šešir. I tako dalje, i tako dalje. Jer vidite, vi još mene ne poznajete, gospođice Tanja.

— Ne, jeste, ne.

— Znam ja da vi mene ne poznajete. A ja se isto tako mučim kao i vi; još gore, verujte.

— Kako, no kako se vi mučite? Ja ne htela da se vi mučite.

— Dakle evo kako, gospođice Tanja. Pre svega nemojte me pogrešno razumeti. Ne mučim se ja onako, recimo materijalno. Ne, Bože sačuvaj. Nego... kako da se izrazim: duša mi se muči... Eto, ja imam rusku dušu, široku, ogromnu kao vaš Sibir, ali praznu, mrtvu. Moja duša, to je prazno gnezdo. Eto, dobro sam kazao, sasvim sam se dobro izrazio, prazno gnezdo i ništa više.

— Ali vi imate vašu ženu, da?

— Imam ja ženu. Jest, cela istina, imam ja ženu. Ali, kako bih vam rekao, gospođice Tanja? Moja žena mene ne ponimajet; eto, prosto ona mene ne ponimajet.

— Tako?

— Da. Ali o tome drugi put.

— Nu da, nu da.

— Dakle drugi put... Kao što sam rekao: vi prosto zamislite da imate brata, dođete ovde, priđete mi i kažete... kažete: evo me... I posle razgovaramo dalje. Dakle tako?

— Da, da, da.

I gospodin Leđenski jako i srdačno steže malu rusku ruku. Onda, i kad ona izađe, vičnim jednim pokretom izvadi svoju vrlo ukusnu tabakeru, zapali cigaretu, uze štap i šešir, pa strča niz stepenice i izađe na ulicu.

To veče mnogobrojni poznanici gospodina Leđenskog behu jako iznenađeni njegovom izvanrednom, prosto neviđenom srdačnošću, jer se on klanjao levo i desno tako ljubazno i skidao šešir tako duboko i sa izrazom takvog blaženstva, da se njima činilo kako je gospodin Leđenski, u najmanju ruku, morao postati članom kakve značajne delegacije ili tako nešto slično.

A on se i dalje neumorno klanjao na sve strane i smešio razdragan, blažen, očaran i obuzet uvek onim novim osećanjem nagona nekog da se žrtvuje. „Ako ijedan stvor zaslužuje da se čovek za njega sav žrtvuje, to je ona, Tanja", mislio je gospodin Leđenski. „Eto to je žena o kojoj sam sanjao; to je žena za koju se prosto, bez ikakvog razmišljanja, glavačke skače u provaliju."

II

Kad se gospodin Leđenski, nekoliko dana docnije, jednog lepog i blagog večera punog mesečine, vratio sasvim kasno kući, gospođa Leđenski preko običaja, još nije bila stigla. Njemu silno odlaknu. I kad se ona, sa izvinjenjem na usnama i nešto zbunjena, pojavi na vratima, on hitro skoči pa joj pođe u susret.

— Draga moja — reče on nežno — eto tako te volim. Ti moraš, eto kažem ti prosto, ti se moraš malo otresti, razmrdati, osloboditi one grozne, ubistvene čame. Svakoga dana kad se vratim, posle zamornoga posla, meni se srce cepa kad te gledam utučenu, slomljenu, snuždenu, kao da i nemaš više volje da živiš. Tako više ne sme biti. Ti se ne smeš napustiti, ti se ne smeš na mene ugledati, jer ja sam drugo; kunem ti se, ja sam nešto sasvim drugo, jer moje teške i dosadne dužnosti zauzimaju celo moje biće. Kažem ti da se moraš razdrmati.

I u jednoj mahnitoj razdraganosti gospodin Leđenski zgrabi pune mišice gospođe Leđenski i stade ih drmusati.

— Kažem ti, šta ti imaš da misliš. Ti prosto misli samo o sebi. Eto molim te: ti prosto misli na sebe. Da uzmemo ovaj primer: ne sedi ti se kod kuće. Onda šta? Uzmeš knjigu, kakvu lepu i korisnu knjigu, kakav roman ili tako šta, pa u Topčider, Košutnjak, Kijevo, gde god hoćeš. Mogla bi i u Zemun... Ali znaš li šta? Ne volim da ideš u Zemun. Dakle Zemun se izostavlja. Ima samo jedna stvar, naravno, ti ćeš mi uvek reći gde si naumila da provedeš svoje poslepodne. Zar ne? Jer muž treba da zna gde njegova ženica, uglavnom, provodi poslepodne. I jer meni prosto može pasti na um da dođem tamo gde si ti, da te obiđem, prosto da te obiđem. Recimo, ne radi se ni meni. I dlan o dlan: tramvaj, voz, fijaker: ja sam tu. Kažem ti: uzmeš knjigu... Danas treba čitati, draga moja, mnogo čitati. Eto, niko i ne čita. Ceo Beograd je na ulici. Dakle tako. Daješ mi reč?

Gospođa Leđenski, razdragana kao dete i kao nikad dotle, veselo pruži ruku, pa onda zagrli gospodina Leđenskog.

— Dajem, evo ti dajem reč. Ti imaš potpuno pravo. Zaista, knjiga je sve. I posle toga vazduh, vazduh, dragi moj; a ovaj Beograd tako je svetao, širok, sjajan. Eto večeras, popnem se gore i s brda gledam, Bože gledam, gledam i dišem. Oh divno, slatko dišem. I dođe mi da se smejem, da klikćem, ne znam ni ja šta mi dođe. Ali mi se čini da tek sad znam što živim.

— To je divno od tebe, mila moja, božanstveno.

— Pa da, božanstveno, božanstveno.

I čovek i žena smejahu se slatko.

Ispovest jednog smetenjaka

I

Ima neko vreme, patim od nesanice. Evo šta mi se dešava. Legnem u krevet mrtav umoran. Dakle, sasvim umoran legnem u krevet i računam zaspaću smesta. I zaista, kako sam sklopio oči, obuzima me zanos tako kao da ću smesta zaspati. Ali najednom, dok tonem u onom mračnom zanosu i pred snom koji tek što se nije sasvim utvrdio, pojavljuje se odnekud nešto fino kao svileni konac koji ja osećam i koji se kao neka strašna granica postavlja između ona dva stanja, te me opominje da se dalje nikako ne može i da od sna neće biti ništa. Ja već počinjem da se mučim u maglovitoj svesti o tome da sam ipak budan. Tu svest o tome da nisam potpuno zaspao, osećam najpre kao neobično finu, tanku i laku maglicu, kao što je ona što se ponekad viđa nad gradom u ravnici, pred noć, kad se on sprema za san i kad se već ne vidi. Dakle nešto tako vrlo tanko, fino i svetlucavo, što lebdi nad onim mračnim bezdanom. Ide to tako pa tek osetim kako se onaj tanki magleni veo počinje da steže i da skuplja sve više, sve više, u neku sve manju i manju gužvu, dok iz njega ne ostane samo jedan jedini lepršavi pramičak. Taj pramičak koji menja boje, stalno podrhtava i liči mi na kakvog leptira, dok se sasvim u njega ne pretvori. I ja se mučim, i taman mislim sad ću zaspati, jer sve manje osećam onu granicu, kad me krilance onog leptirka takne, dodirne negde po onom zategnutom svilenom končiću, i tako nanovo opomene da sam budan. A čas opet oba krila najedanput, te mi je svest o tome da sam budan jasnija. Eto tako nešto, ako sam znao približno da izrazim, i sve strašnije, ponavlja se, ponavlja se neprestano, dok se naglo ne prenem i skočim, jer glava ne može da izdrži u onim mukama, te ustajem i sedim u krevetu do zore. Četvrto je veče kako mi leptir nikako ne da mira nego trepeće, trepeće, po onom koncu i kako ga sve stvarnije osećam u glavi, pa sam ustao, seo za sto i odlučio da ozbiljno razmislim o kraju ovih nečuveno užasnih muka.

Kao i mnogi drugi, pomišljao sam i ja često da se ubijem, ali nikad ozbiljno. Bežao sam tada u samoću, rešen bajagi da razmislim o najlepšem načinu da svršim sa životom, koji više ne volim, koji više i nema smisla pod ovim okolnostima, i koji ne mogu da izdržim. U takvim prilikama kolebao sam se u ovome: da li štogod da napišem i da svetu objasnim uzrok svojevoljne smrti, ili da ne ostavim za sobom baš nikakva traga, pa neka se naslućuje šta me je rukovodilo da tako šta učinim. I uvek sam se rešavao za ovo poslednje, jer sam verovao: da nijedan onako pisani oproštaj, ma kako sjajno sačinjen, ne može biti ravan utisku koji ostavlja tajanstvena smrt ćutljivog samoubice. A taj utisak ticao me se zato, što sam želeo da moja smrt što je moguće više i jače zaboli nekoga. Uobrazio sam još da se u takvom slučaju i mnogo više poštovanja ima za toga čoveka, jer se i o njegovoj dubini i o njegovoj širini, kao i o njegovoj snazi, nagađa beskrajno više nego što je to u stvari, a preziranje njegovo za ljude, koje nije hteo udostojiti otkrivanjem svoje duševne drame podiže uveliko i u svačijim očima njegov ugled.

Tako sam ja mislio i držao se toga sve dosad; a kako su drugi o tome mislili to, bogami, ne znam i ne mogu znati. Tek maločas, kad sam seo za sto, pade mi na um najpre ovo: kako bi bilo kad bih pokušao da samome sebi, ovako napismeno, položim račun o tome, šta je to, u čemu je upravo ova moja stvar, bolest, ludost šta li je, tj. šta su sve ove moje muke i nevolje, otkud su, mogu li se one otkloniti, itd. Može biti, pomislio sam, da bi mi pred jednim tako jasnim i čistim računom sinulo šta treba da radim. U tom cilju iscrtao sam neke rubrike na jednom praznom tabaku hartije, isto kao na trgovačkom računu, a naslov stavio sam prosto: *Šta je u stvari?* Kad sam s tim bio gotov, ja sam s jedne strane počeo da izlažem sve moje nedaće, ne sakrivajući od sebe ništa, a s druge strane mislio sam da iznesem izglede i sve moguće nade koje mi ostaju da se iz onih, zaista užasnih, nedaća izvučem. Ali u toku ovoga, i savladan umorom, ja malaksah, te spustih glavu na onaj započeti bilans u nadi da ću sad zaspati. Tako opet padoh u onaj mračni zanos, ali na moju nesreću, samo do one kobne granice, jer krilo onog leptira opet dodirnu onaj uobraženi svileni končić i sve se ponovi onako isto kao ranije. Užasnut, ja osetih tada da su sve moje nade izgubljene i razljutih se na leptira toliko da umalo što smesta ne opalih metkom onde gde sam zamišljao da se on nalazi. (Uostalom, ja tačno znam gde je on, jer sam nesumnjivo uvrebao ono mesto na svilenom končiću koje njegovo krilance, u odsudnom trenutku kad treba da zaspim, redovno dodirne sa jednom podmuklošću prosto neverovatnom.) Tada se setih tebe pa sam se, posle kraćeg razmišljanja, rešio da ti napišem pismo, jer je, naposletku, to mnogo lakše, i da od tebe ne sakrijem ništa, nego da ti najiskrenije i otvoreno poverim sve što me je navelo na ovaj korak, kako se to obično kaže. I to je, svakako, koješta, ali me muči što si ti uvek mislio da sam ja kukavica, i što si mi se podsmevao kad god sam govorio o tome da više ne mogu da izdržim ovaj život, pa mi je stalo da te uverim: kako ti baš nisi uvek u pravu i da si grešio kad si tako o meni mislio. Osim toga, i da ti kažem sve čime je moja glava bila ispunjena na nekoliko sati pred momentom kad sam cev jednoga revolvera upravio prema onom mestu gde se nalazi leptir, a drugu uperio na srce, koje, uveravam te, udara isto onako odmereno kao kad sam s tobom poslednji put razgovarao o tome kako se u Beogradu više ne može opstati, jer je postao dozlaboga jedna gadna i bezdušna poslovna varoš, do užasa neosetljiva za sve bolove, i nemarna za bolje i više manifestacije života.

Moram ti napomenuti još samo to: da ću o svemu pisati vrlo brzo i bez plana, jer se bojim da me baš ovo što sad činim ne pokoleba u odluci. Napisao sam ti samo ovo nekoliko redi, i već me nešto vuče da prestanem i odvraća me od namere. I posle svakog reda sve žešće. Kao da su se oko mene skupile aveti svih samoubica što ovaj svet ostaviše bez jednog slova, pa me uznemiruju, muče, ismevaju me i prete kako bih se okanuo onoga protiv čega su one i protiv čega se bune. Ali ja se lako dati neću, pa makar, na onom svetu, pretrpeo ne znam šta za svoj prema njima izdajnički postupak. Međutim, evo, i to ću ti priznati, a to osetih ovoga časa: glavnu snagu da ti pišem daje mi, pored sve moje odlučnosti, neka nada, da ipak ni ovoga puta neću pristupiti delu za koje se spremam baš zato što ti pišem. Upravo otud mi jedino i moć da držim pero. A ako se sve lepo svrši, što bih ja želeo svom dušom, i leptir odleti odakle je i došao, tebi ću dugovati život, koji je ipak nešto pozitivno i ne daje se tako lako za ono nesigurno.

Ti poznaješ moj život i mene, uglavnom, život nimalo originalan, je l' da — život jednog običnog, prosečnog čoveka. Moraš priznati ipak da sam imao jednu vrlo dobru stranu karaktera: nikad sebe nisam precenjivao. Rat, i sve što je on sobom nosio, razvio me je dosta osetno, istina, ali je on to isto učinio i sa kretenima. Ima bivših kretena koji misle da su sad genijalni, a ja sam se ponosio time što sam jasno video da sam, ne svojom ili svojih predaka zaslugom, postao nešto prostraniji i dublji nego što bih inače bio. Svestan toga, ja sam se vratio iz rata kako bez ambicije da obaram društveni poredak, tako i bez one da opevam ili opisujem ono što sam, bez svoje volje i zasluge, proživeo i što se već nalazi i opevano i opisano u tolikim starim, slavnim, debelim i dobrim knjigama. Pa ipak i ja nisam bio bez svoga sna. Da se rat jedanput sasvim završi, da se povratim kući i da mirno i spokojno proživim ostatak života — eto to je bio moj ideal. To „spokojno proživeti ostatak života" nije ni bio baš tako skroman ideal. Ja ću ti odmah kazati šta sam ja pod tim „spokojno proživeti" razumeo. Ti poznaješ moje dane, mesece i godine provedene na frontu. Ti znaš da smo tri pune godine, bez prekida, gledali samo u kamen, u dim i u nebo. U besanim noćima, prolazila je često naša prošlost kraj nas, i ja se dobro sećam da je najveći deo našeg vremena protekao u razmišljanju o njoj i o onome čime je ona bila ispunjena. Prinuđeni da živimo čisto, ovo vreme, sve u duhovnim preokupacijama i sve u mukama mi smo poredili sa njom koja je bila zbunjena i, moraš priznati, puna prljavoga. Bilo je dana kad je sve drugo bledelo pred grižom naše nemirne savesti zašto nismo bolji bili u mladosti. U našoj generaciji, ti znaš, mali je broj onih, zaista srećnih, što mogu reći da su mladovali čisto. Mi smo se zaljubljivali, voleli smo mlade, dobre, nevine devojke. Ali ta jadna i nevina stvorenja nisu nas poznavala. U naivnosti svojoj verovala su ona uvek kad smo im se zaklinjali na sve moguće vernosti. A mi? Ajde porazmisli malo o tome, kad mene više ne bude bilo, kakva smo mi čudovišta, kakav smo mi užas od ljudi bili kad smo mogli, posle onako božanskih trenutaka provedenih s njima, i momenata kad smo pred njima drhtali u najiskrenijem uzbuđenju vatrene i savršene odanosti, rastajući se, da odlazimo odmah iza toga, i to mirne savesti, na sva ona prljava mesta poroka, čiji mi je ponor, mračan kao pakao, tek mnogo docnije, u onim časovima samoće na frontu, buknuo pred očima u svoj svojoj strahoti? Pomisli, sasvim mirne savesti, sasvim mirne, i da sutradan ponovo drhtimo pred njima! Jest, takvi smo bili, baš takvi. I na uglu kakve drogerije, zar ne, gde smo se tek snabdeli sredstvima protiv gadne bolesti od koje smo trpeli, očekivasmo mi katkad ona ista mila stvorenja, čija su srca podrhtavala od sreće, žureći se da nas vide i stegnu nam ruke, zarumenela, radosnih očiju, gledajući u nama bića skoro nestvarna.

Eto, na tu prošlost misleći i nesrećan što je ona takva bila, sanjao sam ja o budućnosti koja bi je svojom čistotom koliko je više moguće otkupila. Nespokojan zbog nje, ja sam se zaricao da tu budućnost učinim boljom i spokojnijom, i zar bi to malo značilo da sam, kojom srećom, uspeo? Dakle o tome sam sanjao, uveren duboko da ne vredi ni živeti, ako se i dalje prljavo živi, i da je to: kakav je čovek u tome glavna stvar života.

Jednoga dana, baš pred kraj onog umiranja između neba i kamenja, šetao sam novoprosečenim putem kuda su prolazili mali engleski kamioni sa municijom koju su prenosili na front, gde se već uveliko spremalo za ofanzivu. Bio sam zamišljen stvarima službe i koračao sam lagano, sagnute glave, kad za sobom začuh zvrktanje kamiona i odmah zatim silan prasak gume koja beše prsla. Ja se osvrtoh i tada ugledah ženu koja, kao lopta, odskoči sa svoga sedišta. Ta žena bila je Engleskinja, jedna od onih što su naročito lepe kad su lepe. Upravljala je sama, i sasvim sama i bila u mašini. To je bilo prvi put posle dvadeset i nekoliko meseci da sam video ženu i zbunih se, zbunih se jako. Ipak pritrčah i ponudih joj pomoć koju ona primi sa onim svojstvenim i otmenim osmehom zahvalnosti. Ja joj, zaista, nisam bio izlišan, i posle kratkog vremena mi smo, radeći zajedno, promenili gumu i sve doveli u red. Ali za sve vreme dok smo se vrzmali oko onog točka ja sam bio neobično nemiran: ruke su mi drhtale, glas mi je bio tuđ, pogled zbunjen, a grlo sasvim suvo. Ja sam se bio potpuno izgubio onoga časa kad se moj pogled, slučajno, zaustavio na njenim sasvim malim i kao ruka tankim nožicama. Kad bih ja imao vremena da se duže zadržavam na ovome, kad bih ti ja potanko opisao utisak koji su na mene učinile one dve tako male, suptilne, uske i šiljaste cipelice, što su obilazile oko mene i trčkarale čas amo čas tamo oko mojih nezgrapnih ratnih čizama i usred one divljine borovima pošumljenih bregova, ti bi me, može biti, i razumeo. Ali ja moram ići dalje pa ma ti i ne bio u stanju da osetiš: koliko dve tako suptilne male nožice mogu da opiju čoveka koji ženu nije video skoro tri godine, pa je, posle toliko vremena, prvi put susreće usred planine po kojoj ljudska noga pre rata nikad i nije prošla.

Kad je ona iščezla, a ja opet ostao sam, osetih kako mi se srce zgrči, kao da ja bez onih malih cipelica ne mogu više ni časa da živim. Za ono nekoliko brzih trenutaka one me toliko behu uzbudile, toliko raznežile, da mi grubost mojih ogromnih čizama, cele moje konstitucije i spoljašnjosti, topova koji su ostali da vrebaju gore u amplasmanima, mojih vojnika i drugova i sve one divlje prirode oko mene, pritisnu do takve odvratne neizdržljivosti, da sam, Bog mi je svedok, pomislio i na sam zločin bekstva. Zamisli, ni stas, ni oči, ni lice, ni kosa, ni grudi, samo nožice, sasvim male fine cipelice, zaneše me do potpunog zaborava svih briga i svih dužnosti pored kojih dotle ništa drugo nisam ni video! Ja proklinjah rat kao nikad dotle, i kao nikad pre toga zaželeh da se on najzad svrši pa da pronađem ovakve iste fine male cipelice koje bih znao da ljubim ludo, sa nežnošću koju nikad ni prema čemu u životu nisam osetio, sa ljubavlju koja se, činilo mi se, nikad ne bi mogla utuliti. I tako i svim tim raznežen, očaran, opijen, skoro uplakan, ja se povratih u zemunicu, da sanjam o svršetku rata, koji sam toliko mrzeo i toliko puta nazivao najodvratnijim ljudskim poslom, ali u kome sam, isto tako, postao mnogo boljim čovekom, poučavajući se iz njega plemenitim i često korisnim stvarima.

II

Kratko vreme od ulaska vojske ja se opasno razboleh od gripa, a morao bih se razboleti inače, jer sve što sam video, kad smo se ovamo vratili, bilo je tako žalosno i sramno. U ritama, skoro gola, zemlja je

DRAGIŠA VASIĆ

činila utisak devojke koja se podala, pa se propila i tako osramoćena, tako raskalašna i pijana, ponudila bratu. I sad mi je mrsko do užasa kad se podsetim prvih dodira sa onima, o čijoj smo gordosti i vernosti toliko i tako naivno sanjali dole u mukama, a o čijim gadostima saznadosmo tek pošto prođoše oni prvi dani besmislene radosti i kad je sve bilo dockan da se preduzme i osveti.

A zanimljivo je, bogami, kako se brzo mirilo sa svačim, u iznemoglosti duha, šta li, ili valjda, iz navike na sva moguća čudesa. Moram ti priznati, nemam kud, da sam i ja bio jedan od onih što se sa svačim mirio brzo. Tako se, čim sam ozdravio, zaleteh u sva moguća razonođenja, tvrdo rešen: da odsad strpljivo podnosim sve nepravde, da se što je moguće manje žalostim i ljutim, i da otpočnem, najzad, misliti jedino na sebe i na svoj duševni mir. A u palanci gde sam bolovao bio sam dobro poznat, i po familiji koja je uživala veliki ugled i po svome dosta lepom glasu iz rata. Ja sam imao trideset godina, novu artiljerijsku uniformu kapetana i *Belog orla s mačevima* na prsima. Ja sam bio rado primljen, voljen i omiljen zbog svoje skoro smešne iskrenosti, zbog vesele naravi i kao pevač koji se nikad nije dugo molio da pokaže koliko i šta u tome zna. Pevao sam, pričao, igrao i umeo da unesem radosnog i živog raspoloženja, smeha i oduševljenja u svaki skup, koji, ne znam, da li bi bez mene i mogao imati kakvog smisla. I to je tako išlo sve dok me jednoga dana ne uzbuniše dve cipelice (baš iste onako sanjane) jedne plavuše ne osobito lepe. Znam samo to: da sam smesta osetio kako one moraju biti moje i znam da je uvek moralo da bude ono što sam hteo, pa je tačno tako i bilo. Osvojio sam je na juriš pa sam bez muke postao verenikom devojke koja nije bila naročita lepotica, ali je bila sasvim po mom ukusu, devojka idealnih kvaliteta.

Posle toga među nama nije bilo ničeg osobitog. Voleli smo se i odnosili po onom redu i po onom postupku kako je uvek bilo i kako će uvek biti, i s nama se dešavalo sve ono što se dešava među verenicima, naročito kad ovaj odnos traje nešto duže nego što bi trebalo. Svakako bilo je i mučnih trenutaka zbog moje ljubomore. Ali to je neizbežno bilo jer ja sam u tome prilično arnautskih pogleda. Ja se nisam mogao složiti, na primer, da žena koju volim, u mome odsustvu, provodi vreme s drugim. Jer kad ja pustim ženu da, recimo, s drugim uživa u prirodi onda šta? Šta sam dopustio? Dopustio sam da on deli s njom draž onog uživanja, da se spaja s njom u tome itd. A ja je volim i dragoceno mi je baš to da samo ja jedini s njom delim onu radost, ushićenje itd. Mrzi me o tome da pričam.

Pa i pored toga išlo je, uglavnom, dobro, jer smo već jedno na drugo bili navikli. Ja moram voleti stvorenje koje mi je odano i koje mene pretpostavlja svima drugim stvorenjima. Ja sam na frontu plakao kao kiša onog dana kad su mi ukrali moga divnog ptičara Morica, koji je naročito znao da se ulaguje (kome nikad niste smeli reći „marš" toliko je bio osetljiv i fini) i koji se od mene godinama nije odvajao.

Dakle tako, ništa osobito i naročito, sve dok njen otac, i protiv svoje i protiv svih nas nade ne zadobi jednu vrlo zavidnu situaciju u Beogradu. Tako se oni smesta odseliše, pa uskoro i mene tamo premestiše. Ja sam već bio skinuo svoju uniformu, pa sam u svome predratnom odelu, koje nije u svemu odgovaralo poslednjoj modi, odlazio na svoje časove u gimnaziju. Nije to bilo bez uticaja na moju verenicu (prosto me stid da to kažem) što sam ja skinuo svoju uniformu i što su vojnici, podoficiri i mlađi od mene oficiri, prestali da me pozdravljaju, ali tako je moralo biti i ja sam joj to morao odbiti na mladost... Priznajem to: da se nikad u Beogradu nisam dobro osećao. Srbenda, palančanin, ja sam bio zaljubljen u onu tamo tišinu palanke, u onaj miran i redovan tok njenih sporih minuta. Ja sam voleo njeno čisto jutro, puno radosnih pokreta, jutro što krepi i podiže dušu umornu i pomućenu onim kalamburom prestonice. Voleo sam da poranim, rano da izađem izvan varoši, gledam u plave daljine, gazim po rosi, slušam trubne zvuke i sretam čete što idu na vežbanje; a kad sunce odskoči da se vratim u probuđenu varoš. Smej se ti koliko ti drago! Ja sam čak uživao da gledam ćifte kad, okupljeni oko mesarnice, posmatraju krvavo meso ili se uz prve kafe ogovaraju pred kafanama, da se posle raziđu i produže to isto po ladovinama ispred dućana. Sve tamo ide polako, prosto svojim redom, ujednačeno i moji su nervi uvek mirni. Moji su nervi uvek mirni, a to je najvažnije. I probudi li me noću apotekarski pomoćnik, student ili oficir, pesmom ili violinom, pred kućom lepotice proglašene zimus kraljicom bala, ja se ne ljutim. Bogami, časti mi ne ljutim se; znam da i oni imaju smisla za meru, čak i ti apotekarski pomoćnici, i da beskrajna, iako letnja, noć ima suviše mrtve tišine i za mene. Eto takav mir, planinski, pun, voleo sam, mir u koji sam pokajnički bežao uvek kad sam, zavitlan olujom prestoničkog života, hteo da se povratim iz duševne pobrkanosti u koju sam zapadao i koja me je tamo redovno obuzimala.

Ali se nije imalo kud i ja sam morao otpočeti ovaj novi život, svestan da nisam onde gde je moje pravo mesto, da sve više postajem rastrojen, pobrkan i zbunjen i da mi ostaje još jedina nada: da se oženim što je moguće pre i živim, posle toga, po svojoj volji. Samo što ovo poslednje nije nimalo lako bilo. Jer, zavitlani novim životom više nego ja, roditelji moje verenice i ona sama, sasvim pogubiše glave pune prečih briga od mene i mojih planova. Bezbrojne nove veze i već možeš zamisliti sve što je izazvala njegova nova situacija i dr. u njihovoj kući, koja se otvori za najelegantniji svet prestonice, za tzv. lavove i lavice salona kao i sve nemoguće skorojeviće, ja sam se osećao sve mučnije. Jer, kakav sam ja među njima izgledao? Kako sam se ja tamo osećao? Zamisli me samo! U svojim amerikanskim cipelama, ja, tigar palanačke „velike sobe", bio sam ovde nemoguć, sasvim nespretan; odskakao sam toliko da sam više puta u mnogim očima onih lavica čitao jasno čuđenje: otkud sam ja, uopšte tu, u toj kući, ko je to poludeo da me tamo pusti onako staromodnog i bez „šimi" cipela?

Ja bih slagao kad bih tvrdio da me moja verenica, u to vreme, nije volela. Naprotiv; samo što ona za to osećanje nije imala vremena, iscrpljujući se neprestano posetama, koje je primala i vraćala, pozorišnim predstavama i balovima koje nije propuštala. Da, ja ne mogu reći da me nije volela, ogrešio bih se. Ali mogu reći, a da se ne ogrešim, da me je često i zadugo zaboravljala. I oko toga, i oko puno sitnica, mi smo sve češće dolazili u sukob, počeli smo da se naširoko objašnjavamo i, prirodno, da se ne razumevamo. Prebacivala mi je ona što se ne prilagođavam ovome ili onome u novim prilikama, što ne pojmim da se bar na glavne balove mora ići, što sam sve mračniji i nervozniji; a ja sam joj zamerao podražavanje njenim drugaricama koje mi se nisu dopadale i, u ophođenju, sve veću izveštačenost koju sam iskreno mrzeo. Ja se nisam varao, ja sam jasno video da je sve pošlo naopako i u raznim pravcima. Nije mi, pored toga, izmaklo da primetim: kako mladi ljudi oblеću oko njenog oca i kako se on sve više od mene libi kao da mu se činim pomalo priprost za njegov novi položaj, a najposle sam osetio i to, kako svoju verenicu počinjem voleti nekako drukče, ne kao ranije, nego nekako slično kao kad se voli sestra od tetke ili tako šta svoje i blisko iz familije. Zbog svega toga stradao sam i unutra osećao sve veću smetenost, sve veći nemir i nespokojstvo.

Jedno jutro uskočio sam na tramvaj za gimnaziju. Bio sam neispavan, nervozan, jedva sam se držao na sasvim umornim nogama od kojih sam inače patio. Ulazeći unutra ja sam prosto oteo jedno mesto do samih vrata, ne obzirući se što su neke, čak starije od mene, dame ostale stojeći, pa se tiskale i ćuškale nezgodno pri kretanju prepunih kola. Skupljen tako u onom uglu osećah se vrlo neprijatno, pa se ne usudih ni da pogledam okolo sebe, uveren da me zbog ove nepristojnosti posmatraju s prezrenjem, utoliko većim što se onako na oči činim čovekom sasvim mladim. „Kako je to nepravedno i kako ljudi brzo sude o svemu", pomislio sam ljutito. „Eto, uveren sam, svi misle da sam iz besa, onako iz drskosti ili nevaspitanja, zauzeo to mesto i seo ovde, a ne znaju da sam prosto morao, jer se ne mogu održati na nogama i jer sam umorniji i namučeniji od svih ovde skupa u kolima."

I ljut zbog ovog kukavičluka, večitog nekog urođenog ustezanja i obaziranja na to što će ko o meni pomisliti i kako će me pogledati, ja se osmelih da podignem oči i da se slobodno i drsko obazrem oko sebe. I u tom trenutku moj se pogled zaustavi na neobičnim očima jedne žene, koja je sedela na klupi preko puta mene, i svakako i po svemu bila Ruskinja.

Ja sam čovek nenormalno upečatljiv. Otkud to ja ne znam, ali sam smesta osetio ovo, i zakleo bih se i izgoreo bih zato, da je ona tačno znala šta je tog trenutka u meni što me je mučilo, da je savršeno razumela moj položaj. Zbunjen, ja sam neprestano lutao pogledom preko onih lica u kolima, ali se redovno i sve češće zaustavljao na njenim očima koje su mi govorile tako jasno da bih poludeo od čuđenja: „Sedite sasvim mirno, ja vas potpuno razumem, vidim sve iz vaših očiju." Otkud to tako ne znam, ali mi se učini tog istog trenutka da bi ova žena ovde mogla razumeti, kao nijedna druga, sve moje muke, ako bih joj otkrio. Pa potpuno uveren u to ja je pogledah zbunjenim i tako očajnim očima koje su govorile da sam sve na svetu gotov radi onog olakšanja. Ona je sedela sasvim mirno i pogledala me još jedanput tako otvoreno, tako dobro i sa toliko plemenitosti da sam sasvim bio zaboravio gde sam i šta je sa mnom. Ja propustih stanicu gde sam imao da izađem i ostadoh u kolima sve dok ona ne siđe. I tako sutradan, pa idući dan, i mesec dana zatim ja sam činio to isto, čekao je uvek na stanici sa koje je polazila, prateći je redovno, sve više zaluđen njenim očima, toliko dobrim da bih svisnuo da ih ne vidim jednog jedinog dana.

Mesec dana posle prvog susreta, jedno poslepodne, primetio sam na nekom zidu reklamu velikog ruskog bala koji se isto veče davao u jednoj od velikih beogradskih sala. Čim sam to pročitao, pomislih: da bi se na tom balu mogao upoznati sa ženom čije su oči čudnom snagom zadržavale dalje rušenje mojih nada. Ja brzo odjurih svojoj verenici da je pitam, da li bi htela ići na ovaj bal, čiji program hvalih, i sa nekom neobjašnjivom nadom da će ona odbiti da pođe. I zaista, očarana programom, ona me uveri da joj ništa žalije nije nego što ga, sprečena nazebom, mora propustiti. Zatim stade navaljivati da ja idem bez nje, moleći me uporno da joj to učinim, a da pre bala dođem kod nje da me vidi kako izgledam. Ja joj, najzad, obećah, duboko dirnut onom njenom dobrotom, umiljatošću i srdačnošću kakvu odavno od nje nisam osetio. I u tom času ja potpuno zaboravih da sam, po planu, hteo da ona odbije, pa je iskreno, skoro plačući molih da pođe sa mnom ili da mi odobri da ne idem ni ja. U tom času ja ljubljah svoju verenicu svom iskrenošću jednog srca koje, uveliko poremećeno, beše na putu da poludi. Ali ona osta pri svome i ja sam morao doći da me vidi. Kakva umiljatost, kakva nežnost, kakva osećanja! Šta je meni bilo da posumnjam?

Naivan, dobri moj, tek docnije otkrio sam ja zašto je ona odbila moj poziv. Kao i ja ovoga večera o ruskom balu, tako je i ona želela da bez mene bude na dvorskom, za koji se uveliko i potajno od mene odavno pripremala. Kako je njoj samo išlo na ruku to što ja idem bez nje, sasvim sâm, i još na njeno žestoko navaljivanje!

III

Tako je nekako teklo dotle i nadam se da ovo nije ni pobrkano, niti sa nekim osetnim prazninama. (Za sve vreme ove ispovesti osećao sam ipak nekakvo olakšanje i nekakvu nadu nabolje, kao da se s mene neki strašni teret skida i u glavi mnogo štošta razbistrava.)

Koncertni deo bio je pred svršetkom, a ja sam neprestano tražio ženu zbog koje sam došao na bal, sve nestrpljiviji i sve nervozniji što je nigde nisam mogao ugledati. A kako se program već bližio kraju, to sam sve više verovao da ona i neće doći, pa sam se čudio kako sam se i mogao zanositi onom nadom. U tim trenucima pomišljao sam na verenicu, na njenu širokogrudost, u tome tako neobičnu kod naših žena, i na onu umiljatost i nežnost sa kojom me je ispratila ovamo. U tim trenucima ja sam je tako voleo, da se divim i sad kako me onaj besni nastup kajanja i uzbuđenja nije smesta podigao i vratio k njoj, da joj se ispovedim o svemu i da je pokorno umolim da mi oprosti. Ali se zadržah još neko vreme, pa tek što sam ustao da pođem, kad se ona žena najedanput odnekud pojavi. Uznemiren, zbunjen i uzbuđen do nesvesti ja sedoh ponovo na svoje mesto i najedanput zaboravih sve, ali sasvim sve zaboravih o čemu sam maločas mislio. A žena zauze svoje mesto, pa me ubrzo primeti, zaustavljajući svoj dobri pogled na meni i ne krijući zadovoljstvo što me vidi.

Čim sam je ugledao, odmah sam stao misliti o tome kako da joj se, posle koncertnog dela, približim. A kad igra otpoče, ja se uzmuvah na sve strane, ne znajući sam ni koga tražim ko bi me s njom upoznao, ni kako, uopšte, mislim to da postignem. Ali, šarajući tamo-amo među svetinom, ja iznenada čuh svoje ime, izgovoreno sasvim iz blizine. Ja se obazreh, i, tražeći zbunjenim očima, spazih krasno lice jedne svoje mlade ruske poznanice iz poslednje godine moje nove službe ministarstva. To milo stvorenje, sa očima tako naivnim i uvek punim one religiozne uzbudljivosti, zaradovalo bi se redovno pri svakom našem susretu i kad god bi me ugledalo, pa me i sad pozdravi tako radosno i sa toliko uzbuđenja, da mi se učini kako, od tog pozdrava oko mene blesnu nešto sasvim novo — sjajno, kako bih to rekao, nešto sasvim zanosno, kao neočekivana svetlost neočekivane sreće.

Prva moja misao, dok sam joj stezao kao papir tanku ruku, bila je: da bi me ona mogla predstaviti ženi, koju sa nekom strepnjom u srcu, nikako više nisam smeo gubiti iz vida. I ta pomisao razdraga me toliko, da sam osećao kako mi se lice preobražava u jedan tako radostan izraz kakvog ranije sigurno nikad nije doživelo. A ova radost kao da se prenese i na nju, jer i njeno lice odade najednom takvu sreću, da sam pomislio: kako i ona, samo mi nije jasno bilo zašto, toga časa doživljuje najlepši momenat života. Baš utom ona žena ustade i sasvim sama pođe sredinom sale. Neiskazano uzrujan ja se obratih ovamo, ja rekoh: „Vanja, da li slučajno poznajete damu koja prolazi eno onamo?" Ja ne znam kakav sam tada izgledao. I ne pomišljajući na kakav god utisak od toga, ja je pogledah skoro preklinjući; kad, najedanput, u njenim očima sevnu nešto kao zaprepašćenje i ona sva, sva uzdrhta. Ne znajući u čemu je stvar i zbunjen još više njenom iznenadnom bledoćom, ja zaustih da je pitam, ali se ona pribra. „Da, reče, da, poznajem. Hoćete li da vas predstavim?" I, smešeći se sasvim usiljeno, dok sam ja oklevao i dosećao se otkud je ova njena zabuna, ona me povede kroz gomilu. Sva u nervoznoj drhtavici ona promuca nešto o mojoj velikoj želji da upoznam, izgovarajući moje ime, kad nekako presekosmo put njezinoj poznanici koja se zaustavi. Onda, malo posle, i još bleđa, ostavi nas ona same pa iščeze. Ali se ona drhtavica sad prenese i na mene i smeten, pobrkan, lud od one blizine očiju, od čega li, ja jedva što promucah nekoliko fraza, posle kojih se i mi brzo rastavismo. A malo docnije bio sam na ulici. I tamo, na toj ulici, ja sam te noći ostao do svanuća. Te noći ja sam toliko podjednako voleo sve tri žene, toliko podjednako da moj razum... al' kakav razum, on je mene sasvim bio napustio.

Ja sam već bio pojurio u sunovrat i od onog večera nikakve veze, nikakvog smisla nigde i ni u čemu nisam mogao da pronađem. Ja sasvim više nisam umeo da mislim (o kakvom radu ni pomena) i osećao sam jasno samo jednu stvar: da stvarno volim, da podjednako volim nekoliko žena, a na razne načine, i da mi je nepoznato da je negde i nekad to bilo moguće. Ali u onoj zabuni kao da mi je bilo ostalo nešto malo nade: ja sam verovao da će me žena, koju sam uspeo da upoznam na onom balu, jedina moći spasti. I ja se usudih da je pronađem i da joj iskažem sve što sam imao. To je bilo jedne večeri kod pozorišta gde sam je prosto na silu zadržao. Neiznenađena, ona mi odgovori odmah da je udata i vrlo srećna, da me jako žali, ali da mi ničim ne bi mogla pomoći. Ja sam se pretvarao (to jest ne znam da li sam tada istinu govorio ili nisam) da od nje ništa i ne tražim izvan prijateljstva njenih očiju koje bi me spasle. Ona me umoli da se vratim svojoj verenici, ali ja se zakleh da to ne može biti i da ću naprotiv, zbog nje, morati raskinuti. Tada sam osetio potajnu želju da razorim i njenu sreću.

Ali beskrajna je ta gnjavaža kad bih se ja na svemu što je bilo zadržavao. Nego posle dvorskog bala ja odoh svojoj verenici. I bez okolišenja, sasvim otvoreno, ja joj otkrih pravi pravcati razlog odlaska na bal bez nje, kad mi ona, sa svoje strane i sa istom iskrenošću, priznade istovetnu pobudu. Mi oboje, posle toga, osetismo neko olakšanje i rastasmo se zauvek, a ja požurih ženi čija mi sreća nije više davala mira. Ja slagah da sam sve veze raskinuo samo zbog nje. A kad mi ona reče da se boji za mene i da bi me nekako htela spasti ja je uverih da ću je ostaviti na miru baš sada kad sam slobodan. Ja sam verovao da ću je ovom taktikom zbuniti. I kad se već nisam mogao prikupiti sav za jednu jedinu ženu kako sam sanjao, ja se ustremih da na juriš rušim sreću drugih.

Posle nekoliko dana saznao sam da se moja verenica, koja mi je to bila tri godine, verila s drugim. Nemoguće je da je iz ljudskih grudi kadgod izleteo mnogo očajniji krik nego što je iz mojih kad sam to saznao. I ja, koji sam želeo raskid, poludeh, poludeh onog časa kad mi je jasno pred očima puklo: da će stvorenje, koje sam za svoje smatrao ravno tri godine, pripasti drugom.

Jedno veče, posle toga, sedeo sam u svojoj sobi, u mraku, sa glavom u mokrim šakama, i plakao sam kao dete kad su se vrata naglo otvorila i neko upao unutra. Ja skočih i upitah ko je, ali u isti mah onaj neko pade na moje grudi. „Slobodna sam, slobodna sam, tvoja sam, spašću te", govorio je i grlio me tako snažno da mi je taj zagrljaj, najprisniji i najtopliji, svedočio o najiskrenijem, o sasvim pobesnelom osećanju i odanosti onoga koji me grli. U trenutku ja zaboravih sve, sav bol, i mišljah poludeću od radosti. „Dakle raskid, raskid, hvala, kako sam srećan, kako sam srećan", šaputao sam kroz plač i svom snagom mučio ženu koja mi se predavala.

Kad sam malo zatim upalio sveću, ja jeknuh tako bolno, ja ustuknuh tako zaprepašćen, da žena koja je stajala preda mnom vrisnu, pa me prihvati da se ne srušim. Bila je to jedna javna žena koju sam davno bio napustio i koja je poletela k meni čim je čula o mom raskidu. Ali se brzo povratih, jer mi se učini da u njenim očima i u njoj vidim nešto tako popravljeno, preporođeno, oplemenjeno i novo baš sve ono i onako isto kako sam i očekivao od stvorenja koje me je trebalo spasti. Ali to je bilo za trenutak. Jer posle toga i od toga dana, kao da sam dotle bio sav u lancima, pa oslobođen odjednom, ja osetih jasno svu laž o onoj potpunoj dovoljnosti jedne žene, svu laž o mogućoj sreći i spokojstvu sa jednom. Oslobođen tako, ja tek tada osetih i svu slast one slobode da pomalo budem neki paša onog harema ženskih duša o kome govori Arcibašev. I tako, od jutra do mraka, svakog bogovetnog dana, jurio sam za svima, gonio sve i svuda, otimao od svake pomalo, davao svakoj pomalo. I hteo sam sva usta, sve grudi, sve kose, sve osmejke, ogorčen što sam toliko vreme izgubio, u pustom strahu da svega toga ne ostanem željan. I nijedna druga misao, ništa drugo, baš ništa osim žene, nije više zanimalo ni moj mozak, ni moj duh, nijedan deo moga bića.

Sedeo sam, neko veče, pred jednom od velikih kafana, gde je za okruglim stolovima oko mene bilo puno lepih žena. Bio sam rastrojen toliko da sam na svakog, ko bi me bolje zagledao, morao činiti utisak ludaka. Mislio sam o onoj mojoj neverovatnoj i neprirodnoj strasti za četiri žene i na to: kako da umirim, da povratim, da spasem kako bilo onaj bedni ostatak svojih sasvim poludelih nerava. Ja sam o tome mislio, a u isto vreme, sa nemirnim očima leteo na sve strane, u nervoznoj želji da što pre privučem pogled ma koje od dama što su oko mene sedele. Najzad me najviše zanese neobičan, fini osmejak jedne od njih, te je stadoh posmatrati sve dok me nije primetila. Ali baš utom pristigoše druge, pa, kako nigde ne nađoše mesta, umoliše me da sednu za moj sto. I kad ja ljubazno dopustih, dotičući se šešira, jedna se od njih namesti do mene, skoro sasvim uz mene. Ona je imala ruku punu, oblu, belu i sasvim golu i ta ruka takođe privuče jedan deo moje, na sto strana, rasturene pažnje. Ja se tada uznemirih još više i učinih ovo: dok sam zaljubljenim očima posmatrao ženu prema meni, ja, u isto vreme, vrlo oprezno i pažljivo stadoh milovati fine malje na ruci žene koja je sedela uz mene i koja se i nije protivila. Ali dok sam se naslađivao time naiđe treća, lepša od svih pređašnjih i sede sasvim blizu nas, i opet, ja sve učinih da i njenu pažnju na sebe privučem. U tom pokušaju, međutim, i tek što sam za nju spremio naročiti izraz, ona žena prema meni, koju sam prvo posmatrao, uvreba me. I kad ja, tako uhvaćen, onaj isti spremljeni izraz, htedoh upraviti njoj, ona se najednom i na moj užas prekrsti sa odvratnošću. Ona beše videla sve.

U tom trenutku, taj krst ove žene osvesti me do užasa. Ja se naglo podigoh, pa, osramoćen kao nikad i kao da je ceo svet primetio sve, pojurih kući. U celoj svojoj prošlosti, koje sam se toliko stideo, koja mi je toliko mrska i odvratna bila, nisam, čini mi se, nikad samome sebi toliko prljav izgledao. Ali ono najstrašnije što sam tada osetio bilo je: da ima nešto u meni Svidrigajlovsko u najvećoj meri, nepopravljivo u mojoj kvarnoj krvi, da je to kakav je čovek u onome glavna stvar života i da tako dalje, sa tom gadnom prirodom, i nema nikakve vrednosti živeti; ja sam bio načisto da je sav moj san o boljem i čistijem životu nepovratno propao.

Te noći uzalud sam pokušavao da zaspim: ubiti se, bilo je jedino i sve čime sam sav bio ispunjen. (Priznajem da su mi i druge stvari, vrlo važne, išle naopako i da se inače sve bilo skupilo protivu života). Da to izvršim što pre hrabrio me je i davao naročitu odlučnost jedan nedavni slučaj samoubistva nekoga mladoga oficira, potporučnika, koga sa krvavom rupicom na srcu nađoše u jednoj od skrivenih aleja parka u Košutnjaku. Ovaj mladi čovek ne beše za sobom ostavio nikakva pisma. Govorilo se, posle toga, da je on sebe kaznio zato što je, u prvom dodiru sa ženom, zadobio neku gadnu bolest. On je nađen usred cveća, na jednoj krasnoj uzvišici borovog parka, gde se ubio pri zalasku sunca. On je bio devojački lep, ali je njegovo lice odavalo užas jedne strašne patnje koju je tako odlučno uspeo da prekrati. Zamisli samo, koliko besmrtne osetljivosti u jednoj duši tako uzvišenoj, detinjskoj i čednoj, tako dostojnoj da se rajski odmara usred onoga cveća! I zamisli kakvu sam smrt ja onda zaslužio!

Te noći odlučih da u okolini Beograda potražim kakvo smetlište, đubrište i mesto gde ubijaju pobesnele pse ili tako šta i tu, kao neka strvina, završim sa životom. Činilo mi se čak i to malo, pa sam tražio nešto drugo, prljavije i od toga.

Bila je prošla ponoć i ja sam, sav klonuo, sedeo za stolom, misleći o tome, kad me san i bunilo osvojiše. Glava mi se zanosila sve više i više i, postepeno, sasvim se izgubih u onom teškom zanosu pred najčvršćim snom koji tek što me nije savladao. Tada, kao iglom žacnut, osetih najedanput krilance leptira kako se dotače onog svilenog graničnog končića, te me strašnom opomenom, jedinstveno mučki, trže iz zanosa. Kao mahnit ja poskočih sa stolice i zgrabih revolver koji je ležao na stolu. Srce mi tako snažno zalupa da me zaboli, um mi se pomrači, a glava zanese, kad najednom ugledah pravog prav-catog leptira, baš istog onakvog kakvog sam zamišljao u glavi, gde mahnito obleće oko moje lampe, udarajući svom snagom o staklo i zučeći tako oštro i prkosno kao da mi prži i struže nešto u samoj srži mozga. Ludo prestravljen ja pokušah najpre da ga uhvatim, i to levom rukom pod koju mi nekako zgodno podiđe, ali ne uspeh. Onda, sasvim mehanički, okidoh inače labavi oroz revolvera. A tada, Bog mi je svedok, pucanj odjeknu, lampa se preturi i pršte u hiljadu parčadi, a ja se, koliko sam dug, stropoštah na patos.

Posle su uleteli u moju sobu i ja sam muke imao da objasnim: kako je to bila samo ludost moje nepažnje sa revolverom koji sam ispustio. I tako sam ih umirio. I tako sam ja njih umirio, ali sebe nisam mogao, niti mogu, niti bih ikad mogao.

Dve noći, jedna za drugom, prođoše mi, posle toga, u groznoj nesanici i leptir mi se obe noći povraćao u glavu da me kinji, da me muči i mrcvari do bukvalnog besnila. Međutim i to bi se nekako moglo izdržati. Ali dve iduće noći dogodi se nešto neiskazano užasnije. To je bilo ovako: najpre mi se pojavi odnekud onaj lepršavi pramičak svesti o tome da sam budan, pa iz njega, kao obično, on, onaj leptir (i baš onakav kakav je obletao oko lampe), zatim (a u tome je sav užas), zatim iz njega drugi, pa treći, pa četvrti, pa čitav roj i rojevi, dok naposletku ne počnem osećati pravu vejavicu takvih leptira koji lete, gužvaju se, šenangleziraju i zuče po mojoj jednoj glavi kao po košnici, pa mi piju i sišu nešto unutra, tako da mi ništa slađe ne bi bilo nego da ovu glavu izgorim u nekom žaru ili da je svu iseckam i zdrobim ispod kakvog žrvnja. Eto i maločas zadremao sam usred pisanja, pa isto, te kao što vidiš nema mi spasa, nema, nema, nema mi spasa. Zbogom! Poslušaj me: oženi se i budi i živi i umri bolji od mene. Zbogom! Zbogom! Zbogom!

***

Kad sam ono jutro primio pismo moga prijatelja i to preko nekoga grbavog dečka, čistača obuće dole negde oko železničke stanice, ja sam, ubeđen da je već sve i sva dockan, ipak pošao njegovoj kući. Jadni čovek, mislio sam, šta je drugo i mogao učiniti, kud se mogao denuti i kako se mogao boriti i na kraj izaći sa tolikim leptirima u glavi punoj verenica, žena, Ruskinja i, šta ti ja znam još kakvih, živih stvorova i stvari. Sreća je moja, razmišljao sam dalje, što mene nije pitao za savet, jer mu, i pored toga što još nisam počeo osećati toliko mnogo buba u glavi, ništa ne bih mogao pomoći, a posle bih sebe krivio i prebacivao što nisam mogao. Začudo mi je uvek, da, idući njegovoj kući, nisam nimalo osećao od onog nemira i uzbuđenja koje obično obuzima ljude u mojoj koži. Naprotiv, i meni je, izgleda mi, nekako lakše bilo što je najzad svršeno sa onim bezbrojnim leptirima, koji su toliko dosađivali mome jadnom prijatelju pa mu čak i pili nešto i u onako žednoj glavi. Kad sam ušao u kuću i tužnoga lica upitao, odgovoriše mi da ni oni pojma nemaju o mom nesretnom drugu, ali da veruju da je negde otputovao, po svom običaju da nikoga ne izveštava. Kad sam to čuo, ja se reših da se zbog svega toga nimalo ne uznemiravam, jer sam se sad, naročito s obzirom na njegovo iskustvo, starao o svojim nervima koje sam pošto-poto hteo da sačuvam svih mogućih leptira i drugih sekiracija. I tako prođoše nekoliko dana. Ali jednom prilikom ja slučajno saznah da se moj prijatelj od nekog vremena nalazi u jednoj od ovdašnjih bolnica. Sad je već stvar stajala drukče i ja odjurih tamo da ga potražim i da mu koliko god mogu pomognem. I, zaista, nađoh ga u jednoj svetloj sobi ogromne bolnice, čiji su prozori gledali na ulicu, a sa ugipsanom nogom, opruženog na jednom gvozdenom bolničkom krevetu. Kad sam ga, više afektirajući, zagrlio i malo se odmakao od njega, oči su mu bile pune suza, ali dosta vedre, ispavane i pametne.

„Slušaj", reče mi odmah posle pozdrava, „sedi, sedi evo ovde pored mene i neizostavno učini mi ovo što ću te, pre svega, moliti: vrati mi ono pismo, molim te, vrati mi ga odmah." — „Dobro, rekoh, lako ćemo za to, nego reci mi, je li, životinjo jedna, šta je s tobom?" — „Slušaj", navali on ponovo, „vrati mi ono pismo, pre, pre svega vrati mi pismo."

Ali ja sam čovek jakih nerava, a osim toga, znam i umem prilično s bolesnicima, naročito nervnim, te ga sklonih da se zbog toga nimalo ne uzbuđuje, nego da mi lepo, polako i potanko, isprča šta se to dogodilo i kako se ratosiljao onolikih leptirica zbog kojih, vidim, leži sa ugipsanom nogom i sa puno nekih ogrebotina i modrica na obrazima. I on, na moje navaljivanje, pristade i ispriča mi sve, baš sve. Šta je, dakle, bilo? E pa, dakle, evo šta je. One noći, kad je završio pismo, u kome nije propustio a da me ne posavetuje da se ženim, i dao ga onom grbavom dečku, koji mu je nekad raznosio mnogo veselija pisma, on ti se lepo spremi da potraži smrt, i to ovako. Odlučio se on da skoči sa petog, šestog, sedmog ili osmog sprata jedne od novih građevina na koju prvo naiđe pod a) pošto u oba revolvera, kojima je raspolagao, nije bio siguran, pod b) pošto toliko žara koliko mu je trebalo da izgori svu glavu nije bilo i pod v) pošto ni o žrvnju nije moglo biti reči. I zaista naiđe on vrlo brzo na neku veliku kućerinu što se zidala u blizini njegova stana. I pošto se pažljivo obazreo oko sebe i uverio se da je sam, on uđe.

Krijući se da ga kogod ne primeti, on se s mukom nekako, sprat po sprat, i kroz neke mračne hodnike što su još zaudarali na vlagu, uspuzao najzad do samog krova kobne zgrade. I u taj par, eto u taj mah, bacajući poslednji pogled na nove i stare krovove Beograda osvetljene mesečinom, s prokletstvom svoje nesretne Svidrigajlovske krvi i leptira što mu ispiše sav mozak, zatvorenih očiju, stegnutih zuba i pesnica, surva se on dole. Ali kako, gde dole? Spočetka on nije bio svestan. A samo nekoliko trenutaka zatim, oseti on jasno da se u večnost još nije preselio, nego samo grozno i privremeno zaglavio, zapetljao i zamrsio usred nekih skela, kaiša, konopaca, čekrka, žitkog maltera i dasaka, prvoga sprata odozgo, od krova. Tada se on uzaman i bez uspeha stao koprcati. I koprcao se tako sve do svanuća, kad je stao osećati bol u nozi i kad je naišao neki radnik koji ga je odmah primetio, odmotao ga i ukazao mu prvu pomoć. Umoljen od njega da nikom ništa ne govori, i dobro za to nagrađen, radnik ga je preneo u bolnicu, gde je on, razume se, slučaj predstavio sasvim drukčije. Eto tako, eto, dakle, tako.

„Lepo, a leptiri, a šta je s leptirima", upitao sam ga, jer sam, na svaki način, hteo da saznam, šta je s glavnim krivcima. Video sam da mu nije pravo pa se ipak nasmešio. „Ne diraj me, ne muči me, zar mi je lako? Uostalom, ja sam tvrdo hteo." Ali je posle sasvim popustio. Poverio mi je da spava kao zaklan sad kad su mu bolovi uminuli. Čak mi je pričao, kako se tu, u bolnici, upoznao sa nekom divnom mladom devojkom kojoj su operisali tj. odsekli dva prsta na desnoj nozi, mali i domali. Upropastila ih jadnica užasno tesnim cipelama. Ova mlada devojka, koja ga dvaput dnevno posećuje, a još ide na štakama, privlači ga čudno. „To što zajedno patimo od noge, šta li", i oči mu se ovlaže. Priznao mi je da mu je i mala studentkinja Vanja triput donosila cveće.

„A ova slika, a ova slika, šta će ova slika ovde?" On se zbuni. Na stočiću kraj kreveta ležala je uramljena fotografija njegove verenice. Ništa mi nije odgovorio. A malo posle, i dok smo razgovarali, ja primetih kako se propinje, petlja, muči, podiže na laktovima, pa se vešto trudi da zavara trag. Ali mu nije upalilo. Uvrebah ga ja kako čas po pogleda kroz prozor tamo negde preko puta. U jednom trenutku ja se munjevito osvrnuh i gle, lepo spazih gde umače, što jest jest, moram priznati, fina, vrlo fina crnpurasta glavica, iza čipkane zavese tamo u onoj kući baš prema njegovom prozoru. I tada se ja razjarih (bogami ne iz zavisti), samo da ste me videli! „Slušaj ti, rekoh,

Svidrigajlove Svidrigajloviću, narediću smesta da se spuste ove ovde zavese, da se napolje izbaci ova ovde bivša — slika, da ti se sasvim zabrane posete, ma ko bio, ma ko bio, razumeš li me? Jer, ako ti leptiri ponovo jurnu u glavu i kad ponovo nastane vejavica svršio si, gotov si." On je bio crven kao rak, on se nije smeo protiviti. On malo poćuta, zamisli se, pa procedi: „Onda mi bar donesi knjiga. Molim te, proberi i donesi ili pošlji, moram nešto raditi." — „Doneću ti, rekoh, doneću ti, bratac, kako ne. Ti ćeš ležati duže i trebaće ti mnogo knjiga. Doneću ih puno i jedan časopis u kome ti skrećem pažnju na priču s naslovom: *Ispovest jednog posleratnog smetenjaka.* Neuređena je, razdrobljena, smušena i banalna ali vrlo iskrena. Zanimaće te, znam. Servus!"

Sumnjiva priča

Pa šta, baš sve da priznam! I kad poverim sve, znam, odlaknuće mi; mučiće me manje ona grozna slika koja mi često, noću, kad sam rasejan i nervozan, kad me zlostavlja nesanica i kad se nimalo ne nadam, iskrsne u svesti da me prestravi.

Ispričaću brzo i površno, jer i ne mogu i ne smem duboko i dugo da mislim na ono, niti da se udubljujem, niti sve da zamislim, niti svega da se podsećam.

A greh nije, daleko od toga, jer sam mlad bio i pust i lud i ratnik, i svaki drugi na mome mestu doživeo bi isto. I ponešto već o tome znaju intimni moji drugovi koji su još slučajno živi i pred kraj one okupacije bili sa mnom u simpatičnoj rezidenciji Esad-pašinoj, u čijem smo konaku, kraljevski nameštenom, očekujući da sutra padne Jedrene, četiri besna meseca pili i lumpovali i krvnički satirali onu ofarbanu vodu iz grčkih česama koju smo mi držali za vino, čisto kao suza, i od koje su nam se, za sve to vreme, crnele bluze i prsti i nokti i usne kao od varzila.

Lepo je bilo, i veselo je bilo, i svega smo imali i svačega. Svega i svačega sem žena. I gordili smo se vrlo (o, još kako!) divljenjem meštana u čijim smo očima važili kao hrabri i humani pobednici „na sablji izgubili, na sablji povratili", i čudna neka rasa koja kao da je poneka važna muška svojstva sasvim bila zaboravila da ponese iz zemlje Srbije odakle je pošla. I kartali smo se mnogo i u velike sume, u lire i napoleone, i nove novcate novčanice, hladnokrvno, cinički, kao da igramo s tuđim parama, i kao da je ono slama a ne novac, po grupama, satima skrštenih nogu, na mekim svilenim šiljtetima jedne velike i vidne, pune visokih prozora sobe koja je gledala u park pun čempresa, i u kojoj se nalazila bogata francuska biblioteka koja nas nije interesovala, baš nimalo, ni onako: kao što je interesovala vatrene žene Esadove što su nekad ovde čitale Lotoja, Mopasana i druge, leškareći na leđima i obratno, ogledajući svoje snežne zube i šarene šalvare u zlatom uokvirenim ogledalima.

Predveče jednoga od takvih dana, sasvim kao crkveni miš, čist i olakšan, nisam više imao potrebe da sedim skrštenih nogu, niti da se paštim oko one kockarske psihologije, te izađoh na jednu od zelenih terasa bogatoga konaka koji smo prisvojili, da proračunam tačno: koliko mi ostaje dana (ne do pada Jedrena, njegova se sudbina znala) nego do onog idućeg prvog, kad ću opet moći da one svoje, onako navikle noge, vratim u onaj stari, redovni i slatki položaj. Bio sam sasvim sam, pa sam izbegavao stidljive poglede ordonanasa koji su me, odozdo iz avlije konaka gde su ležali na ugaženoj travi, posmatrali ispod očiju, iz kojih sam čitao jasno da me žale kao rođenog brata kome ničim ne mogu da pomognu.

Proletnje veče bilo je fino i slatko i toplo, a nebo mirno, mirno i milo, kao uvek o primirju kad se ni sa koje strane ne čuju pucnji, ni mrska, potmula i jeziva tutnjava topovska.

Najedanput, naslonjen na onu gvozdenu ogradu terase i onako zamišljen, trgoh se a dah mi zastade, pa se tako nekako izgubljeno zanesoh kao da nisam ni budan nego da snevam negde na devetnaestom nebu. Jer tamo, s one strane visokog i zelenim vrežama obavijenog zida, u drugoj avliji gospodskog selamlika Avdi-begovog, nasred trave, naslonjenu uz jedno usamljeno ćubasto drvo, kao sen, kao pravu pravcatu sen, ja ugledah: lepšu od svega što sam ikad mogao zamisliti, opuštenih ruku, visoko uzdignute divne i gorde glave, otkrivena, sasvim otkrivena lica, devojku, bulu, ženu, anđela.

Onemeo, zinuo, sav napregnut i nagnut unapred da bih razaznao kroz onaj sumrak, ja se zagledah ne dišući i, uverivši se da je ono tamo zaista ženski stvor nebeski lep, umalo ne vrisnuh, umalo što ne poleteh da skočim, da se survam kad se prsti moje uzdrhtale ruke nekako sami i mehanički podigoše do samih mojih usana koje su gorele. I sve se to desilo u magnovenju, ali sasvim u magnovenju, i baš isto ovako kako sam ovde ispričao, i ništa drugo i naročito ni u najmanjoj sitnici da bih mogao na ovom mestu udesiti bilo kakav prelaz, dodati ili zaokrugliti koliko-toliko ovo nekako neukusno pričanje koje mi ispade navrat-nanos i koje se ni meni ne svidi zato što, pored najbolje volje, nisam mogao bolje da izrazim ono što se na onaj moj neočekivani poljubac odnosilo. Sve se, dakle, desilo u magnovenju i ja nisam ni bio svestan onoga što činim, kad — kad ona sama, ona sen, onako ukočena i kao okamenjena mrtva statua, učini sasvim isto što sam ja u onom uzbuđenju bio uradio, podižući i sama do svojih usta svoju ruku, koja kao da je jedina od sve nje, onako ukočene, predstavljala nešto živo, pokretno i ljudsko. I kad to učini ona iščeze, zaista, kao nešto sasvim neživo i nestvarno.

Toga večera i dalje, svi su mislili, svi su čak bili ubeđeni, da sam ja žalio izgubljeni novac i to nije bilo nimalo simpatično, ali ja sam ćutao. Sanjao sam samo o doživljaju kome idem u susret, zahvaljivao Bogu što mi je ona beznačajna šteta donela tako nešto neočekivano, i topio se i umirao u najlepšem pijanstvu, čijoj se slasti nikad nisam nadao i koje nije bilo ni u kakvom planu čak najsmelijih mojih ratničkih snova.

Svake noći od tada sedeo sam satima na onoj terasi ili sam provodio na oknu velikog artiljerijskog durbina, nameštenog na jednom platnu visokog zida što je delio selamlik od konaka, i upravljenog prema ogromnom mesečevom koturu koji je, finom i blagom svetlošću, osvetljavao tamne krovove i šiljasta minareta Tirane, kao i svu njenu čarobnu okolinu sve do gorostasnih i crnih u noći masiva

Mata. I čekao sam, čekao sam sa puno slatke nade koju mi je ulivao onaj pokret njene ruke koji bi i za svakog drugog morao mnogo da znači.

Jedne takve noći, opružen na onom platnu, posmatrao sam ogromne ružne šupljike i svetle školjkaste kraste mesečeve kore i mislio na to: kako je ovaj verni svedok u oblacima neiskazano miliji i zanosniji gledan golim okom, kad osetih laki šum nečijeg hoda, baš na onoj strani odakle sam toliko noći očekivao da se ona čarobna sen pojavi. Ja pretrnuh i sa mačjom opreznošću ostah da vrebam, slušajući kako mi udara srce koje sam svom snagom stegao o kamen.

Tada, usred one mrtve tišine jedne od najsvečanijih noći koju je ljubav mogla da doživi, zadrhtaše najedanput pa se kao neki talasi nada mnom pronesoše glasovi sa nekoliko obližnjih džamija, osvetljenih malim, pravilno poređanim lampionima, okruženih crnim zamišljenim kiparisima, razležući se okolinom nekako čudno bolni i puni tužnog, svečanog i dubokog prekora. Ja se setih velikog praznika pobeđenih.

I baš u tom trenutku ja ugledah onu istu priliku, na istom mestu, pod onim istim drvetom, u istom skamenjenom stavu... Ja se munjevito uspravih na onome platnu i gušeći se sasvim bez vazduha, široko i grčevito raširih ruke prema njoj. A tada, tada ja lepo ugledah kad ona učini isto, sasvim isto, kad i ona raširi svoje ruke prema meni, pa se, obamro sasvim u onom ludilu, srуših sa visokog zida.

Ja padoh i osetih užasan bol u glavi, ali se, i pored toga, munjevito dočekah na noge. Raširenih ruku, onako isto uzdignute glave, sen je stajala preda mnom u onom jezivom nepomičnom položaju statue. Onda nesvesno ja učinih nekoliko koračaja prema njoj. A tada... ja to nikad neću moći da izrazim! Jer šta se to od meseca bilo upilo u nju, šta? Šta se to od njega, iz njega, otud, skupilo čudno u onim ludim bezdanskim očima, šta se to desilo, u čemu je to, ama šta je to? Da li onaj užas njegove mrtvoblede hladnoće čudno sjajne, da li šta, ja ne znam, ja nikad neću znati. Ja osetih samo tako kao da smo sami, jedino nas dvoje tamo negde sasvim u njemu, na njemu, po njemu, ohlađeni kao led, smrzli, sasvim zaleđeni, ja osetih jasno da stojim pred poludelom; i užasnut pojurih natrag ka zidu, odakle sam došao. Ja nanovo ugledah njegove ogromne ružne šupljike i svetle školjkaste kraste, ja uvideh sav škripac u koji sam zapao, svu nemoć da ga pobedim, da se opet nađem s one strane i sruših se onesvešćen...

Povratila me je najedanput svetlost jedne male vojničke lampe, kojom su me, gunđajući, tražili zabrinuti drugovi po onom visokom korovu perunike u Avdi-begovoj avliji. A kad me pronađoše preneše me nosilima u konak. Onda me pažljivo zaviše u neku ćebad i celu me noć ne ostaviše. Tek kad je, posle nekoliko dana, sve prošlo, kazaše mi drsko da sam u snu pao sa onoga zida. I to s podsmehom jer su mi se usne još crnele od farbane vode. A ja sam se ljutio, bio sam besan, jer, časti mi, nisam bio pijan. Uostalom, fakt je, i oni to nikad nisu sporili, da se s one strane zida, u tajanstvenom selamliku Avdi-begovom, istinski nalazila luda lepotica zajedno sa jednom svojom čuvarkom. A oni još kažu da sam sanjao! Zamislite nitkova! I zbilja kao da sam sanjao. Merci! Zašto bih sanjao? A što opet da nisam sanjao, možda sam i sanjao!? Jer, badava, sve se u meni pobrkalo, baš sve, pa niti se sećam šta sam sanjao, a šta upravo preživeo. Što? Zar zlo misli ko voli da priča?

Napast

Pred glavnom kafanom sedelo je nekoliko ljudi, sa onim mrtvo-praznim izrazom palančana kad ništa više nemaju da kažu sve dok ne stigne današnja pošta s novinama. Dobro me promeriše. A ja opet niti sam mlad, niti toliko naivan da ne bih znao zašto: oni su na meni tražili ma kakav smešan povod te da prekrate onu mučnu dosadu do novina. „De, de, mislim, znam, braćo, šta vam treba, pojeo sam i sâm podosta palanačkih lepinja s kajmakom, ali to što na meni tražite, na vašu veliku žalost, nećete pronaći."

Bio sam ozbiljno i, kao što se kaže, besprekorno odeven i obuven; nisam bio ni bogzna kakva lepota a ni nakaza, ni cvet u rupici od kaputa nisam imao, niti mi je krajičak bele maramice virio iz džepa na prsima, a u ruci držao sam torbu prepunu poklona ženi koju sam ne velim obožavao, ali među tolikim i posle toliko vremena izabrao i pošao da zaprosim kao čovek ozbiljan i svestan svojih uveliko zrelih godina i situacije.

Iz mene je zračila radost, možda, ali to sasvim nije smešno. A i kako ne bi zračila radost iz mene onda kad sam se nalazio samo dvadeset kilometara do mesta gde su me očekivali sa najvećom radošću. Tako mi je bar pisala verenica, to jest da me očekuju s radošću, jer su sva obaveštenja koja je njen otac dobio o meni i posle kojih se odlučio i dao svoje „da", na koje sam poduže morao da čekam, bila izvanredno povoljna. Uostalom, on je tražio da sazna svega ovo: jesam li ja, njegov budući zet, čovek na svome mestu. U pismima kojima se obraćao svojim prijateljima od kojih se raspitivao o meni, molio je on da ga obaveste jedino o tome: imam li ja, čovek koji traži njegovu kćer, kakav god između velikih poroka, to jest, jesam li bekrija, kockar, ubojica ili tako šta. U tim svojim pismima, otkud ja znam zašto, on je ovo *ubojica* stavljao uvek na prvo mesto a podvlačio debelom crvenom crtom, te izgleda po tome da je to za njega bila stvar najglavnija, da je tu manu ponajviše mrzeo. Hvala Bogu, ja nisam imao nijedan od ovih zaista grubih poroka, zbog kojih ni ja svoje dete drugome ne bih dao, i mogu reći da sam bio sasvim hladan za sve vreme ove ankete o mom vladanju i karakteru, kome se zaista nije imalo šta da zameri.

Čim sam sišao s voza i došao pred onu kafanu ja umolih gospodu da me obaveste: mogu li brzo pronaći kakvog bilo kočijaša da me odveze do mesta, gde me, kako rekoh, očekivahu s radosnom nestrpljivošću. Oni mi, moram priznati, sa velikom predusretljivošću, odgovoriše, da u čaršiji postoje dva fijakera, pa čak svratiše nekoga dečka koji slučajno tuda prođe i narediše mu da sopstvenika jednoga od njih pronađe i dovede. Dok nije proradio voz, rekoše mi, bilo ih je više, a sad su svega njih dvojica, od kojih je jedan sasvim gluv i još s jednom manom (i tu se pogledaše i zasmejaše) a drugi veliki namćor.

Ja sam tek ispijao svoju crnu kafu, tanju, slađu i s penom kakvu ja volim da pijem, kad se onaj dečko povrati zajedno sa kočijašem i to onim gluvim što sam na prvi pogled zaključio da me ubijete ne znam po čemu.

Ubrzo se pogodismo, jer u takvoj prilici nisam se mnogo ni obzirao na cenu, samo ga umolih da što pre zapregne i dođe natrag. I nisam dugo ni čekao zaista, a on se pojavi iz jedne sporedne ulice poguren na svom sedištu tako starog, rasklimatanog i propalog fijakera da sam pomislio kako on ni do kafane ne može stići sa svima svojim točkovima. Kljusine su bile užasne nejednake crkotine sa rebrima koja sam na onom, ne baš malom, odstojanju ispred kafane lepo mogao izbrojiti, i toliko malaksale da o kakvom njihovom kasu ne bi ni pomena moglo biti na najvećoj nizbrdici. Sve to oneraspoloži me. Jer svoj ulazak u mesto moje tazbine zamišljao sam sasvim drukče. Ja sam zamišljao da ću tamo kroz varoš projuriti u trku, u tako besnom kasu da cela palanka primeti moj dolazak, a pred stanom verenice zaustaviti se najedanput, naglo, usred onog besnog kasa i treska kaldrme. Tako mi se to nešto činilo vrlo otmeno i gospodstveno i ja sam to hteo da ugovorim s kočijašem koga pogodim i da mu za to naročito platim. „Do đavola, pomislih, kakav li ću izgledati u ovoj užasnoj olupini koja tandrče i pravi veću larmu nego četiri klonfernice jedna uz drugu."

Tek što sam to pomislio a on stiže pred kafanu, te se podigoh da prikupim stvari. Ali samo što sam ih namestio i naumio da sednem pa da krenemo, kad se odnekud pojavi pa nam priđe jedan čovek skoro trčeći. Oko njegovog dugog mršavog vrata lepršala je kravata sasvim crvene boje. On je bio visok, neiskazano mršav, sa crnim pokvarenim zubima među kojima se videla i dva-tri zlatna, usnama i prstima požutelim od duvana i gumom na inače neviđeno visokim potpeticama kao ćilibar žutih cipela. On je imao oči hitre kao u miša i jako bio uzrujan.

— Gospodine — reče on zadihano — vi se nećete protiviti da putujem s vama. Nužno mi je da smesta otputujem odavde ma na koju stranu, ma na koju stranu. Vrlo mi je nužno. Platiću polovinu pogođene cene.

I gledajući u onu gospodu ispod oka on stade tražiti novčanik ali ga ne izvadi.

Priznajem bilo mi je vrlo neprijatno. Ja pokušah da odbijem:

— Oprostite, vi sami vidite da sam ja čovek vrlo pun, a konji sasvim slabi.

— Ne brinite ništa — navali on — neću vam ja biti na smetnji, Bože me sačuvaj. Prosto me stavite pored vas kao što bi stavili vaš sopstveni štap. Ja vidim zaista da ste vi vrlo pun, ali vi isto tako vidite da sam ja trska, i da ste poneli kišobran više bi vam smetao od mene. Kao čovek vrlo mek i bolećiv ja popustih.

Tako posedasmo obojica (on zaista kao štap uz mene) i kad se kretosmo ja pozdravih onu gospodu koja me otpozdraviše, čini mi se, podsmevajući se mome saputniku.

Skoro pola sata mi smo mileli kroz varoš i ceo je svet otvarao prozore ili izlazio ispred dućana da nas posmatra. Pešaci su nas uveliko pristizali i čak ostavljali za sobom. Ponekad se činilo da će konji stati i tu ostati da lipšu. Ja sam se već stao nervirati i ko zna šta bi bilo da gospodin moj saputnik ne otpoče vrlo živo da govori:

— Poštovani gospodine — reče on okrenuvši se upola — vi i ne sanjate o tome koliko je nesrećno stvorenje čovek koga ste ljubazno pustili u svoja kola, ne sanjate tako mi Boga. Da sam sinoć imao revolver, koji sam založio pre tri dana a oteo u bugarskom ratu na Vlasini od jednog neprijateljskog oficira, ja bih sad bio samoubica i ne bih vas danas ni uznemiravao.

Ja ga pogledah začuđeno a on se upola podiže sa sedišta:

— Dopustite — reče pružajući mi ruku i izgovarajući svoje ime — ja sam arhivar, a dugo godina bio sam rezervni narednik. U Velikom ratu ostao sam udovac, a posle rata, kao svaki pametan čovek, pipao sam, procenjivao, rešavao se, razmišljao, sve dok ponovo ne padoh u klopku. „Ajde, rekoh, ne zna se šta je gore, da probam opet." Računam prošao sam sve, video sveta, govorim francuski, pun sam iskustva, Filadelfija jednom reči, pa nosićemo se. I tako se oženih. I tako se, na moju nesreću, oženih, gospodine. Jer posle četiri meseca moj brak posta ludnica, borba na život i smrt, rat, gospodine, rat iz koga sam se jedva bio iščupao više mrtav nego živ. I tako do sinoć. Šta je bilo sinoć? Evo šta, gospodine. Sedeli smo, pijuckali smo, pričali smo, sami znate, doživljaji su neiscrpni, ratni. Ja uvek pričam iskreno, lepo, precizno i kao čovek od talenta mnogo unosim temperamenta. Ona zna moju slabu stranu, doliva vino, pretvara se kako je zanima moja priča, a posle kad završim, kad izvuče sve što joj treba, ona za gušu.

Dakle pričam ja jedan svoj marseljski doživljaj, ovako: Čitam novine jednoga dana pred kafanom na Aveniji Kanabier i vidim, Nemci pritiskuju li Pariz pritiskuju. „Boga mu, mislim, propali smo. Propadnu li saveznici propali smo i mi." I obuze me užas. „Zar da se nikad ne povratim kući?" Naručim čašu vina i opet čitam novine, i opet čitam novine i opet naručim čašu vina. Ali posle šeste ne vidim šta čitam, ali stvar mi ne izgleda baš tako opasna. „Batali, mislim, šta brineš, čoveče božji, saveznici su jači, spremniji, bogatiji. Pravda je na našoj strani", i opet naručim čašu vina. Ali se setim Berte i sneveselim se, pa se setim i Amerike i njenog bogatstva i opet naručim čašu vina. I sve tako i sve tako dok ne obnevideh. Posle nekog vremena gledam svu onu gužvu oko sebe, sedim i mislim gde sam ja. „U Beogradu nisam, u Aleksincu niti ima tramvaja niti ove galame, praktikant nisam, to sam bio pre rata, umro nisam, u rovu nisam, hvala Bogu oslobođen sam. Onda šta? Ili sanjam ili sam mrtav pijan. Ajde, mislim, da se uštinem za butinu, pa ako me zaboli znači ja sam." I stegnem koliko igda mogu. Stegnem ja, ali ne osetih bol u butini gde sam se svom snagom uštinuo, nego ga osetih u vilici, gde me neko što je do mene sedeo, pošto ispusti strahovit vrisak, skoro urlik, udari jedinstvenom veštinom boksera. Dakle ipak ne sanjam, onda sam pijan, stvar prosta. Pogledam oko sebe i vidim da su one prilike oko mene Francuzi. Prema tome, šta? Prvo sam trebao reći na francuskom šta je sa mnom: „Ljudi braćo, kažem ja, ali na srpskom, sa mnom se desilo slučajno ovo što vidite; nagomilava ljudska nevolja, tuga za otadžbinom, bol od života, eto." Oni me gledaju. Vidim ja da me ne razumeju. „Braćo, kažem ja, la patrie", i odjedanput, onako kao iz rukava setim se: „Complètement", kažem ja. Hoću da im kažem da već nemam kud, da sam stvar. Oni se povaljali od smeha.

Vidim ja pomoći nema, a već ne znam koje doba noći. Pokušam da ustanem — ni pomeriti. „Braćo, velim ja, zar je to saveznički?" Opet ne razumeju. Tada se ponovo setih i uzviknuh koliko sam mogao: „au secours, au secours"! I tako vičem ja *u pomoć* kao lud a oko mene lom, urnebes. „Braćo, velim ja, ne braćo, nego nebraćo, svršeno je sa savezom, kidamo savez, kidamo, kidamo najozbiljnije, cepamo ugovor, ugovor je parče hartije, tražićemo druge, kajaćete se." I dok se oni sve više smeju, ja sve više besnim kao otrovan. Kako ću da ih uvredim, mislim, i da kažem da bi me svaki drugi pošten saveznik, pa i neprijatelj, odveo da spavam. I na moju nesreću, ne mogući da sastavim rečenicu koja bi tu moju misao iskazala, viknem prosto: „vive les boches"! Posle već ne znam šta je bilo. Kad sam se osvestio ja vidim da ležim ispod dva astala, pod jednim noge i šešir, a pod drugim glava i cipele. Onda se iskobeljam kako-tako i krenem kući.

Na ovom mestu zastade moj saputnik.

— Gospodine — reče potom gledajući me onim svojim ne-mirnim očima punim grabljive bistrine — da li me je ono marseljsko vino istrugalo, šta li, želudac mi se stegao i ruke mi drhte od gladi. Imate li slučajno što za jelo?

Ja izvadih pečeno pile iz torbe, ponudih ga i zamolih iskreno da se ne ustručava. Kad ogloda i poslednju koščicu on zapita za cigarete, pa kad ja izvadih tabakeru on uze tri odjedanput pa dve ostavi u džep od prsluka, a jednu zapali. Onda nastavi:

— Stan mi je bio blizu, rue... Bogami ne mogu da se setim, ključ u džepu, sprat sam znao, treći. I zaista nađem kuću, zazvonim, kažem: „nouvau locataire", jer sam se uselio pre tri dana, „cordon, s'il vous plait", i uđem. Uđem, gospodine, i pođem uz stepenice. Izbrojim tri sprata, probam ključ, ne ide. „Šta ovo može biti?", mislim, uporno petljam oko one brave, zapnem — ništa. Popnem se jedan više, probam ključ — ne ide; siđem dva sprata niže — ni maći. Obiđem sve spratove i sva vrata i sve prozore — ništa. A stomak — da poludim, vri, čupa, svira, cvili, razdire, ključa. „Svršeno je, mislim, jer *u pomoć* više ne smem vikati dosta mi je ono batina pred kafanom." Sednem na stepenice, stegnem usnice koliko god mogu, razmišljam, ne znam u čemu je stvar. Ustanem, prekrstim se, ponovo siđem dole i počnem da brojim. Na prvom spratu lupnem štapom i viknem *premier* (računam na francuskom ću pre pogoditi), na drugom pogrešim i opet kažem *premier* i vratim se — opet počnem iz početka, dođem na drugi i znam da treba da kažem *drugi*, ali ja kažem *quinzième*, jer sam imao toliko velikih čaša vina, a tek treći put dođem do trećeg sprata i kažem *troisième*. Dakle kažem ja *troisième* i energično probam ključ — Bože sačuvaj, ni da priđe. Stegnem stomak, siđem ponovo i kad dođem opet na treći ja zalupam iz sve snage. „Ko je?", pita moja gazdarica (užasno puna žena preko 130 kila). „Šta, ko je?", razderem se ja, „otvarajte ili ću sve poklati." Ona ne razume i samo viče *ko je? ko je?* jer ne može da pozna moj glas. Taman ja da kažem *komite* da bih zaplašio, kad opet nadahnuće: „La clef ne marche pas", kažem ja. I tek tada ona otvori. Ona otvori, gospodine, ali tada, oh tada je sve bilo dockan, vi me razumete! Uđem ja unutra i sav srećan hoću da je zagrlim. A kad ona vrisnu i pobeže od mene kao, daleko bilo, od leša. Posle se ipak povrati, čudi se šta to može biti s ključem i traži da ga vidi. Onda ga prinese sijalici, zagleda ga pa se zasmeja i stade ga lupati o astal. Kad tamo, a ona rupa ključa puna sitneži od duvana, koga uvek ima u mojim džepovima.

Odem ja i legnem. I te noći sanjam najstrašniji san u mome životu. Kao zakačio se ja za nogavicu od pantalona, glavačke visim na balkonu trećeg sprata nad ulicom punom sveta koji mi se ruga i povraćam. Povraćam, gospodine, svoja sopstvena creva povraćam i s njima zajedno fasciklu po fasciklu iz arhive prvostepenog aleksinačkog suda, koju sam ja uredio krv pljujući i u kojoj sam na njenu čast služio kao punoplatežni praktikant bez upoređenja. E, verujte, gospodine, u mome burnom životu, pa i za vreme rata, u najstrašnijim borbama, nikad crnjeg straha pretrpeo nisam.

Dakle pričam ja to mojoj ženi i čekam efekat. (Ja vam svoju ženu neću opisivati, ja hoću da vi iz njenih sopstvenih reči dobijete predstavu i pravu sliku toga čudovišta pakosnijeg od pauka.) Čekam ja efekat i taman prineo čašu s vinom da se prikupim za novu priču, kad me ona svom snagom lupi po ruci: „Propalico, veli, zar te nije stid da to pričaš? Alkoholičaru, veli, pa ti ništa drugo u Francuskoj i nisi radio nego žderao to vino i dan i noć.” *Žderao*, gospodine, je l' to lepo, kažite sami? Eto tako kaže: žderao i to meni svome zaštitniku i svome takoreći vrhovnom putovođi života. „Ostavi se”, kažem ja, jer kao pametan čovek hoću da stišam stvar, „smiri se”, kažem, „umesto da se dičiš što za muža imaš čoveka jače inteligencije i retko duhovitog...” — „Ti duhovit?”, prekide me ona cerekajući se tako pakosno da mi se parče po parče ovog inače izmučenog srca otkidalo. „Ti si kreten!” — „Ko kreten, boga ti tvoga”, planem ja i uhvatim se za glavu da ne poludim, „ja sam genije, ja sam zvezda, bio sam novinar, sad sam arhivar prve klase, a sutra ću biti inspektor.”

I onda uvreda za uvredom, pakao, gospodine, pakao nad svima paklima u svima svemirima. Ja smelo tvrdim da u svetu, da u vasioni nema muža koga je jedna žena ikad toliko naružila, kome je ikad jedna žena toliko uvreda u lice bacila kao moja žena meni. Šta kažem, moja žena? Juče da, ali nikad više.

Moram vam priznati ipak da sam se donekle odupirao, da i ja nisam sasvim ćutao. Usred onoga pljuska od uvreda i užasa evo šta sam učinio. Poleteo sam u drugu sobu i zgrabio sam Vukov *Rečnik*. Ranije sam ja već bio obeležio sve što treba pa sam sad, čas gledajući u knjigu i prevrćući listove, a čas u nju, izređao sve što je zaslužila. A kad sam bio gotov ja sam stao na prozor i to isto, da svi čuju, ponovio. Tek kad smo promukli oboje, vidite sami kako šištim, onda smo se smirili. A noćas nisam oka sklopio i, na kraju razmišljanja, našao sam: da treba da begam, gospodine, bestraga da begam, jer nemam više ni snage, ni hrabrosti, ni vlasti nad sobom, ni moći da vladam svojom voljom.

U tom trenutku skoči on kao oparen s kola, a i ja osetih da je u njima već nemoguće opstati. Ja sam i ranije pomišljao da se nekako spasavam, ali za vreme njegovog pričanja nisam mogao opomenuti starca koji je spavao.

— Slušajte vi, čika Mišo — reče on kočijašu drmajući ga snažno — za Boga jedinoga, zar se bar vi ne možete toliko savladati? U kolima se ne može opstati, a mi smo platili, to jest gospodin je platio jer ja nemam ni prebijene pare, da se vozimo.

— Dok ne zadremam ja se savlađujem i još kako — izvinjavao se kočijaš — ali čim zaspim ja ne mogu odgovarati.

I tako smo se peli i skidali uvek kad bi čika Miša zaspao.

Ja sam, čini mi se, napred rekao da sam čovek vrlo bolećiva i meka srca. Slušajući sa puno saučešća svoga nesrećnog saputnika ja sam, još u toku njegovog dirljivog izlaganja, razmišljao o tome kako bih mu ublažio njegov, uistinu, veliki bol supruga.

— Gospodine — rekoh kad se atmosfera nešto malo raščistila te opet sedosmo u kola — vi ste bili i suviše dobri da mi, i ne poznajući me dovoljno, poverite vašu intimnu familijarnu istoriju, koja me je, odmah ću vam reći, veoma tronula. Hvala vam na tome, gospodine, i radujem se, ukoliko je to u ovoj prilici moguće, da sam na vas tako povoljan utisak ostavio. Gospodine — nastavih ja posle ovoga uvoda koji sam dosta nespretno i zbunjeno izgovorio zbog onoga *radujem se* — život je borba. (Ja znam da ovo što sam rekao ne samo nije ništa novo već čak banalno ali sam tako morao započeti.) On je to bio uvek, a naročito posle rata. Posle rata naravi su se čudno izmenile (i to je stara fraza ali je i ona morala doći u nizu mojih misli), i od naše pokorne srpske žene pre rata, vi danas imate ženu buntovnika. Ja ću odmah reći: jednog nesimpatičnog revolucionara. Sve njoj nije pravo, sve hoće da se meša u naše muške stvari, i sve hoće na ravnu nogu.

— Jest — prekide me on — a gde je bila na ravnu nogu i što se nije mešala u muške stvari za vreme rata, nego mi svi izgibosmo, a one sve ostadoše?

— Dopustite — rekoh. — Eto ja imam veliku familiju i posmatrao sam i posmatram. Svud je pakao, baš kao što vi kažete, ludnica, užas. Nervi su oslabili, zaista, ali šta? Zar klonuti pred jednim ipak slabijim stvorom od nas? Zar dozvoliti da se svet podsmeva našoj slabosti, našem mekuštvu, našem kukavičluku? Zar pristati da to slabo stvorenje trijumfuje nad nama, da ono nama stane nogama odozgo umesto mi njemu, kao što je prirodno i kao što je uvek bilo, zar begati ispred njega umesto ga prinuditi da na kolenima moli oproštaj svojih nerazumnih ispada i postupaka?

— Dragi gospodine — prekide me on ponovo — ja moram priznati da vi govorite sjajno, da vi govorite osobito razumno, da me vaš divni govor podiže, uzbuđuje, hrabri, oduševljava i dira u najosetljiviji živac. Ali, jest *ali*? Zar to isto i meni nije prolazilo kroz glavu? Zar ja sve to ne znam? Koliko puta, pri takvom sukobu, šapućem ja u sebi žestoke pretnje. I verujte mi, kad bih ja izgovorio sve ono što mi je u danom trenutku na umu, ja bih bio pobedilac, nesumnjivi pobedilac. Ali šta? Ja imam jednu manu zbog koje bih poludeo, zbog koje se na kraju krajeva moram obesiti u vezi sa faktom da sam reduciran, te, kao što sam rekao maločas, ne mogu ni platiti svoj deo za kola.

— O, ništa, molim — rekoh ja mucajući više zbunjen nego moj saputnik koji živo nastavi:

— A tu manu objasniću vam odmah. Recimo nastane sukob, strašan, besomučan sukob i šta? Baš kad ja dođem na red, baš kad ja treba da eksplodiram, da kažem ono što mi u srcu kipi, da je proždrem — ja zavežem. Ja ne mogu, oh, ja ne mogu, gospodine, a da ne saslušam sve što ona prokleta žena, ne žena nego hijena, meni ima da kaže i slušajući ja se izgubim, nekako stešnjeno, zaplašeno, prestravljeno izgubim, gospodine, izgubim. Da li se i vama to isto kadgod desilo... ali, pardon, ja sam zaboravio da vi niste oženjeni, na čemu vam zavidim poslednjim nervom koji je mojim nesretnim brakom upropašćen. Dakle tako ona ostaje pobedilac.

Kao čovek bolećiv, ja, toga trenutka, umalo što nisam zaplakao, jer je on tako očajno kršio svoje ogromne koščate prste da mi se činilo kako nikad nesrećnijeg stvora pred sobom nisam video.

— Zaboga, gospodine — uzeh reč skoro jecajući — pokušajte da se otresete toga očajanja, pokušajte da se oslobodite tih okova, pomislite na naše očeve, eto, pomislite samo na naše slavne očeve. Jeste li vi Srbin? Ako Boga znate jeste li vi Srbin? Jeste li vi sin ove zemlje u kojoj je žena do juče izlazila natraške iz sobe svoga muža, svoga gospodara, svoga Boga? Jeste li vi čovek?

Ja ne znam kako sam ovo izgovorio i kako je to moglo toliko uticati na njega da on poskoči sa svoga sedišta i ščepa me besomučno za ruku.

— Gospodine — jeknu on kao izbezumljen — spasioče moj, oče moj, jest, znam šta govorim, svestan sam onoga što kažem, oče moj, jer iz vas govori sam veliki duh moga pokojnog oca, čije sam zanimanje bogami, zaboravio. Isto mi je on tako govorio i eto tu me je trebalo dirnuti, tu, gospodine, u tu žicu. Bednik, kako sam mogao popustiti, ja sin moga pokojnog oca koji je tri žene na moje oči u grob oterao? Ali zaklinjem vam se, evo zaklinjem vam se ovde u ovim karucama u kojima ste me velikodušno i sasvim besplatno povezli, i da ne govorim o piletini kojom ste me uslužili, ja ću se osvetiti.

I dok sam se ja topio u zadovoljstvu svoga neočekivanog uticaja na čoveka čija me je sudbina toliko kosnula, on strahovito škrgutnu ostacima onih svojih pokvarenih zuba, pa zgrabi kočijaša za leđa i grmnu nekim tuđim, užasnim glasom:

— Okreći, okreći natrag!

Naglo i grubo povučen s leđa kočijaš se trže, a malaksali konji najedanput stadoše kao ukopani.

— Gospodine — uzviknuh zaprepašćen — šta vi to činite? Ostavite tog čoveka, pustite da produžimo put.

— Da produžimo — dreknu on — jeste li vi poludeli? Vraćamo se u varoš. U vašem prisustvu, pred vama, kroz jedan sat, ja ću pokazati i dokazati ko je sin moga pokojnog oca.

— Poludeli ste vi — rekoh ja — jer šta se mene tiče sin vašeg pokojnog oca? Kroz jedan sat ja moram stići na proševinu.

— Na proševinu! — zacereka se on. — To ćemo videti tek posle njenoga poraza, ali samo posle njenoga potpunog poraza. Tada, kao vaši gosti, možemo poći svi troje. Da, možemo poći svi troje. Ali pre toga ona mora saznati ko je sin moga pokojnog oca, čijeg se zanimanja nikako ne mogu da setim.

Pored sve svoje dobroćudnosti ja počeh da besnim, dok nas je kočijaš začuđeno posmatrao ne znajući u čemu je stvar.

— Čujte — rekoh — ostavite se vi budalaština i sedite mirno u fijakeru u kome uživate gostoprimstvo jednoga retko dobrog čoveka, kad već moram o sebi da govorim, inače ću vas smrviti kao buvu.

— Sin moga pokojnog oca, Bog da mu dušu prosti (i tu se on prekrsti) neće se lako dati smrviti kao buva — povrati mi on. — A vi pojmite moju situaciju, zaboga, pojmite moju situaciju. U varoši se nalazi još svega jedan fijaker i moja žena uzeće ga da otputuje svojima. Ja to moram sprečiti po svaku cenu.

Više se nije imalo šta govoriti i ja zgrabih dizgine i bič iz ruku kočijaša pa stadoh besno šibati konje. Ali i moj saputnik, čije su ruke bile kao klešta, strelovitim pokretom dočepa uzde i pokuša da okrene kola u suprotnom pravcu. U tom zlokobnom okretanju, i dok smo mi vukli svaki na svoju stranu, jedan točak naiđe na neki veliki kamen pa se kola nakretoše, a kako smo bili nad nekom visokom jarugom to se ona i konji s kočijašem i s nama zajedno survaše u onu rupčagu punu trnja.

Šta mogu da vam kažem? Razjarenim naporom, na jedvite jade, ja se nekako iskobeljah ispod koša, koji mi je jednu nogu sasvim bio prignječio. Tada ugledah kako mi krv curi niz košulju, moju novu novcatu košulju, dok mi je lice bilo svo u krvi, pesku i prašini. Ja dograbih onaj bič i kako se moj saputnik još trzao ispod federa baš kao u epilepsiji, ja ga šibah sve dok se bič nije sav iskidao. Ali se i on, bitanga, nekako iskobelja pa, čim se oseti oslobođen, pojuri kao lud natrag odakle smo došli. Koraci su mu bili neverovatno dugački pa mi se činilo, gledajući za njim, da ono i nije čovek nego nekakav ogroman skakavac.

Ja podigoh stvari poispadale iz kufera i rasturene po prašini, pa, pošto bacih novac kočijašu koji osta da podiže kola psujući nas obojicu, olučih pešice u svome pravcu.

Kad sam malo poizmakao izvadih ogledalo da vidim šta je sa mnom. Užas! Sav sam bio isečen kao da sam glavom probio najtvrđe okno prozora.

Ja se opet okretoh, tvrdo rešen da ponovo pojurim za čovekom koji je, znam sigurno, upropastio moju sreću, promenio moju sudbinu, porušio sve moje ideale. Stegnutih pesnica, sav crven i raščupan kao neka velika ptica, ja se osvrtoh strašno preteći, ali on, rđa, zamače zavojicom smejući mi se koliko ga grlo donosi.

PAD SA GRAĐEVINE

Pad sa građevine

U dvorištu je nova građevina, uglavnom, bila gotova. Pojavila se ona kao prekonoć i ponikla, radosna i mlada, između starih oronulih zgrada tamnih boja, ostarele drvenarije. Moglo se primetiti da se okolo sve radovalo dok se ona podizala. Deca i stari uživali su što je tu, pred njihovim očima, novo zamenilo staro.

Rano prolećnjega jutra, kad je sunce blesnulo u prozore i zatreperilo po krovovima kuća, na novoj građevini začula se pesma. Pevao je mlad, čist glas, zvučno, razdragano. Pesma široka, slobodna, razlivala se čudno iz okvira banalnoga motiva i, još u posteljama, susedi su osećali kako ona obuhvata dušu onoga koji peva, uneseći u glavni motiv nove, čiste, sopstvene tonove i melodije. Onda, sasvim gore, na najvišem spratu građevine, ugledaše mladoga pevača vitkoga tela. Sa mladalačkom gipkošću što odaje uživanje svakoga pokreta, verao se on neustrašivo slobodnim hodom, ili je stajao na prozoru i pevajući malao.

U pesmi se osećao radosni pozdrav životu i jedno stremljenje neodoljivo, napeto i nesvesno, što dolazi od buđenja nejasnih čežnji. Pod njim zjapio je ponor, gore nebo prozračno, nasmejano. Iz praznih soba širio se zadah vlažnoga maltera, i glasovi radnika što su krečili zidove, zvučali su neobično zvonko, kao odjek u stenama.

Na figuri njegovoj, dosta omalenoj, košulja se plavila, a široke radničke pantalone bile su isprskane svima bojama kao paleta; lice mu bilo okruglo, rumeno, kosa gusta, kovrdžava, izraz mio, potpune bezbrižnosti i detinjske čednosti. Pri osmejku blistao mu se niz finih, snežnih zuba. U onom stavu ptice tek oslobođene kaveza, još na njemu, činio se on neiskazano siguran i sa silnim klikom života spreman da prhne u plavo radosno nebo, da se nisu začuli brzi, zvonki odjeci koraka u dvorištu i privukli mu pažnju. Sasvim dole, ka česmi što se sijala na suncu, vragolasto devojče dolazilo je za vodu. Ono je zastalo zadihano, podignute glave, i njihovi su se pogledi susreli. Ona je vitka, sveža, i kao biljka sočna. Ona je ljupka, i sunčani zraci trepere u dubini njenih zenica kao dve zvezde. Grudi su joj visoke, prave i drhtave. Crvena suknja lepša se kao veliki krvavi leptir.

Sigurno je mlaka struja slatkoga nemira jurnula njegovom krvi, jer mu se lice zarumenelo, podignuta ruka ukočila u vazduhu, a zelena boja pocurela duž rukava. Zatim, u igri pogleda među njima, ona je brzo zavladala njime. Očevidno je u tome imala malo iskustva, dok on nije imao ni trunke. On je izgledao zažaren, čedan. Ovaj nabujali život što se spremao da se naglo razvije, činio je, po svemu, svoj prvi korak ka ženi baš ovoga jutra. Po neobičnoj zabuni njegovoj moglo se tvrditi da je to bila jedna od prvih, neočekivana prilika, sudbonosni susret.

Ona je ispunila vodom svoj bleštavi sud, pa žurno iščezla za vratima donjega stana, ali se vratila odmah, zastala nepomično, i u zaklonu starinske kuće naslonila o zid. Posmatrala ga je pažljivo, pomalo zavodnički.

Tada je njegovim licem preletelo jedno gordo osećanje visine i smelosti. Sa ovim izrazom on je pogledao, i zbunio se. Onda je hteo sakriti tu neprijatnu zabunu, i to verovatno pokretom koji mu se činio naročito smeo i muški. Ali se omakao i, zadržavajući strašan kratak krik, raširenih ruku, kao raširenih krila, poleteo u bezdan. I dok su očevici još stajali zatvorenih očiju od užasa, onaj se tupi pad začuo.

Sa prozora susednoga sprata užasan jedan ženski vrisak prvi je zaparao vazduh, onda sa svih strana isprekidani krici uzbuniše dvorište. Zatim se ono napuni svetom.

Međutim, u podnožju betonskoga gorostasa, dole, na gomili kamenja i maltera, mladić je na leđima ležao nepomično. Slepoočna kost bila mu je razmrskana, i levom smoždenom stranom krv je bujno lopila po zemlji. Njegovo lice, vrlo finih crta, obasjano fantastično svetlošću mladosti, rumenelo se još vatreno, i najpre užasno preneražen, izraz kao da postupno postade miran, potom nešto nasmejan.

Za to vreme, sa svih strana, navališe besmisleni predlozi gomile; ali to potraja sasvim kratko, jer ona umuknu u času kad se uzburkana prsa mladića, iza poslednjega ropca, nepovratno smiriše. U tom istom času, drugi, još strašniji od onoga, vrisak iz donjeg stana ponovo zapara vazduh... Malo zatim, kola Crvenoga krsta zadihano pristigoše, pa dva čoveka, posle kratke ocene položaja, očevidno naviknuti, ispuniše, koliko vično toliko i ravnodušno, svoju dužnost. Bilo je vazdan muke oko toga da kola izađu na kapiju, pa je i to okupilo mnogo radoznalih prolaznika, koji glavnu pažnju upravljahu na onaj napor mašine da se iz tesnaca nekako izmigolji. Zatim, veliki stakleni prst crvene boje, sa krvavim telom, polete ulicom. I, pošto se sve desilo vratolomno brzo i prosto, kao da je obuzeta nekim strašnim stidom, mašina, ludo bežeći, iščeze za uglom.

***

Sutradan je dvorište još bilo ispunjeno onim nevidljivim, tamnim teretom, kad je unutra ušlo nekoliko ljudi.

Sa prozora se videlo samo: kako oni čas po, složno i važno, podižu glave ka spratu sa koga se pad dogodio, da ih posle spuste i zagledaju se baš u ono mesto gde je mladi radnik juče mrtav ležao. I ruke su im nešto živo mahale. Verovatno da je to bila istražna komisija, koja je tražila da ispita tačan uzrok padu, kao i postoji li kakva krivica do preduzimača ili koga drugog sem žrtve. Na licima njihovim, pored važnoga izraza, raspoznavalo se vidno i ono osobito zadovoljstvo što obuzima ljude kad su u neočekivanoj prilici da kancelarijsko vreme iskoriste na vazduhu. Bili su vanredno predani poslu za koji su određeni, ali zahvalnost slučaju što ih je izveo na vazduh, nije im bilo lako da sakriju. Najzad su prešli u prvu kafanu da tamo sačine protokol, u veoma živom razgovoru, i klanjajući se sa osmehom onima što su u dvorištu ostali.

***

Sa onoga istoga zlokobnoga mesta začula se idućeg dana nova pesma. Bila je izazivačka, prkosna, drska. Opet je pevao mlad glas, ali glas gromak, ne onaj što se blago penjao gore i topio u suncu, već onaj drugi što se bučno razlivao, punio prazne prostorije i strašno treštao zemljom.

Okolo, sa niskih prozora, nije se nikako moglo videti: za šta je to bilo pričvršćeno jedno snažno uže što se od krova pa nadstrešnicom spuštalo dole, a iza koje bile su uvezane u vazduhu i nad ponorom viseće lestvice. Nad tim lestvicama ljuljao se radnik snažnoga izgleda. Rukavi isprskane košulje bili su mu visoko zagrnuti, te se atletske mišice rumenele na suncu. Pri osmejku blistao mu se niz kao sneg belih, kurjačkih zuba. On je malao lako i smelo, ali u pogurenom njegovom stavu imalo je puno od instinktivne životinjske opreznosti. Upoznat, svakako, o sudbini svoga prethodnika, on se nije ni trudio da sakrije gordost ponovljene smelosti. I kad je sa visine začuo zujanje aviona, on se jezivo nagao tražeći ga očima, pa je, osećajući uplašene poglede na sebi, izgledao nemiran kao mali pijani Bahus.

Baš utom začuli se koraci u dvorištu... To je bila ista ona što je donela smrt njegovom prethodniku. U pogruženom stavu njenom video se jad preživeloga događaja. Kao da se ugasila svetlost što se za trenutak zasijala, oči su joj mutne. Usudila se jedva da pogleda gore i trgla se, jer je strelovito dočekao pogled koji je vrebao. I sad, taj pogled, kao munja oštar, proizvede zabunu istovetnu onoj što su je te iste smerne oči izazvale dan ranije.

U onoj odmornoj jutarnjoj napregnutosti, raspoznavala se jasno strašna glad njegova nagona. I tu snagu, toliko neodoljivu, ona je morala osećati na sebi. To se videlo jasno i po čudnim nekim nemirnim pokretima njezinih ruku. Izgledalo je da se njima žuri da sakrije sav stid, kao da je gola. Onda se vratila sa česme, ušla unutra da se još brže pojavi napolju. Izašla je sa malom ručnom metlom kojom je stala čistiti sasvim sitne strugotine po dvorištu. Izgledala je mirnija i trgla se tek kad je naišla na krvave ostatke tragova kod male gomile kamena. Ipak se pribrala, brzo prišla česmi, okvasila malu metlu, pa se povratila da neprijatne tragove ukloni. Onda se ponovo vratila, opet ukvasila metlu, iz koje pocuri voda, najpre krvavomutna, zatim sve bistrija. I kad se to svršilo i stala teći samo bistra voda, i pogled se njen razbistri. Tada se povuče kod istog onog zaklona starinske kuće i nasloni na zid, odakle se tek usudi da pogleda gore. U isti mah, munjeviti pogled, sav od one gladi, dočepa je i zakova, pa se od toga njene slabe ruke poslušno opustiše. Videlo se jasno da će mu se još sutra podati.

Priča o Lazaru Pardonu,
čoveku koji nije gospodin

Ja sam izvršilac testamenta izvesnoga moga ratnoga druga Lazara Pardona. Taj Lazar Pardon (pre poznanstva s njim, nisam ni slutio da i ovakvo prezime postoji), moj, dakle, ratni drug predao mi je, pre ravno pet godina, a po jednome licu, ovakvo pismo:

„Poštovani gospodine druže, ako slučajno saznate da sam se preselio u večnost, ili pak od danas za pet godina ne budete od mene dobili nikakvih vesti, imajte dobrotu pa otvorite ovo zaveštanje, i dalje postupite po uputstvima. Odredio sam baš Vas za izvršioca svoga testamenta sa razloga što ste pravnik, i jer Vas poznajem kao čoveka skroz ispravna, savesna i plemenita.

Hvala Vam srdačno, i zbogom...”

Čim sam dobio ovakvo pismo, ja sam na njemu zabeležio dan prijema, onako kako se to radi u svima državnim nadleštvima, pa sam zaveštanje ostavio u kasu i čekao. A pošto se navršilo tačno pet godina od prijema, i bez ijedne vesti o Lazaru, otvorio sam ga.

Dakle, ja kažem *zaveštanje* zato što ga je on tako imenovao, a to je upravo jedna ispovest, a ima u njoj nešto i od zaveštanja. No da se ne bih oko toga vazdan zadržavao, i tu ispovest na svoju ruku komentarisao, ja ću je ovako izneti na javnost, i to naročito sa jednoga razloga koji mi je mnogo zgodnije reći na kraju ove dosta smešne i neobične istorije.

Evo, dakle, šta je pomenuti Lazar tamo napisao:

Prvi put sam, veli on, to osetio u šestoj godini, u zimu, kad sam išao u susednu varoš, da kod svoga dede provedem božićne praznike. Zajedno sa mnom, a kod svoje tetke, išao je tada i sin komandantov, moj vršnjak Pavle.

Dakle, toga dana morali smo najpre ići kolima do prilično udaljene stanice, a potom vozom. U kola smo seli obojica kod Pavlove kuće. I eto, bilo je to tada. Stari kočijaš Stevan, u velikim čizmama preko kolena, otvorio je uslužno vrata zatvorenih kola i, propuštajući prvo Pavla, rekao mu: „Izvolite, mladi gospodine! Molim!" Zatim se obratio meni: „Hajde i ti, mali. Ulazi!"

Dakle taj bol koji mi je ta starkelja tada nanela, ne nazvavši i mene mladim gospodinom, ni do danas nisam zaboravio. Taj bol nije malo uticao na moj budući karakter. On me je upravo i doveo dovde. Jer, kao što sam rekao, Pavle i ja bili smo vršnjaci, čak sam ja bio neka dva meseca stariji od njega. Svakako, prema tome, da on nije bio *mladi gospodin* s obzirom na uzrast.

Sve sam to osetio ja i onda, i bio sam otrovan: i na svoje poreklo, i na samoga sebe, i na ceo svet. I osetivši to, smesta sam počeo posmatrati Pavla sa zavišću, ali takvom, da se on morao veoma začuditi toj nagloj promeni moga ponašanja.

Uistinu, moram to priznati, bilo je velike razlike u našim spoljašnjostima. Ja sam na nogama imao, na primer, čizmice. Ali su te čizmice, iako potpuno nove, izgledale nekako proste prema malim kaločnama što su se sijale na nožicama komandantova sina. Tako isto bilo je i sa našim šubarama. Povrh svoje nosio je on bašliku, i to je zaista lepo priličilo, dok sam ja, bez bašlike, onako samo u šubari, izgledao kao neki mali kasapin. Ali, bez obzira na odelo, njegovo lice nežno i s finim crtama, njegovo lepo držanje, i sve, počev od glasa pa do najmanjeg pokreta, odavalo je jedno gospodsko dete, isto onako kao što je moje lice i ponašanje odavalo dete svinjarskog trgovca.

I tako, sa velikim nestrpljenjem, sačekao sam da izađemo iz kola odvratnoga kočijaša i da uđemo u voz. A tamo mi se ona rana sve više širila, pa mi i praznici kod dede presedoše, jer sam u duši stalno osećao neku gorčinu i poniženje zbog one razlike između maloga Pavla i mene, razlike tako upadljive čak i u očima jednoga čoveka prosta, ali u svojoj prostoti, svakako, iskrena.

To što ovde ispričah, bez uvijanja, bilo je pre više od četrdeset godina. Ali i od tada, iako su mi u toku života situacije često bivale izvanredno sjajne, iako se to svakome moglo činiti smešno i neverovatno, pa i glupo, ja evo sve do današnjega dana ne doživeh tu čast i tu sreću (a znam šta govorim, i ponavljam: *sreću*) da me iko oslovi gospodinom.

Kao ličnost ja sam običnoga rasta i uopšte prosečan; ja sam uvek pristojno odeven; ja, sem nešto malo spljoštena nosa (kao mali pao sam na klizavici) nemam ničega naročito upadljivog ni na licu, niti inače; ja podsecam svoje brkove, a kosu češljam „sa strane", kao što je u modi — te ovu činjenicu, to jest ovo odsustvo svoga gospodstva, i ne mogu i ne znam tumačiti drukče do jedino odsustvom svake strogosti u svojim kao nebo plavim očima. I sa toga razloga, možda, kroz ceo svoj život ja sam za sve i za svakoga, za muško kao i za žensko, za prvoga kao i za poslednjega, bio samo i jedino Lazar, Laza ili Lazica, ali gospodin Lazar Pardon nikad, ako Boga jedinoga znate, nikad.

Ja se ne mislim vraćati na svoje dečaštvo, niti ću se spominjati svoga mladićstva; ja uzimam sebe kao gotova, kao cela čoveka. Eto, kao takav ja sam se u svome životu, isto onako kao i ostali, bezbroj puta predstavljao svakojakim raznim licima, pred kojima sam običnim glasom izgovarao svoje ime Lazar Pardon. I vazda, u takvim nesrećnim prilikama, ja sam jasno i razgovetno osećao kako na svako takvo lice ostavljam utisak ne nekoga koji se predstavlja Lazar Pardon, već nekoga koji se predstavlja imenom Lazar, koji se izvinjava.

A to sam redovno zaključivao, pored ostaloga, i po tome što sam ja, sa svoje strane, imao utisak: da mi lica kojima sam se predstavljao uvek nešto kao praštaju, odgovarajući mi, umesto svojim imenima, rečima: „Molim, molim!" Ja uzimam, dakle, sebe kao gotova, cela čoveka.

Ja se, na primer, ženim. Ja prolazim ulicom sa svojom ženom. Ja sam najkorektnije odeven, moja žena isto tako; i prolazeći, ja čujem kad kažu: „To je Lazina žena." Ili: ja kupujem kuću, jednu divnu i skupocenu vilu, nedaleko od varoši. I hiljadama sam puta, iza zavese svoga prozora, čuo kad su kazali: „To je Lazina kuća. Baš mi se dopada Lazina kuća." Koliko mi je puta u takvim prilikama dolazilo da preskočim prozor i da im doviknem: „Ej, vi, more! Kome vi Laza? Kome vi Laza, nesrećnici nijedni? Šta sam ja vama? Da ne čuvah sa vama ovce, nitkovi nijedni?"

I uvek tako; razvodim se sa ženom, oni vele: „Razveo se Laza"; razbolim se: „Razboleo se Laza"; dobijem odlikovanje, oni kažu: „Odlikovan Laza."

U ratu, kao oficira, svi bez razlike, zvali su me Lazicom, i u četi, i u bataljonu, i u puku. „Gde si u četi?", pitaju vojnika, a on odgovara: „Kod Lazice." „Ko je dežurni?" — „Lazica." „Ko je u rezervi?" — „Lazica." „Ko je ranjen?" — „Lazica", uvek, i samo Lazica.

Po svršenom ratu ulazim u jedno industrijsko preduzeće, veliko, ugledno, vrlo poznato. Unosim sav svoj nemali kapital, u ortakluku sam sa jednim čuvenim, krupnim imenom. I računam, sad ili nikada. Pa se sretam tako sa poznanicima. „Aha, kažu mi oni, bravo! Vi ste sad kod gospodina Krsmanovića. Čestitamo, čestitamo." — „Ne, odgovaram ja otvoreno, ne, gospodine, ja nisam ni kod koga, ja sam ortak gospodina Krsmanovića." Izvinjavaju mi se, pravdaju, ali šta mi to vredi?

Nedavno opet spremao sam se da u značajnoj debati Komore učestvujem o privrednoj krizi. Očekujem da u takvoj prilici moram doživeti čast za kojom gorim, da predsedavajući mora kazati, kao što je uobičajeno: ima reč gospodin Lazar Pardon. Dižem, dakle, ruku, javljam se sa ostalima i vidim kad predsednik upisuje moje ime. Onda on redom daje reč i uvek na isti način: „Izvolite, gospodine N. N.", ili: „Ima reč gospodin taj i taj."

Sa uzbuđenjem očekujem ja svoj red, i on najzad dolazi. A tada, i na moj užas, umesto da postupi i sa mnom kao sa svima ostalima, on, predsednik, pošto me je nekako pronašao očima, ustaje, dovikuje mi, i rekao bih čak ironično: „Lazo, ajde, Lazo, ti dolaziš."

Tada se moje srce steže, grlo suši, i ja se zbunjujem, zaboravljam spremljeni govor, i sedam, brukam se, odustajući od tražene reči bez ikakve motivacije.

Nikada na javnom predavanju, ili zboru, nijedan predavač ili govornik, izgovarajući reč *gospodo*, nije pogledao u mene, niti blizu mene, iako sam uvek mogao biti viđen samo u prvim redovima poznatih javnih slušaonica. Nikad nijedan omotač pisma, meni upućenog, nije doživeo slavu: da na njemu bude u celosti ispisana reč za kojom sam istinski umirao; nikad... ali ko bi to sve mogao pobrojati?

I, eto, zbog toga, ja sam jedanput sanjao kako se ubijam. „Boga mu, mislim kao sâm i govorim sebi, kakav si ti to tip koga niko nikada u životu ne oslovi gospodinom? Ubij se, kao stoka, ne treba ni da živiš." I kao uzimam revolver, prislanjam ga na slepo oko, preživljujem poslednje užasne sekunde, i... cak. Pa najedanput, na to *cak* kao lepo čujem gde u predsoblju nastaje užasna uzbuna i kako svi uglas viču: „Otvarajte. Pomagajte, ubi se Laza. Laza se ubio!"

Pa kad je tako, pomislio sam čim sam se probudio, i kad i u takvoj prilici ni za koga nisam gospodin, onda šta mi i vredi živeti. Jest, ali je onda drugi glas u meni progovorio: „Vredi, Lazare, vredi živeti te još kako, ali ne u ovoj zemlji u kojoj niko nikad po zasluzi nije ocenjen." I tako sam se rešio na nešto drugo: na to da ovu zemlju zasvagda napustim. I napuštam je i odlazim. Bar za ostatak ovoga moga života ispunjenog poniženjem, ja moram biti gospodin. Ja to hoću, ja to moram, i ja ću to biti u — Francuskoj! Jer tamo, u toj Francuskoj, u toj božanskoj Francuskoj, svaka druga reč koju čujete jeste *gospodin* (monsieur). Tamo se uvek kaže: Dobar dan, gospodine! Izvolite, gospodine! Uđite, gospodine! (Bonjour, monsieur! Voici, monsieur! Entrez, monsieur!) Da se čovek istopi!

No kako ja tamo (iako gospodin — monsieur) mogu jednoga dana umreti, to ovim celokupno svoje, kako kretno, tako i nekretno imanje, zaveštavam sirotinji. Zaveštavam ga onoj sirotinji, poniženoj i uvređenoj, kojoj ne pripada čast da se zove imenom koje me je iz moje rođene otadžbine ovako grozno prognalo.

Molim da se po ovoj mojoj volji u svemu postupi.

***

Čim sam otvorio ovaj testament, odmah sam se rastrčao na sve strane da se što tačnije i podrobnije o imanju zaveštaočevom raspitam.

Međutim, ubrzo sam se obavestio: da ovaj Lazar Pardon nikakvoga svoga imanja, ni kretnog ni nekretnog, ovde u Jugoslaviji, nema, i nije ostavio.

Naprotiv, utvrdio sam: da je i ono malo pokretnosti što je imao (o vili nema ni pomena) rasprodao, pa sa novcem otputovao neznano kud, ako mu je verovati: u Francusku.

Dakle, kao izvršilac ovoga, božem, testamenta, šta bih mogao ja da kažem o ovome Lazaru Pardonu doli to: da, zbilja, i nije nikakav gospodin, kad je sa mnom, ni krivim ni dužnim, mogao nešto ovako da uradi.

Pa ipak, kao čovek kome ovo nije prva nepravda preko koje prelazi, ja ću se s njim oprostiti rečima: Neka je laka zemlja i Bog da prosti Lazara Pardona.

Pogibija Jaćima Medenice

Ovih dana kad je najavljivana mnogo pripremana i retka svetkovina sveslovenskoga sokolskoga sleta u prestonici, onaj čiji ćemo podvig, tim povodom, pokušati da ispričamo, nije za nju pokazivao čak ni običnoga interesovanja. I ne samo da nije pokazivao ni običnoga interesa, nego se donekle i ljutio na slične česte i skupocene parade, koje, kako je on voleo da govori, toliko koštaju ovaj inače ogoleli i ojađeni narod. „Čim, veli, ovom sitom i besnom Beogradu ponestane para, a on daj neko slavlje, izmisli tek ma šta bilo, to oni jadni i blesavi deputirci, otud iz naroda, ponesi i potroši svu onu, s teškom mukom ušteđenu i zleudu crkavicu. A Beograd, posle toga, opet udari u bes i rasipanje, dok onom golom narodu ne ostaje ništa nego da i dalje ljušti onu projetinu i pasulj, od kojih pre vremena ostari i propada.‟

Tako je on, otprilike, pridikovao i svojoj ženi, kojoj nije hteo da oprosti što uvek, o tim neželjenim i skupim svečanostima, o ručku i večeri ne može biti ni pomena, i što mora tek uveče da je vidi onako propalu, svu izdrmusanu i promuklu, kao da se dovukla pravo iz Glavnjače, a ne sa tih nazor svečanosti. „Vučeš se, veli, tamo po tim sokacima i Terazijama ceo božji dan, pa mi se vratiš kući sva ištipana i modra, i to ti je neko vajno uživanje! Biće tebi uživanja ako te o prvoj paradi pripetljam za nogu kao kakvu kokoš, pa da mi kljucaš u mestu kao što i priliči dobroj i urednoj domaćici, a ja kad se vratim, da ručak bude gotov na astalu i da me dočekaš kao domaćina čoveka.

Ja, veli, ovo što sam skunatorio, skunatorio sam jer sam kapao nad svojim poslom i trgovinom, a da sam šišao i vijao po paradama kao ti, savijao bih sad negde grbaču pod nekim teškim tovarima i balama, a ti ne bi nosila šešir od trista dinara, niti bi besnela kao što sad besniš."

Dakle, ovaj i ovako žestoki opozicionar svečanosti po imenu Jaćim Stričević-Medenica, koji se tako o njima izražavao, i na njih se okomljavao pred svojom ženom, pa i pred svojim astalskim društvom u kafani, govorio je tako potpuno svesrdno i od srca, jer je tačno tako mislio i osećao o svima božjim paradama i svečanostima, iz dubine duše. I pred drugovima, dakle, kafanskim govorio je on isto ovako strogo i neumoljivo, bezmalo još strožije i neumoljivije, i to je svima poznato, pa je, nekoliko puta, i pozive dobijao iz kvarta sa tri crvene štrikle i saslušavan bio prilično nezgodno i u antidržavnom smislu. „Boga mu, govorio je on, i sa tim i takvim džumbusima! Kad god je neki takav cirkus, ja ostanem i gladan i žedan, i vidim da ću zbog njega ili onu ženturinu morati da najurim, ili apsu da napipam. Žena, veli, tamo po sokacima, a ni u jednu kafanu ne možeš ni da priviriš, jer su sve prepune one božje goveđine što se iz cele zemlje ovamo slegla i nabila. Pa čak ni u Malom Mokrom Lugu ne možeš ni čokanja rakije da nađeš, i ja moram svaku takvu paradu, kao neku pravu malariju, da odbolujem, i tri dana ne mogu kao čovek da se povratim."

Ovakvi su, otprilike, pogledi i nazori Medeničini o navedenim svetkovinama i paradama oduvek bili, niti je pokušavao ma kad da ih krije, niti se ustezao da ih, kad god mu se ukazala zgoda, iskaže javno i otvoreno i posle svih napomenutih opomena i nezgodnih saslušavanja u antidržavnom smislu. „Jedanput se, veli, mre, pa neka me streljaju! Kad nisam poginuo i glavu izgubio u svesvetskome jurišu, neka, vala, platim glavom zbog tih parada i svetkovina, čudna mi čuda! Iskapiću ceo litar komovice pred streljanje, pa mi sve ravno do

Kosova. Udaraj posle i gađaj, ako ti je volja i haubicom i merzerom, i onom bertom što je gađala Pariz, baš me ič nije briga!"

I, eto, sa takvim istim pogledima i nazorima dočekao je on i onu čuvenu i retku svečanost generalnog slovenskog sleta, o kojoj je napred bilo reči, i o kojoj osokoli takoreći na jedan čisto istorijski način, da mu je trebalo i više od tri dana da je pravilno odboluje, a već da je zaboravi, to ne bi moglo ni da se zamisli.

Probudila se toga jutra, još pre svanuća, žena Jaćimova, drmusala ga najpre pomalo i oprezno, pa sve jače i češće, i kad se Jaćim rasanio, ona mu se umiljato obratila: „Jaćime, bolan, govorila mu je ona, ajde, Jaćime, ustani, pa da idemo i da zauzmemo mesto. Ajde, kaže, molim te, poslušaj me bar jednom u životu, ne viđa se ovo svakoga dana. Ja i ti nećemo ovo doživeti. Pa sâm kaži: kad bi mi još mogli da idemo, recimo na primer, do Zlatnoga Praga ili do Varšave?"

Još sinoć mu ona uši probila sve o tome istom, pa je to Jaćim cele noći sanjao i setio se toga čim se osvestio. Pribrao se i prikupio brzo, pa se još više naduo i naljutio što ga, bez svake potrebe, budi. „Zar si ti zaboravila, veli joj on, da je tebi glavna i prva dužnost da me poštuješ, da me kao gospodara svoga slušaš i da mi se pokoravaš? Pa koga me đavola onda ne slušaš? Zar sam ti jedanput govorio: pazi ti, ženo, na svoju kuću i obraz svoj čuvaj, a parade ostavi onima što zjala vole da prodaju. Ne povodi se ti za ovim današnjim Beogradom. Eto, to ti je moj savet."

„Čuj, Jaćime, kaže ona opet, pomisli, bolan, da ti je ovo sve takoreći pred samu kuću došlo, tu ti se, takoreći, namestilo, tu ti pod nos došli ljudi iz bela sveta, a ti se tu izležavaš kao da ti se nikad više prilika neće dati da spavaš. Ajde, kaže, da vidiš ono što nikad u životu video nisi, nisi, niti ćeš ikad videti." — „Ne džvonkaj mi, odgovara joj Jaćim, čuješ li što ti kažem? Ostavi mi se, molim te, tih tvojih manevri, znam ja njih dobro; nego pusti me da se k'o poslovan čovek odmorim i izduvam, pa da sutra rano zaogrnem rukave i zaradicu svoju, od koje živimo i životarimo, odradim. Ne padaju nikome pečene ševe u usta, jesi li me razumela?" — „I kamen bi tvrdi popustio, prede ona uporno, ali stalno pomirljivo, otkad ti govorim. Tako te i za slave uvek moram da preklinjem i pred tobom bogoradim, pa su nam se ljudi i prijatelji već i otpadili, i niko nam skoro više i ne dolazi. Reši se, veli, ajde, nemoj tu kao neki panj da ležiš, pa niti što osećaš, niti ljubavi kakve za ovu našu domovinu gajiš, kao drugi patrioti što su, i na domovinu svoju svu noć i dan misle i na sednice idu patriotske." — „Kako veliš: na sednice idu patriotske, gnjevi se na nju Jaćim, a ja šta sam radio? Dede, šta sam ja radio? Zar ja ništa za ovu domovinu nisam dokazao, kad sam tri godine konjovodac bio pod granatama i ostalo u mrskom ropstvu po nuždi odležao? Zar ti, veli, da mi to u oči kažeš, umesto da mi kao ratniku čoveku i suprugu zakonskome priznaš, i opanke, ako tražim, da mi vadaš; kao što su naši slavni dedovi Turcima vadali i gospodarima svojim laskali. Gledaj ti, veli, nje, šta ona zna, šta mi ona tu nagvažda! Na patriotske, veli, sednice! Kao da je to teško ići na patriotske sednice. Ama mazgu bi' ja tebi da utrapim, što naš jezik i ne razume, pa da je na leđa, preko jendeka, zajedno sa tovarom moraš da izneseš!"

Poznaje ona dobro Jaćima i zna da ga je u sami živac dirnula, pa bi on sad razvezao o ratu da bi se i sama svetkovina završila, kraja nigde ne bi bilo, te ga prekida i počinje da mu se ulaguje: „Znam ja, kaže, tebe, Jaćime, da si ti patriot, i zar ti to meni treba da dokazuješ? Zato sam se za tebe i udomila što si junak bio i za domovinu se borio, pa se nisam ni osvrnula kad su mi govorili kako ne treba za tebe da pođem, jer si se dušmaninu predao i streljački lanac sramno napustio. Znaš ti dobro, veli, da sam se ja za tebe u inat udala i nikoga slušala nisam, nego sam verovala da si ti ispravan patriota i bio i ostao. Pa zato te sad i zovem, paradu ovu i sokolce da pozdraviš i da vidiš: zašta si se borio, tri godine ratovao i mazgu za Kralja vodio."

Eto tako je ona govorila, pa su se Jaćimu guste veđe najednom namrštile, a to će biti usled spomena onog predavanja neprijatelju, te mu se kao namah grižnja savesti ili tako nešto unutra razbudilo. Zato je malo poćutao i čelo protrljao, pa je tek onda razložno odgovorio: „Dobro, de, veli, ajde baš da te poslušam, dečurliju tu, sokolce, da posmotrim i da vidim zašta sam se borio i krvavio, i da li je to onih naših ljutije' jada zasluživalo."

Obradovala se žena Jaćimova, sunce je ozarilo, te sve poigrava i pomaže Jaćima da odelo praznično odene, manžete mu namesti, i „mašliju" mu prazničnu zaveže. „Znam ja, veli, koga imam: sokolića moga i heroja; kud bi on ovu retku priliku propustio? Nije Jaćim nikad izrod ni Juda Iskariotski bio, niti će biti, niti bi mu ko to od mene smeo prebaciti."

Obukao se Jaćim uz pomoć ženinu, pa sve na njemu novo i fino, i kaput je preko ramena prebacio, jer je tako navikao, i zimi ga nije oblačio nego uvek ovako isto ogrtao. Uputio se Jaćim sa ženom zajedno da zgodno neko mesto izabere, odakle će sve sokolce i soko-lice posmotriti i sa neposrednim uverenjem kući povratiti, te da mu bude jasno i bistro: je li se ili nije imao rašta boriti i junačku mazgu, što srpski ne razume, voditi.

A prestoničke su ulice, uveliko, vrvile od svetine, koja je, uprkos sunčane žege, žurila te da trotoare, prozore, drveće i druge razne vidike zauzme, odakle će se truditi da ne propusti ništa od onoga što, po spremljenom programu, treba da se izvede i provede. Veseo je izgledao taj svet, radosne kuće sa trobojkama, vesela i bodra Jaći-mova žena što je za njim sve potrčkivala, hvatajući ga pod ruku čim bi ga sustigla; što se nije usuđivala da čini sve od same svadbe, još kad su se venčali u Voždovačkoj crkvi, tamo na Dušanovcu, jednoga dana čim se opaki rat završio. Nije Jaćim mario da ga žena ovako pod ruku drži, jer se time nekako naročito sputan i ponižen osećao, ali joj je sada to, po izuzetku, dopustio, da ih ona svetina ne bi razdvojila i da tako ženu svoju, kakva je takva je, ne bi izgubio. Ali se mora napomenuti, isto tako, da se Jaćim u ovoj gužvi nije baš tako neobično ni osećao, pošto je on po pozivu svome na takve gužve odveć bio navikao. Kupovao je Jaćim raznu marvu po vašarima i pijacama, za marvene trgovce, pa se tamo izvrsno i osobito izvežbao da se između ljudi i stoke provlači i mimoilazi, i to tako vešto da su se i oni ljudi, pa i sama stoka, prosto njemu, čim ga ugledaju, sa puta sklanjali. Obično je on, za te prilike, debeli šljivov štap nosio, i samo kad mu se neko goveče dopadne, a on zastane, stavi štap pod mišku, uhvati goveče za rep, zaturi se i trgne koliko god može, te tako na ovaj način ocenjuje i proba: vredi li dotično goveče koliko se za njega traži ili pak ne vredi. Eto taj isti šljivovi štap, podebeo i već izlizan od upotrebe, poneo je on i ovom svečanom prilikom, i sa njim krči put energično kako sebi, na prvom mestu, tako i ženi, a među onom bezbrojnom svetinom iza koje skoro da ne poteče mlaz mutnoga znoja od velike i žestoke julske pripeke. Krči sebi put Jaćim i bori se, ali nigde mesto ne izbira, jer mu se negde čini društvo odveć fino, a da bi se s njim pomešao, a negde je opet prvi i drugi red već odavno bio posednut. Ali je i vreme prolazilo, a svetina sve više i sa svih strana pristizala, te Jaćim vidi da se nema kud i da se negde mora zastati i osmatračka tačka zauzeti. Pa je najzad, u drugome redu, jednu bolju poziciju pronašao, da ga nikakva sila ne bi mogla potisnuti, i tu se mudro i skromno ukotvio i ženu sebi blizu sasvim privukao. A u stvari, nikad on i nije čovek neskroman bio, niti se u prve redove isticao, iako su mu se stari, istina dosta davno, iz same Crne Gore i Brda doselili. Još manje je on namere kakve imao da ma šta ovde, na primer, manifestuje, jer nikad on glaska u sličnim prilikama nije puštao, niti pak svoje duševno raspoloženje otkrivao. Jer nikoga se ne tiče šta on unutra oseća i razmišlja, samo je njegova dužnost da se reda radi oko sebe pažljivo obazre, te da se uveri: nema li koga pored njega i oko njega, da bi se kao sumnjiv činio, ili tako šta, te da bi se znao upravljati i opredeliti.

Dakle, sa tom ozbiljnošću i onim izrazom prekaljenoga ratnika, ali i prilično nestrpljivo, jer su ga noge počele boleti, čekao je Jaćim da jednom počne ta retka ceremonija koja je toliki narod na ulicu primamila i za jedno ga isto mesto prikovala.

I zaista, kad vrlo uzrujani žagor najednom prože sve prisutne, kako one na prozorima načičkane, tako i šarene lese na trotoarima ukopane, kad nastade opšte komešanje i neiskazani bes od pljeska i tapšanja, Jaćim ostade ono što je bio, mudro miran i ozbiljan, sem što njegove buljooke oči, a u onoj začuđenoj radoznalosti, nešto malo više napolje iskočiše.

Uskomeša se, dakle, onaj narod, pa se zatalasa i zanese, jer se otuda ukaza čelo povorke na koje se sa toliko nestrpljenja čekalo, te se prvo i pre svega začuše zvonki i prodorni zvuci fanfare. Pojaviše se trubači sve na belim belcatim konjima, a za njima konjanici sa zastavama svakojakih sokolskih bratstava i župa. Na njima su dolame, preko ramena i kao krv crvenih košulja, prebačene, a na kalpacima sokolova pera. Teške motke zastava oslonjene im na sjajnim uzengijama.

A tada, srčano i kao podmlađeno, kao da najedanput sve ožive, dočekaše ovu konjicu uzvicima: „Živela konjica! Zdravo, sokoli naši!"

Što se samoga Jaćima tiče, konstatujemo ovde: da se, toga momenta, po njegovom licu kao preli: neka vrsta naročitoga zadovoljstva, nešto kao pozdravni osmeh ili pojava jednog ustreptalog raspoloženja, ali jako uzdržanog.

Kao prekaljeni pešak, pripadao je on sav ovome svome uvek presudnome rodu oružja, dok se o konjici nikad nije dobro izražavao, pa se može reći da je ovu donekle i prezirao, te je daleko bio i od same pomisli da joj ma kakve počasti i ovom prilikom ukazuje. I baš povodom ove konjice Jaćim se, uopšte, reši da svu ovu ceremoniju samo hladno i pešački posmatra i kritičkim očima prati, jer, pomisli on baš u tom istom trenutku: ko mene ovde plaća da se ja, recimo, derem i svoje grlo, koje za pazarne dane moram da štedim, zloupotrebljavam.

Baš dok je on tako mislio, začuše se i zvuci sokolskoga marša, pa se iza ove muzike pojavi vođstvo svih sokola, te Jaćim opet oseti kako ga pomalo, ali vrlo pomalo, patriotski žmarci počeše podilaziti.

Bilo je tu, uistinu, starih veterana, ali isto tako i golobradih vođa, u impozantnoj koloni, koja se svim silama trudila da svojim ponositim držanjem ostavi neizgladiv i silan upečatak. Dočekani sa svih strana oduševljenim usklicima, ispružali su oni, visoko u vis, desnu ruku raširene šake, upirući svoje sokolske oči poglavito na dame, što su ih belim i malim šačicama svojih do ramena golih ruku odozgo živo pozdravljale.

Bilo je, kao što rekosmo, među tim vođstvom istinskih junaka i ratnika, nema govora, ali mnogo više one takozvane debele pozadine, koja bolje poznaje puder od baruta i mnogo bolje parket-patos od ledine. Pa je ta debela pozadina osobito gordo otpozdravljala, baš kao da je nekad i na samo čuveno Bakarno guvno jurišala i na oštar nož ga osvajala. Ali ove parketaše masa od onih ratnika nije razlikovala, pa je sve ukupno na gromki četvorokratni pozdrav otpozdravljala da se sve prolamalo sa: „Zdravo! Zdravo! Zdravo! Zdravo!"

I tu, kao nekim uticajem iz vazduha, šta li, ili što ga onaj četvorokratni gromki pozdrav najedanput opi i osvoji, tek i sam Jaćim i protiv svoje volje i načela zausti da i sam sa onim četiri puta „zdravo" pozdravi ono vođstvo, kad se namah zagrcnu, baš kao petlić kad prvi put, pošto zaklepeta krilima, nameri da kukurekne, pa odjednom upola prekine. Dakle tako nešto, kao kad prvi put petao zakrešti, zakrešta i Jaćim, pa se od toga kao zastide, te se najpre zakašlja i dole u zemlju pogleda, a onda bogobojažljivo obazre oko sebe da se uveri: je li to ko čuo i zapazio kad je on zakreštao, ili je ovo kreštanje prosto prošlo nezapaženo i neprimećeno. Postideo se

Jaćim i pokunjio zbog ovoga, jer se lično uverio da to nije prošlo sasvim neopaženo, pa se ponovo i jače zakašljao, kao bajagi više je to bio kašalj, a da on i nije imao nameru da onde nekakve pozdrave upućuje i deli, a najmanje nekakvoj tamo kavaleriji ili vođstvu parketaša i ladovinaša, protiv kojih je uvek svim svojim srcem neustrašivo istupao.

A posle one muzike, eto ti Rumuna, o čijem se retkom i slavnom junaštvu još uvek sa najvećom pohvalnom priča, i čije žene, odevene u prekrasna narodna odela, požnješe čitavu buru pozdrava. Sa svih strana zaori se dobacivanje: „Gle kako su divne! Oh, kako su slatke", te se Jaćim unezveri i ne znade šta li će pre da pogleda i zagleda. Želja mu je, naravno, bila da na ženskome polu pogledu pusti na volju, ali ima ti tu i svakojakih drugih privlačnosti i svake sorte neobičnoga šarenila. Zanesen tako čitavom bujicom utisaka: „jao meni jadnome", pomisli, baš kad iza Rumuna zatrese češka muzika, pa se sa njom izmeša i bat, kao šuma, bezbrojnih čeških ženskih nožica, sve u istim čarapicama i cipelicama, „jao meni", pomisli on, „ko će danas ovde živ glavu da iznese?"

Osetio je baš tada vrtoglavicu u glavi, i najedanput, sasvim iznenada, kao neku dotle nepoznatu silovitost i kao neki ogromni višak dotle pritajene snage, pa mu se učini kako mu se sve ona čupava kosurina na glavi uzdiže, a srce podmlađuje, te mu i sama žena primeti da se neke važne unutarnje promene na Jaćimu izvršuju. A ovde dodajemo: bila je to dosta mršava žena, otprilike njegovih godina. Imala je ona izraz iz koga se jasno videlo da o svome mužu i misli i brine i da ga se jako pribojava.

Oseti se, dakle, na Jaćimu jasno ono vrlo nestrpljivo uzbuđenje, i da se u njemu neke jake pripreme vrše u tome smeru: da dâ izraza svojoj iskrenoj srbijanskoj duši, u kojoj se prosto od gomile pepela nenadno stala razgarati takoreći čitava jedna živa vatra.

I tu eto, kad naiđoše Čehinje sve u istim cipelicama i čarapicama, kao i kratkim suknjicama, kao izvan sebe, kao protiv sebe, kao budi bog s nama, završta Jaćim da se sve oko njega uzbezeknu, baš kao da je neko od onih bezbrojnih gledalaca najedanput sa krova među njih tresnuo, te mu se creva onde nasred trotoara prosula i pravi užas izazvala. „Živele, veli, sestre Češkinje!" Ponese, dakle, Jaćima ona matica života što sve nosi za sobom. I tada, kad to reče, on lepo oseti da je posle toga živ i zdrav ostao, i silno mu bi milo što živ i zdrav ostade, a što se na njegovom licu jasno dalo raspoznati.

Okretoše se namah Čehinje tamo na tu stranu odakle je ona neobična rika doprla, i stadoše mahati lično baš Jaćimu Medenici svojim punačkim i rumenim čehoslovačkim rukama, u kojima neke nošahu kite lipovoga cveta, a neke opet polutke od limunova, predostrožno pripremljene za usisavanja protivu opasne julske sunčanice. I Jaćimu se nasmeši brk, i sve se na njemu zadovoljno smeškalo: „Bre, pomisli on, bre, Jaćime, grdno li bi pogrešio da si nešto kod kuće ostao, nikad ti to ne bih oprostio!" I pri tom potajnom prekoru, namignu on levim okom na ženu, i to tako nekako intimno i blagonaklono, da ona odavna nije zapamtila toliku njegovu blagonaklonost, od koje se prosto donekle i zastidela i sam pogled ka zemlji stidljivo oborila.

E, ali tek sada stadoše nailaziti druge muzike i župe, i Jaćim tek sad oseti: kako se u njemu budi i buja nova neka sila, i kako mu se lice ozarava nekim osobito blaženim raspoloženjem i radošću. Nailaze, dakle, razne župe i muzike, ali pred svima Slovenci i Slovenke, te se prosto ne zna koja je nošnja lepša od druge, a Jaćim smesta pomisli: „Evo, veli, i ovo su ti ovde sve naši, čista naša krv, ali od nas podaleko žive i stanuju, te im treba pokazati i dokazati da smo mi ovde u Beogradu ljudi, iako smo razne banovine." I pre sviju, pošto se najednom zajedno sa ženom iz drugoga u prvi red progurao, zagrme Jaćim ono isto četvorokratno: „Zdravo! Zdravo! Zdravo! Zdravo! Živele sestre Slovenkinje, čuvarke naše na dalekom severu", pa svi ovo gromko prihvatiše i za Jaćimom se povedoše, te on, eto, sasvim neočekivano i kao protiv svoje volje, preuze komandu i kao neku diktaturu nad svima onima okolo njega što su ga okruživali.

Pa grmi tako Jaćim: „Zdravo! Zdravo! Zdravo! Zdravo!", najviše se njegova glasina čuje i razleže, i već ne dopušta nikome da bi prvi ugledao tablu gde stoji označeno koje bratstvo i koja je župa na redu. I kako koja pokrajina nailazi, on sve gromoglasnije, sve predanije, i nekako sve žučnije. Oslobodio se već sasvim, crvene mu se i uši i vrat i sva glava, i znoj ga uveliko stao oblivati, ali se on i ne obazire, ništa ga se već ne tiče, i samo gleda da mu koja tabla ne promakne, pa da ga ko ne pretekne i komandu mu njegovu ne prigrabi. Obuzela ga već prava pravcata bura osećanja, srce mu se podmladilo, pa je već sasvim neobuzdan u tom izražavanju neočekivanoga uzbuđenja i neobične duševne emocije.

Oseća Jaćim da dominira onde na trotoaru, pa se samo trudi da ne popusti, diktaturu iz svojih ruku ne ispusti, i glavu je već iskrenuo kao pseto kad urliče: „Živeo, veli, Masarik! Živeo Masarik!" I sve tako zarazno deluje na okolinu, i svi se povode za njim i prate ga, jer osećaju da iz njega zrači neki opasan duh discipline, kojoj se već svaki, hteo ne hteo, mora da pokorava.

Ali bezbrojni laki redovi nastupaju, živim, sitnim, brzim i smelim korakom, i urnebesni pozdravi nikako ne prestaju. A Jaćimu se dopao onaj četvorokratni pozdrav, te nikako ne prestaje da ga ponavlja pri nastupu svakoga novoga reda. „Zdravo! Zdravo! Zdravo! Zdravo!", urla Jaćim, ali se vidi da ga glas sve više izdaje, jer je nekako naglo i silovito od početka nastupio, i jer sve više pada u vatru i napinje se, vratne mu žile nabrekle kao proširene vene na nogama, pa je već upola promukao, te umesto: „Zdravo, zdravo, zdravo, zdravo", čuje se samo četvorokratno: av, av, av, av!

Laje Jaćim, nijedan mu seljački rundov nije ravan, šešir mu u desnoj ruci, te njime maše i diriguje, dok mu je leva raširena i o mišici mu visi njegov izlizani šljivov štap. Kosa mu razbarušena, kragna mokra i izgužvana, „mašlija" otišla za vrat, prsluk je raskopčao, pobesneo je sasvim Jaćim Medenica, nema mu pomoći. I žena mu se već zabrinula, trza ga za kaput, stidljivo ga umiruje: „Lakše, Jaćime. Umiri se, Jaćime." Ali Jaćim nikoga više ne gleda i ne vidi, mutno mu je pred očima, niti se obazire što su već svi pogledi upereni više u njega negoli na župe i zastave. Sav je Jaćim u vatri, kao da je celoga života bio sputan pa ga najednom odrešili, oči su mu pomamne, pune gromovske snage, oči lavovske što kao munje blistaju od uzbuđenja. I eno ga opet gde urla, gde se busa i bacaka: „Živeli, veli, braćo Hrvati! I neka znaju da smo ljudi, da nismo mesojedi, da nismo tirjani. Neka znaju da smo životvorni i državotvorni... Jao, veli, braćo Hrvati, dušu nam srpsku ne poznajete." I baš tu kod Hrvata ponajviše se isticao i nastradao Jaćim Medenica, i na publiku se okolnu stao ljutiti što ga žešće i svesrdnije ne pomaže: „Šta je, veli, šta je, narode, što stojiš? Šta trepćeš, šta ćutiš, Srbine tužni? Zar ne znaš tvoju dužnost srpsku i beogradsku? Mi smo, veli, Pijemonat, mi smo srce i centralna glava, mi dajemo pravac i krmu, mi smo đeram sa koga svi piju vodu i pričešće."

Mučenički izgleda Jaćim Medenica, široko je ruke raširio, te se čini da je grozno strašilo upravo sa njive dospelo onde nasred trotoara, strašću je sve više zanesen, sve u njemu kipi i ključa, oseća i on da je već do ropca iznuren, ali se ne da. A oni redovi kao iz same zemlje da izviru, zar i oni da ne budu pozdravljeni, zar da ne budu i oni obodreni? Ne, to neće i ne može biti. Svi oni moraju dobiti svoje, svi oni moraju primiti ono što im pripada, sve treba zadovoljiti, te je svestan Jaćim da mora istrajati, pa makar šta ga snašlo i zadesilo.

Gleda Jaćim sve nove i nove rojeve, glava mu je unazad zabačena, ukrutio se, ne da se Jaćim: „Bre, bre, veli, nigde ti ovde kraja ni konca nema! Da mi je samo da ovo vide Makaroni i Mađaroni, stra' u pete da im sateramo. Krv zlotvorska da im se sledi. Bre, bre, bre, veli, nikad kraja ovoj proceduri." I dok defiluju ovi gordi redovi uzdignutih glava, gazeći čvrsto i mašući rukama, Jaćim se živo trudi svakome da se oduži, nikoga da ne propusti. A kad naiđu Šumadinci, samo kad pozna Srbijance, on se umerava, pa mu se ono uzdržano uzbuđenje jasno na licu raspoznajte: „Naša fajta, primećuje on više za sebe, znamo se mi, naši smo mi, ne brinem ja za njih, čelik je to živi"; da ponovo zajaukne Splitu, Kotoru ili Dubrovniku: „More naše, sunce naše, brigo naša, slavo naša! Za tebe sam Albaniju savladao."

Grmi tako Jaćim i jauče da se do neba čuje, kad najednom ugleda Kumanovo, i kad ugleda Jaćim ovo Kumanovo i mladiće kako žestoko koračaju, i kao da hoće onu zemlju nogama da ulegnu, preobrazi se i krv mu ponovo u lice pojuri: „A jao, veli, diko naša, uzdanice naša, plamene živi, prvo čedo našeg oslobođenja."

Eto tako, i baš kao da ga je spopalo neko divlje nadahnuće, pa se samome sebi divi i u čudu pita: „Bre, ala ti ja ovo neki jak govornik ispado', pa to ti je!" A oni se oko njega silno razdragali, smeju mu se, sokole ga, bodre. I sve tako dok ne spazi Skoplje, kad svi umukoše, jer Jaćim ponovo zavrišta: „Gde si, kaže, dušo naša, željo živa? Gde si, Dušane, kruno carska, da vidiš sokolove tvoje sive? Da li znadeš da nam je carstvo veće i od tvoga."

Počeo je Jaćim i sa trotoara već da silazi, barjacima raznim da pritrčava pa da ih celiva, dečicu da grli, bodri i sokoli, a sav je već rashodovan, i čakšire mu prugaste otkopčane, i znoj mu lije niz obraze, i neupaljena cigareta, koju nikako nema vremena da zapali, a ludo mu se puši, stoji mu sva mokra i izgnjavljena među prstima.

Pričekuje i dočekuje i Bregalnicu, i Đevđeliju, i Kruševo, i Ruse, vatreno i sve podjednako: „Rusijo, veli, matuško, crna moja izbeglico, šta li ću s tobom? Rusijo, veli, majko naša rođena, srce iščupano", a svi su već samo u njega pažnju upravili, svi počinju da strahuju za Jaćima, da mu se kakvo teško zlo ne dogodi, „šlog" da ga ne udari, jer je on formu Srbina-čoveka sasvim izgubio, podlegao sasvim onome slepome elementu što je u njemu opasni plamen razbuktao, i samo se vidi kako mu se usta otvaraju i zvuke neke šištave ispuštaju, dok mu ruke besno mlataraju, te se više ne zna da li se još raduje, ili ga je teška neka muka i žalost obuzela.

Raspomamio se Jaćim, da se sav takoreći u biću svome promenio i u svojoj sadržini prevrnuo. I taman tako u sadržini prevrnut i u biću promenjen, opazi on varoš Sarajevo. I eto, ta varoš Sarajevo, kao ništa dotle, bolno mu potrese dušu, da zavapi: „Aoj, Bosno, sirotice kleta", i baš mu tu sentimentalne suze silno potekoše, kao kad posle strašnoga pljuska voda na oluke pojuri.

I ko zna, možda bi se sve i svršilo na tim sentimentalnim suzama, da je nekako sa Bosnom jedanput zasvagda svršeno bilo, ali jest, bosanski sokoli tek sad nailaze, i što više nailaze bosanski sokoli, sve se više Jaćim kida i obara i obada, i, već nema šta, vide svi već unaokolo da je on u tešku duševnu krizu zapao i da se ovo ne može sa dobrim završiti.

I zaista se nisu prevarili oni što su tako mislili i računali, jer šta to bi? Bi to, da se pomoli Tuzla. A kad se Tuzla pomoli, zapišta Jaćim da se do Boga začu: „A jaoj, Tuzlo. Drž'...", i stropošta se koliko je dug, kao da je pravom puškom pogođen bez zrna baruta, pokušavajući pre toga da se uhvati — za prazno.

Stropoštao se, dakle, Jaćim zbog Tuzle, onde nasred trotoara gde se zatekao, jer mu je ta Tuzla, baš kao neka najbolnija i centralna tačka programa parade, sunčanicu od patriotskog uzbuđenja izazvala.

Izvrte se, dakle, Jaćim sa uzvikom „drž'", upravo sa onim istorijskim uzvikom Hajduk-Veljkovim, kada ono bi pogođen od turskoga kuršuma na samom šancu, i kad mu je namera bila da kaže: „Ja pogiboh, drž'te se"; pa je isto tako i Jaćimova poslednja volja i zaveštanje trebalo da se shvati i razume: „Ja sam gotov, drž'te se!"

Pao je Jaćim, baš kao na bojnome polju, teški su mu kapci zaklopljeni, ruke opuštene, noge raširene, ama osmeh mu blažen, a izraz od izvršene dužnosti zadovoljan; sve dok neko ne povika za nosila, te ga ubrzo na nosilima i poneše i u kola za brzu pomoć položiše. A trapavo se žena vukla za nosilima, na kojima je Jaćim nekako vedro i bezbrižno ležao, sve dok staroga ratnika u kuću ne uneše i na ratnički ga krevet položiše, mada mu sveću još ne upališe.

***

U onom trenutku kad se Jaćim stao razaznavati, bilo je tačno šesnaest sati. To se znalo po tome što se baš tada začula zvona večernja otud sa Crkve svetoga Marka, u čijoj je neposrednoj blizini odvajkada stanovao i vek svoj provodio stari Palilulac. U glavi okoreloga ratnika onaj ulični haos kao da ponovo oživе, ali oživе nekako tako i mutno i zamršeno, da se isti taj haos i vreva činjahu baš kao neki san, ili kao čudna java sa one strane života ili sveta. Zvona koja su sad dopirala, probudiše u Jaćimu misao da to mora biti njegov sopstveni pogreb, ili pratnja, i da to baš njega, i nikoga drugog, svečano sahranjuju. Ali taj pogreb, bučan i veličanstven, uz jeku hiljade zvona, morao je biti pogreb velikog čoveka. I druga Jaćimova pomisao bi: da je taj veliki čovek on lično i niko drugi. A kad samome sebi Jaćim postavi pitanje o tome: po čemu je on to najednom postao veliki čovek, u njegovoj svesti ponovo sve potamni, pa se na toj tami odjedanput zablistaše samo ova slova: treći oktobar.

„Gle, pomisli tada Jaćim po treći put, sad mi je sve postalo i jasno i prosto: ta ja sam umro i već vaskrsao.“ I baš u tom trenutku ugleda on gore među gužvom od oblaka onu svoju rođenu srbijansku dušu kako, probijajući se mučenički kroz one guste oblake, uzleće na nebo, dok u isto vreme u svojim rođenim grudima oseti drugu jednu dušu, ali širu, prostraniju i nekako tvrđu. I taman se Jaćim počeo boriti sa ovom drugom dušom, kad ga neki đavo stade drmati i trzati za rukav od košulje. Jaćim kao otvori oči, podigavši svoje guste veđe, ali ih još brže zatvori, jer mu se učini kao da mu se i ova druga duša najedanput uzvi u oblake, te ga ostavi sasvim samoga, kao u pustinji. Ali kad oseti da ga ponovo trzaju za rukav od košulje, on opet otvori oči, i tada vide da nije baš sam, nego da se njegova žena, baš njegova rođena žena, tu pored same mu postelje nalazi.

Stajala je ona jadnica isto onako u onom trapavom stavu, dok je u ruci držala veliki porcelanski tanjir sa dobro umočenom, mokrom sirćetavom krpom u njemu. Ove sirćetave krpe menjala je ona za sve vreme nesvesti Jaćimove na njegovome čelu i slepim očima. I tada Jaćim pogleda u ženu, zatim pogleda u tanjir, a zatim progovori: „Slušaj, veli, ženo, sve znam, znam sve. I ništa nemoj da mi govoriš. Bole me i noge i ruke, da otpadnu. Propao sam ti kao Janko na Kosovu. Nego, znaš li šta? Čestitaj ti meni ovu moju junačku ranu, jer je evo i Jaćim Medenica naposletku jednu ranu zaradio. Nije baš prava pravcata rana, pre mu dođe kao neka kontuzija, ali svejedno, čestitaj mi kontuziju, i 'odi da se junački poljubimo.“

Oslobođenje

Intabulacionoga protokolistu Mitra Maramicu zadesila je nevolja. Pregledali su mu doktori ženu, pa su kazali najgore od svega: da je operacija jedini spas, sve što ostaje, poslednja nada. Bolovala je ona sirota poodavno, na nogama; krparila se i pomagala kako je znala i umela, ali leka nije pronašla, mada i nadu nije izgubila. „Lek mi je, kaza i ona posle pregleda, lek mi je nož, i sama vidim, nije potrebno da mi drugi govori, pa neka bude što bude, neka me paraju, učeni su ljudi, i neka, ako mogu, pronađu koji je ovo đavo što se ne vidi i ne čuje, a živu me u srži pojede, da mi je i sam život dodijao." Tako je ona rekla čim su lekari zamakli za kapiju, pa je, kad se oni udaljiše, najpre snužđeno poćutala. Onda je, posle toga, otpratila Mitra u varoš da se rastrči i da se postara za dvojicu sigurnih potpisnika, te kako bi sa njima podigli zajam, taman toliko koliko je za neželjeni put i za njenu operaciju bilo potrebno. Pošao je Mitar smesta da ovaj nemili zadatak izvrši, pa je, polazeći, samome sebi ovako rekao: „Ako, veli, Mitre, ovu preveliku napast sad preživiš, živećeš sto i pedeset godina, i samog ćeš Zaro Agu preživeti."

Desilo se tako da se Mitar u ovakvoj neprilici nije razočarao, te mu sa onim potpisima pođe za rukom da do neželjenoga zajma dođe. I s tim, i sa opasno bolesnim drugom, krenuše za Beograd da tamo poslednje i jedino sredstvo okušaju.

Odavno Mitar Beograd nije video i jedva ga je poznao, toliko se prestonica bila izmenila. A čim su stigli, posedaše u automobil, da bi se bolesnica manje truckala, i tako su došli u bolnicu. Nego su u bolnici zatekli veliku užurbanost i muvanje, pa se pobojaše da će ikad na red i dospeti. Išlo je, i pored toga, mnogo brže nego što su se nadali, jer sa onim uputnim listom okružnoga fizikusa sestre odmah odjuriše doktorima, pa se, posle toga, uzmuvaše, ženu odvedoše u kupatilo, a onda je u bolničku košulju obukoše. Doneli su malo posle nosila, pa su je polako i pažljivo položili i sve što treba za opasan posao pripremili. Osetio je tada Mitar da je to vrlo važan trenutak i takva prilika kad je red da se sa ženom pozdravi i oprosti i da joj bar dve-tri reči potrebnoga ohrabrenja kaže i preporuči. Ali se on od ovoga uzdržao, iz razloga da je ne uplaši, te se samo na nju blago osmehnuo, a sav ostali trud upotrebio da zadrži suze, koje su mu namah i nenadano oči ispunile. Odneli su nju brzo i nečujno i sa nosilima izgubili se iza vrata operacione sale, dok je Mitar ostao u hodniku, pa se tu na prvu stolicu kao stvar srušio. A posle toga sestre su čas ulazile čas izlazile i pažljivo otvarale i zatvarale vrata od soba što su se jedna pored druge, s jedne i s druge strane ovoga beskrajnoga hodnika, nalazile. Vrata ovih soba bila su dupla, pa se na mahove i jedva moglo čuti isprekidano, ali jezivo ječanje koje je dopiralo kao iz vrlo velike daljine ili kao iz neke strahovite dubine. S vremena na vreme moglo se videti i kako se ozbiljne glave lekarskih pomoćnika kroz odškrinuta vrata pojavljuju, da se, potom, brzo, posle strogo izdate naredbe, povuku.

Sedeo je Mitar na onoj stolici i čekao, dok su mu se minuti činili čitavi dani, pa mu se teški kapci zatvarali od strašnoga umora, koji ga je, posle mnogo izdržanih muka i nespavanja, savladao. Očajno se Mitar otimao, branio i naprezao da ga neumitni san ne savlada, iako mu se inače silno nametalo da misli o životu što su ga ona i on zajednički za skoro dve decenije bili ispunili. Sve to ipak bilo je, i pored toga što je dugo trajalo, tako i prosto i obično. Upamtio je on jadnicu uvek i samo na poslu, pa je zaludnu i nezauzetu nikad nije mogao ni da zamisli. Prala je ona sama veš i peglala, i to uvek povezane glave, jer je patila od migrene, sama čistila sobe i avliju, krpila, plela, kuvala, prala sudove ili ribala patos i prozore. Sve to izdržavala je ona, i sama na pijacu odlazila, jer dece nisu imali, a još da je decu na vratu imala, ne bi ona ni ovu operaciju dočekala. Samo nedeljom i praznikom, kad bi sav posao otaljala, sedela bi ona pred kućom, na klupici, ali i tada mnogo nije govorila. Obično, pričao bi joj on tada ponešto od novosti, i to čisto poslovnih, pošto se slabo mešao sa ljudima i kafane nije posećivao, jer to ona nije marila. A ona to nije volela, jer bi takvo posećivanje kafana skupo koštalo, a i dece nisu imali, pa bi joj samoća teško padala. On pak činio je njoj u tome po volji, ne iz kakvoga straha od nje ili kakve potčinjenosti, nego zato što mu je bilo žao nejakoga stvora, pa je to naravno posle prešlo u naviku, te se postepeno izvrglo kao u neko njeno stečeno pravo da mu kafanu ne dozvoljava. Zato su se sa Mitrom voleli češće da našale i papučićem ga nazovu, ali je on onu svoju popustljivost uvek na isti način opravdavao. „Nisam se ja, govorio bi on takvom prilikom, nisam se ja pod papučom ženinom nikad dozvoljavao, niti bi to moglo biti, nego gde bih se ja, veli, sa jednom onakvom žgoljom rvao. Duša joj, veli, u nosu, i nema šta čovek da vidi, pa bi joj dosta bilo i sa prstom samo da je zvrcnem." A da mu je kafane žao bilo, o tome nema ni govora, pa se nije to jedanput desilo da je on nju pakosnicom i zlom ženom nazivao i prebacivao joj što je zbog nje i razgovora sa ljudima željan ostajao.

Dakle, obično leti, praznikom poslepodne, tu pred kućicom u koju se i kroz prozor sa ulice moglo ukoračiti, ispod široko razgranate lipe, iznela bi ona slatko i hladne bunarske vode, a on bi joj, pušeći, pričao razne kancelarijske novosti. Pričao joj on o tome ko je, na koga i za koliko preneo imanja u varoši, a to naravno i jeste najvažnije od svega, i kako su poznavali svakoga iz varoši, pa i viđene seljake iz okoline, to su i nju ovakvi prenosi zanimali. Obično bi to oni nadugačko pretresali i sudbom objašnjavali, pa ih je to što su imanja tako brzo iz ruku u ruke prelazila, donekle tešilo što se sami nisu mogli pohvaliti da ga imaju. Kao uvek, završavali su ovo onim, za sopstvenike jezivim, a za golje utešnim: „Čije nije bilo, čije biti neće" i „U grob ga, vala, neće poneti", i time bi taj razgovor bivao likvidiran. Pričao bi joj on, osim toga, i o jučerašnjem raspoloženju predsednikovom, ili o provodadžiluku sudiji za nesporna dela, pa kad bi i ona tome dodala ponešto u vezi sa komšilukom i njegovim obaveštenjima, prešli bi na novine. Nego su novine obično ostavljane za uveče prema lampi, pa bi se tada ponajviše zadržali na izveštajima sa sudskih pretresa, ubistvima, razbojništvima ili samoubistvima, pri čemu bi on unosio ponešto i od svoga profesionalnog razumevanja. Retko bi se kad zaustavljali na kakvim burgijama i skandalima iz inostranstva, automobilskim nesrećama, ili na vestima iz Kine, Indije i Rusije, odakle bi se javljalo o događajima zaista neobičnim i nesavremenim, dok su pak filmsku ili sportsku stranu prevrtali kao da je i nema.

Ponekad samo, kad je kiša, sedeli su oni kraj prozora, odakle su gledali u mokre zidove susednih kuća, i kako se sa osušenih grana nad krovovima od ćeramide slivaju kapi kao suze. U onoj gustoj kišnoj magli varošice bi sasvim nestajalo. Gubila se ona kao da se isparila ili utopila u onoj istoj magli zbog koje se još u podne spuštao onaj predvečernji sumrak, sumrak sumorno zagušljiv i težak. Izgledalo je u tom sumraku kao da je bar tu, za varošicu, došao smak sveta, i kao da je, sem mokrih zidova preko puta i golih grana što su suzile, sve ostalo sa zemlje iščezlo i u nepovrat potonulo.

Eto, sve ovo i ovako padalo je Mitru na um za vreme dok je tamo iza onih duplih vrata teška operacija trajala, a koja mu je ove misli i izazvala. Trajala je ta operacija beskrajno dugo, dok se on, mrtav umoran, naprezao da njen kraj i sumnjiv ishod u budnom stanju sačeka, pa je pri tome naprezanju i na svašta grešno pomišljao.

Osećao je Mitar tako nešto da ni sam, kad bi ga pitali, ne bi znao da kaže šta bi i kako bi više voleo da se sva ova mnogogodišnja muka najzad završi. Zato je on i stegao dušu sa tom mišlju da je najbolje ono i onako kako sam Gospod Bog bude odredio i naredio. Jer je kao sunce jasno da jedini Bog zna bolje od svakoga čoveka šta i kako treba da bude i da se dogodi, a čovek je čovek, tvrd stvor, pa će sve izdržati. Malo li je on dosad izdržao i malo li ga još u životu čeka da izdrži! Osećao je, dalje, Mitar kao da mu se duša podelila na dve ravne časti, pa kao ona jedna čast ili polutina nalazi da bi mnogo bolje bilo da se sva ova nevolja jednom zasvagda prekrati. Ali usred toga, i najedanput, evo ti gde i sve one lepe i drage uspomene odnekud iskrsavaju, sve što je u životu slatko i prijatno bilo, i to mu se u ovoj slici bogzna kako lepše učinilo nego što je u stvari, te mu se sad od ovoga kao neko klupče zgrudva i zastade, i skoro da mu opet suze ne izazva. Velike su i prevelike ove muke za Mitra bile, te ga toliko umorile da skoro kao zaspa.

Ali je to težak i neizdržljiv san bio, jer jedva je iz njega glavu izneo. Osećao je Mitar u samome grlu kao da mu se od rođene ženine kose neki beskrajno dugi pramenovi sa gustim medom izmešali, te ovu kosu sa medom guta on neprestano i ne može da proguta. Kao izvire kosa baš iz one polutine što je za to da se jednom već sve svrši, a med iz one druge što mu slatke uspomene izaziva, pa mu se sve to u grlu kupi i prikuplja i na gutanje ga nateruje. Guta Mitar kao ni on ne zna koliko dugo ovu strašnu i neobičnu kašu, od koje zamalo što se ne udavi i znoj ga svega probija, kad ga neko rukom dodirnu po samome ramenu.

Stajao je to pred njim lično doktor-operator, sav u belom, a na grudima krvavom mantilu, te ga umorno ali blago gledao kad je on bunovno sa stolice odskočio i u njega se široko otvorenih očiju zagledao. Tada mu je rekao doktor: „Vi ste, rekao je, pametan čovek", i ništa mu drugo nije rekao. A ništa drugo i nije trebao da mu kaže, jer je Mitar dobro znao šta to znači kad se nekom s tim da je pametan čovek obrati, pošto mu je žena maločas na operacioni sto odnesena. I zato je na doktorovu blagu i pripremnu reč mogao da ispusti samo jedan jedini uzvik, kao neko pitanje na koje odgovora nije ni tražio. „Svršeno?", obratio se on doktoru. A tada najedanput učini se Mitru kao da su i on i doktor i hodnik sa duplim vratima i cela bolnica kao u nekom ogromnome liftu, i da se taj ogromni lift zajedno sa njima vrtoglavo spuštao u neki bezdan. Zbog toga se on naglo za zid i uhvatio, ali kad ga je doktor za ruku prihvatio, njemu dođe kao da se lift namah zaustavio. I opet je doktor nežno Mitra pod ruku uzeo, pa ga u operacionu salu uveo i tu ga je do samoga stola priveo. A Mitar je besvesno prišao ovom stolu, i kad je doktor sa lica ženinog belu jednu maramu skinuo, zagledao se u njeno izmučeno lice i zajecao.

Zajecao je Mitar muški, snažno, i maramu za taj slučaj spremljenu potražio, te s njom uplakane oči zaklonio. Samo što ga dugo nisu tamo ostavili, jer su telo, pošto su ga spremili, u mrtvačnicu morali da prenesu.

A docnije se Mitar slabo sećao svega što je posle toga nastalo, i samo je upamtio ono kad se na ulici sam našao, žureći rođacima svojim negde daleko na periferiji da im crnu vest saopšti. Činilo mu se tada tako da su svi ljudi i živi stvorovi koje je tada sretao, najsrećnija božja stvorenja, sav taj svet što je oko njega vrveo, a da je on jedini na krst strašnoga raspeća unesrećeni mučenik. I zavideo je svakome od njih što je bezbrižno svojim putem i poslom išao, i ne sluteći o njegovom strašnom bolu, koji, činilo mu se, neće ni moći da izdrži. I sećao se posle toga kako je telegram predsedniku suda poslao o nesreći što ga je zgodila, i da mu odsustvo produži, kao i toga kako je, sutradan, gologlav, za kovčegom tužno koračao, dok su ljudi sa trotoara kape skidali i sa velikim ga saučešćem zagledali. Preteški su to trenuci bili i duboko mu se u dušu urezali. Ta duša patila je grozno, ali je najviše izdržala onoga užasnoga časa kad je drveni kovčeg konopcima u zemlju spušten i kad mu se iz duše opet oteo onaj isti bolno potresajući uzvik: „Svršeno je, svršeno." I tada, i one prve noći iza poslednjega rastanka, kad se oči i nisu mogle sklopiti, preživeo je Mitar još po jedanput sav onaj zajednički život, koji mu se činio takav da mu nameće dužnost jedne smirene odanosti isključivo njegovoj uspomeni, kojoj posvećen kao da bi ga jedino mogao otkupiti od neoprostivih grehova prema onoj koju je za života ponekad vređao, a sada zauvek izgubio. Živeti samo za tu uspomenu, eto to je bio zavet izrečen one prve noći kad se Mitar video sam u sobi, bez druga koga je uvek osećao kraj sebe, kao deo samoga sebe, i bez koga se nije mogao ni da zamisli.

A posle onoga kobnoga dana ostao je Mitar u prestonici još ravno sedam dana. Za to vreme, redovno u isti čas, odlazio je on na groblje, da tamo kraj krstače, obavijene već sparušenim vencima, ostane sve dotle dokle ga neka unutrašnja opomena ne bi prenula i trgla iz zaboravnosti, kao napominjući mu da se od svake preteranosti razumno treba uzdržavati. A svakog idućeg dana osećao je on da ga ovo trzanje opominje pomalo ranije nego prethodnoga dana, napominjući mu dužnost prema sebi da se prevelikom bolu ne podaje i o svome sopstvenome životu, koji nije pozvan sam da prekraćuje, računa povede. Pa se Mitar nije protivio ovom unutrašnjem glasu, nego mu se naprotiv povinovao, utoliko pre što mu se sve više i više činilo uzalud da ostaje onde na onome svetome mestu, i da već nema o čemu ni da misli, te je krsteći se brzo i šapućući i za sebe neko nerazumljivo izvinjavanje, žurio grobljanskome izlazu.

Tako je, dakle, Mitar na groblje svakoga dana odlazio, a u određeno vreme, u subotu, izdade i sedmicu i popa na grob izvede da pokojnici kratki pomen učini. Isplakao se Mitar baš toga dana više nego obično, toliko i tako da su ga i rođaci mu ženini morali moliti da se umiri, i dugo se od groba nije mogao odvojiti, sve dokle ga svastika nije pod ruku uzela, i takoreći silom, od dragoga mesta odvojila. A ova je tuga otuda dolazila što je Mitar još to veče natrag kući morao da putuje. Pa kad je pomislio da će se natrag sam vratiti i sam se posle toga po kući okretati, njemu se uzmučilo, te mu je otuda prosto suza suzu stizala.

I zaista posle ove daće, i pošto je celo poslepodne u onom familijarnom krugu proveo, sve u razgovoru i u uspomeni na pokojnu drugaricu, spremio se Mitar za put, i uveče, onako tužan, u crnini, i u bradi obrastao, sa kuferom u ruci stiže na stanicu. A na stanici je sve vrilo od svetine, koja nikako u miru ne može da se skrasi, nego neprestano čas ovamo čas onamo, često i bez svake nužde, putuje kojegde, samo kod kuće da ne sedi. Uzeo je Mitar kartu treće klase sa povlasticom, pa je, ne rastajući se od svoga kufera, u kome se još puno nekih sitnih stvarčica njegovoga druga nalazilo, seo u čekaonicu da tu polazak voza sačeka. Došao je on mnogo ranije nego što treba, pa je još dosta vremena imao, takoreći i toliko da čitavu jednu partiju i odspava.

I sedeći tako, opet je stao misliti na onaj zajednički život i uspomene na njega. Mislio je i o tome kako će ga tamo u varošici dočekati i saučešćem obasuti i njegovi drugovi u kancelariji i susedi, i svi drugi znanci i prijatelji. Svi će oni doći i ruku mu ćuteći stegnuti, i poneku utešnu reč kazati. I predsednik suda će mu svakako neku utehicu reći, i manje će se bar nekoliko dana na njega izdirati. A čim stigne i u kuću stupi, doći će pre svih prve komšije, kojima će do sitnica o nenadanoj nesreći morati da priča. Ali od sviju njih, sumnje nema, prva koja će se pojaviti, biće njegova susetka Anka, i to sad svakako mnogo slobodnije nego što im je ranije u kuću dolazila. Nije nju pokojnica trpela, iako bez svakoga razloga, a stvarno je to zdrava i takoreći prava ženska osoba bila i isticala se. Raspolaže ona nekako i odlikuje se svim što se od jedne žene traži, i po punoći i oblini i po drugom, dok pokojnica prema njoj, Bože oprosti, kao i da nije pravi ženski stvor predstavljala.

Misli Mitar ovako o tome, pa ga baš pri ovoj pomisli veliki stid obuze. I kao hteo bi ovoga stida da se oslobodi i sve kao nekom četkom, koju u svojoj ruci oseća, taj stid da obriše, i kao stegao je čvrsto ovu četku i briše one obline, i samoga bi sebe izbrisao da ne postoji, kad ga odjedanput trže i probudi zvono staničnoga vratara koji je skori polazak voza objavljivao.

Dograbio je Mitar kufer i bunovno pojurio ka peronu. A tamo, tek što je koraknuo, osvrte se, baš kao da je pola samoga sebe negde zaboravio i za sobom ostavio. Okrete se Mitar kao što se uvek okretao kad je sa drugom svojim putovao i o njemu se očinski starao, okrete se i začudi se. Začudi se tako nekako da zastade. Onda se kao namah priseti i čisto jurnu, da je izgledalo kao da je vrata novoga života otvorio, te bi sad čitava tri metra mogao u vis poskočiti. „Sad možeš ovo, možeš ono, možeš sve", tako mu nešto sinu kroz glavu. Poskočio je Mitar i kao ptica slobodan se najedanput osetio i magle neke kurtalisao, pa je u prvi vagon pojurio. Pojurio je Mitar u vagon i prvo prazno mesto zauzeo, a za njim su dojurili drugi, pa je smesta živo i prisno raspoloženje nastalo.

Seljaku Stojiljku Zdravkoviću zdipili su novčanik na samome peronu, baš kad je iz čekaonice trkom u vagon pojurio. Uzbunilo je ovo Mitra, pa mu kaže: „Pobogu, veli, prijatelju, jesi li ti zreo čovek? Zar ne znaš, veli, šta je to velika varoš?" — „Jesam zreo čovek, uverava ga Stojiljko, do Boga sam zreo čovek, ali eto, Bog da čuva što sam zakasao, živog da me žališ."

Do njih dvojice zasela je seljanka iz okoline sa mužem mlađim od sebe i drugom seljankom, sa kojom se tek na stanici susrela. Ona ima dukate o vratu. Bila je kod zubnog lekara da joj udari zlatan zub, pa svaki čas otvara i zatvara usta i zagleda se u ogledalce. „Ne možemo, veli, njivu da kupimo, ali ovo bar možemo! Idemo, veli, majci u pohode, pa je pravo da se bar čime ponovimo." Sluša ovo Mitar, a nikako mira nema i opet se prvi meša u razgovor: „Pa ti, veli, snajo, kako vidim, sve zdrave zube imaš, hvala Bogu. Nisi valjda zdrav zub izvadila da bi zlatan umetnula?" — „E, jesam, veli, baš sam zdrav zdravcit izvadila, ali šta se tebe tiče, gledaj ti svoja posla."

Uz Mitra do samoga prozora zauzeo je mesto starac jedan izmučenoga lika. Pati on od sipnje, te se žali na rđavo vreme. „Pošto smo mi, kaže on, zemlja, onda, kad god je rđavo vreme, osećamo velike bolove. A da smo od zemlje, to je bar svakom pametnom čoveku znano." — „Jeste, tako je, kaže Mitar, sasvim je kako vi kažete", i pita ga kako je sa apetitom. — „Jedem, veli starac, ali vrlo samo kuvano, najčini mi bolje kad jedem kuvano." — „A šta je vaše zanimanje?", pita ga opet Mitar. — „Po načelu sam bio bakalin, ali sam i drugo radio." — „Milo mi je, kaže Mitar, vidim, veli, svi smo naši, a ja sam ti društven čovek, i kad vidim da sam među ljudima, gotov sam sit da se isplačem. Ja, veli, istinu ću da vam kažem: ja za dobrog druga i saputnika ne brenujem, dušu svoju dajem. Ja sam, veli, za društvo i karijeru svoju reskirao, pre nego što sam se oženio, i nikakvu karijeru ne žalim, džaba ti karijera! Posle sam se oženio, i primernom se životu odao, a ženu sam dobru imao. Jao, tužan li sam, vraćam se bez nje, a vrsnog sam druga imao i nisam ga zasluživao."

Pri ovoj ispovesti Mitar je izvadio maramicu, jer je vodu i u nosu i u očima osetio, te se ušmrknuo, pa je nastavio: „A i brak ti je, veli, žalosna i mučna stvar, isto ti je to što i intabulacija. Kad pritisne, nema ti više slobodnoga raspolaganja sve dok se pravilno ne skine. A kad nema slobodnoga raspolaganja, bolje ti je: uzmi kaiš pa se obesi. Ja sam, veli, i rat ratovao i glavu sam državi na raspolaganje davao, ali sam onda više glavom upravljao, i sad mi je rata žao. Rat, to ti je čas ovde, čas onde, čas ovo, čas ono, svašta u Boga; a u braku, veli, danas jedno, sutra opet to, prekosutra isto, sve isto, sud, kuća, kancelarija. Ja, veli, braćo, ja sam za malo promenice. Bolje da me ubiješ nego ovako. Kancelarija, menica, kuća, zar ti je to život? Ja, evo kako, odmah ću da vam kažem, ja, veli, više volim omču o vrat nego menicu da regulišem. Menica, to ti je bolje pušku pa se ubi. Prvo, veli, za interes moraš da se pobrineš, pa blanket menični da nabaviš, onda žirante da potražiš, pa prolongaciju da bogoradiš. Jao, veli, kad se setim, sad mi dođe kroz prozor da iskočim. Ja, kaže, svaki dan sa seljacima razgovaram, džakam, i na vešt ih način psihologiram. I evo, braćo, mogu svima vama da kažem. Svi su se oni pomalo ratnoga stanjca uželeli. Nema, veli, nigde onako okrunjeno, i dok na menicu i na porezu ne zaboraviš i sitne brige ne zabatališ. Bolje je, vele, i jedna borba, makar i opasna, nego dve menice. Bolje glavu da izgubiš, nego sekiracije ove na sebe da natovariš. U ratu smo, kaže, svi k'o braća rođena živeli i jedni s drugima parče peksimita delili, a sad se k'o žuti mravi među sobom satiremo. I pravo vele, i jeste gorak život bez promenice i nadanja, teško je dozlaboga kraj s krajem nastavljati. Ja sam, veli, takoreći, juče rođenu svoju ženu sahranio, ali nadu svaku nisam izgubio, jer ne smem ni s Bogom megdan deliti i sebi samom život uskraćivati."

Tako je govorio Mitar dok je napolju iz mašine para šljiskala i na skori polazak voza opominjala. A vagon u kome su bili, podrhtavao je, kao što je podrhtavala i neka sasvim nova nada u Mitrovim grudima. Taj vagon bio je sasvim pod vlašću one sile što je besno brektala. I tada, kao čudom, on oseti ogromnu snagu: baš kao da je ta mašina on sam, i da je ona snaga u njegovim sopstvenim, od neobične snage nabreklim prsima.

Onda lokomotiva pisnu.

Mitar Maramica pogleda kroz prozor, potom okolo sebe, zatim opet kroz okno, onda prkosno opljunu ruke pa se zavali.

A kad voz jurnu punom parom, on sasvim neočekivano i vrlo glasno prsnu u smeh, koji je ličio na jecaj; onda se najedanput opet uozbilji.

— Ala! — reče potom. — Nema šale! Gura ti ovo k'o mećava! Ne čeka ni tebe, ni mene! Ne pita ni za Janka, ni za Marka!

Ivan — Ilija Ilić

Mi se sretosmo slučajno, trgovački putnik, čini mi se da se zvao Ivan ili Ilija Ilić, i ja. Zajedno smo čekali voz, koji je po navici odocnio da na vreme pođe, popili po kafu u restoraciji, pa smo se tako jedan drugom predstavili. Kao obično, posle jednoga sata, i pre nego što smo seli u vagon, ja sam znao mnogo iz njegova života i puno tajnih stvari iz njega, a i on je podosta doznao o meni. Kazao mi je i kojoj stranci pripada i zašto je ogorčen protivu njenoga vođstva, koju muku muči sa njegovim i pristalicama, koji čvrsto stoje uz njega, opozicionim stavom. „Ne mogu ja, veli, da gledam šta se radi i da savijem glavu. Rekli smo da se borimo protiv korupcije, a onda zašto je dopuštamo u našim sopstvenim redovima? Ja sam, veli, za čiste račune i čiste ruke, pa da smeš protivniku kazati sve u brk, da ga možeš gađati posred cimente, a ne da pocrveniš kad pomisliš da ono što ti napadaš nije nimalo bolje ni kod tvoje kuće. Jedna stranka ima da bude čista kao crkva, pa tek onda da braniš svoju veru kao pravu veru."

Ovaj Ilija ili Ivan Ilić bio mi je inače, a i zbog ovakvih svojih nazora, retkih u današnje vreme, postao odmah simpatičan, i on je to mogao brzo da oseti, ali se ipak nisam mogao da uzdržim a da mu ne primetim kako politiku ne volim nego prosto mrzim, i kako bih radije ma o čemu drugom voleo s njim da razgovaram. Ja sam se, koristeći dva uzastopna praznika, krenuo na ovaj mali izlet, da se odmorim od prestonice, a on isto tako, pa zar nije i bolje i lepše da se ne umaramo i ne mrcvarimo takvom jednom gnjavažom, kao što je ta naša politika?

Ilija — Ivan Ilić, čovek dosta trezven, a pored toga i vaspitan prilično, izašao mi je u ovom pogledu smesta u susret, iako sam primetio da za njega omiljenije teme od politike nema, niti uopšte može biti. Okrenuo je, dakle, on ipak razgovor na druge predmete, pričao mi je o trgovini, o poslovima, o stečajevima, o kućama koje zastupa firma čiji je on putnik i dugogodišnji zastupnik, naveo mi je Preslicu, Tekstilnu industriju D. D. iz Zagreba, Manifature Rosari i Barci, pa Virtembergiše Katun Manufaktur i Manifatura Rivarolo Sveti Đorđe Kanoveza A. D.

Sve ove kuće izgovarao je on ispravno i veoma tečno, kad treba kao pravi Talijan, kad treba kao pravi Švaba, i zapleo se svega jedan jedini put, izgovarajući poznatu, ali zaista teškoga imena talijansku kuću Kotonofičio Frateli Poma Fu Pietro. Tom prilikom on je, žureći se, umesto Poma Fu Pietro izgovorio Foma Pufumetro, ali se odmah zatim i sam popravio. Pri ovom zbunjivanju ja sam primetio da se desni obraz njegov veoma jako bio zarumeneo, dok mu je njegov levi inače bio crven od rođenja. To da mu je levi obraz inače bio crven od rođenja, ja nisam imao ranije prilike da kažem, i zato činim to na ovom mestu. Ovu crvenu fleku na levom obrazu nosi on, dakle, od rođenja, a oblik njen odgovarao bi otprilike onome geografskom obliku nekadanjeg našeg Aleksinačkog okruga ili poznatog oblika zemlje Australije. Drugim osobitim znacima on se nije odlikovao, sem što je bio veoma maloga rasta, sasvim skoro bez kose na glavi i prstiju veoma dugačkih i čvornovatih. Bio je, uz to, mršav i nervozan, ostavljajući utisak izmoždena čoveka, i žalio se da pati od proširenih vena, što ih je zadobio kao trgovački pomoćnik, večito stojeći za tezgom. Njegovi prsti, dugački i čvornovati, postali su takvi isključivo od toga što on, kako mi je sam pričao, svojeručno nosi kufer sa mustrama bez vrednosti, a iz kuća gore navedenih i drugih, evo skoro punih trideset godina.

Ovoga puta, međutim, toga kufera sa njim nije bilo, jer je Ivan Ilić, koristeći praznik, kao što sam rekao, išao samo na izlet i da bi popio nekoliko čaša friške kisele vode u poznatoj našoj banji u blizini prestonice. Ali iako on ovoga puta nije sa sobom nosio ovaj svoj kufer sa mustrama, on je na njega ipak instinktivno mislio, to sam ja vrlo dobro primetio. Ja sam to primetio u jedno vreme kad smo obojica, obasuti mekim sunčanim zracima koji su nam ulazili kroz prozor, bili zadremali, i kad se on povremeno i po navici trzao i bacao pogled gore na korpu kupea gde bi obično kufer sa mustrama zauzimao svoje mesto.

Naš, dakle, razgovor vođen o trgovini bio je dosta interesantan, ali nije mogao ipak a da nekoliko puta ponovo ne sklizne na politiku, i to sve zahvaljujući mome saputniku, koga sam stalno morao da opominjem na moju neodoljivu odvratnost prema njoj i želju da je koliko god mogu zaboravim. Zaista, izvinjavao se on redovno, pa je opet započinjao o nečem drugom, kao na primer o svome životu trgovačkoga putnika, na koji se život žalio. Taj život, tvrdio je on, jeste jedan od najtežih između svih današnjih zanimanja. „On, veli, zahteva od vas da budete glumac, da uvek nosite masku na licu. Jer od konkurencije ne može danas da se živi, i koji je veštiji, pritvorniji, govorljiviji i lažljiviji, taj kod mušterija bolje i prolazi. Koliko sam se, veli, puta morao da napijem kad mi se nije pilo, ili da se pravim pijan kad nisam, da noću tumaram sa mušterijama kojekuda, gde mi mesto nije, da osvanjavam, da pevam i da se smejem s njima, iako mi se i ne pije i ne smeje pa često i da bacam čaše i flaše o patos kad se svira „Đurđo, mori, Đurđo", ili druga koja poznata sevdalinka. Taj, veli, naš posao zahteva i traži da čovek bude duhovit i da ima profesorsko pamćenje. Ja moram, kaže, da pamtim da se gazdarica Vučka Stojanovića iz Trstenika zove Stoja, i da ne zaboravim nijednu osobinu ove Vučkove domaćice, a da sin gazde Koce Nacevića iz Štipa ove godine ima da pređe u treći razred gimnazije. Sve mi, veli, moramo da pamtimo, i kad Marko slavi, i kad će Janko da ženi sina Ratka, treći da udaje ćerku Ivanku, a četvrti da krsti dete. Ništa, veli, nama ne sme da promakne, niti ja smem da se izreknem da sam demokrata, ako je taj mušterija, recimo, radikal. A ja, sam, kaže, demokrata, i ostaću to, i boriću se do smrti za principe demokratije. Proturim ja opet svoje ideje, iako onaj misli da sam ja iste partije koje i on, i opet ja njega navijem na moju stranu. Iskoristim ja svaku priliku da poslužim svojoj stranci, i uvek mislim na opšte interese, jer ideal svakog čoveka treba da bude opšte dobro, a sve je ovo drugo sporedno i od manje važnosti."

Kao oni mali domaći miševi što vas, kad vam se najviše spava, neumoljivo uznemiravaju sitno grickajući hartije iza police sa knjigama gde se po sto puta vraćaju pošto ih oterate, tako je isto i on znao da prede na istom točku oko iste osovine. I u tome redu misli Ilija Ilić opet potonu u politiku. Ja već vidim da tu ne pomaže ništa, gledam u sat i tešim se da ćemo skoro stići tamo gde smo pošli. Ali se i on najzad seća, i primećuje na meni da mi nije pravo, te skreće razgovor na drugo: „Trista ti, veli, novih bolesti, ima posle rata. Ima, veli, agenata što se hvale da su jeftinije kupili robu nego što su je u stvari kupili. Zamislite sad tu bolest, đed', objasnite to ako možete!"

Ali mi smo već naišli pred samu varoš, i naš se razgovor završava. Stigli smo gos'n Ivan i ja, i brzo se razočarali našim izletom. Kiša. Mi pošli iz Beograda po suncu, u fino letnje jutro, a upali u pravu jesen. Odseli u prvi hotel. Umili se, presvukli, doterali ali gde li ćemo u kišu? Izašao Ivan Ilić u hodnik, šetka, posmatra i osmatra. Ovaj hodnik gleda u avliju, u letnju baštu. Ali kakva mi je to letnja bašta kad su u paviljonu za muziku naslagana drva, a stolovi na sve strane prevrnuti sa nogama u vis. Tamo su pokisla burad od piva, onamo riju svinje, svud raskaljano. Mi smo u glavnoj ulici, ali pozadi nje

PRIPOVETKE

pravi je seljački drum, izlokan, grozan. Sav pokisao, gaca jedan čovek po blatu, sa lestvicama o ramenu, a tamo dalje rasturene bedne i prljave kućice, i još dalje poljana. Na visokim topolama vide se jata pokislih vrana.

Gledam ja Ivana Ilića, vidim, velika ga tuga obuzela. Prilazim ja, ali me on i ne opaža. Onda stavljam ruku na njegovo rame i tek tada osvrće se on tužno i veli mi: „Umrećemo ovde od dosade."

Ćutimo. Cure streje. Zaista ćemo umreti od dosade. Povučem ga ja za ruku: „Ajdemo, velim, gos'n Ilija, da siđemo dole u kafanu, da odigramo jednu partiju domina, da ubijemo vreme." On se misli. „Ne bi, kaže, hteo da ubijam vreme, hteo bi' da ga korisno upotrebim." — „Ko to ne bi hteo, odvraćam ja, ali kad smo takve sreće."

Ipak silazimo zajedno. Ulazimo u kafanu. A tamo, ona puna sveta, više seljaka negoli varošana, skoro sam seljak. „Šta je ovo?", pitam ja moga druga. „Ovo mi na neki zbor izgleda." Kažem ja da mi ovo na neki zbor izgleda, a vidim lepo, Ilija se sav ozario. Da je najedanput granulo sunce, ne bi se on tako bio razveselio. Zbunio se Ilija, pa ne ume usta da otvori. Vidim ja šta je, pa mu kažem: „Ajdemote, gos'n Ilija, odavde, nije ovo za nas, ajde da kidamo."

Kažem ja to, ali dobro vidim da ga nikakva sila odavde ne bi mogla pomeriti. Ukopao se kao da je za zemlju zakovan, zvera okolo sebe, nit romori, nit govori. A kafana se sve više puni, izmešao se miris i smrad od pokislog sukna, obojaka, rakije, dima i prašine, od kujne, od štale, od pokisle pseće kože. Jedan rundov, sav mokar, provlači se između seljačkih nogu, i sve se guši u žagoru, u gustom dimu, u onom vlažnom smradu. Muvaju Iliju Ilića, muvaju mene, svi se redom muvaju. A ja navaljujem: „Ajdemo, kažem, odavde, nije ovo, čoveče božji, za nas; mi smo došli i onoliki put prevalili, vazduha čistog da u'vatimo, zraka malo da se nadišemo, odmora malo da nađemo. Nije, brate, ovo za nas." — „Jok, odgovara mi on, učinite mi tu ljubav, ovde da ostanemo, dužnost našu partijsku da ispunimo." — „Kako, kažem ja, dužnost partijsku da ispunimo, kad je ovo tuđ zbor, protivnika vaših partijskih, nemamo mi tu ni posla, a ni prava da učestvujemo." Kažem ja to, ali nemam kome, ništa ne vredi šta govorim: zakopao se Ilija Ilić na onom mestu, pa ga ni šest čifta volova odande ne bi pokrenuli. Ne pomaže ništa šta ja govorim, ne vredi ništa što ja navaljujem, i što se umiljavam: „Eno, kažem, tamo je Kursalon, možemo malo tamo da prošetamo, koju čašu kisele vode da popijemo i da se malo osvežimo, stomake naše da kalaišemo." Ali on ni da mrdne s mesta.

Vidim ja da se nema kud, pomirim se i za prvi astal sedam sa Ilijom Ilićem. Pa udišemo onaj smrad, gledamo kako se ispijaju polići, slušamo onaj žagor, ništa se ne razume, dok se jedan nije popeo na astal i rukom dao znak da se ućute.

— Braćo — pitao je on — niste me zaboravili?

— Nismo, kako zaboravili! — odgovaraju oni.

— A ni ja vas — kaže on. — Opet smo se našli na narodnom poslu!

— Jesmo, ako Bog da! — graji onaj narod.

— A sad — kaže ovaj — hoću grešku jednu veliku da ispravim, protivnicima našim muški da odgovorim.

— I treba, i treba da im odgovoriš — pomažu ga oni.

— Vi se sećate — veli — koliko nas je bilo na prošlom zboru, onda kad smo ga o Troičinu dne držali pod vedrim nebom, baš tamo kod zapisa?

— Sećamo se — odgovara narod.

— E, ja sam lično računao, i manje nas nije bilo od tri hiljade dinara, a više je moglo biti.

— Hoćeš reći duša — popravlja ga narod.

— Jeste, duša — popravlja se i on — naših prijatelja. A naši protivnici pisali su po novinama da nas je bilo svega oko pet stotina dinara, hoću reći duša.

— Sramota je da su tako pisali — ljuti se narod — sramota je!

— A sad, braćo — nastavlja onaj — a sad da govorimo malo o unutrašnjoj politici.

— Da govorimo — kaže jedan seljak. — Pa da nam posle pričaš i o stranskoj politici. Da nam kažeš šta radi Lojda Džordža. Živ li je, zdrav li je?

— Jàkako — veli govornik — sve ću vam kazati, i ponavljam: vi mislite, braćo, da na prvi pogled, a ja vam kažem i ovo. Šta vam ja kažem? Ja vam kažem da je unutrašnja politika u znaku, velim, ona je u znaku. To sam vam često govorio, pa vi to najbolje znate da sam vam o tome govorio.

— Znamo — viče narod — odlično znamo.

— Sad — kaže — pošto sam svršio sa unutrašnjom politikom, da pređem na spoljašnju. Vi ste maločas spomenuli Englesku. Eh! Engleska je Engleska, a Srbija je Srbija. A sad? Šta ćemo sad? Ne znam, bogami, ni ja ne znam šta ćemo sad. Ja mislim da sam to jasno dokazao, to jest ovaj moj govor vidi se suviše jasno. Odnesite moje pozdrave vašima na domu!

— Hoćemo, hoćemo — odaziva se narod i nakreće poliće.

Nakreće narod poliće, i ja to gledam, ali vidim kako se Ivan Ilić uskomešao, pa se na prste podiže kao da hoće da govori. Vučem ja Ivana Ilića za rukav, pritiskam nogom i odvraćam, ali se on žustro trza i otima, pa ustaje i pruža ruku tamo ka onom predsedničkom stolu, gde sedi onaj govornik sa časništvom zbora.

— Dajte mi reč — veli Ilija Ilić — hoću ja da govorim.

— Ko je ovaj — viče narod sa svih strana — šta hoće on, ima li on pravo da govori?

— Ima! Nema! — viču drugi. — Ima! Nema! — I sve se uzmuvalo.

— Ima, ima — nadvikuje sve moj saputnik — treba dozvoliti slobodu govora, ja imam reč.

Pa se najedanput narod ućuta, i Ilija Ilić stao da govori:

— Ne, ne — viče iz sveg grla Ivan Ilić — vi to ne znate, ja da vam kažem. Ne, ne, ja da vam kažem!

— E, pa kaži — odobrava narod.

— Evo da vam kažem, i kazaću vam, braćo moja — oduševljava se moj drug. — Braćo moja, igra se priroda zaista, to mogu da utvrdim. Nekome da velike uši, kao u magarca, no retku pamet. Ali ne možemo biti svi jednaki, kao klinci iz fabrike.

— Ne možemo zaista — slaže se narod.

— Jest — nastavlja Ilija Ilić — ne možemo, ne možemo; ali što je priroda razdvojila, ljudi su dužni da približe. I ljudi su se udružili. Demokratija je pobedila.

A tada, izreče li Ilija ovu reč ne izreče li, uskomeša se ceo narod.

Jedna seljačina poteže dobro iz flaše, obrisa rukavom rakijava usta, pa se razvika:

— Braćo, jesmo li za narod?

— Živeo! — čuše se uzvici.

— I ja sam, braćo — reče seljak.

— Čujmo, čujmo! — zaori se sa svih strana, i svi se okretoše od Ivana Ilića.

— Daj Bože! — prekrsti se onaj seljak. Pa ga podigoše na jednu tezgu.

— Hoćete li da čujete? — reče on opet.

— Hoćemo — zagrmi ceo zbor.

— Teraj dalje! — viknu neko nestrpljivo.

— Narod hoće 'leba, hoće para, hoće zemlju!

— A ko to neće? — prekida ga neko.

— Ali narod neće gospodu, neće ove izelice, ove krvopije, neće, da kažem, ove lažljivce, ove pijavice, ove stenice.

Ali ovu poslednju reč prekide jedan tresak. Ozdo, iza kelneraja, jedna pletena stolica prva tresnu među nas. Onda jedna flaša, pa druga, pa močuga, pa čitav pljusak svih mogućih predmeta zasu naš astal.

Ja pojurih ka izlazu, pokušah da se spasem, ali me sustigoše. „I ti si, vele, bio sa onom krvopijom." — „Jok", branim se ja, i kao Petar Hrista, triput uzastopce odričem se moga saputnika Ilije Ilića. „Nikad ga nisam video, ničega zajedničkog sa njim nemam." Pa se za tren oka razbegao narod. I za malo, pa samo crvene policijske kape stajahu oko Ilije Ilića.

Leži on krvav, izgužvan, žut, stenje, previja se. Iz kose mu curi krv, crno praznično odelo sve u prašini, opancima izgaženo.

— Šta je ovo? — pita policija — ko ubi čoveka?

— Narod, gospodine!

— Kako narod?

— Pa tako, narod, ljudi, vrljikama, svačim.

I sačiniše protokol, i smestiše Iliju Ilića u bolnicu. Dva sam dana presedeo kod njega, a trećeg sam ga natovario na voz.

Sedimo opet Ilija Ilić i ja u kupeu, glava mu sva u zavojima, jedno oko zakrvavljeno i podbulo, ali su mu obloge dobro činile, jer mu kost nigde nije bila povređena. I sunce ponovo granulo. Pa se klatimo na sedištima prema tome kako se voz treska. A ja velim Iliji Iliću: „Ama šta sam ja govorio vama, gos'n Ilija? Zar nisam imao prava? Manite se ćorave politike, gledajte svoja posla, ostavite taj guravi narod neka sam trlja glavu."

Ćuti Ilija Ilić, ćuti, ali vidim ja da se ne slaže on sa mnom. „Ama kako, veli, to govorite, kako tako možete govoriti! Ja sam tek sada stekao zasluge za ono za šta ću se boriti dok sam živ, dok mogu da mrdam: za demokratiju. Mi se moramo za nju boriti, mi smo strašno zaostali, pa zar sad narod da napustimo, sad kad nam je carevina veća od Dušanove?"

Svedok

Bila je omorina, pa su u toj vrelini sudije bile strašno izmorene. Nebrojeni svedoci ništa nisu mogli da posvedoče o delu radi koga su sudska dvorana i svi njeni hodnici bili ispunjeni seljacima. Predsednik je umorno diktirao delovođi sve jedno te isto: Janko Janković, govorio je, ništa ne zna po stvari za koju se pita, Marko Marković ništa ne zna da posvedoči, taj i taj ništa ne zna po stvari za koju se pita.

Tada je ušao Ciganin-seljak Đoka Evstatović.

Đoka Evstatović zakolutao je izbočenim očima nalevo i nadesno, onda je, vukući nogu, prišao krstu i evanđelju. Ostavljao je on utisak svedoka koji još manje zna od ostalih. I zato što je tako mislio, predsednik ga je upitao:

— I ti — rekao je — ništa ne znaš da pokažeš?

Ali je svedok ponovo zakolutao unaokolo, pa se zaustavio na predsedniku:

— Ja, gospodin-predsednik, sve znam i 'ću sve da ti kažem. Bog pa ti, gospodin-predsednik.

Neočekivana izjava uskomešala je sudnicu. I sudije i advokati i svi prisutni oživeše, pa se stadoše udešavati da pažljivo slušaju; svi se obradovaše nenadnom obrtu, i što će strašna monotonija biti prekinuta.

I Đoka je osetio ovaj utisak, pa se važno usturio, i bez pitanja, stavljajući ruku na srce, ponovio isto ono što je napred rekao:

— Sve znam i sve ću da reknem, jer Bog vidi, slavni sude, što je pravo i što je pošteno.

I predsednik se ugodno namestio u stolici sa visokim naslonom.

— E pa, ajd' sad, ne oklevaj, kaži šta imaš — obratio se Đorđu.

Izbacio je Đorđe levu nogu unapred, onda je počeo da kašlje kao da će tu da umre. Kašljao je duže nego što se iko nadao, dok su svi nestrpljivo iščekivali, pa je najzad rekao:

— Imam, gospodin-predsednik, kašalj u desnu plećku, baš mi je tako i doktor preporučio kako patim od kašalj u desnu plećku.

— Ene, pa šta ako imaš kašalj, proći će te — primetio je predsednik, tek da nešto kaže, ali je Đoka na ovo zavrteo glavom:

— 'Oće da prođe, gospodin-predsednik, Bog da te živi, sinovi ti carevi i generali bili, kako da neće, znam da će da prođe.

— Ajde, ajde — opominje ga predsednik — govori šta znaš i za šta se ovde, pred sudom, nalaziš. Gde si bio kad se ubistvo dogodilo, jesi li bio na licu mesta, šta uopšte znaš da pokažeš?

Đorđe je nekoliko puta klimnuo glavom, zatim odgurnuo torbu na leđa (iz torbe je virilo perje praziluka), onda se počešao za vrat.

— No, ajde, ajde — podsticao ga predsednik — ajde vazdan.

— 'Oću — odgovorio je Đorđe — 'oću, gospodin-predsednik, zašto da neću, ama te molim da mi daš da sednem, ovde gde ti slavni sud narediš i kako narediš.

— Kako da sedneš, ne može to, zašto da sedneš? — buni se predsednik.

— Pa za oto, gospodin-predsednik, jerbo nemam sve noge.

Predsednik se čudi, advokati zagledaju, svi se iščuđavaju kako to da Đorđe nema sve noge.

— Pa jedna je samo zdrava, gospodin-predsednik, Bog da mi pomogne, zbog što sam bugarski rat zakučio, gospodin-predsednik.

Ne govori svedok istinu, nije on invalid, pao je odavna sa kuće, te su mu odsekli levu nogu.

Seo je Đorđe na stolicu, po dozvoli predsednikovoj, i dugo se na njoj nameštao, baš kao da se za neko veliko uživanje pripremao.

— Dakle, deder — veoma nestrpljivo kaže mu predsednik — ajde, Đorđe, počni jednom, nemoj dalje da nas mučiš, vidiš da se živi pokuvasmo od vrućine i mi i ovaj narod.

— 'Oću — veli Đorđe — 'oću, gospodin-predsednik, sinovi ti carevi i generali bili, sve ću da ti kažem, da su mi živi i zdravi moji Cigančići, eto ovako je bilo: Ja sam, gospodin-predsednik, sedeo pred kuću, sunca mi sam sedeo, pa sam pridremao. Pridremao sam, gospodin-predsednik, mnogo sam pridremao, ama sam veliku brigu brinuo zbog što nam šljivu bube i gnjav satreo. Sedeo sam, gospodin-predsednik, i veliku sam brigu brinuo, i na zajam u Argarnoj banki mislio, pa baš tebe, gospodin-predsednik, 'oću da pitam, ama pravo da mi kažeš, da li mogu zajam u Argarnoj banki da dobijem.

Zbunio je Đorđe predsednika, pa čisto ne zna predsednik ni šta da mu odgovori.

— Nismo mi — veli on posle kratke zabune — nismo mi ovde tvoji advokati, nego sudije, a ti za tvoj zajam od advokata traži saveta, a nama kaži samo ono što te pitamo, i ništa drugo.

— Pristajem — kaže Đorđe i pruža ruke prema predsedniku — pristajem, gospodin-predsednik, na sve što kažu advokati, i kako ti kažeš, a i na božje pravilo, samo zajam što treba meni i na moji Cigani da dobijem, za Uskrs da se omrsim, gospodin-predsednik.

Okreće se predsednik i poverljivo nešto šapuće sudijama levo i desno, pa se opet uzdržava, ali se vidi da mu to jedva za rukom polazi, i kaže:

— Ajde — veli — Đorđe, ajde, pričaj lepo što te pitam.

— 'Oću — veli Đorđe — kako misliš da neću, sve ću da ti kažem i ostajem pri što sam kazao, da sam pred kuću sedeo i dremao, a kad sam pogledao, a ono žena moja Ciganka stoji preda mnom. Stoji moja žena Ciganka tu pred mene i mi kaže: Što si, Đorko bre, seo i dremaš, a za drva i ne haješ, umesto u šumu da ideš, davle, džavle. I jesam, gospodin-predsednik, na drva zaboravio, al' sam se brzo digao i volove upregao. Upregao sam volove, pa sam u šumu pošao, a baš mi to na um da te pitam, ali pravo da mi kažeš, zašto da ste onaj stari zakon što za nas tako dobar beše, promenili, pa nas sad za seču i goroseču pravo u apsu zatvarate, a pre za nas siromasi takav zakon nije nikad važio.

Pita ovako Đoka i čeka da mu predsednik na ovo odgovori, ali se na predsedniku vidi da se od ljutine mnogo promenio i da se s mukom uzdržava.

— Ti — veli — Đorđe, pazi ti dobro kako pred sudom govoriš i šta govoriš, i da se u pamet uzmeš, jer ja imam vlast da te na licu mesta kaznim, i kaznu ovu odmah da izvršim.

Uplašila je ova pretnja Đorđa, pa je brzo nastavio da govori:

— Poveo sam — veli — moji volovi, gospodin-predsednik, drva da nasečem, sirotinju moju, Cigančiće, da ogrejem. Vodio sam volove, gospodin-predsednik, sve do šumu, a kad kod šumu, a tam' vidim baš kako stoji komšija moj Sreta, znaš, gospodin-predsednik, što mu se žena preklane na dud obesila, daleko i od men' i od teb', i Bog da te čuva. Zdravo, kažem ja, komšija Sreto, kako si, bre Sreto, šta radiš, jesi zdravo, i kako si? Zdravo, kaže Sreta, a ti kako si, šta radiš, i svi tvoji Cigani kako su na domu? Zdravo, kažem, komšija Sreto, svi su zdravo na domu; pa baš eto tu, gospodin-predsednik, izvadim moju kesu, cigaru tutun da zapalim. Izvadim moju kesu, gospodin-predsednik, cigaru duvan da zapalim, ama kesa prazna. Ehe, počešem se za vrat pa kažem: Imaš, kažem, komšija Sreto, jednu cigaru da mi daš, usta da zasladim? Imam, kaže on, komšija, duvan, ali ni list papir nemam, baš sam papir od tebe 'teo da tražim. Evo, kažem ja, komšija, papir, ama vatre nemam, a ti, veli, kako sa vatrom stojiš?

Baš kod ovih reči predsednik se zacrvene, pa sa one svoje stolice poskoči i prosto kao pomaman dreknu na Đorđa:

— Ti — veli — ovde sa sudom komendiju teraš, je li? Ti se — veli — ovde sa svima nama sprdaš? — I još je nešto jače hteo da kaže, ali tu uvide da se Đorđe od njegovoga lica mnogo uplašio i prepao.

— Ne teram komendiju, slavni sude, grom da me pogodi, grob da mi se ne zna, ama sve po redu 'oću da reknem što sam video i kako je pravo bilo. Eto, u šumu sam stig'o, gospodin-predsednik, da drva sečem, i sikiru sam uzeo i drvo sečem, gospodin-predsednik, ama drvo tvrdo, gospodin-predsednik, pa zort.

— Ajde, ajde, teraj dalje — veli predsednik, a zakrvavljene oči izbuljio, jer se uplašio da Đoka dugo sa drvima ne ostane.

— Sečem drvo, gospodin-predsednik, sečem, sečem — a sve gleda u predsednika, pa kad vide da će predsednik opet da plane, a Đoka ubrza — kad odjednom puče puška, gospodin-predsednik.

A kad ovo Đoka izreče sva se sudnica namah u jedno jedino načuljeno uvo pretvorila. Nastade mrtva tišina, i sve se netremice zagleda u svedoka očevica Đoku Evstatovića, koji će eto sad onaj gusti veo tame sa strašne tajne da otkrije...

— Puče puška, gospodin-predsednik; kad pogledam, a ono zec, tam', tam', ovam', pa među noge, baš među moje noge, gospodin-predsednik, pravi zec.

— Kakav zec? Otkud zec? — pita zaprepašćeni predsednik.

— Zec, gospodin-predsednik — kaže Đoka — od što ga je komšija Sreta pogađ'o, a sam zaboravio, pravo da ti kažem, da je pušku dvocevku o svoj ramen nosio.

Triput je predsednik, sav zelen, podviknuo Đoki: „Napolje, napolje, napolje", pa je Đoka kao metak iz puške brzometke izleteo i u hodniku se među seljacima našao. A seljaci su smesta oko nega nagrnuli, te ga svi uglas pitali šta je on tako strašno posvedočio i šta se sa njim u sudnici desilo.

Uzdrhtao se Đoka i sav cepti, nije mu jasno zašto su ga napolje izbacili, pa se bolno zaplakao, dok su mu objašnjenje zbog plača sa svih strana tražili.

— Plačem — kaže Đoka — jerbo me srce boli zbog što pravde za nas seljaci nema. Mene mi, Đoki Ciganinu, kao što svi ovde vidimo, surgun-pasoš dadoše, a još sam puno koješta imao da kažem, Bog da vidi!

Zavejani

Pošto je pre snega bilo suvo, a zasipalo još od jutra Badnjega dana, to su male straćare i svi sokaci, potpuno pusti, brzo zavejani debelim belim slojevima. I okolina, sva bela ovoga Božića, izgledala je svečano nema, dok je varošica ulivala tugu. Činilo se tako da je ovaj praznik daleko od nje: kao da je svuda, samo ne u njoj, tamo negde u mnogo srećnijim mestima gde su ljudi čistiji, Bogu odaniji i bolji, više ljudi negoli ovde, i gde nema nekog, ma kakvog života i radosti od njega. Tako se činilo, pa je to osećanje izazivalo drugo, kao neku dragu i potajnu nadu: da će se, možda, kad bilo docnije, ko zna kad, ali bilo kad u budućnosti i boljim vremenima, i od toga života i praznika, s one strane visokih planina što su zaklanjale vidik pun snežne magle, zahvatiti i okusiti, pa će onda ovaj ovde, mučan i sumoran, ostati samo kao žalosno sećanje na takav san prošlosti kad se životarilo tako da bi se dočekalo bolje, i kad je sam odjek crkvenih zvona duboko dirao i ranjavao i nekako neodređeno boleo i mučio.

Ovakvo osećanje, i mučno i milo, ispunjavalo je mnoge, ali, među stanovnicima ovako maloga mesta, valjda nikoga toliko kao čoveka kome više nego skromno nagrađena služba sudije puno godina nije davala da kud god bilo umakne, pa da se spase i prebaci s one strane mrkih planina, iza kojih je zamišljao kako živo i burno mora ključati onaj zanimljiviji i toliko privlačni velikovaroški život u svakom pravcu složenih gradova.

Pa se ovim osećanjima pridružilo još jedno: da je Božić, ovoga puta, tužniji i prazniji nego ikad, a da za njega nikad ranije tako važnu opomenu nije značio. Ta opomena bila je prosto u tome: da se ovako kao dosad više niti sme niti može, i da se doguralo do one krajnje tačke i granice, toliko opasne, i kad se odlučno mora kidati: pa ili ostati tako do kraja života i na brak, tu tako važnu stvar, više i ne pomišljati, ili odvažno i smelo ući u novi život, što bi stvarno značilo da se rešavajući korak učini još koliko danas, možda smesta, iz ovih stopa. Jer razvlačiti i dalje, besciljno je i ludo, pošto duže razmišljanje nema nikakvog, najmanje praktičnog smisla, i jer nada iščupati se iz ovog mesta, toliko dosadnog i tužnog, prosto je naivno zalagivanje. I kad ta mogućnost nikako ne postoji, onda se s tim mora računati, pa se ne može oprostiti ludost da se time i dalje obmanjuje, te ostaje ono drugo radi čega se cela stvar mora razumno razraditi i raščlaniti do krajnjih konsekvencija. A sve ovo moguće je, naročito danas, o velikom prazniku, kad se jedino nema drugo šta raditi, i kad i jeste prilika da se nešto solidno razmisli i odlučno smisli o tom kratkom i uistinu žalosnom životu što izmiče, trči i nestaje tako brzo i ludo da čovek i ne oseti kako je značajno to što on rušilački čini: da se kosa na glavi sve više gubi, zubi jedan za drugim otpadaju, i da organizam, iz dana u dan iznureniji, sve dalje i nezadržano malaksava i matori.

Ovakve misli, naviknute istina ali neodoljive, kidisavale su na sudiju ovo poslepodne takvom silinom i upornošću, da mu se činilo kako se izlaz, ma kakav i u ma kakvom vidu, mora pronaći još koliko danas i po svaku cenu. Iako je još ranije, i mnogo puta, a u istoj ovoj momačkoj sobi svoga, maloga stana, razmišljao o svemu ovome, pa i sa istom voljom da se u temu savesno udubi i duboko unese, ipak se odluka skoro nikad nije razlikovala, i stvar se uvek odlagala za docnije, dok se, evo, sad, ovoga prvoga dana najvećeg praznika, pitanje čini neiskazano prostije i zaključak jasniji od svega što se kao jasno na božjem svetu označava.

Sa ovim zaključkom, koji je značio veliko umirenje, sudija je i prišao prozoru, odakle je mirno, zadugo i zadubljeno posmatrao one čudno lepe i neprekidne zavese mlazeva od pahuljica, kako se meko i nekako fino spuštaju i slažu pred njegovom kućom, razmišljajući sve jednako o tome kako ljudi, a po nekoj urođenoj nesrećnoj navici, vole da zamršuju jasne kao dan stvari i da od pitanja savršeno prostih ispredaju kojekakve probleme i zagonetke kojima nikakvog životnog značaja nema. I tako, umesto da stvar odlučno izvedu do kraja, kao što zdravi razum i naređuje, oni se obično zaustavljaju na polovini puta, ili samo započinju i sve se uvek nešto zanose i stvari pretresaju u principu.

Međutim, baš kad je reč o braku, ono što je važno i nije u tome kako stvar stoji u principu, nego, naprotiv, kako stoji sa danim ili konkretnim slučajem svakog pojedinca koji je u pitanju. „I prirodno je, i logično, da bi svaki trebao i da misli o svome slučaju", zaključivao je dobri sudija, „a u principu stvar se može razglabati koliko se hoće. A osim toga, ima još i to: želeo bih ja da vidim jednog jedinog od hiljade koji bi i pomislio drukčije da se opredeli, pošto je pet punih godina ovako kao ja proveo u ovoj užasnoj pustinji. I to pet godina posle navršene pedeset i prve, i posle ratova, i posle svega što je bilo i prošlo, ali se ljuto i duboko u duši i u telu urezalo. Takav bi zasluživao da mu se kaže ovako: E pa, čuj ti, prijatelju, druže, ili kako mu drago, ostavi se, molim te, pridike; mani se prazne slame i razgovora! Svestan sam ja, kao i ti i koliko i ti, sve znam što i ti, sve sam, čoveče, preturio kao i ti, možda i više. Znači da: ili ti nisi od krvi i mesa, ili da zdravoga razuma nemaš; znači da, iz budi kakvog razloga, nisi prirodan. Pardon! Jedan jedini razlog koji izvinjava, to je raniji burni život, što nikako nije moj slučaj. A zatim, i ja, brate, nisam dete, trideset godina mislim ja o toj temi. I dobra i vrlo mudra ustanova. Jer uzmite ovako: vi ste protiv braka. Lepo. Ali vi ste čovek. Vi ste čovek, to znači: kao takav vi ne možete bez nežnosti jednoga stvorenja drugog pola. Vi ste protiv braka i velite: ima žena van njega. Dobro. Lepo, brate, sasvim lepo. A zar ja to ne znam? Ali čoveku ne treba samo žena, ne! Čoveku treba i ona simpatija, bar malko one tople i nežne simpatije tako nazvanog slabijeg pola. A čim to imate, znači stvar nije privremena. Jer, ili simpatije nestaje, ili ona sve više raste. Ako raste, ona vas za tu, da je tako nazovemo, nevenčanu parničnu stranu, i vezuje: što više simpatije, čvršća veza, čvršće poravnanje. I šta? Kao pošten čovek vi se do kraja držite ove veze, vi tu vezu poštujete. Znači? Znači da i vi imate jednu ženu isto onako kao ja u onoj moralnoj i osveštanoj ustanovi koju vi prezirete, tj. u braku. E, a kad je tako, onda šta ćemo sad? Šta ste onda vi uradili? Uradili ste to: da tu ženu ili stvorenje, ili nazovite kako hoćete, sa kojom ste se vezali jer je volite zato što vam je odana (a ne možete voleti deset, jer je nemoguće da vam dve, u isto vreme, budu odane), da tu ženu izlažete nezasluženim i neopravdanim neprijatnostima društvene poruge.

„Međutim, sve je to o stvari u principu, i to se mene ne tiče.

„Stvarno je ovo, i ovo me se tiče.

„Tu, preko puta, u kući koju odavde gledam, živi stvorenje čiji život najpažljivije pratim ravno pola decenije. Iz dana u dan, iz časa u čas, za sve to vreme, osećao sam ja i uviđao jedno: da ugled ove ličnosti neiskazano raste u mojim očima. Posrnulo imovno stanje ove kuće, jedne starinske trgovačke kuće (kakvih je, nažalost, sve manje, i koja je dala zaista savršenu jednu domaćicu, kakvih je danas malo i premalo čak i u ovako malim mestima), okolnost je koja ovde može da odigra vrlo korisnu ulogu.

„To čeljade pratim ja, dakle, ravno pet godina u celom njenom životu i kretanju. Večito zavrnutih rukava, sve odano kući, poštovao sam ga ja od prvoga dana i nikad nisam propustio da ga, idući u kancelariju, pozdravim, uvek ljubazno otpozdravljan. Dobro.

„Dakle, tačno je i to da se s godinama mora računati, da je razlika prilična, i da je to, recimo, otežavna okolnost. Ali je tačno, isto tako, da je varoš puna devojaka svih uzrasta, a kandidata nesravnjivo manje. I kad uzmem u obzir položaj na kome sam, pa posrnulo imovno stanje o kome je napred bilo reči, onda sam slobodan tvrditi, i ne smem ni časa posumnjati, da su svi aduti u mojim rukama. A ovo sve šta treba da znači? Ovo sve treba da znači samo jedno: ajde bre, predsedavajući drugog odeljenja, obuci nov žaket, zaveži mašnu i novu maramu, stišaj to zečje srce kao da si na optuženičkoj klupi i čekaš presudu, pa napred u ime Boga, prelomi stvar o kojoj si dosad samo sanjao, a davno morao da prelomiš."

Eto, sa ovim rečima sudija je neobično energičnim korakom prišao ogledalu. Zatim se uklonio, i za malo pa je ponovo bio pred njim, veseo i krepak, u svom potpuno novom žaketu, čiji su kraci, polukružno izrezani, dopirali taman do njegovih kratkih, ali granitno čvrstih nogu. U grudima mu je zadrhtala radost kad se uverio: da je opšti utisak vrlo dobar (i bez obzira na uvek poluotvorena usta — posledica iz detinjstva nesnosnih adenoida, kao i spljošten nos), i da čak u brkovima, crnim i dugačkim, nema još ni traga od belih vlasi.

Napolju nije prestajalo da veje kad je, tako očaran ovim opštim utiskom, prišao prozoru. Odatle, uzbuđen odlukom koju je doneo, posmatrao je sad već oživelu ulicu. S vremena na vreme, a s raznih strana, dopirali su gromki pucnji dečjih pištolja, pa su se, izmešani sa živim i razdraganim zveckanjem praporaca, gromovito razlegali. Jedne za drugim, i kao pera lake, pronosili su zaleteli konji raznobojne saone prepune trgovačkih pomoćnika što su, mašući besmisleno rukama, burno klicali prolaznicima. Kroz raskriljena kafanska vrata, munjevito zatvarana, promicalo je povremeno ono promuklo i prodirno *vn... žn... vhn... žn...* neumornoga kontrabasa, čiji su zvuci, sa onim usklicima, a na zavejane kapije kuća, izmamljivali rumene devojke ogrnute šalovima. I sve to što je gledao iz svoje neizdržljive usamljenosti, svu ovu tuđu razdraganost tako milu i tako uzbudljivu, ulivalo mu je hrabrost kojoj se i sam čudio i radovao.

Pa u toj smelosti, napeto i netremice, gledao je on u kapiju, tamo, dakle, gde se morala pojaviti žena čija je sudbina, kao i njegova, još danas imala da se prelomi. A kad je, obraza rumenih kao krv i kose pokrivene krepom snežnih pahuljica, zaista i ugleda, i to sa pogledom upravljenim baš ovamo ka njegovom prozoru, on se što je najbrže mogao spremi žurno i živo strča na ulicu. I za malo stajao je on pred njom, pa je probranim rečima obasuo željama o velikom danu što pruža tako retku priliku da se pozdravi, i da se stegne ruka i poželi najbolja sreća.

— A sem toga... — oprezno je prelazio na glavnu stvar — i još sam imao drugo što sam lično hteo...

Tako je počeo odmah iza pozdrava, ali je tu najedanput sve zastalo i zagrcnulo, pa je sudija živo osetio kako ovo što se sad u njemu zbiva podseća čudno na nešto vrlo davno i prohujalo za đačkim klupama.

— Bi li vi, da li bi vi... prosto na primer, pristali — nastavio je on živo i sećajući se one potrebne odlučnosti, pa se sagao i zbunjeno dohvatio punu šaku snega. — Bi li vi, kažem... je l'te, tako nalazim da treba... bez velikog, izlišnog uvoda. I kažem i ovo: vi ste pametni, a ja nisam balavac... da li me možete pravilno razumeti?

— Još kako! Još kako! Samo ako vama liči — odgovorila je devojka veselo, i nikakva se zabuna na njoj nije primetila.

— Naravno! Na svaki način. Pet godina ja sam... ja sam samo o tome mislio i... do kraja razradio...

— Kako ne? Dabome! Kako ne? Samo, ja počinjem, i nema milosti — odgovorila je još veselije i zasmejala se, pa u širokoj pregršti i sama zgrabila snega. Onda se sa gužvom, koju stište, bacila za njim.

— A, ne to! Pardon, ne to!

Ali ga grudva stiže iza uveta.

Živo zauzeta, ona je hitro i oduševljeno pravila jednu za drugom i zasipala ga. Okrenute glave, onemeo, zaprepašćen, zaklanjao se on rukama, vrdao, branio se, uzmicao, kad iznenada, sa drugih kapija, sa svih strana, doleteše nove grudve. Odstupajući, ispruženih ruku kao da hvata, žmureći, lagano je on duboko u celac, upadao. I savijen, poguren, kriveći se, stigao jedva na sredinu ulice, zasipan sve hitrijim udarcima, zaglušen burnim klicanjem. I tu, nasred ulice, raširenih ruku, raskrečen, razbarušen, iskrivljen, kao strašilo ptica usred njive pokrivene snegom, zastao je. Ali utom, pogodi ga neko posred usta. On se zagrcnu, ispljuva, isplazi, i smejući se usiljeno, ružno i patnički, zatrese glavom. I tek tada, grozno, kao razjareni bik, zamumlao je, završtao, pa se kao strela preteći sjurio u kapiju i nestao...

Napolju se orio piskavi kikot, kad se ponovo našao pred ogledalom. A tamo, crveno, izgužvano, razbarušeno, zajapureno, za-čuđeno do panike, gledalo ga nešto razrogačeno i pitalo samo jedno: Šta je? Šta bi? Kako to? Pobogu, šta bi u magnovenju?

Napregnut, uzdržavajući užasan bol, sudija se opomenuo svega, pa osetio grozno, kao u hiljadu paramparčadi, sve smožden u grudima.

Polako spustio je pogled, i tako spuštenih očiju, savijene glave, kao pogrebnim korakom, ostavio strašilo.

Onda naglo, kao da se davi, bacio se na krevet, zaronio, pa grcavo zajecao.

A napolju se postepeno utišavao žagor, i sve tiše dok se potpuno nije smirio, i mrak se lagano počeo spuštati, te ostali samo dimovi da struje iz dimnjaka.

I usred toga mira, u mračnoj sobi, gde je među jastucima ležala njegova glava, cvililo je nešto od onih finih, nevidljivih mlazeva što se tako čini kao da odnekud silaze i patnički jecaju, pa sve više savlađivalo sudiju u strašnoj klonulosti sasvim izmučene duše. I kao ovi mlazevi, što onako fino predu i jecaju, i kao najfinija nevidljiva para svileno bruje, i nisu mlazevi, već istinsko brujanje što dopire iz beskrajnih nizova telegrafskih stubova koji promiču, putuju, lete nekuda, sami samcati, ili se vrte kao vreteno, kao prave aveti. I ne samo oni, nego kao i sve ostalo, čudno počinje da nestaje, proleće negde, gubi se, beži, nošeno neobičnim nekakvim vetrom koji sve vrtoglavo odnosi. I leti tako sve okolo njega, iščezava, nestaje, i straćare preskaču kao jarci, i plotovi poigravaju, i sve stvari jure i beže od njega. Pa se sav prostor oko njega raščišćava, i poslednje beže kao sneg bele ženske prilike, pa se u bežanju spremaju da polete, dok kao pretvorene u golubove najzad i ne polete. Tada najedanput, ceo onaj prostor ostaje čist, siv, sav siv, peščan i pust, pa se vidi da je zemlja ostala samo čista i gola golcata planeta. I stoji on sam samcit na toj planeti, težak kao gvožđe, nepomičan kao ukopan, napušten, bespomoćan, sasvim sam, dok se opet sve ne počne da vrti, poigrava i vraća na svoje staro mesto. I ponovo stoji crkva onde gde je bila, onako isto. A pred njom sedi on i prosi, lepo pruža ruku i prosi, pa golubi sleću odnekuda i daruju ga. Daruju ga tako golubovi, pa se jedan po jedan gube u vazduhu. I on gleda za njima, gleda. A od ono nekoliko golubova stvaraju se čitava bela jata i rojevi, hiljade, milioni golubova, sve manjih i sitnijih, i sve tako dok se ne pretvore u snežne tačkice bele kao pahuljice. A tamo pred njim pružila se duga, beskrajno duga, bela pustinja, i crkve nestalo, i sve ponovo nestalo, a oči zasenjuju, i sneg veje, i kao da hoće da ga zaveje, i kao skoro ga zavejao.

Čistač

Desilo se tako da je pomilovani osuđenik *12-12* ostao bez odeće. U magacinu paketa ovoga broja nije bilo, ali se ubrzo razjasnilo. Osuđenik je izvršio delo kao vojnik, čina naredničkog, još nedemobilisan, pod uniformom, koja je vraćena njegovoj komandi čim je na osudu stupio.

To što ga je ovamo dovelo bio je zločin iz ljubomore, ubistvo, i to dvostruko. Osuđenik je ubio ženu, zatim njenog ljubavnika, po povratku s fronta, posle izdržanih muka. Izvršio je on ovo ubistvo u afektu, zbog poniženosti, saznavši o sramnom neverstvu žene u čije naručje je leteo i koja je dopustila da se uprlja sa njegovim bliskim drugom.

Osuđeničko odelo moralo se predati magacinu. Ali bivši robijaš nije mogao ostati go. I zato što čovek koji je bio robijaš nije mogao ostati go golcat, pobrinuše se u samom zavodu. Nadzornik-apsandžija pokloni mu prvi svoj sasvim pohabani, iza rata vraćeni vojnički šinjel koji je, ugužvan i već iskaišan, sa drugim krpama čuvao pod slamnjačom; onda odnekud pronađoše jedne čakšire, takođe vojničke, jedne stare rasparene cokule i jednu košulju. Na zavodskome smetlištu, sam osuđenik, lutajući prvoga dana slobode, zapazi oficirsku kačketu starinskoga propisa, koju opra i koja upotpuni njegovu novu i jedinstvenu uniformu. Tada, istoga dana kad mu pomilovanje, koje ga ostavi ravnodušnim, stiže, on ostavi kuću u kojoj je proveo deset godina ispunjenih kajanjem i mračnih kao beskrajni jesenji dan.

To čime je raspolagao sad kad je izašao, i stupajući u neizvestan život, bile su jedino njegove ruke. I sa ovim rukama, koje su i same odavale njegovu prošlost paćenika, dojučerašnji robijaš uputio se prestonici. On je imao dugu crnu bradu, lice tiho i tužno, čelo izrovano stradalačkim borama. On je bio jedan od našeg tvrdog, plemenitog tla.

Oštro stisnutih usana, sav od tragova nedavnih lomova, izdržao je lako i put do prestonice i trodnevnu glad u njoj. Ta prestonica sa betonskim gorostasima, šumna i vrtoglava, nije ga ni uplašila, ni oturila. On je u njoj zatražio posla i dobio ga. Ona ista ruka koja je nekad nosila zastavu slavnoga puka, primila je sad brezovu metlu, i zastavnik koji je bio robijaš postao je čistač...

To što je bilo pokopano u beskrajnim dubinama njegove duše, prolaznici nisu ni opažali, njih se to nije ni ticalo. Ono što je privlačilo njihovu pažnju, to je bila njegova smešna uniforma, njegova pljosnata kapa od šarenoga štofa i njegova brezova metla na levom ramenu osetno spuštenom. Ta brezova metla, koju je ovoga dana primio, prvi put poneo i grčevito držao, to je bila njegova kora hleba.

Ravnomernim, još nevičnim zamasima, otpočeo je da čisti ulicu koja mu je pripala. Ti zamasi, uvek isti, nalevo i nadesno, brisali su i svaku njegovu pomisao. Kao zamišljen, tupim, besvesnim pogledom pratio je pokrete što ih je činio. Zatim, postepeno, misao je oživela, i prvo što mu je sinulo, bio je strašni osećaj stida. Pomisao da ga neko može poznati, zaledi ga. Nekad, cvećem okićen, sa zastavom koja će se proslaviti, koračao je on granici i pevao buntovnu pesmu pobede, u koju nikad nije posumnjao. A posle, lep, svež, nasmejan, dok je zemlja stenjala od rike što provaljuje, prkosio je užasu od ludila krvi i smejao se rani kroz koju se život točio neiscrpnim crvenim mlazevima.

Sa pogledom prikovanim za zemlju trpeo je taj stid, jedino čemu, sa svojom dušom od gvožđa, nije mogao da odoli. I zguren, brisao je sve dalje, i pitao se: šta je to što ima i što mu pruža sloboda koju su mu povratili? Upropašćen, zar neće uvek nositi ljagu crnoga sećanja? Osramoćen, zar će ikad moći da zaboravi ledeni beton, ili prljavi pod ćelije, ili bajonet za leđima?

U noći, u bolnim tišinama rovova, zavitlavan mećavama, zatrpavan olujnom kišom čelika, čekao je, nadao se, verovao. U čemu je to bio smisao ove izdržljivosti, za njega koji je znao i naučen bio da čuva silu narodnoga karaktera? U čemu je taj zločin, njegov zločin radi koga je pregažen, isceđen, odbačen?

Ulica je bila živa i šumna i prolaznici su protestovali zbog prašine koja se podizala. I sirene su jetko i besno opominjale nespretnoga čistača, dok su se deca sa trotoara glasno smejala njegovoj kapi od šarenoga štofa. Sakriven za drvetom, posmatrao je nadzornik smeteni rad novajlije koji mu je potčinjen i koga će koliko sutra predložiti za otpust.

Oporih usana, sa krupnim graškama po čelu izrovanom borama, čistač je išao sve dalje. A za sve vreme nijedna misao o prošlom, o detinjstvu, o mladom regrutu cvećem okićenom, o kućici na proplanku brdovitoga sela. Samo stid, strašan i neizdržljiv stid, i to da se pogled ne može podići, ne sme osloboditi zemlje.

Onda je stao, bio je gotov. Sa metlom na ramenu, oborena pogleda, mlitavim i nesigurnim korakom, spuštao se varoši. Na licu mu se čitao čemer u duši, najveća dubina ljudskoga bola.

On korača, a vri oko njega šum ulice. Utom, iznenada, sasvim neočekivano, podiže glavu, raširi oči. Betonski gorostasi parali su nemirno, u raskošnom požaru, krvavo nebo.

To nebo plamtelo je živo, snažno, proždirući. Žarkim i smelim zracima borilo se ono sa podmuklom tamom zemlje i savlađivalo je. Pred njegovim pogledom ta borba potraja kratko. Munjevito iščezavalo je sve čime je bio opkoljen: šiljati vrhovi tornjeva, i kao strele oštri i crni masivi, i žamor ulica. A tada, drugi i davno zaboravljeni, jedan mili dah zabruja za njim. Taj složni dah, što se talasao, činilo mu se da čuje sasvim jasno: dah puka, dah njegovoga puka, dah hiljada što istom onom starom odlučnošću, što istom onom starom verom maršuju za njim. I ovaj dah i bat hiljada pratio ga je kao nekad. Osetio je da mu kosti čvršćaju, da izrasta, da je između njega i neba sve slobodno, da ga onaj dah podiže.

Pa kao da je buknuo starom vatrom, srce mu zaigra onim velikim buntovničkim ritmom. I kao da je opet začuo: „Napred!", ruka mu učini isto što je činila nekad obuhvatajući dršku zastave. A dok je za sobom, za samim ramenom, osećao živo ono sasvim lako šuštanje svilene svetinje, prolaznici se i nehotice uklanjahu pred njegovim čudnim, neustrašivo slobodnim hodom.

Svi smo mi Koleta od Rozena

Sprovod veoma svečan, koji je privlačio pažnju svih prolaznika, kretao se službeno i polako sve do ulice Grobljanske. Tu, od početka njenoga, prvo su nosioci krsta i koljiva, bez dogovora, ubrzali korake. Za njima je, da bi održao odstojanje, požurio i sam nosač odličja. U istoj nameri, nosači venaca, kojih je bilo mnogo, nekoliko redova, takođe pođoše brže. Ocenivši da im poslednji red izmiče, vođe crnih kola, na kojima se sanduk od metala primetno truckao, snažno su trgli podbratke, dok je vozar, u isti mah, ošinuo konje, za čijim se ušima, lako i zlokobno, lelujale perjanice. Onda i ožalošćeni, iznemogli za kolima, i sami opružiše noge, jer zadnji točkovi, na koje behu usredsredili svu pažnju, ubrzaše obrtanje. Za njima učiniše, isto tako, i drugi, pa se to redom prenese sve do poljske baterije što je, iz počasti prema ratniku od zasluga, uveličavala ovaj, po broju pratilaca, neobičan sprovod. A od polovine Grobljanske ulice, i prilazeći groblju, povorka se tako ubrzano kretala, da su i ljudi i žene prosto potrčkivali, iz bojazni da ih ne sustigne ona snažna zaprega topova, od čijeg se treska ništa više nije čulo sve do groblja, i gde se ovoj uzbuni pridružilo i zvono sa grobljanske kapele, što je usred zaglušnoga treska, sa kojim se slivalo, podsećalo na izvestan zadihani i jezivi lavež.

Na ulazu, baš na samoj kapiji groblja, udovica najedanput izgubi svest i pade u nečije ruke, pa zabuna oko toga da je povrate uveliča još više sveopštu užurbanost i uzbunu. Pošto su je preneli u sobu grobljanske uprave, sprovod produži pravo ka iskopanom grobu. Nas dvojica, najbliži i najbolji drugovi čoveka koji je bio uzrok svega ovoga, nismo mogli tamo ni da pristupimo. Tada, pred grobom, pritisnutim sa svih strana svetinom, održaše mu govore oni sa kojima on nikakve osobite ni intimnije veze nije imao, pa kovčeg, pošto su ga zalemili, spustiše pomoću konopaca onamo gde mu je bilo namenjeno da ostane samo privremeno.

Uklanjajući se ćuteći, mi smo se, posle toga, uputili stazom koja vodi grobnici Vojvode Putnika. Bili smo sami. Ljubičasti sumrak uveliko je padao.

U hodu, uzimajući me prisno pod ruku, moj drug prekide ćutanje:

— Ne volim da gledam — reče on — ovo kamenje, ploče i ove spomenike pod čijom težinom, u raznim fazama raspadanja, nalazi se čitav jedan svet. Ajdemo brže. Zar nije bolje bilo u ratu: humka i drveni krst, a pod svežom zemljom, krvavo, još sveže i toplo telo.

Ja sam, međutim, rekao:

— Vidiš, ova jadnica ne može da preživi svoga muža. Ja ne mogu to ni da zamislim. Ja mislim da će se ona ubiti.

Uzimajući me još prisnije pod ruku, zatim razmislivši o nečem, on, posle podužeg ćutanja, isto tako ne odgovori direktno na moje pitanje. Nego:

— Baš pre neki dan — reče — slučajno sam naišao na Dodeovog *Besmrtnika*.

— Čudnovat slučaj — upadoh živo — i ja sam ga nedavno čitao ponovo.

— Kad je tako — produži on skoro obradovan — onda mi je lako da govorim baš o tome što si pokrenuo, o čemu sam i ja maločas mislio, a pored toga o nečem što do sada nikome...

— Dobro — prekidoh ga opet — znamo šta smo jedan drugome.

— Ti se, dakle, sećaš kako je on onu sirotu malu Koletu od Rozena, u njenom očajanju udovištva, opisao?

— Kako da se ne sećam, sećam se vrlo dobro Kolete od Rozena, njene plave kose bačene u mrtvački kovčeg muža, stola postavljenog za dvoje, dopisivanja s one strane groba...

— I kako je Pol-Astje, onoga dana kad je divnu udovicu pratio na Per-Lašesko groblje utisnuo onaj poljubac na njena poluotvorena usta, poljubac koji mu je ona vratila ludo, kako je to sjajno opisao Dode, pored samoga sarkofaga njenoga muža, u grobnici, na čijem mermernom zidu beše ispisan stih Salamite: *Ljubav je jača od smrti*, i dok je ptičica jedna riđe boje kljucala crviće između kamenih ploča.

— Da, dabome! To je mesto koje se ne zaboravlja!

— E lepo, kad se toga sećaš, onda slušaj šta sam ja doživeo, a u svome sopstvenom očajanju udovištva, samo mnogo užasnije nego što bi i ti i ma ko mogao naslutiti.

Mi smo bili ostavili groblje, pa smo se uputili Laudanovom šancu, odakle se još video Dunav i skoro sva raštrkana i arhitektonski tako nemirna naša prestonica. Trava je mirisala, vazduh je bio miran.

— Znam, isto tako — nastavi on — da dobro pamtiš kako sam pre jedanaest godina, dole na frontu, naprečac, doznao o smrti svoje žene, kako je to na mene delovalo, i ti si najbolje, jer si mi bio najbliži i jer si dojurio čim si o njoj saznao, upoznao moje stradanje, koje me je učinilo drugim čovekom, i da živim samo za uspomenu na ženu zbog koje mi se život činio više nego besmislen. Sav užas one patnje, najveći moj doživljaj, bio je zbilja neobičan. Tri godine drhtao sam u tom dubokom stradanju, takvom da ga živi čovek jedva može i da izdrži. I za sve to vreme, i dugo i užasno, uteha me nikad nije htela pomilovati, sem nadom da se rat mora završiti, da ćemo se vratiti i da ću, najzad, dočekati da dostignem do onoga groba koji je za mene sve. I doživeo sam.

Istoga dana kad sam stigao, ja sam smesta pošao da ispunim prvu dužnost, da zadovoljim neodoljivo osećanje. Otišao sam na grob koji me je privlačio jače od svih susreta sa živima. Otišao sam i proveo tamo jedno sasvim kratko vreme, tupo gledajući u kišom isprani krst, na kome se ni polovina slova nije bila održala, i u zemlju pokrivenu skoro već osušenom travom.

Ali vraćajući se, ja ne osetih nimalo olakšanja kome sam se nadao. To je bilo zato što sam se još uvek nalazio pod svežim utiscima susreta sa živima. Uviđao sam da treba da dođem još jedanput, sutradan, pa da tamo ostanem što duže, predajući se sav onoj uspomeni.

Tako sam i uradio. Iako je već bila jesen, dan je bio vrlo lep i priroda još uvek raskošna, to poslepodne kad sam se uputio groblju da tamo ostanem sve do noći. To groblje bilo je daleko van varoši, koja ostaje za brdom, ograđeno starom ogradom i opkoljeno brežuljcima i livadama, na kojima se još uvek nalazili zdenuti plastovi. Bilo je sasvim pusto, jer se zbog našeg dolaska sve steklo u varoši, i grobareva kućica, u kojoj sam nekad uzimao tamnjan i kadionicu, bila je zaključana. Ja odlučih da ne ulazim unutra nego da pređem s druge strane, na livadicu, pored same ograde, u čijoj se neposrednoj blizini nalazio grob za kojim sam toliko čeznuo. Činilo mi se tako da onda i neću videti druge grobove, i da ću, udaljen samo nekoliko koraka od nje, najbolje moći da se predam onome zašto sam se tu i nalazio. Tako je i bilo. Legao sam na travu dok je oko mene mirisalo, pa sam gledao plave planine u daljini i ćuvike sa voćnjacima što su krili bele kućice sa crvenim krovovima. Vladao je takav mir i sve je bilo tako čisto i svetlo oko mene i u meni, da sam uviđao kako je to baš ono o čemu sam uvek sanjao. Gledajući u vrhove planina suncem obasjane, ja sam na licu osećao jedan osmejak zaista čudan, koji neću zaboraviti dok god sam živ, jer je bio prvi i poslednji u mome životu. Taj osmejak kao da je trebalo da izrazi neko čudno milovanje, blago i neobično sveto, a zbog dostojno izdržanoga stradanja, zbog svega što sam dotle podneo. To meko sunce na vrhovima planina i ovaj blagi osmejak čudnovato se stapahu sa nečim neodoljivim, neshvatljivim i tajnim. Kao nagrada za sva stradanja, kao dokaz o čovečanski izdržanom, bilo je to nešto kao najveća uteha, kao blagoslov ili kao najveće priznanje koje se moglo dobiti.

I sa takvim mirom u duši stao sam da se udubljujem.

Sami, sasvim bliski, mi smo se počeli vraćati jedno drugom, i tada sam živo osetio onu mirnu sreću zbog čistote sa kojom sam joj, posle svega izdržanoga i svih iskušenja, došao.

Najednom, tako zaklopljenih očiju, zamišljen i zanesen, trgao sam se. Iznenadio me zvuk zvona što je dolazio sa belim stadom koje mi se približavalo i opominjalo da nisam sam, kao što sam mislio. To stado, dok je pasući milelo, pratila je čobanka koja je odmereno koračala za njim, a sa pletivom u rukama. Eh, kako je sve kratko trajalo! Nalakćen, očekivao sam da me to stado mimoiđe. No ono se samo sporo pomicalo, idući mi pravo u susret. Najzad, sve bliže i bliže nailazilo je ono prema meni, i u tome približavanju brzo i sitno kidanje trave stade da me zanima. Tada sam tek podigao oči i ugledao čobanku. Sasvim mlada, snažnoga i pravilnoga stasa, razvijenih i čvrstih listova na nogama visokim i tankim, ona me je prvo pozdravila, dok je moj pogled odmah pao na njene grudi, čiji se nemir pri svakom i najmanjem pokretu, a pod njenom skoro providnom bluzom, živo osećao.

Pozdravljajući me, ona se nasmešila, korak po korak prateći stado. To što se ona nasmešila odbijalo me, jer sam znao da su ovu neobičnu slobodu naše, nekad tako smerne devojke, morale zadobiti pod okupacijom. Prateći stado, ja sam primetio da ga ona sve više navodi oko mene, da se namerno ne udaljava, i da je spremna da započne razgovor sa mnom čim ja za to pokažem volje.

Sve više i bliže stado se vrzmalo oko mene, pa mi je i ona, krećući se onom mladalačkom gipkošću koja čini da je svaki pokret uživanje, bila prišla sasvim blizu. Na njen pozdrav ja sam odgovorio učtivo, i opažajući da se namerno ne udaljava, zapitao je nešto o njenim ovcama.

Odgovorila mi je rado, pa me je i sama pitala o mome činu i koga je roda moja uniforma.

To je bio povod da je upitam: raduje li se što smo došli; na šta mi ona odgovori:

— Dabome, zašto se ne bi' radovala?

— Šta znam — rekoh — davno smo vas i ostavili.

Pošto je poćutala:

— Pa ništa, naši smo — reče.

U tom razgovoru, koga se dobro i ne sećam, ja naglo osetih kako se u meni krv pali, i oganj, koji se razgori, obuzima me svega, pa kao nečim uboden, podigoh se, priđoh joj.

— To pletivo — rekoh ne znajući šta govorim — šta je to, kome to, bacite vi to!

— Gle! Šta? — branila se ona, smejući se. — Zašto da bacim? Pletem da mi prođe vreme.

Tada zapodenusmo nekakav besmislen razgovor oko toga pletiva i počesmo da se oko njega pregonimo. Ona primedba o slobodnom ponašanju potvrđivala se sve više, jer na moja drska zadirkivanja koja su i mene samog čudila, odgovorila mi je ravnom merom, dok je u njenom glasu i držanju bilo nečeg mnogo sigurnijeg nego u mome. Onda pođoh da silom otrgnem ono pletivo, no ona brzo odmače ruku, te umesto pletiva ja zgrabih za njene grudi tvrde kao kamen, i upola raskopčane. Povukosmo se, ponesosmo, zajedno pored žbuna, lica zagnjurena u travu...

Šta sad misliš, pobro moj, a? Kroz maglu u očima, zažarenih obraza... i onaj grob i čobanka, i snovi naši i sva stradanja, šta veliš: sve neka ide do vraga! Zar nismo svi mi kao i ona mala Koleta od Rozena? Ščepao sam otkotrljanu šapku, okrenuo se oko sebe, zverski, kao da sam u času izgubio dušu, i kao krvnik pošao sam natrag. Za mnom, malo iza toga, osetih nekakav topot, sasvim neobičan, besan. Kao neki pomahnitali eskadron demona, za mnom je jurilo stado, i to njegovo demonsko blejanje podsećalo me na najodvratniji kikot...

***

Zastali smo na samom vrhu Laudanovoga šanca. Iza nas pružala se sjajno srebrnasta traka Dunava, koji se naglo gubio u bujnom zelenilu ada. Pred nama sumrak, gust i garav, obavijao je sve više, sve brže, sve grabljivije, grad i groblje, grad Života i grad Smrti, u kojima se baš tada, punom i ludom snagom, vršio onaj najveći i najmračniji proces večite smene: od ljubavnoga zagrljaja, rođenja u mukama, živoga i smetenoga gamizanja i polumrtvog sna, do žalosnog trzaja starosti i neumitne i fatalne Seobe, jednoj od kojih smo i mi maločas prisustvovali.

Bili smo gologlavi, u dubokom ćutanju. Zrikavci nam nisu smetali.

Dragiša Vasić, istaknuti srpski pravnik, književnik i publicista, rođen je 1885. godine u Gornjem Milanovcu. Osnovnu školu i niže razrede gimnazije završio je u rodnom gradu. Više razrede gimnazije i Pravni fakultet završava u Beogradu. Diplomirao je u junu 1907. i odmah zatim otišao u Pešadijsku oficirsku školu na služenje vojnog roka. U ovoj beogradskoj školi godinu dana kasnije uspešno polaže ispit za rezervnog oficira.

Napredovanje u pravničkoj službi ubrzo prekidaju ratovi — u Prvi balkanski rat stupa kao rezervni oficir i učestvuje u Kumanovskoj, a u Drugom balkanskom ratu učestvuje u Bregalničkoj bici. Za zasluge u borbama odlikovan je Zlatnom medaljom za hrabrost.

Učestvuje i u Prvom svetskom ratu. Borio se na Ceru i položajima kod Šapca, u Kolubarskoj bici, sudelovao u odbrani Beograda, a zatim povlačio sa srpskom vojskom preko Albanije. Posle oporavka na Krfu, prebačen je na Solunski front.

Po završetku Velikog rata, na sopstveni zahtev oslobođen je vojne službe.

U periodu od maja do avgusta 1920, glavni je urednik liberalno-demokratskog lista „Progres". Zbog svojih opoziciono obojenih političkih članaka i komentara, ovaj list je vrlo brzo ugašen, a Dragiša Vasić po kazni poslat u planine na granici sa Albanijom da učestvuje u gušenju pobune albanskih plemena.

Pošto se zbog navedenog podrazumevalo da za njega više nema posla u državnoj službi, po povratku započinje advokatsku karijeru. Njegova kancelarija u Beogradu bila je jedna od najuglednijih u prestonici. U februaru 1934. godine izabran je za dopisnog člana Srpske kraljevske akademije. Sa Slobodanom Jovanovićem 1937. osniva Srpski kulturni klub, 1938. postaje član Upravnog odbora Srpske književne zadruge, a zatim i član njenog Književnog odbora. Srpski kulturni klub 1939. godine pokreće list „Srpski glas", a Dragiša Vasić biva izabran za njegovog glavnog urednika. I ovaj list je, tokom svega sedam meseci svoga postojanja, više puta zabranjivan.

Posle kapitulacije, aprila 1941. godine, Dragiša Vasić na poziv Draže Mihailovića pristupa njegovom četničkom pokretu i postaje Dražin lični pomoćnik, savetnik za politička pitanja i zamenik. Početkom 1944. godine razilazi se sa Mihailovićem i pridružuje četnicima Pavla Đurišića.

Pogubljen je krajem avgusta 1945. Njegova smrt obavijena je velom misterije. Većina izvora navodi da su ga zarobile, a zatim i ubile ustaše u koncentracionom logoru Nova Gradiška. Međutim, postoje i neki drugi izvori koji tvrde da su ga zarobili i streljali partizani u Banjaluci.

U martu 1945. godine, dok je još bio živ, Dragiša Vasić je od strane komunista proglašen za „izdajnika naroda" i „ratnog zločinca". Sva imovina mu je konfiskovana i izbačen je iz kulturne baštine srpskoga naroda. Pod stavkom „obrazloženje zločina" upisano je da je bio učesnik nemačko-četničke konferencije u Beogradu, od 5. do 7. februara 1942. godine, „kada je ugovorena politička i vojna saradnja četnika sa Nemcima i zajednička akcija protiv partizana".

Sudsko veće Okružnog suda u Beogradu, rehabilitovalo je Dragišu Vasića decembra 2009. godine, utvrđivanjem da pomenuta konferencija nije ni održana, kao i da Vasić tokom okupacije nije dolazio u Beograd.

Iako dekretom izbrisano iz srpske književnosti, a po direktivi komunističke vlasti, i predugo zaboravljeno, književno delo Dragiše Vasića jedno je od najznačajnijih međuratnog perioda. Pored romana *Crvene magle*, za života su mu objavljene i tri zbirke pripovedaka — *Utuljena kandila* (1922), *Vitlo i druge priče* (1924) i *Pad sa građevine* (1932), sve tri predstavljene u ovoj knjizi. U svojim delima uglavnom opisuje složenost posleratne situacije, svu onu moralnu težinu posledica ratova, čije otrovno nadnošenje nad sudbine pojedinaca čini da njihova stvarnost postane devastirana i dehumanizovana. Kroz govor, postupke, pisma i unutrašnje monologe svojih likova, Vasić raskošnim književnim talentom uspeva da dočara prazninu u dušama učesnika ratova koja će u vremenu posle istih ispuniti sve segmente njihove egzistencije.

SADRŽAJ

SADRŽAJ

Dragiša Vasić
PRIPOVETKE

London, 2023

Izdavač
Globland Books
27 Old Gloucester Street
London, WC1N 3AX
United Kingdom
www.globlandbooks.com
info@globlandbooks.com

Naslovna fotografija
Henry Be
(https://unsplash.com/photos/IicyiaPYGGI)